3세대 공존의 미학
가족

3세대 공존의 미학, 가족

저자   심수화

발행일   2015. 11. 1

발행인   한수홍
발행처   효민디앤피 http://www.hyomindnp.com
              47283 부산광역시 부산진구 신천대로 102번길 17 (부전동)
              Tel. 051) 807-5100

디자인   이영환, 우선정
교정·교열 윤망울

출판등록 3-329호

ISBN   979-11-85654-21-8
              값 15,000원

3세대 공존의 미학

가족

FAMILY

심수화

지음

효민디앤피

필자는 가족문제 전문가가 아니다. '가족해체'와 '가족통합'이라는 이 거대한 담론을 다루기에는 지식과 식견이 많이 부족하다. 가족은 억겁(億劫)으로 유지될 인간 지혜의 백미다. 겁(劫)은 불교에서 1억 년을 뜻하니 지구가 존재하는 한 가족은 인류와 영원히 함께 한다는 말과 같다. 인간의 온갖 지혜가 녹아 있는 가족이라는 제도는 앞으로도 영원히 소중하게 지켜나가야 할 보석 중에 보석이다. 그런데 그것이 최근 들어 급속히 무너지고 있다. 가족이 서서히 말라 죽어가고 있는 것이다. 가족이 없는 인간사회의 영속성을 상상할 수 있겠는가. 가족 해체, 가족 붕괴를 막지 못하면 인간이 이 지구상에 출현한 이후 지금까지 애써 발전시켜 온 모든 것들도 함께 사라지게 된다. 사회 전반적인 체제가 무너지고 국가 존립 기반 상실로 이어지는 등 우리는 정말 상상조차 하기 싫은 엄청난 재앙에 직면할 수밖에 없다. 실제로 그런 불길한 징조가 나타나고 경고등이 켜졌으며 위기감도 높아지고 있다. 일본 총무장관을 지낸 마스다 히로야가 2014년 발표한 『지방소멸』(와이즈베리 간)에는 일본의 인구 감소와 관련한 충격적인 내용이 담겨 있다.

이 보고서에 따르면 2008년을 기점으로 일본의 인구는 감소세로 돌아섰으며 2010년 1억 2,806만 명에서 2050년 9,708만 명, 2100년 4,959만 명까지 떨어질 것이라고 예측했다. 또 일자리를 찾기 위해 젊은 층을 중심으로 도쿄 등 대도시로의 인구가 집중되는 '극점(極點)사회'가 되면서 인구 감소 가속화가 이어지고 생활비용 증가로 출산율도 자꾸 떨어지게 된다. 특히 일본에서는 대도시권으로의 인구 이동이 1954년부터 2009년까지 1,147만 명에 이르는 등 지방의 인구 감소가 급증함으로써 2040년 가임여성인 20~39세 여성 인구가 50% 이하로 감소하는 일본 행정구역이 전체의 49.8%인 896개에 이르는 것으로 예측됐다. 이대로 간다면 일본 자치단체의 50%가 급격한 인구 감소로 896개 단체가 없어질 수도 있는 '소멸 가능성 도시'가 될 수 있다는 것이다. 홋카이도와 도호쿠의 80%, 시코쿠의 65%가 소멸 가능성 도시가 되고 인구 1만 명 이하로 떨어질 도시가 523개로 전체의 29.1%에 이른다며 지속가능한 사회를 만들기 위해서는 결혼 임신 출산 육아에 대한 일관되고도 강력한 지원책이 필요하다고 역설했다. 이런 현상은 일본만의 문제가 아니며 한국에는 더 심각한 현실로 다가서고 있다. 저출산 고령화 현상은 일본보다 한국이 훨씬 빠른 속도로 진행되고 있기 때문이다. 이처럼 한국에서도 저출산 고령화 극복 대책 마련을 통한 '가족 정상화' 문제가 시급하고도 절실한 과제로 떠올랐다.

30여 년 넘게 기자생활을 하면서 대한민국의 변화상을 일선 취재현장에서 몸으로 느끼며 웃고 울었다. 군사정권에서 문민정부로, 또 문문 정권교체가 이뤄지고 사상 초유의 외환위기로 국제통화기금(IMF) 관리체제를 받아들이며 풍파를 겪는 모습도 지켜봤다. 또 노사분규, 민주화 열기, 숱하게 이어진 강력범죄와 대형사고 등으로 하루도 조용한 날 없이 바쁘고 치열하게 돌아가는 현장을 바쁘게 기록하며 살아왔다. 그런 가운데서도 대한민국의 위상은 거침 없이 높아졌다. 전세계가 우리의 발전상을 칭송하고 부러워하는 것이 이를 증명한다. 한국전쟁의 폐허 위에서 원조로 연명하던 동양의 조그만 나라가 86아시안게임, 88하계올림픽, 2002월드컵, 2002부산아시안게임, G20정상회담을 유치하고 성공적으로 치러냈다. 특히 16강 진입이 간절한 꿈이던 월드컵 축구대회에서 4강 신화를 일궈 냈을 땐 우리 국민도 놀랐고 세계인들은 더 놀랐다. 조선, 전자, IT, 철강, 석유화학 등 한국산 세계일류 상품이 지구촌 곳곳을 섭렵하면서 더 큰 자부심을 가지게 됐다. 늘 강대국 사이에 끼여 눈치를 봐야 했던 우리 국민들은 '우리도 이렇게 잘할 수 있구나'라는 사실에 뿌듯해 했다. 놀라운 성취가 이어지면서 우리들의 사고에는 '별것 아니네', '계속 잘 될 거야'라는 방심이 똬리를 틀기 시작했다. 대외적으로는 '메이드 인 코리아'가 뜨고 있었지만 정쟁과 이념 논쟁에 휘둘려 주춤거리고 있을 때 국가와 사회의 근간인 '가족', '가정'이 시나브로 무너지는 것을 알지 못했다.

1960~1970년대만 해도 빈곤 퇴치와 고출산 문제 해결이 국가의 지상 과제였다. '둘만 낳아 잘 기르자'라는 표어를 귀가 따갑도록 들었고 농촌 보건소 직원들은 마을을 돌며 피임법 교육에 열을 올렸다. 30여 년이 지난 1990년대, 지긋지긋한 빈곤을 탈출하는 데 성공했으나 저출산이라는 먹구름이 한국 사회에 드리워졌다. 2000년대 초부터는 지자체에서 저출산 대책이 나오기 시작하더니 이젠 고령화, 초고령화 대책이 쏟아지고 있다. 젊은이가 떠난 농촌지역에서는 대를 이을 아기 울음소리가 끊겼고, 마을부녀회 회장을

지구가 있고 인류가 존재하는 한 영원히 함께할 가족. 우리에겐 언제부턴가 가족이 무너지고 있었다. 가장 큰 이유는 각 가정의 어른인 노인이 설 자리가 없어졌기 때문이다. 3세대 공존의 당위성이 제기되고 있는 이유가 여기에 있다.

60~70대 할머니가 으레 맡는 초고령화 현상이 현실화됐다. 정부나 지자체가 저출산대책으로 별도 예산을 책정, 아이를 낳는 젊은 부부에게 출산축하금을 주겠다고 발표했고 언론들은 이를 신기한 듯이 보도했다.

2004년쯤 경남도청을 출입할 때 일이다. 보건사회복지국장이 농촌 저출산·고령화 문제에 깊은 관심을 갖고 각종 대책을 내놓았다. 당시에는 이들 문제가 사회적 이슈가 되지 않을 때였지만 필자는 보사국장이 다루는 시책이나 정책 대안들을 앞장서서 기사로 다뤘다. 그러면서 저출산·고령화의 근본

원인이 어디에서 비롯됐을까에 관심을 가지게 됐다. 산업화로 인한 농촌인구의 도시 집중현상이 심화되면서 1970년대부터 주택난 해결의 새 모델로 자리잡은 아파트 구조가 저출산·고령화를 유발하는 '큰 함정'이 있음을 알게 됐다. 거의 모든 아파트의 외형이 천편일률적인 형태에 내부 구조 또한 큰방(부부용), 자식들의 잠자리이거나 공부방인 작은방 1~2개와 거실 및 부엌 등으로 엇비슷했다. '부모(2명)-자식(2명)'만 거주할 수 있는 2대(代) 동거형(4인가족)이었고 우리나라의 전통적인 가정에서 '최고 어른'인 조부모가 거주할 공간은 빠져 버렸다. 1970~1980년대에는 젊은 사람들이 취직하기 위해 너도나도 도시로 빠져 나갔다. 부모가 농촌에 살고 있으니, 건설 붐으로 우후죽순 늘어나는 아파트는 2대 용으로만 지어져도 충분했다. 그러나 2000년대에 들어 자식을 도시로 떠나보낸 농촌 부모들은 70~80대 노인이 됐고, 도시의 자식들도 50~60대의 예비노인 대열에 접어들었다.

힘 없고 병든 농촌의 노부모를 도시로 모셔 오고 싶어도 아파트에는 노인이 거주할 공간이 없다. 도시의 손자·손녀들은 할아버지나 할머니가 평생 쌓아온 노하우, 통찰력, 전문성, 지혜를 대물림 받을 기회가 봉쇄됐다. '엄청난 상실과 손실'이 일어나고 있는데도 이를 눈치 채지 못했다. 또 도시 사람이 돼 버린 자식들은 자녀가 결혼하면 무리를 해서라도 작은 아파트를 장만해서 분가 시키는 것을 당연하게 받아들였다. 남들이 다 하니까, 자식 덕 절대로 안본다고 큰 소리 치며 너도나도 자녀 분가에 동참했다. 그러나 아파트가 2대 동거형 구조로 고착화되는 상황에서 분가는 조부모부터 손자까지 3대 동거를 어렵게 만들었다.

분가는 갖가지 문제를 야기한다. 부모들은 자식을 분가시키기 위해 무리해서라도 아파트 전세금을 마련해 주거나 사줘야 한다. 그러려면 노후자금을 쏟아 붓거나 은행 대출까지 받아야 한다. 자식 혼사를 위해 허리띠를 졸라맬 수밖에 없으니 노후 대책은 부실해 질 수밖에 없다. 그렇게 결혼을 시켰지만 출가한 자녀는 엄청난 육아비용, 사교육비 등에 짓눌려 출산을 늦추거나 꺼리게 된다. 출산하더라도 1명 만 낳고 둘째, 셋째는 포기하는 경우가 많다.

이런 현상은 가족이 갈라지고 유대가 약해지는 소위 '가족 해체'에서 크게 연유하고 있다. 정부, 지자체 그리고 바쁘게 살아가는 우리 모두 가족 해체의 위험성을 심각하게 받아들이지 않았다. 누군가 나서서 '가족 해체'는 더 이상 안 되며 '가족 통합'의 길로 가야 한다고 주창했어야 했다. 또 자연스럽게 문제의 심각성이 공론화돼 가족통합을 위한 대안이 나오기를 필자는 갈망했다. 그러나 상황이 악화일로를 걷고 있었지만 정부나 지자체에서 내놓은 처방은 근원적인 대책이 아닌, 수박 겉핥기식이거나 단편적인 것들이었다. 이런 추세가 이어진다면 언젠가는 우리 사회에 제대로 된 가족, 가정이 사라질지 모른다는 위기감이 들기 시작했다. 가정이, 가족이 사라지면 사회도 국가도 설 자리가 없어진다.

이런 위기감 속에서 필자는 거대담론인 가족통합의 중요성을 하루속히 제기할 필요성을 느꼈다. 중병이 걸렸는데도 정부나 지자체가 엉뚱한 곳에서 처방을 찾으려고 헤매고 있는 답답한 상황에서 더 이상 이 문제를 남에게 맡길 시간적 여유가 없다는 결론에 이르게 됐다. 다소 거칠고, 당장 실천하기 힘들며, 주관이 강하게 묻어 있더라도 그 '화두'를 한국사회에 던져야 한다는 결심이 확고해졌다. 또한 기자 생활을 마감하면서 의미 있고 유익한 과제이자 처방 하나 쯤은 사회와 국가에 남겨야 한다는 '작은 소명의식'이 발현한 점도 도전을 시작한 계기가 됐다. 무모해 보일지라도 용기 내서 현장에서 보고 느끼고 배우며 아쉬웠던 점을 정리한 '마지막 취재노트'를 풀어 놓기로 했다. 시작이 반이라는 생각, 또 시작하는 것이 가만히 앉아서 용만 쓰는 것보다 훨씬 나을 거라는 믿음 속에서.

가족과 가정은 모든 인간의 인생 시작점이자 과정이고 종점이다. 또한 신이 내린 축복이요, 세상을 살맛나게 만들고 문화와 질서, 과학, 종교를 꽃피우게 한다. 이웃과 더불어 사는 지혜와 미덕을 일깨워 주는 곳도 가족과 가정이다. 가족과 가정이 있어야만 세대를 이어줄 혼인과 출산, 육아가 가능하고 교육과 경제가 살아나며 노후가 행복하고 여유로워 진다. 우리가 꿈꾸는 이상적인 복지사회와 복지국가를 자연스럽게 만들어 이를 든든하게 지켜주고 버텨줄 주춧돌이자 울타리는 다름아닌 가족과 가정이다. 그런 가족공동체가 사라진다면 이 지구상 60억 명의 인생들도 비참하게 무너져 내릴 것이다.

필자는 이 책에서 가정과 가족의 중요한 축이었으나 지금은 외면당하고 있는 노인(어른)의 '위상'과 '가치', '존재'를 되찾는데 주력하려고 했다. 100세 시대를 맞은 지금, 노인이 지청구 신세로 전락했다. 그러나 그들은 눈부신 활동과 역할을 할 기회와 시간이 더 많아지고 또한 중요해졌다. '어른(조부모) → 부모 → 손자'로 이어지던 전통적인 3대 동거가족 구성이 산업화, 인구의 도시 집중 현상 등으로 인해

'부모 → 아들' 2대 동거가족으로, 심지어는 1인 가족으로 분화되면서 노인이 설 자리는 줄어들었다. 어른 설 자리 없는 세태가 결혼률 저하, 저출산, 육아문제, 교육실패, 범죄, 노인문제 등 지금 우리 사회가 처한 온갖 문제를 잉태시킨 원인이 됐다는 사실을 환기하고 싶다.

대한민국은 가정에서 어른이 사라지면서 총체적인 위기에 놓여 있다. 손자, 자식 등 개인뿐 아니라 정부, 지자체, 국회, 기업, 교육계, 문화계, 언론계, NGO 등 사회 모든 주체가 하루빨리 어른(노인)에게 제 자리를 돌려주고 그들이 당당할 수 있도록 힘을 모으고 머리를 맞대야 한다. '지혜의 보고(寶庫)'인 노인이 당당하면 대한민국의 미래는 활력에 넘칠 것이다. 세계가 그런 변화를 주목할 것이고, 한국은 '정신적 규범을 확실하게 갖춘' 국가로 각광 받을 수 있다. 노인을 잘 모시고, 노인이 당당한 나라에 사는 한국인은 이 거대한 블루오션의 혜택을 두고두고 누릴 것이다.

굳센 각오로 가족해체의 근본적인 원인과 현상, 가족통합을 위한 명쾌한 해답을 제시하기 위해 노력했지만 결과물은 기대에 미치지 못했다. 단편적인 현상을 재단하는 기사만을 써 온 데다 처음 책을 쓰다 보니 생경한 부분이 있고 요령부득에서 시간을 허비하며 허우적대기도 했다. 하지만 향후 더 많은 전문가들이 필자가 던진 담론을 보다 체계적으로 분석하고 잘 정리해서 완성도를 높인 결과물을 내놓는다면 분명 우리 사회에 유의미한 파장이 되리라 확신한다. 어렸을 때 무조건적인 손자 사랑을 베풀어 가족의 중요성을 일깨워준 조부모님께

이 책을 바친다. 또 이 책이 나오기까지 희망과 용기를 주신 많은 지인들, 특히 출판을 책임지고 졸저의 설계를 도와준 효민디앤피 한수홍 사장, 이영환 실장, 윤망울 씨, 김영호 씨와 나약해질 때마다 등을 토닥이며 힘을 북돋아준 아내 강명자 씨, 3세대 동거형 가족의 취지에 적극 공감을 표해준 아들 일욱과 며느리 장지현, 딸 원나 등 우리 가족에게 깊은 감사를 전한다.

『 노르웨이 비겔란 조각공원에 있는 작품 』

3세대 공존의 미학, 가족

I

무너지는 가족

선지자를 되새기다

　　　조부는 필자에겐 진정한 영웅이자 친구, 세
상사의 이치를 가르쳐준 선지자였다. 심상유(沈相遺). 본
관은 청송이며 악은공파 23대 손인 조부는 일제가 조선을
병탄하기 직전인 1900년 경남 의령의 한 농촌마을에서 증
조모(晉陽姜氏)의 유복자로 태어났다. 홀어머니를 지극정
성으로 모시며 소년가장 역할을 잘 해낸 조부는 군수의 표
창을 받고 금세 고을에서 소문난 효자로 이름을 떨쳤다.
필자가 막 초등학교에 들어갔을 때 조부는 아들을 굳건히
믿고 집안을 일군 증조모의 업적을 기린 효열부기적비(孝
烈婦紀蹟碑)를 마을 어귀에 세우고 크게 기뻐하셨다. 지금
도 고향마을 어귀에는 조부가 세운 효열부기적비와 부친

필자의 고향인 경남 의령군 화정면 상일리 마을 어귀에 증조모의 효열부기적비와 조부의 효자행적비가 나란히 서 있다.

이 훗날 조부의 효행을 기려 세운 효자행적비(孝子行蹟碑)가 석재 울타리 안에 사이좋게 서 있다.(사진)

　가족통합이라는 거대한 담론을 시작하면서 효자비와 함께 조부를 언급한 것은 개인 가족사를 자랑하기 위해서가 아니다. 조부는 '가족'이 얼마나 중요한지를 일찍이 일깨워 주신 분이기 때문이다. 조부와의 인연이 없었다면 가족, 가족사랑의 중요성을 몰랐을 것이고 가족통합을 주창하는 이 책 또한 세상의 빛을 보지 못했을 것이다. 갈수록 심각해지는 가족해체 현상을 지켜보면서 오래전(1969년)에 돌아가신 조부의 손자 사랑이 자연스레 떠올랐다. 하얀 무명베 바지와 저고리 차림에 호랑이 눈매, 짧은 머리, 날렵하면서도 힘이 실린 걸음, 걸걸한 목소리, 집안 대소사에 언제나 팔을 걷어붙이던 조부의 모습은 지금도 눈에 선하다.

조부는 '가족'이 얼마나 중요한지를 일찍이 일깨워주신 분이다. 조부와의 인연이 없었다면 가족, 가족사랑의 중요성을 몰랐을 것이고 가족통합을 주창하는 이 책 또한 세상의 빛을 보지 못했을 것이다.

조부와의 추억이 서린 고향마을 남강변 수박 밭 터. 필자가 2015년 2월 초 이곳을 찾았을 땐 수박밭은 온데간데없이 사라지고 치수공사가 한창 진행되고 있었다.

　신혼 때 조부는 조모와 함께 일본으로 건너가 깊은 산속에서 '숯 공장'을 운영해 큰돈을 모았고 해방 후엔 고향으로 돌아와 곳곳에 논밭을 사들여 제법 큰 부자라는 소리를 들었다. 가뭄이 들어 흉년이면 소작료를 깎아주고 이웃에게 곳간을 여는 등 베풂을 외면하지 않는 멋쟁이었다. 16살 아들이 면민 씨름대회에 나가 우승하여 황소를 받아오자 동네 사람들에게 잔치를 베푼 기분파이기도 했다. 또한 농한기 때마다 횡행하던 도박판에서 아들이 큰 돈을 잃자 몇 년에 걸쳐 빚을 다 갚아준 책임감 강한 분이 바로 조부다. 부친은 그런 조부가 돌아가시자 관을 안고 통곡하며 참회의 눈물을 쏟았다.

　조부가 필자의 영웅이 된 사연은 따로 있다. 둘째 손자인 필자는 어릴 때부터 조부의 사랑과 가르침을 듬뿍 받앉다. 조부가 거처하는 큰방은 필자의 안방이자 놀이터였다. 새벽녘 눈을 뜨면 조부의 품속에서 노인 특유의 '체취'를 맡을 수 있었다. 어쩌다 동네 잔칫집에서 약주를 거하게 드시고 오는 날이면 어김없이 손자를 큰방으로 불러 재밌는 얘기들을 풀어냈다. 필자가 초등학교에 입학해서 겨우 글자를 깨우쳤을 때였다. 조부는 저녁상을 물린 뒤 군에 간 둘째 삼촌(강원도 홍천소재 부대에서 근무)이 보내온 편지를 손에 쥐어주며 읽어보라 하셨다. 또박또박 큰 소리로 읽으니 조부는 호탕하게 웃으며 "내 새끼! 잘한다, 참 잘한다!"라고 칭찬해 주었다. 조부의 박수소리에 힘입어 손자의 목소리가 더 커졌음은 물론이다. 그때의 칭찬은 50년이 다 돼 가는 지금도 귓전을 맴도는 듯하다. 책과 공부에 재미를 붙일 수 있었던 것도 조부의 칭찬 덕분이다.

조부에게 '달콤한 칭찬'만 들었던 것은 아니다. '따가운 추억'도 있다. 초등학교(당시 국민학교) 4, 5학년 때 쯤 필자가 자란 동네 앞에는 낙동강 지류인 남강 변에 넓은 들판이 있었고 강가 쪽에 우리 수박밭이 있었다. 남강댐이 만들어지기 전, 매년 장마철 강물이 범람하면서 쓸려 내려온 비옥한 모래가 들판을 덮어 수박, 땅콩, 배추, 무 등의 특작물을 키우기에 안성맞춤이었다. 특히 수박은 곡식이 떨어질 즈음 쌀이나 보리쌀 등의 곡물과 바꿀 수 있고 시장에 팔아 자식들 학자금도 마련할 수 있어 당시 '보릿고개'라는 농촌의 춘궁기에 유용한 인기 농작물로 통했다.

먹거리가 부족한 농촌에선 수박, 참외서리가 극성을 부리는 탓에 원두막을 세워놓고 밤낮으로 수박밭을 지켰다. 원두막 지킴이는 주로 집안의 제일 어른이 맡는 것이 불문율로 돼 있었다. 여름방학을 며칠 앞둔 어느 날, 조부로부터 방학동안 원두막지기를 함께 하자는 제의를 받았다. 지긋지긋한 무더위도 피할 수 있고 수박도 맘껏 먹을 수 있는데다 바로 옆 강물에서 실컷 멱 감을 수 있는 호사를 누리게 됐다는 생각에 뛸 듯이 기뻤다. 원두막은 바람과 이슬을 적당히 피하고 잠 잘 수 있게 만든 2층 구조의 간이 농막이다. 큰 나무기둥 4개를 세워 대나무와 목판 등으로 잠자리를 만들고 짚 등으로 얼기설기 엮은 지붕을 덮어 짓는다. 간단한 구조라도 강바람이 솔솔 파고들어 여름 한 철을 보내기에는 그만이다. 사다리를 타고 올라가 2층 침상에 앉으면 시야가 툭 트여 수박서리꾼들을 감히 접근하지 못하게 한다.

원두막에 있으면 낮에는 강가 미루나무 가지에 지천으로 붙어 있는 매미들의 귀 따가운 합창소리에 파묻힌다. 밤이면 쓰르 쓰르르 찍찍, 이름 모를 풀벌레 소리에 갇혀 버린다. 무수히 반짝이는 별들의 조잘거림에 귀를 기울이고, 은하수를 가로지르는 밤 구름을 감상하다가 이따금 긴 꼬리를 쭉 그으며 쏟아지는 별똥에 놀라기도 한다.

방학과 함께 본격적인 원두막 생활이 시작된 지 4, 5일쯤 됐을까. 따가운 햇볕이 작열하는 한낮, 조부는 벼논에 물을 대야 한다며 마을 쪽으로 갔다. 외로이 원두막에서 수박밭을 지키고 있던 필자의 눈에 저 멀리 강물에서 뛰노는 동네 친구들이 밀고 들어왔다. 수박밭을 잘 지키라는 조부의 당부는 깡그리 잊은 채 백사장으로 달려갔다. 이내 물속으로 풍덩. 공중돌기, 헤엄치기 시합 등 물장구에 시간가는 줄을 몰랐다. 족히 2시간은 지났을까. 배가 고파지자 그제야 수박밭을 지키라던 조부의 말이 생각나 부리나케 원두막 쪽으로 달렸다.

백사장을 건너 수박밭으로 달려가고 있는데 저 멀리서 '수화야~', '수화야~' 조부의 분노어린 목소리가 귀청을 때렸다. 잔뜩 화난 모습으로 부르르 입술을 떨고 있는 조부 앞에 섰다. 주걱만한 손이 내 뺨 위로 휙 지나가는가 싶더니 짝! 하는 소리와 함께 벌렁 뒤로 나자빠지고 말았다. "야, 이놈아. 내가 널 찾아 1시간 넘게 헤매고 다녔다. 아무리 불러도 대답이 없기에 물에 빠져 죽은 줄 알았다."

외로이 원두막에서 수박밭을 지키고 있던 필자의 눈에 저 멀리 강물에서 뛰노는 동네 친구들이 밀고 들어왔다. 수박밭을 잘 지키라는 조부의 당부는 깡그리 잊은 채 백사장으로 달려갔다.

필자는 무릎을 꿇었다. 아이들이 남강에 멱 감으러 갔다가 익사하는 사고가 자주 났던 터라 혹 손자에게 나쁜일이 일어나지 않았을까 노심초사하면서 찾고 찾다가 끝내 화가 폭발하고 만 것이다. 깊은 밤 별빛 속에 갇힌 원두막 안. 필자는 조부의 품속에서 훌쩍였다. "많이 아팠지? 홧김에 쥐어 박았지만 가슴이 쓰리다, 이놈아. 다시는 그러지 마라." "예, 할아버지. 잘못했습니다." 조부는 그 일을 계기로 돌아가실 때까지 둘째 손자를 더 애지중지 챙겨주셨다. 조부의 그 '폭풍같은 손맛'은 지금도 생생하다.

최근 어떤 자리에서 어린 손자와의 영상 통화에서 "어이구, 내 새끼! 내 새끼!"라며 흐뭇한 미소를 짓는 지인을 보면서 오래전에 돌아가신 조부를 떠올렸다. 할아버지들에게 손자는 그저 예쁘고 사랑스러운 존재이다. 지인은 아들, 딸 키울 때와는 다르게 손자에게는 이상하리만치 무조건적인 애정을 쏟아 붓게 된다고 했다. 그러나 요즘 아이들은 할아버지의 그런 따스한 사랑을 좀처럼 접할 수 없다. 가정의 틀이 무너지면서 할아버지와 손자와의 만남이 점차 줄어들고 있다.

손자, 아버지 그리고 할아버지로 연결되는 전통적인 '3대 가구'가 해체의 길로 들어서 2대 가구가 됐고 그것도 모자라 1대 가구, 1인 가구 시대로 접어들었다. 이 세상

할아버지들에게 손자는 그저 예쁘고 사랑스러운 존재이다. 지인은 아들, 딸 키울 때와는 다르게 손자에게는 이상하리만치 무조건적인 애정을 쏟아 붓게 된다고 했다.

모든 할아버지는 손자에게 무조건적인 사랑을 주고 싶어
하지만 가족 해체로 그 기회를 잃어 버렸다. 또한 자신의
공간과 역할마저 희미해져버렸다. 바쁜 직장 생활로 미처
가정에 신경 쓰지 못하는 아버지 대신 할아버지가 그 자리
를 훌륭하게 메워 줄 수 있는데도 말이다. 오늘날 손자들
은 학원 순례에 휘둘리거나 게임에 몰두하는 등 삭막한 인
간으로 자라나고 있다. 손주의 재롱에 즐거워야 할 할아버
지도 외톨이 신세가 돼 버렸다.

이러한 상황이 지속된다면 많은 손자 또한 훗날 '1인 가
구'의 주인공이 될 수 있다. 나이를 먹으며 홀로 쓸쓸히 죽
음을 맞아 '고독사(孤獨死) 명단'에 이름을 올릴지도 모른
다. 할아버지와의 아름다운 추억을 갖지 못하는 손자. 할
아버지의 사랑, 연륜이 축적된 할아버지의 지혜를 배우지
못하는 손자. 그러한 젊은 세대들로 넘쳐나는 대한민국의
현 주소가 안타까울 따름이다.

비어가는 젊음, 급증하는 고령층

    이웃 섬나라 일본은 세계 최장수 국가이다. 평균 연령이 70, 80세를 훌쩍 넘는다는 통계치를 접했을 때 그들의 장수 비결이 궁금했고 부럽기도 했다. 그러나 일본은 이젠 장수의 나라를 넘어서 '노인의 나라'가 돼 버렸다. 2013년 10월 기준으로 일본 전체 인구 4명 중 1명이 65세 이상 고령자다. 65세 이상 고령자는 전년보다 110만 5,000명 증가한 3,189만 8,000명을 기록했다. 2005년 노인인구가 총 인구의 20%를 돌파한 이후 고령화가 급속도로 진행되고 있다. 2014년 4월 일본 총무성에 따르면 통계를 집계하기 시작한 1950년 이후 처음으로 65세 이상 고령자 비율이 25%를 넘어섰다. 반면

15~64세의 생산 가능 인구는 전년보다 116만 5,000명 감소한 7,901만 명으로 32년 만에 처음으로 8,000만 명 아래로 떨어졌다.

고령인구 비중은 2030년에는 인구 4명당 1명 꼴인 24.3%, 2040년에는 인구 3명당 1명꼴인 32.3%로 높아질 것으로 예측됐다.

이젠 우리나라도 일본 못지않게 노인 인구가 급증하고 있다. 통계청이 발표한 '2014 한국의 사회지표' 자료에 따르면 2014년 총 인구는 5,042만 명으로 2013년 65세 이상 고령인구 비중이 전년보다 0.4% 포인트 늘어난 12.2%(613만 7,702명)로 나타났다. 고령인구는 1970년 99만 명대에서 2008년 500만 명을 돌파했다. 이 같은 추세라면 2025년엔 1,000만 명을 넘어서고 2050년엔 무려 1,799만여 명을 기록, 전체 인구의 37.4%에 이를 것으로 전망된다. 고령인구 비중은 2030년에는 인구 4명당 1명 꼴인 24.3%, 2040년에는 인구 3명당 1명 꼴인 32.3%로 높아질 것으로 예측됐다.

1980년 25.9세이던 한국인 평균연령도 2040년에는 49.7세로 껑충 뛸 전망이다. 한 나라의 평균 연령대가 50세에 육박하게 된다는 것은 정말 아찔한 일이 아닐 수가 없다. 또 2013년 생산 가능인구(15~64세) 100명이 노인 16.7명을 부양해야 했지만 고령화에 따라 2040년에는 노인 57.2명을 부양해야 하는 것으로 나타났다. 생산

가능인구가 직장에서 열심히 일하며 낸 세금이 노인 부양하는데 대부분 들어가야 하는 것이다. 생산가능인구가 고령자 부양 부담에서 어느 정도 벗어나려면 직장의 정년을 현재의 60세에서 65세나 70세로 대폭 연장하는 등 노인 일자리를 만드는 데 갖은 대책을 마련해야 한다.

인구보건복지협회가 발간한 유엔인구기금(UNFPA)의 '2013년 세계인구현황 보고서'에 따르면 이 해의 세계 총 인구는 71억 6,200만 명으로 전년도보다 1억 1,000만 명 증가한 것으로 추정됐다. 202개 나라 중 중국(13억 8,560만 명)과 인도(12억 5,210만 명), 미국(3억 2,010만 명) 등이 인구대국에 이름을 올렸다. 한국(4,930만 명)과 북한(2,490만 명)은 각각 26위와 49위를 기록했다. 2010년부터 2015년 사이에 태어난 남녀 신생아는 각각 평균 68세, 72세까지 살 수 있을 것으로 기대됐으며, 한국 남성과 여성의 기대수명은 각각 78세와 85세였다. 여성 1인당 세계 평균 출산율은 2010~2015년 연평균 2.5명 수준으로 추산됐지만 우리나라는 거의 절반 수준인 1.3명에 그쳤다.

고령화 문제와 관련해서 눈길을 끄는 통계치는 또 있다. 바로 한국경제를 실질적으로 이끌고 있는 핵심생산

2013년 우리나라의 65세 이상 고령인구는
12.2%(613만 명)를 기록한 데 이어 매년
급증하다 2050년에는 37.4%(1,799만 명)까지
치솟아 세계 최고의 고령국가가 될 것으로
전망된다.

통계청이 발표한
자료에 따르면
우리나라 핵심생산
인구(핵심생산층)는
1,978만 명으로 총
인구(5,022만 명)의
39.39%를 차지했다.

인구도 크게 줄고 있다는 점이다. 핵심생산인구란 생산
가능인구(15~64세) 중 생산, 소비 등의 경제활동이 가
장 왕성한 25~49세의 인구계층을 말한다. 통계청이 발
표한 자료에 따르면 우리나라 핵심생산인구(핵심생산층)
는 1,978만 명으로 총 인구(5,022만 명)의 39.39%를
차지했다. 이는 1993년(38.95%) 이후 가장 낮은 수치
다. 핵심생산층은 통계가 시작된 1960년(29.84%) 이래
28.47%(1970년), 30.98%(1980년), 37.67%(1990
년) 등으로 꾸준히 증가하다 1995년(40.15%) 처음으로
40%를 돌파했다. 그러나 이 비율은 2006년(42.78%)에
정점을 찍고 조금씩 줄기 시작하더니 1994년(39.53%)
이래 처음 40% 아래로 떨어진 것이다. 핵심생산층이 줄
어든 이유로 베이비붐 세대(1955~1963년생)의 고령화
가 꼽히고 있다. 한국경제를 끌고 온 베이비붐 세대는 15

세 이상 생산가능인구의 17%(684만 명)를 차지한다. 베이비붐 세대의 은퇴 시작은 우리나라 경제의 큰 불안요소로 작용할 전망이다.

우리 사회는 고령화의 가속으로 홀몸노인, 즉 독거노인이 급증하는 사태를 맞고 있다. 5년마다 실시되는 통계청의 인구 총 조사 가구부문에 따르면 만 65세 이상 고령자 중 가족 없이 혼자 생활하는 인구는 106만 6,365명(2010년 기준)으로 전체 1인 가구의 25.7%를 차지했다. 인구추계에 따르면 2023년에는 200만 세대를 돌파하고 2032년에는 300만 세대 이상에 달할 전망이다. 통계청의 '2013년 사회조사'에 따르면 우리나라 고령자들은 제대로 노후준비를 못하고 있거나 혼자 사는 비율이 높았다. 노후 준비가 안 된 60세 이상 가구주 중에 준비할 능력이 없다는 답변이 58.1%에 달해 노인빈곤 문제가 현실화 됐음을 실감케 한다. 60세 이상 노인 가운데 자녀와 함께 사는 비율은 32.2%, 따로 사는 비율은 67.8%로 떨어져 사는 비율이 훨씬 높았다. 자녀와 동거할 의향에 대한 질문에 대해서는 27%만이 같이 살고 싶다고 했다. 자녀와 동거의사가 없는 고령자들은 앞으로 살고 싶은 곳으로 자기집(78.8%), 무료 양로원 또는 요양원(15.4%), 유료 양로원 또는 요양원(5.2%) 등을 꼽았다.

선진국이나 후진국 모두 '고령자 급증' 상황에 직면해있다. 의학이 발달하고 좋은 음식을 맘껏 먹을 수 있게 되면서 '60, 70대 노인'은 옛말이고 '60, 70대 청년', '나이 많은 청년'으로 취급받고 있다. 근로자의 정년을 60세로 늘리는 법이 2013년 국회를 통과했다. 이 법이 고령화 문제를 획기적으로 해소한다고 볼 수는 없다. 하지만 한창 일할 수 있는 50대 초반이나 중반에도 직장에서 떠밀려 나가야 하는 상황에서 정년 연장은 고령화 문제에 적극적으로 대응하는 '의미 있는 시도'임에는 틀림없다. 그러나 산업계나 노동계는 단순히 정년만 늘리는 것에 급급해서는 안 된다. 임금피크제 등을 통해 정년을 65세까지 늘리거나 아예 평생직장으로 가는 방안도 적극 모색할 필요가 있다. 고령층은 직장생활에서 얻어지는 일정한 수입으로 삶의 질을 끌어 올릴 수 있고, 그들 자신이 사회나 소비시장에 활력을 주는 촉매제 역할을 할 수 있다. 노인이 생기를 되찾았을 때 가장 큰 혜택을 누리는 대상은 바로 가족(자식이나 손주)이 될 것이고, 결과적으로 국가는 노인복지 부담을 덜게 됨으로써 재정적으로도 엄청난 실익을 얻게 된다.

노인이 생기를 되찾았을 때 가장 큰 혜택을 누리는 대상은 바로 가족(자식이나 손주)이 될 것이고…

고령화 문제를 해결할 수 있는 핵심적인 당사자는 바로 노인 자신들이다. 양팔을 낀 채 젊은이, 사회, 국가가

노인을 푸대접한다고 불평, 불만만 늘어놓아서는 안 된
다. 노인 스스로 논리적이고 실질적이며 체계화 한, 그래
서 젊은이나 국가가 인정하고 받아들일 수밖에 없는 대안
이나 해결책을 능동적으로 찾는 데 골몰해야 한다.

   그럼 무엇이 가장 확실하고도 실현가능한 해결책일까.
필자는 노인들이 조부모(1대)와 손주(3대)를 연결하는 '대
(代) 잇기 사업'에 능동적으로 나서는 것만큼 훌륭한 묘책
은 없다고 본다. 지금 주위를 돌아보라. 건강이 나쁘거나
경제적 빈곤에 시달린 채 자식과 떨어져 사는 노인 가정
대부분이 많은 문제점을 안고 있음을 발견할 수 있다. 고
독에 지친 노인들은 멀리 떨어져 사는 자식들을 원망하고,
자식들은 육아를 맡아 줄 사람이 없어서 자녀를 한 명 이
상 낳을 엄두를 내지 못한다. 사회나 국가는 둘째, 셋째를
낳으라고 야단이지만 과중한 육아부담때문에 자녀를 더
낳을 수가 없다. 이런 악순환 속에서 대한민국은 세계에서
가장 아이를 적게 낳는 초저출산 국가가 됐다. 국가가 천
문학적인 재정을 투입했지만 출산율은 꿈쩍도 않는다. 노
인의 역할이 미미한 상태에서 수십조 원을 더 투입한다 해
도 출산율을 끌어올리기는 쉽지 않을 것이다. 젊은 부부가
아이를 낳을 여건이나 형편이 안되니 출산율을 끌어 올릴
수가 없다. 그러나 노인들이 젊은이들의 자녀 양육을 도와

준다면 사정은 완전히 달라진다. 지자체나 국가가 출산을 유도하지 않아도 젊은 부부들이 먼저 아이 한 명으론 부족하다며 둘째, 셋째를 계획할 것이다. 아이가 '미래를 이어갈 꿈'이요, '소중한 보배'라는 것을 젊은이들도 너무 잘 알고 있기 때문이다.

거듭 말하지만 대를 이어줄 조정자이자 최적격자는 노인이다. 그 어떤 묘책도 통하지 않는 저출산 문제, 고령화 문제를 한꺼번에 해결할 수 있는 특급 처방의 주역이 바로 노인이다. 노인의 '대 잇기 사업' 동참은 값으로 매길 수 없는 가치를 지니고 있다. 풍부한 지혜와 경험을 가진 '인생의 원로'인 노인을 다시 가정으로 모셔 와야 한다. 한 지붕 안이 어렵다면 젊은이들 곁으로 모시는 사회적 분위기가 형성되어야 한다. 대한민국의 위기를 극복할 수 있는 '특급 처방'은 노인의 힘과 지혜를 빌려 가족통합을 이뤄내는 데 있다.

그러나 노인들이 젊은이들의 자녀 양육을 도와준다면 사정은 완전히 달라진다. 지자체나 국가가 억지로 시키지 않아도…

저출산 대책 '밑빠진 독'

      인구정책의 실패로 대한민국이 활력을 잃어 가고 있다. '미래의 일꾼'인 아기 울음소리가 사라지고 농촌과 도시는 노인들로 메워지고 있다. 사회와 국가를 이끌어 갈 중심층(중위층) 연령도 자꾸 높아진다. 높은 소득으로 삶의 질은 높아졌지만 저출산·고령화에 시달린 일본이나 유럽 여러 나라들처럼 우리나라도 예외 없이 '아이 적게 낳는 노인의 나라'라는 전철을 밟고 있다. 여러 인구 지표는, 대한민국의 암울한 미래를 예고하고 있다. 우리는 저출산·고령화 해결을 위한 획기적인 대책으로의 '출구'를 찾지 못한 채 헤매고 있다.

      통계청이 발표한 '2014년 출생·사망통계 잠정치'에

따르면 2014년에 태어난 아이는 43만 5,300명으로 전년(43만 6,500명)보다 0.3%(1,200명) 감소했다. 이는 2005년의 43만 5,301명에 이어 두 번째로 낮은 기록이다. 1980년 86만 명이던 것이 2002년에 40만 명대로 줄어든 이후 한번도 50만 명을 넘어 선 적이 없다. 2002년에 태어난 아이들이 자라서 자녀를 낳을 시기인 2030년에는 30만 명대, 2056년에는 20만 명대로 신생아 수가 급격히 줄어들 것으로 예측되고 있다. 출생아 수는 2010~2012년 증가세를 보였으나 2013년에 이어 2년 연속 줄어들었다. 인구 1,000명당 출생아 수를 나타내는 '조(粗) 출생률'도 8.6명으로 전년과 유사한 수준으로, 1970년 통계 작성 이후 최저치를 기록했다. 여자 1명이 평생 낳을 것으로 예상되는 평균 출생아 수를 뜻하는 합계출산율은 1.21명으로 전년보다 0.021명 증가했다. 우리나라의 합계출산율은 2005년 1.08명으로 최저치를 기록한 뒤 2011년 1.24명, 2012년 1.30명으로, 회복하는 듯했으나 2013년 '초저출산'의 기준선인 1.30명 아래로 떨어졌다. 2011년 경제협력개발기구(OECD) 기준 평균 합계출산율은 1.7명인데, 한국은 OECD 34개국 중 합계출산율이 가장 낮다.

만혼이 증가하면서 산모의 평균 연령이 32.04세로

우리나라의 합계 출산율은 2005년 1.08명으로 최저치를 기록하고서 2011년 1.24명, 2012년 1.30명으로, 회복하는 듯 했으나 2013년 '초저출산'의 기준선인 1.30명 아래로 떨어졌다.

전년보다 0.2세 올라가는 등 산모의 평균 연령은 매년 올라가고 있다. 산모 다섯 명 중 한 명은 고령산모로 나타났는데 고령산모 구성비는 전년보다 1.4% 포인트 오른 21.6%로 역대 가장 높았다. 출산 순위를 보면 첫째 아이가 22만 5,100명으로 전년보다 0.1% 올랐고 둘째는 0.2% 줄어든 16만 5,400명으로 1981년 이후 가장 낮은 숫자를 기록했다. 셋째 이상도 4만 3,800명으로 전년도에 비해 3.1% 줄었다. 2014년 조사망률(1년간 발생한 총 사망자 수를 당해년도의 연앙기준-한 해의 중간인 7월 1일-으로 나눈 수치를 1,000분비로 나타냄)은 5.3명으로, 2004~2009년 최저 수준인 5.0명을 유지하다가 2010년 5.1명, 2012년 5.3명으로 늘어나는 추세다. 자연증가 수(출생아수-사망자수)는 16만 7,200명으로 전년보다 2,900명 줄어 역대 최저를 기록했다. 인구 1,000명당 자연증가수를 말하는 자연증가율은 3.3명으로 통계 작성 이래 2년 연속 최저치를 기록했다. 자연증가율은 1980~1990대에는 두 자릿수를 기록하는 일이 흔했으나 2000년대 들어 급격히 줄고 있다.

2002년부터 2011년까지 10년간 우리나라 여성이 평생 낳는 자녀 숫자를 가리키는 평균합계출산율은 1.18명에 그쳤다. 합계출산율이란 여자 1명이 가임기간(14~49

산모 다섯 명 중
한 명은 고령산
모로 나타났는데
2014년 고령 산모
구성비는 전년보다
1.4% 포인트 오른
21.6%로 역대
가장 높았다.

인구정책의 실패로 우리나라는 아기 울음 소리가 점차 사라지는 초저출산국 대열에 합류해버렸다. 가정에서 육아를 도와줄 어른이 사라지면서 아이양육과 교육에 부담을 느낀 젊은 부부들이 출산을 기피하고 있기 때문이다.

세)에 낳을 것으로 예상되는 평균 출생아 수를 말하며 이 수치는 국가별 출산력 수준을 비교할 때 주요 지표로 쓰인다. 우리나라의 평균합계출산율은 선진국 프랑스(1.95명), 영국(1.85명), 스웨덴(1.84명), 독일(1.36명), 일본(1.33명)보다 훨씬 낮다. 물론 이들 국가도 합계출산율이 인구대체수준, 즉 인구가 줄지 않고 유지하는 수준인 2.08명에는 미치지 못하고 있다. 국제기구 등은 인구대체수준이 2.08명 이하면 저출산, 1.5명 이하로 낮아지면 초저출산으로 분류하고 있다. 따라서 우리나라는 사실상 14년째 초저출산에도 못 미치는 출산율을 보이고 있다.

경제협력개발기구(OECD) 국가 중 출산율이 1.3명 미만으로 떨어진 국가는 한국, 일본, 이탈리아, 독일, 스페인 등 12개국으로 이 중 13년 연속 1.3명 미만은 한국뿐이다. 한국의 총인구는 2012년 처음으로 5,000만 명을 돌파했다. 국민소득이 2만 달러가 넘고 인구가 5,000만 명이 넘는 나라는 일본, 미국, 프랑스, 이탈리아, 독일, 영국에 이어 한국까지 7개 나라. 하지만 지금과 같은 추세로 저출산 현상이 지속되면 우리나라의 인구는 2030년 5,216만 명으로 정점을 찍고 2045년에는 4,000만 명대로 뚝 떨어질 것으로 전망된다.

경제협력개발기구(OECD) 국가 중 출산율이 1.3명 미만으로 떨어진 국가는 한국, 일본, 이탈리아, 독일, 스페인 등 12개국으로 이 중 13년 연속 1.3명 미만은 한국뿐이다.

이 같은 저출산 현상으로 자녀 없이 성인으로만 구성되는 가정이 급격히 늘고 있다. 한국보건사회연구원 사회통합연구센터 김문길 부연구위원이 내놓은 '가구 구성 변화와 소득불평등, 그 정책의 함의'란 연구보고서에서 이 문제를 집중 조명하고 있다. 이 연구보고서는 통계청의 가계동향조사 자료를 토대로 2명 이상으로 이루어진 도시 가구에서 성인과 아동의 수를 조합하여 3개의 가구구성 유형으로 분류, 1990년에서 2012년까지 가구구성의 변화가 소득불평등에 끼치는 영향 정도를 파악했다. 보고서에 따르면 전체 가구에서 아동 없이 성인 2명으로만 구성된 가구가 차지하는 비중은 1990년 9.9%에서 2012년 27.9%로 18.0% 포인트나 늘었다. 최근까지만 해도 표준가구(성인 2명, 아동 2명)로 분류되던 가구 비중 역시 1990년 18.8%에서 2012년 14.1%로 4.7% 포인트 감소했다.

저출산·고령화로 2014년에는 한국 인구의 중위연령이 처음으로 40대(40.2세)에 진입할 것으로 전망된다. 중위연령은 그 나라 인구의 딱 중간에 해당하는 나이를 의미한다. 이런 추세로 가면 2040년엔 한국의 중위연령이 52세까지 올라갈 것으로 예상된다. 다시 말해 지금의 평균 정년퇴직 연령(53세)과 같은 수준이 되는 것이다. 생산가능인구(15~64세)가 두터워야 높은 생산효율과 경제성장률을 기대할 수 있는데, 저출산에 따른 고령화 심화로 놀고먹는 연령대가 훨씬 더 두터워지는 기형적인 인구구성 형태를 띠게 되는 것이다.

저출산 대책에 매달리는 정부의 노력은 그야말로 눈물겹지만 문제는 효과가 미미하다는 점이다. 2005년은 '산아제한'에서 '출산율 높이기'로 정책을 전환한 해다. 같은 해, 청와대가 주도해서 만든 '저출산고령사회기본법'이 국회를 통과했기 때문이다. 그 이전에는 산아제한정책이 나온 1962년부터 아이를 적게 낳도록 하는 데만 정부의 관심이 집중돼 있었다. 그러다 2000년대 들어 출산율 문제가 심각해지고 인구 감소와 고령화에 따른 국민연금 고갈 논란까지 겹치면서 저출산 문제가 공론화되기 시작했다.

정부는 2006년 범정부 종합대책인 '2006~2010 제 1차 저출산 고령사회 기본계획', 이른바 '새로마지 플랜' ('새로마지'는 '새로움'과 '마지막'의 합성어)을 발표했다. 5년 동안 무려 42조 원을 투입하는 것으로, 이 가운데 20조 원을 저출산 분야에 배정했다. 2010년 나온 제2차 기본계획에서는 전체 투자규모 76조 원 중 40조 원이 저출산 대책분야에 집중됐다. 정권이 바뀌고 새 정부가 공약가계부를 발표하면서 저출산 대책 관련 재정규모를 2017년까지 20조 원 가까이 더 늘리기로 했다. 이런 천문학적인 국가재정이 투입되었지만 효과는 아직 미미하다. 그렇지만 정부의 이같은 조치는 저출산 해결의 포문을 열었다는 점에서 고무적이라 볼 수 있다.

문제는 막대한 재정을 투입해서 출산 장려비를 지급하고 곳곳에 어린이집을 만들어 준다고 저출산 문제가 쉽게 풀리지 않는다는 점이다. 지금까지 내놓은 수많은 대책들은 그야말로 '밑 빠진 독'에 불과하다. 저출산 해결을 위해 20여 년 동안 엄청난 재정을 쏟아 부었지만 우리나라 평균 합계출산율은 세계 꼴찌 수준인 1.21명에 그치고 있는 것만 봐도 알 수 있다. 다시 말해 돈만으로는 결코 해결할 수 없는 문제인데도 예산을 잔뜩 편성한 것만으로 마치 특단의 대책을 마련한 것처럼 중앙 · 지방정부가 생색을 내 왔다.

육아휴직을 통해 남성들의 육아 동참을 독려하고 있지만 이또한 저출산 문제를 푸는 데 한계가 있다. 양육비와 사교육비는 버겁기만 하고 직장 생활을 포기해야하는 문제가 뒤따라 아이 하나 더 낳겠다는 생각을 하지 못하게 된다. 아이를 봐줄 사람이 있고 아이의 양육과 교육에 드는 비용이 부담스럽지 않다면 둘째, 셋째 자녀를 둘 젊은이들은 늘어날 것이다.

필자는 젊은이들이 용기를 내서 양육과 교육을 남이 아닌 할아버지, 할머니에게 과감히 맡겨 보라고 권유하고 싶다. 물론 할아버지, 할머니는 얼마 남지 않은 황혼 황금기를 포기해야 하는 희생이 뒤따르기에 손주 육아에 대해 부담스러워 할 수 있다. 그래도 끈기 있게 호소해 보자. 집안, 나라의 미래를 위해 아이 더 낳을 수 있도록 도와 달라고 하는데 이를 외면하는 어른이 몇 분이나 될까. 지금처럼 아이를 적게 낳거나 아예 낳지 않으려고 한다면 우리 민족은 지구상에서 사라질지도 모른다. 이러한 사태의 심각성은 노인들이 더 잘 알고 있을 터. 그들은 기꺼이 젊은이들에게 손을 내밀 것이다.

> 그래도 끈기 있게 호소해 보자. 집안, 나라의 미래를 위해 아이 더 낳을 수 있도록 도와 달라고 하는데 이를 외면하는 어른이 몇 분이나 될까.

날개 잃은 기러기가족

대한민국에는 1990년대부터 영어 배우기 열풍이 불면서 희한한 현상이 생겨났다. 글로벌 시대에 살아남기 위해서는 자식에게 영어 하나는 제대로 배우게 해야 한다는 인식이 사회 저변에서 일기 시작한 것이다. 어른들은 한국말도 미처 다 배우지 못한 어린 자녀를 경쟁적으로 미국, 캐나다, 호주, 뉴질랜드, 영국, 말레이시아, 인도, 필리핀 등 영어권 나라라면 가리지 않고 마구 밀어넣었다. 유치원이나 초등학교에 갑자기 빈 의자가 생기면 그 의자의 주인은 어김없이 조기 해외 유학을 떠났다고 보면 된다는 말이 나올 지경이었다.

한창 꿈을 키워야할 청소년 시기엔 공부에 내몰리기 보다 가족의 따스한 품에서 사랑을 듬뿍 받는 것이 더 중요하다. 그런데도 사회지도층 부모들이 앞장서서 자녀들을 해외로 내보내자 서민들도 무리를 해가며 그 대열에 합류함으로써 '조기유학 광풍'이 한동안 나라 전체를 휩감았다. 연간 수 천, 수 만 달러에 달하는 유학비용을 감당할 능력도 없는 부모들이 빚을 내서라도 자식을 유학 보내려는 풍조가 들불처럼 번졌다.

해외유학은 사전에 철저한 준비와 계획을 세운 뒤 결정해도 늦지 않다. 그런데도 부모들은 남의 아이가 유학 가는데 내 아이도 안 보낼 수 없다며 자녀를 덜컥 비행기에 태운 경우가 많았고, 그 결과 떠밀리듯 유학길에 오른 아이들의 숫자는 해마다 늘어나고 있다. 교육부가 조사한 결과 2004년부터 2011년까지 매년 평균 2만 2,000가구의 '기러기 가족'이 생겨난 것으로 추정되었다. 이는 2만 2,000명 이상의 아이와 엄마가 아빠만 한국에 남겨 놓고 유학길에 오르고 있다는 뜻이다. 조기 유학은 어학연수 개념의 6개월이나 1년 정도의 단기도 많지만 초등학교 과정이나 중·고교 과정을 마치기 위해 5년을 훌쩍 넘기는 경우도 적지않다. 또 상당수가 이미 시작한 유학의 끝을 보기 위해 석·박사 학위까지 취득하는 등 현지에서 10년

대한민국의 젊은 부모들은 자식에게 영어를 배우게 하려는 욕심으로 연간 수천만 원씩 들여가며 조기해외유학을 보내고 있다. (사진은 한국 학생들의 대표적인 조기유학지로 꼽히고 있는 캐나다 밴쿠버 시가지 전경)

이상 장기간 체류하는 경우도 많다.

이러다 보니 대한민국 전체 기러기 가족이 50만 가구에 이르는 것으로 추산되고 있고 연간 조기유학 비용도 10조 원에 달할 정도라고 한다. 이 비용은 몇 백억 원에 불과한 우리나라의 기초 자치단체 1년 예산의 수 십,수 백 배에 달하고 인구 360만 명인 우리나라 제 2의 도시 부산광역시의 1년 일반 예산(2014년 부산시 일반예산 12조 원)과 거의 맞먹는 수준이다. 통계청의 '2010년 인구주택 총조사' 자료에 따르면 2010년 기준으로 다른 지역에 가족이 있는 가구는 245만 1,000가구로 전체 가구(1,733만 9,000가구)의 14.1%에 달하고 있다. 이 중 결혼을 했지만 배우자와 떨어져 사는 '기러기 가구'는 115만 가구에 달하고 조기유학(50만 가구)으로 기러기 가족이 되는 비율은 무려 43.5%에 이른다는 계산이 나온다.

대한민국에서 '기러기 아빠'라는 단어는 보통명사처럼 돼
버렸다. 기러기 아빠의 탄생은 곧 가족관계의 단절, 가족
해체로 이어지면서 심각한 사회문제로 자리 잡았다. 심지
어 이 단어는 듣거나 떠 올리기만 해도 괜히 머리가 지끈거
리고 우울해 지는 '집단적 스트레스'의 원인이 되기도 한다.
'기러기 가족', '기러기 아빠·엄마'라는, 다른 나라에서는
좀처럼 듣기 어려운 단어가 대한민국에서는 자녀를 키우는
일부 젊은 부모들을 지칭하는 현실이 된 것이다.

우리나라 부모들은 현재 생활의 즐거움, 행복, 노후 대
비 등 자신에 대해서는 별로 신경 쓰지 못하고 있다. 한 살
이라도 젊을 때, 직장에서 '힘'과 '능력'을 키워 자식에게 모
든 것을 쏟아 부으려는 경향이 짙다. '금쪽같은 내 자식'이
라는 말이 그래서 나왔다. 부모는 자식을 위해서라면 기꺼
이 모든 것을 내놓는다. 조기 유학 열풍에는 이런 부모들
의 심리가 깔려 있다.

국내 굴지의 대기업은 물론 중소기업들의 행태도 조
기 유학 열풍을 부르는 데 결정적 기여를 했다. 기업들
은 FTA(자유무역협정) 도입 등에 따른 무역 장벽을 넘기

이 중 결혼을 했지
만 배우자와
떨어져 사는
'기러기 가구'는
115만 가구에
달하고 조기유학
(50만 가구)으로
기러기 가족이
되는 비율은 무려
43.5%에 이른다는
계산이 나온다.

위해 세계 각국으로 현지 공장을 설립하거나 외국 기업을 유치하려는 과정에서 직원 선발의 최우선 조건으로 '유창한 영어 구사자 우대'를 거듭 내세웠다. 토익 성적 800~900점 이상을 따 놓지 않는 대학생들은 대기업 입사시험 서류 심사에서 아예 제외됐다. 취업을 앞둔 대학생들은 너도나도 휴학계를 내고 영어를 배우기 위해 영어권 나라로 6개월에서 1년 간 연수를 갔다 온 뒤 그 증명서를 입사지원서류에 붙여야만 겨우 합격할 수 있었다. '금쪽같은 내 자식'이 영어를 못하면 백수가 될 수밖에 없다는 부모들의 생각이 자식을 조기 유학의 대열에 동참하게 만든 것이다.

이처럼 기러기 가족이 늘어가는 사이에 대한민국에선 안타까운 일들이 줄지어 발생했다. 장기간 가족들과 떨어져 있는 아빠들이 외로움을 이기지 못하고 스스로 목숨을 끊는 일들이 일어난 것이다. 2014년 3월초 서울의 한 중학교 체육관 자재실에서 교사가 스스로 목숨을 끊은 채 발견됐다. 이 교사는 6년 전 자녀들을 캐나다로 유학을 보낸 뒤 혼자 지내오다 극단적인 선택을 해 주위를 안타깝게 했다. 그는 유서에서 "가족 건강 붕괴 싫다"고 외쳤다. 기러기 아빠라는 처량한 신세, 가족이 깨졌다는 사실이 그를 깊은 절망의 수렁으로 몰아갔다. 2013년 11월 중순께는 인천의 한 빌라에서 50대 남성이 유서를 써 놓고 숨진 채 발견됐다. 이 남성은 고교생인 아들 둘이 아내와 함께 미국으로 유학을 떠난 뒤 4년간 혼자서 가족 뒷바라지를 해오다 외로움과 경제적 어려움을 이기지 못하고 스스로 삶을 포기하고 말았다. 그의 유서에도 세상을 향한 절규가 있었다. "끝까지 책임져주지 못해서 미안하다. 나처럼 살지 마라. 몸 건강 마음 건강 모두 다 잃었다"라는 내용이었다. 전기기사인 이 남성은 일감이 많지 않아 실직을 반복했고 항공권 비용을 마련하지 못해 최근 4년간 가족을 단 한 번도 만나지 못한 것으로 알려졌다. 대구에 사는 한 의사는 2013년 3월 자신의 아파트에서 숯불을 피워놓고 숨졌다. 경찰에 따르면 2003년 미국으로 딸과 아내를 보내놓고 혼자 살아왔는데 유서를 통해 그가 딸의 유학문제 등으로 고민하고 있었다고 한다.

기러기 아빠들이 당하는 정신적인 고통이 얼마나 큰지는 모 TV 연예 프로그램에서 2014년 4월 초 소개된 기러기 아빠 연예인들의 목소리에서 적나라하게 드러나 있다. 가수 A씨는 아들의 제일 친한 친구가 유학을 갔다고 하기에 "기죽을 수 없잖아. (너도) 갔다 와봐." 한 것이 10년이 됐단다. 그는 명절 때 마다 쓸쓸함을 술로 달래고 있다고 털어놨다. 연기자 B씨는 기러기 아빠 9년 만에 장보기에

요리까지 '살림 9단'이 됐다고 한다. 한번은 그가 부산스럽게 노는 아이들을 효자손으로 한 대 때렸는데, 아이들이 경찰을 부른다는 말에 하늘이 무너지는 기분을 느꼈다고 한다. 15년째 기러기 아빠를 하고 있는 가수 C씨는 아이들과 따라간 아내 유학비를 대기 위해 밤무대를 여러 군데 뛰었고 한 푼이라도 아끼기 위해 운전사를 쓰지 않고 직접 차를 몰고 다녔다고 했다. 운전사한테 갈 돈이면 아이들에게 좋은 책을 사 줄 수 있겠다는 생각이 들었단다. 이처럼 기러기 아빠의 외로움과 경제적 어려움은 돈 있는 사람이나 없는 사람, 연예인 등 누구에게나 예외 없이 찾아온다.

기러기 가족에게 소리 없이 찾아오는 '나쁜 것'들은 참 많다. 장기간 떨어져 살다 외로움에 지쳐 외도를 하고 그것이 이혼으로 이어져 가정이 파탄나기도 한다. 잘 살아보자고 한 자녀의 조기유학이 도리어 가족 해체라는 결과로 돌아온다니. 모 방송국에서 방영된 프로그램에서는 필리핀에 유학 간 자녀를 따라 나간 기러기 엄마들이 마사지 업소나 유흥업소를 드나들며 일탈행위를 하는 사례들이 소개됐다. 모 일간지에는 자녀와 아내를 외국에 내보내고 혼자 살고 있는 기러기 아빠들의 외로움을 달래주는 서울의 '기러기 바'(데이트 바)를 소개하는 기사가 실렸다. 이곳에 가면 자신이 원하는 여성을 선택해 1대 1로 술을 마

시며 갖은 고민을 털어 놓으며 외로움을 달랠 수 있다고
한다.

자녀의 멋진 미래를 기대하며 조기유학을 선택한 기러
기 아빠들. 그러나 정작 본인의 삶은 심한 우울증, 알코올
중독, 영양상태의 불균형 등을 겪으며 나락으로 추락하고
있다. 돈 없고(苦), 아프고(苦), 외롭고(苦)의 3고(苦)를
몰고 오는 조기 유학. 과연 엄청난 투자비용에 걸맞는 그
이상의 것들을 가져다 주는가. 가족 붕괴, 해체 등의 혹독
한 대가까지 각오해야 하는 조기유학에 대한 깊은 성찰과
반성은 물론, 인식의 대전환이 필요한 때다.

돈 없고(苦), 아프고
(苦), 외롭고(苦)의
3고(苦)를 몰고 오는
조기 유학.

가족해체가 부른 비극 '고독사'

한국은 아기의 울음소리를 듣기 힘든 '노인의 나라'로 전락했다. 장기간 이어지는 극심한 저출산 현상에다 의료수준이 획기적으로 좋아지면서 미래의 꿈나무인 유아 층은 얇아지고 노인층이 두터워지고 있다. 문제는 '노인의 나라'가 노인이 맘껏 행복을 누리는 곳이 아니라 노인 소리를 듣는 순간부터 나약해지고 빈곤의 늪에 빠져 서러움에 가슴을 쥐어뜯는 신세가 돼 버린다는 점이다. 노인들이 사회와 국가로부터 존경과 우대를 받으며 자녀와 '함께 살며' 노후를 즐기는 것이 아니라 혼자 '외딴 섬'으로 뚝 떨어져 고독과 질병, 생활고에 시달리고 있는 것이다.

노인들이 사회와 국가로부터 존경과 우대를 받으며 자녀와 '함께 살며' 노후를 즐기고 있는 것이 아니라 혼자 '외딴 섬'으로 뚝 떨어져 고독과 질병, 생활고에 시달리고 있는 것이다.

통계청이 2013년 말 발표한 '한국의 사회통합 2013' 자료에 따르면 노인 가구(가구 주의 연령이 65세 이상) 중 자녀와 동거하는 비율은 1990년 75.3%에서 2010년 30.8%로 20년 사이에 뚝 떨어졌다. 이는 노인 10명 가운데 겨우 3명만 가족의 관심과 보호 속에 있다는 뜻이다. 물론 나머지 7명 가운데 일부는 경제적 독립을 해서 편안한 노후생활을 즐긴다. 그러나 40~50대에 직장에서 쫓겨나 백수가 되면서 노후 준비를 제대로 하지 못한 노인들이 훨씬 더 많다는 데 문제의 심각성이 있다. 같은 통계에 따르면 노인이 아들과 동거하는 비율이 1990년 50.3%에서 20년 만에 25.6%로 떨어졌지만 딸과의 동거 비율은 4.1%에서 6.0%로 약간 높아진 것으로 나타났다. 이는 무조건 아들과 함께 살아야 한다는 고정관념에서 탈피, 딸과도 노년을 함께 보낼 수 있다고 생각하는 노인이 늘어나고 있음을 보여준다.

노인의 위상이 극도로 악화되고 있음을 보여주는 통계는 또 있다. 노인 1인 가구는 같은 기간 10.6%에서 34.6%로 급증했다. 노인 3명 중 1명이 혼자 사는 나라가 대한민국이다. 그나마 안도하게 하는 것은 노인 가구의 자가 비율이 74.8%로 연령대 중 가장 높았다는 점이다. 주거면적은 79.9㎡로 50~64세의 84.3㎡ 보다 작았지만,

당장은 집세 안내고 하루하루를 보낼 수 있는 최소한의 경제적 독립을 유지하고 있음을 보여줬다.

노인의 거처 종류에도 위험성은 있다. 거처 종류별 비율은 단독 60.2%, 아파트 29.6%로 단독거주가 훨씬 많은 것으로 나타났는데 이는 자녀들이 방문과 전화를 소홀히 하거나 가정 돌봄이 배치 등 제도적, 사회적 복지의 손길이 미치지 않으면 노인들이 그대로 위험에 노출될 수밖에 없음을 보여준다. 다행스러운 것은 장남이 부모를 돌보는 비율은 24.6%에서 10.6%로 감소한 반면, 장남 외의 자녀들이 돌보는 비율은 11.5%에서 28.3%로 높아졌다는 점이다. 이는 부모 부양이 장남에게만 맡길 문제가 아닌, 자녀들이 공동으로 부담해야 하는 문제라는 인식으로 변화하고 있음을 반영하고 있다.

그러나 노인의 경제사정은 더 나빠지고 있다. 전체 상대빈곤율이 2006년부터 2012년까지 13.8%에서 14.0%로 0.2% 포인트 오르는 동안 노인가구의 상대빈곤율은 46.0%에서 49.3%로 껑충 뛰었다. 2010년 기준으로 OECD 33개국과 비교했을 때 한국의 노인 상대빈곤율은 47.2%로 OECD 평균인 12.8%에 비해 거의 4배에 육박, 1위를 차지하는 불명예를 안았다.

우리를 우울하게 만드는 통계는 이뿐만이 아니다. 우리 나라의 65세 이상 노인인구비율이 2010년 10.9%로 10년 전보다 3.9%나 증가했고 전국 67개 시군구가 이미 초고령 사회(65세 이상 인구가 20% 이상인 사회)로 진입했다. 통계청은 이 추세대로 간다면 2020년 65세 이상 인구 구성비는 15.7%, 2040년 32.2%에 달할 것으로 전망했다. 무기력한 모습으로 지하철이나 시청 광장, 공원 등을 메우는 노인들이 늘어나면서 사회는 더욱 활력을 잃게 될 것이다.

통계청의 이 같은 각종 노인 인구 관련 통계는 향후 우리에게 닥칠, 노인과 관련된 갖가지 문제를 예고하고 있다. 그중에서도 가장 지독한 문제는 노인의 고독사(孤獨死)나 무연고사이다.

통계청의 이 같은 각종 노인 인구 관련 통계는 향후 우리에게 닥칠, 노인과 관련된 갖가지 문제를 예고하고 있다. 그중에서도 가장 지독한 문제는 노인의 고독사(孤獨死)나 무연고 사이다. 자식이나 친지가 있음에도 고독사로 방치된다는 것은 우리 사회의 세태가 갈수록 삭막해짐

한국이 고령화 사회로 접어들면서 독거노인수가 급증하고 있고 이들 가운데 외로이 죽음을 맞는 고독사 사례도 늘어나고 있다.

을 여실히 보여주고 있다. 무연고사는 자녀나 친지가 없어 아무런 보호를 받지 못한 채 시설에 수용돼 있다가 숨진 경우를 말한다. 죽은 지 수개월 만에 백골상태로 고독사한 노인이 발견됐다는 소식도 들려오고 있다. 2013년 10월 부산에서 혼자 사는 60대 여성의 백골시신이 5년 만에 발견돼 충격을 줬다. 2012년 현재 65세 이상 노인 613만 8,000여 명 중 125만 2,000여 명이 홀로 사는 것으로 파악되고 있다. 이들은 상당수가 빈곤과 질병, 고독 등의 복합적 고통을 겪는 열악한 생활환경에 내몰려 있다. 이 중에는 혼자 생활하기 어렵고 사회적 교류가 단절된 '고독사 위험군'이 30여만 명에 이르러 특별한 관리를 필요로 한다.

우리보다 앞서가는 일본의 경우, 고독사는 매우 흔한 일이 되어버렸다. 닛세이기초연구소 조사에 따르면 매년 1만 5,606명, 하루 42명꼴로 '고독사'하고 이 중 남성이 68%에 달한다고 한다. 이는 '사후 4일 이상 경과'된 65세 이상 노인의 시신을 기준으로 한 숫자인데, 만일 '사후 2일 이상 경과'까지 기준을 확대하면 그 수는 2만 6,821명, 하루 평균 73명으로 크게 늘어난다고 한다.

늙어가는 것도 서러운데 모든 열정과 청춘을 다 바쳐

2012년 현재 65세 이상 노인 613만 8,000여 명 중 125만 2,000여 명이 홀로 사는 것으로 파악되고 있다. 이들은 상당수가 빈곤과 질병, 고독 등의 복합적 고통을 겪는 열악한 생활환경에 내몰려 있다.

키운 자식이 외면하고 이웃과 사회, 국가마저 등을 돌려 고독사에 직면한 노인들. 그들이 느꼈을 처절한 분노와 절망을 외면해서는 안 된다. 스스로 즐기는 고독이 아니라 외면이나 무시로 인해 '강제적 고독'을 겪는 노인들에 대한 관심이 필요할 때다. 외로움에 몸서리치다 병든 몸으로 숨을 힘겹게 몰아쉬고 끝내 홀로 마지막 순간을 맞아야 하는 노인들. 이러한 비극적인 고독사가 미래의 우리, 나에게 닥칠 현실이 되지 않는다는 보장은 없다.

만약 아들 딸 부부를 곁에 두고 손주의 재롱을 보는 것이 일상이었다면 그들은 이런 최악의 상황에까지 이르지는 않았을 것이다. 고독사는 남의 일이 아닌, 바로 내 자신의 문제이자 우리의 문제로 심각하게 받아들여야 한다. 전체 가구의 34.3%에 이르는 노인 가구주의 상당수는 고독사 대열에 포함될 가능성이 높다. 멀지 않은 미래, 우리 사회의 직업군에 고독사 전담 장의사가 추가되고 고독사 장례식장까지 생겨날 지 모른다. 모두를 슬프게 하고 몸서리치게 하는 우울한 단어, 고독사는 '가족해체의 막다른 길'에서 비롯된 것이다.

독거노인, 고독사를 심각하게 인식하기 시작한 정부와 각 지자체는 최근 들어 여러 대책을 내놓기 시작했다.

정부 고위 관계자는 2013년 말 독거노인 공동주거제를 처음 시행한 경남 의령군 현장을 방문, 관련 시책을 적극 펼치겠다고 약속했다. 관련 부처는 혼자 사는 노인들이 숙식을 함께 하는 독거노인 공동주거제를 국정과제로 채택한 바 있다. 의령군이 2007년 이 제도를 시행해 '노인 고독사 제로'의 성과를 올렸다고 발표, 비상한 관심을 끌었다. 사실 농촌에 거주하는 노인들은 고독사에 노출될 위험이 매우 높다. 자식들은 일터를 찾아 도시에서 생활하고 있기 때문에 부모를 자주 찾아볼 수가 없다. 늘 가까이에서 부모님을 모시고 싶어 하는 바람을 현실이 가로 막고 있다. 의령군이 이런 사정을 감안, 혼자 사는 노인들을 모아서 함께 살게 함으로써 말벗을 만들어 주고 고독사까지 막아주니 자식들의 입장에서는 참으로 고마운 시책이 아닐 수 없다. 시골의 한 작은 지자체가 놀랍고도 현명한, 지혜로운 정책 한 가지를 내놓았다고 평가할 수 있다. 경남에서는 의령군 49곳과 하동군 13곳 등 7개 시군으로 확대되는 등 독거노인 공동주거제가 전국으로 확산될 것으로 보인다. 각 지자체, 중앙정부는 단순히 공동주거제를 마련하는 데서 그치지 말고 전문가의 도움을 받아 노인들의 삶의 질을 획기적으로 끌어 올릴 수 있는 방안을 찾아야 한다.

노인이 행복한 가정, 사회 그리고 그들이 무덤에 들어

노인이 행복한 가정, 사회, 그리고 그들이 무덤에 들어갈 때까지 촘촘한 복지망이 가동 될 때 대한민국의 복지는 '완성' 수준에 근접해진다.

갈 때까지 촘촘한 복지망이 가동될 때 대한민국의 복지는 '완성' 수준에 근접해진다. 어릴 때는 '황제' 부럽지 않게 살다가 늙어서는 '거지' 보다 못한 신세로 전락하고 마는, 용두사미식 복지가 되지 않기 위해서는 근본적인 문제가 어디에서 비롯됐는지를 찬찬히 들여다봐야 한다. 가장 획기적이고도 확실한 노인복지 해결책은 바로 가정 안에 있다고 필자는 다시 한번 지적하고 싶다. 개개인의 자존감을 지키며 가족 통합 대열에 동참하다 보면 난마처럼 꼬여 있는 노인 문제, 고독사·무연고사 문제를 해결할 수 있는 가닥이 손에 잡힐 것이다. 고독사를 뿌리 뽑는 것, 그것은 대한민국 노인복지의 새로운 도전이자 국민 개개인의 생애 마감을 챙겨 주는 과제가 됐다.

대한민국 울린 세 모녀의 죽음

        2014년 2월 16일 서울 송파구의 한 반지하 주택 10평 남짓한 공간. 한 방에서 60대 어머니와 30대 두 딸이 착화탄을 피워 놓고 함께 목숨을 끊은 사실이 크게 보도돼 우리 사회를 충격에 빠트렸다. 12년 전 암 투병을 하던 남편이 숨지면서 남긴 것은 밀린 병원비와 사업 실패로 인한 큰 빚이었다. 어머니는 집 인근 식당에서 일한 돈으로 가정을 겨우 꾸려 나갔다. 식당에서 받는 수입 때문에 기초생활수급자가 아니었지만 보증금 500만 원에 월세 38만 원인 집에서 9년째 살면서도 월세와 전기요금 12만 원, 건강보험료 4만 9,000원을 밀리지 않고 꼬박꼬박 납부했다. 그러다 빙판 길에 미끄러져 팔을 다치게 되면서 식당에도 나가지 못하게 되었다. 엎친 데 덮친 격으로 집 주인이 월세를 50만 원으로 올리면서 형편은 더 어려워졌다. 큰딸은 당뇨와 고혈압을 앓고 있어서 일을 할 수 없었고 둘째 딸은 가끔 아르바이트를 해서 살림에 보탰으나 이 역시 고정 수입은 아니었다. 특히 둘째 딸은 생활비와 병원비를 신용카드로 막다가 신용불량자가 된 상태였다.

집세를 낼 날짜는 다가오고 각종 세금 고지서는 쌓여갔다. 겹친 악재에 생계가 막막해진 세 모녀가 마지막으로 선택한 것은 청테이프로 창문을 밀봉한 방 안에서 착화탄에 불을 붙이는 일이었다. 집안은 깨끗이 정돈돼 있었고 세 모녀 옆에는 키우던 고양이 한 마리도 죽은 채 발견됐다. 세 모녀의 시신 위로는 남편과 함께 네 식구가 찍은 가족사진이 걸려 있었다. 집 주인은 "일 주일째 집안에서 인기척이 없고 TV 소리가 계속 나서 이상하게 여겨 신고했다"고 경찰에 진술했다.

세 모녀의 죽음은 자칫 사람들의 무관심 속에 훨씬 뒤늦게 알려질 수도 있었다. 세 모녀의 죽음을 접한 많은 네티즌들은 '없어도 구걸 없이 자존심을 지켰다', '가난해도 주변에 폐를 끼치지 않으려고 마지막까지 최선을 다한 듯해

집안은 깨끗이 정돈돼 있었고 세 모녀 옆에는 키우던 고양이 한 마리도 죽은 채 발견됐다. 세 모녀의 시신 위로는 남편과 함께 네 식구가 찍은 가족사진이 걸려 있었다.

서 더 안타깝다' 등의 반응을 보였고, '빈익빈 부익부의 희생자', '세금 거둬들여서 어디에 쓰느냐' 등 정부의 복지정책을 비난하기도 했다.

많은 사람들의 가슴을 울린 것은 그들이 메모지에 적은 절절한 사연과 5만 원 권 지폐 14장이었다. '주인 아주머니께. 마지막 집세와 공과금입니다. 정말 죄송합니다'. 침착하고도 또박또박 써 내려간 글씨에는 절대적 빈곤과 외로움, 무력감, 절망 등 삶의 모든 것을 다 내려놓은 듯 처절함이 고스란히 녹아 있었다. 세 모녀의 메시지는 "남편 없고 아버지 없는 어제도 힘들었지만 아무리 발버둥 쳐도 희망이 보이지 않는 지금 이 순간은 더 힘들고 해가 뜨면 다가오는 내일 또한 너무 무서워서 버텨낼 자신이 없습니다. 결국 우리 세 모녀는 남에게 더 이상 폐를 끼치지 않기 위해 극단적인 선택을 할 수밖에 없었습니다."라고 말한 것과 무엇이 다르랴.

혈육의 정(情), 사랑, 희망, 공동체 정신, 책임, 평안함으로 똘똘 뭉쳐야 할 가족이지만 이 세 모녀에게는 아무 것도 남아 있지 않았다. 함께 존재하고 있다는 유대감 속에서 희망과 살아갈 힘을 가져야 했지만 이들에겐 병마와 빈곤에 찌든 하루하루가 지옥이었고 편하게 살 수 있는

많은 사람들의 가슴을 울린 것은 그들이 메모지에 적은 절절한 사연과 5만 원 권 지폐 14장이었다. '주인 아주머니께. 마지막 집세와 공과금입니다. 정말 죄송합니다'.

주인아주머니께.

마지막 집세와
공과금입니다.

-세 모녀-

2014년 2월 서울 송파구의 한 반지하 주택에서 생활고를 이기지 못한 세 모녀가 주인 아주머니에게 메모를 남겨 놓고 착화탄을 피워 숨진 채 발견돼 큰 충격을 던졌다.

그날은 도저히 오지 않을 것만 같았다. 그래서 세 모녀는 신이 준 소중한 목숨마저도 그렇게 쉽게 놓아 버렸는지 모른다.

우리는 이 세 모녀의 동반 자살을 가슴 아픈 사연으로만 여겨서는 안 된다. 왜 이런 슬픈 일이 일어났는지 곰곰이 생각해보고 사회 안전망에 어떤 구멍이 났는지 세밀한 점검을 해야 한다. 가족은 이웃과 사회, 국가의 기본 단위이자 출발점이다. 세 모녀가 아등바등 어렵게 끌고 가던 가정이 '절대적 절망'을 이기지 못한 채 결국 사라져 버렸다. 세 모녀가 삶에 좌절할 때 우리는 그들을 외면하고 있었다. 그들이 희망의 불씨를 지필 수 있도록 좀 더 따뜻하게 지켜봐 주고 힘을 북돋워 줘야 했다. 관할 지방자치단체나 국가는 소외된 가정, 빈곤층이 다시 일어설 수 있도록

'제도적인 뒷받침'을 마련했어야 했다. 복지체계의 허점으로 또 다른 피해자가 나올 가능성은 없는지 끊임없는 반성과 점검으로 제도적 보완을 해 나가야 한다. 다시는 착화탄의 연기 속에 '마지막 공과금 봉투'가 던져져서는 안 된다.

세 모녀 죽음을 통해 우리는 다시 한번 가족의 중요성을 확인했다. 복잡한 문제일수록 기본으로 돌아가 생각하면 해결의 실마리를 찾을 가능성이 크다. 세 모녀의 죽음은 여러 가지 측면에서 우리 사회에 던진 엄중한 경고이기도 하다. 가족은 반드시 지켜져야 한다. 복지사회 구현을 입으로만 떠들 것이 아니라 제도로, 이웃의 관심과 사랑으로 일궈 내야 한다. 이를 위해서는 소외된 가정, 극도의 빈곤과

세 모녀의 죽음을 통해 다시 한번 가족의 중요성이 제기됐다. 극도의 빈곤과 절망으로 생사의 길목에 서 있는 가정도 두루 챙겨야 한다.

절망으로 생사의 길목에 서 있는 가정을 두루 챙길 수 있는 확실한 대책이 나와야 한다. 목이 마르면 우물을 파는 것부터 시작해야 하고 상처가 곪으면 그 상처를 치유할 약을 발라야 한다. 이처럼 시의적절하고도 올바른 처방이 필요하다.

정치권은 세 모녀 죽음을 계기로 빈곤 계층에 대한 대책을 마련하느라 부산을 떨었다. 세 모녀 자살 소식이 온 매스컴을 장식하자 모 정당 대변인은 기자들에게 브리핑을 하는 도중 눈물을 보였다. 그는 "동반자살이라는 극단적인 선택을 할 수밖에 없었던 그분들의 안타까운 소식에 '절망의 대한민국', '슬픈 대한민국'의 한 자화상을 보는 것 같아 너무나 가슴이 아프다"고 말하면서 울음을 삼키다 결국 서면 브리핑으로 대체했다. 그는 서면 브리핑에서 "우리 사회가 방치하며 놓치고 있던 사회적 약자, 우리 이웃의 하루는 계속해서 병들어갔고 구멍 뚫린 사회적 안전망의 허점으로 그들의 삶의 무게는 감당할 수 없는 상태가 됐다"고 안타까움을 표시하기도 했다.

대변인의 지적은 지극히 타당한 것이고 정치권이 앞장서서 관련 법안 제정이나 정비를 통해 신속하게 빈곤 계층 지원에 나서야 했다. 긴급지원 범위를 넓히는 긴급복지지원법 개정안, 부양의무자 기준을 완화하는 기초생활보장법 개정안, 국가가 세 모녀 같은 이들을 찾아 도와주는 사회보장수급권자 발굴·지원법 제정안 등 이른바 빈곤층 복지를 확대하는 '세 모녀 3법'이 잇따라 발의되는 등 정치권이 바빠졌다. '세 모녀 3법'은 2014년 정기국회 마지막 날인 12월 9일 가까스로 통과됐다. 세월호 참사 이후 모든 법안 심사가 중단되면서 '세 모녀 3법'도 국회에 계류된 채 장시간 허송세월을 보낸 것이다.

현행 기초생활보장제는 수급 요건을 단 하나라도 충족하지 못하면 전혀 혜택을 받지 못하도록 돼 있다. 기초생활보장법 개정안은 이런 경우를 막기 위해 모든 조건을 갖추지 못했어도 일부라도 기초수급 지원을 해주는 내용을 담고 있다. 이 법 통과로 혜택을 보게 될 빈곤층은 약 40만 명으로 추산된다. 2014년 8월 26일 최경환 경제부총리는 '민생 안정과 경제 활성화 입법 촉구 호소문'을 발표하면서 "법통과가 지체되면 이미 편성된 예산 2,300억 원을 집행할 수 없고, 40만 명이 언제 송파 세 모녀와 같은 비극적 처지에 놓이게 될지 모른다"며 민생 관련 법안의 국회 통과를 촉구하기도 했다.

우리의 산업재해보상보험(일명 산재보험)에는 상병수

당이 있지만 국민건강보험에는 상병수당이 없다. 따라서 건강문제와 그로 인한 생계중단의 위기에 처하면 벼랑 끝으로 내몰리면서 당사자는 극단적인 선택을 고민하게 된다. 법 제정을 통한 제도 개선이 시급한데도 우리 국회는 세월호 특별법을 놓고 기약 없는 싸움질만 해대는 바람에 국민들의 원성을 샀다.

세 모녀의 비극은 가장의 암 투병 및 치료, 사망, 빈곤, 고독, 가족 부상 및 질병 등 가족체계의 처참한 붕괴와 철저한 사회적 소외 속에서 빚어졌다. 따라서 우리는 국회가 관련 법안을 어떻게 다루고 정부는 어떤 방식으로 복지정책을 구축하는 지 두 눈 부릅뜨고 지켜봐야 한다.

세 모녀의 비극은 가장의 암 투병 및 치료, 사망, 빈곤, 고독, 가족 부상 및 질병 등 가족체계의 처참한 붕괴와…

설 자리 잃은 한국 노인들

우리나라 노인들은 외롭다. 도시 노인, 농촌 노인 할 것 없이 무력감에 어깨를 축 늘어뜨리고 있다. 자식 낳아 키운다고 뼈 빠지게 일했고 비싼 돈 들여 사교육에 대학공부까지 시킨다고 체력, 정신력도 다 소진했다. 그런데도 큰 고비는 또 기다리고 있다. 자식 결혼이라는 무겁고 힘든 '통과의례'가 그것이다. 며느리 데려올 아들에게는 빚을 내서라도 작은 아파트를 한 채 사 주거나 전셋집이라도 구해 줘야 한다. 시집갈 딸이 시댁에서 괄시받지 않으려면 혼숫감을 장만할 때부터 사돈네 눈치 보며 '밀당'을 해야 한다. 이럴 땐 자식이 축복이요, 행복이 아니라 '큰 짐'이다.

우리나라 대부분의 장년층들은 정작 자신의 안정된 노후를 대비할 겨를이 없다. 자식을 위해 교육비, 결혼 비용 대주고 독립시키는 데 평생 번 돈을 죄다 쏟아 붓거나 은행 빚까지 잔뜩 지는 경우가 허다하다. 50고개를 넘어도 한창 일할 수 있는 체력이 남아 있지만 나이 제한에 걸려 직장을 떠나야 한다. 60고개를 넘어서면서부터는 노인의 대열에 합류한다. 젊었을 때 세대 차이 운운하며 무시했던 노인이라는 소리를 '그들'도 듣게 되는 것이다.

백수가 된 노인에게는 견디기 힘든 시련들이 기다리고 있다. 100세 시대에 접어들면서 직장 은퇴 후 최소한 30~40년 정도의 노후 기간이 남는다. 그 기간을 자식이나 주변 사람들에게 아쉬운 소리 하지 않고 보낼 수 있도록 경제적인 준비를 해야 했지만 자식 뒷바라지 등이 그것을 허용하지 않았다. 그들을 기다리고 있는 것은 고독, 궁핍, 질환, 홀대, 황혼 육아, 새 일자리 찾기 등의 고통이다.

그들을 기다리고 있는 것은 고독, 궁핍, 질환, 홀대, 황혼 육아, 새 일자리 찾기 등의 고통이다.

2013년 9월 부산 도심의 한 주택 쪽방에서 67살 여성 김모 씨가 숨진 지 5년쯤 돼 보이는 백골 상태로 발견돼 충격을 줬다. 미혼인 상태로 혼자 살아온 그녀는 옷을 8~9겹이나 껴입고 목장갑을 낀 채 반듯이 누워 있었던 점으로 미뤄 난방이 되지 않은 추운 방에서 생활고를 이기지 못하고 굶주려 숨진 것으로 추정됐다. 김 씨는 보증금 700만 원, 월세 10만 원에 살다가 찾아온 주인에게 발견됐다. 김 씨의 죽음은 이웃의 무관심과 냉대, 사회와 국가의 손길이 미치지 못한 가운데 죽음을 맞이한 전형적인 고독사의 한 사례로 꼽힌다.

2010년엔 전국적으로 810건의 무연고 사망자 유해가 발견됐고 유해 대부분은 김 씨처럼 노인일 가능성이 높다고 한다. 한국사회복지연구원이 2011년 작성한 '독거노인의 생활실태 및 정책과제' 보고서에 따르면 우리나라 65세 이상 노인 가운데 혼자 사는 비율이 1994년 13.6%(약 35만 명)에서 2009년 20.1%(약 105만 명)로 늘었다. 통계청의 장래인구추계를 보면 독거노인이 2013년 현재 125만 명에서 2020년 174만 명, 2035년 343만 명까지 늘어날 것으로 전망했다. 고령화가 우리보다 먼저 진행된 일본에서는 무연사, 유품정리회사, 무연묘, 임종노트 등이 신종 유행어가 되기도 했고 실제로 관련 사업이 활기를 띠고 있다. 빈곤은 생활고, 생활고는 심신의 악화로 이어져 결국 가족과 사회의 외면 속에 죽음을 맞는 고독사로 연결될 가능성이 높다.

빈곤은 생활고, 생활고는 심신의 악화로 이어져 결국 가족과 사회의 외면 속에 죽음을 맞는 고독사로 연결될 가능성이 높다.

노인 대부분은 당뇨, 고혈압, 전립선 질환 등 성인병 질환에 노출돼 있다. 그중에서도 노인 본인의 존엄을 잃게 하고 가족들을 고통과 절망에 빠트리는 치매는 심각한 사회문제로 떠올랐다. 2012년 보건복지부 조사에 따르면 치매에 걸린 노인은 53만여 명이고 이중 60% 정도는 가족이 간병하고 있는 것으로 추정된다. 이는 많은 가족들이 엄청난 심리적, 육체적, 경제적 고통을 받고 있다는 뜻이기도 하다. 2012년 7월 보건복지부 발표 자료에 따르면 65세 이상 노인 인구는 589만여 명으로 2008년 501만여 명보다 4년간 17.4% 늘어난 반면 치매 진단 노인은 같은 기간 42만 1,000명에서 53만 4,000명으로 26.9% 증가했다. 장수가 치매 환자 급증으로 연결되고 있음을 보여주고 있다. 노인성 치매에 걸리면 가족들은 오랜 병수발을 해야 한다. 오죽했으면 자식들은 암보다 더 무서운 병을 노인성 치매라고까지 하겠는가.

치매 등 노인성 환자가 급증하면서 전국에 요양병원이 우후죽순처럼 늘어나고 있다. 현행 장기요양보험법상 요양병원 등 노인의료복지시설은 신고만 하면 설립할 수 있다. 건강보험심사평가원에 따르면 2006년 361개이던 요양병원 수가 2013년 6월 현재 1,177개에 달한다고 한다. 장기요양보험법에 따라 노인성 질환자로 인정되면 환자는 시설 이용비의 20%만 지불하고 국가가 80%를 부담한다. 이 때문에 경영난을 겪던 많은 개인병원들이 국가지원금을 노리고 치매요양병원으로 전환하고 있다. 일부 사설 요양병원의 경우 전문적인 물리치료사, 재활치료사, 간호사, 요양보호사 등의 인력을 제대로 갖추지 않은 상태에서 운영하고 있는 경우도 많다. 따라서 환자 주변에서는 요양병원 신청 기준을 엄격하게 적용하는 허가제로의 전환이 시급하다는 지적도 나오고 있다.

필자도 부산의 한 요양병원을 찾았다가 병원 내의 맥 빠진 분위기에 깜짝 놀랐던 적이 있다. 백발에다 환자복 차림으로 모든 것을 체념한 듯 어기적거리거나 휠체어에 의지해 복도를 왔다 갔다 하는 무기력한 풍경 일색이었다. 병원 직원들은 웃음을 잃지 않고 최선을 다해서 환자들을 관리하고 있었지만 노인들의 얼굴에선 활력이라곤

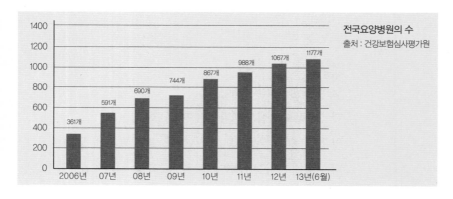

전국요양병원의 수
출처 : 건강보험심사평가원

도통 찾을 수 없었다. 그야말로 바깥세상과는 완전히 단절된 '현대판 유배지'라는 생각까지 들었다. 물론 상시적인 돌봄이 불가능해 어쩔 수 없이 폐쇄된 공간에 부모를 모실 수밖에 없는 자식들도 있을 것이다. 그러나 부모 모시기를 꺼려하는 자식들 때문에 이곳의 문을 두드릴 수밖에 없는 노인들이 늘어나고 있다. 요양병원이 생애 마지막 코스로 노인들이 꼭 거쳐야 할 곳이 되는 것은 결코 바람직하지 않다.

요양병원은 그야말로 바깥세상과는 완전히 단절된 '현대판 유배지'라는 생각까지 들게했다

젊었을 때 자식을 위해 뼈 빠지게 일한 우리나라 노인들은 늙어서도 일터를 지켜야 하는 불쌍한 존재들이기도 하다. OECD 통계에 따르면 우리나라 65세 이상 노인고용률이 28.9%로 OECD 국가 중 2위를 차지했다. 회원국 평균 12.3% 보다 2배 이상 높다는 통계치가 그것을 말해 준다. 이는 젊었을 때 열심히 일하면 나이 들어서 안락한 생활을 즐길 수 있도록 하는 노후소득보장제도가 제대로 마련돼 있지 않기 때문이다. 우리나라는 65세 이상 노인의 공적 연금수급비율이 32%에 불과하고 전체 노인의 67%에게 지급되고 있는 기초노령연금도 최저생활보장 수준에 미치지 못하고 있는 실정이다. 우리나라 노인빈곤율(중위가구 소득의 50%에 못 미치는 가구비율)은 2011년 기준 45%로 OECD 국가 중 1위, OECD 평균과

비교하면 3배에 이른다. 이런 상황에서 노인이 선택해야 길은 일터를 찾는 것밖에 없다. 우리나라 55~79세 인구 중 59.9%가 일자리를 원하고 있다는 통계치가 그것을 말해 준다. 그러나 노인이 일할 곳도 많지 않거니와 찾았다고 하더라도 나이가 많다는 이유로 저임금에 시달린다. 이러한 상황에서도 죽을 때까지 '일'에서 해방되기 어려운 게 한국의 노인들이 처한 현실이다.

황혼 육아도 노인 삶의 질을 떨어트리는 요인으로 꼽힌다. 한국여성정책연구원의 2012년 조사를 보면 손주 양육을 담당하는 국내 노인들의 하루 평균 노동시간이 8.86시간으로 나타났다. 노년 세대 중 상당수가 황혼 육아를 통해 다시 정신적, 육체적, 경제적 희생을 감수하고 있음을 보여준다. 2012년 9월 서울시가 통계청 자료를 분석해 발표한 '통계로 보는 서울 노인의 삶'이라는 자료를 보면 60대 노인들이 가장 희망하지 않는 노후생활은 '손자녀 양육'이 1위이고 가장 원하는 노후생활 1위는 '취미로 즐길 수 있는 노후'인 것으로 나타났다고 한다. 보육 시설도 부족하지만 법적으로 여성이 출산 시 사용할 수 있는 3개월의 출산 휴가와 1년의 육아휴가도 제약이 많아 사실상 이용하기 어렵다. 이것이 육아를 노인이 떠맡을 수밖에 없는 원인으로 작용한다.

가족이 흩어져 가정다운 가정이 사라지면서 노인의 위상 또한 쪼그라들었다. 노인은 그야말로 가슴 먹먹한 형국을 맞고 있다.

한국의 노인은 갈수록 설 자리를 잃어가고 있다. 가족이 흩어져 가정다운 가정이 사라지면서 노인의 위상 또한 쪼그라들었다. 노인들은 그야말로 가슴 먹먹한 형국을 맞고 있다. 작금에 처한 노인문제를 남의 집 불 보듯이 그저 방관할 일이 아니다. 사람들의 체온과 이야기를 그리워하며, 멍한 표정으로 지하철 의자에 앉아 있거나 콜라텍 스텝을 밟게 해서는 안 된다. 노인의 제자리 찾기는 저출산 해결의 실마리를 제공하고, 비정상적으로 추락한 가정을 정상화시키며, 사회와 국가의 활력을 불어넣는 '무한가치 프로젝트'임을 잊지 말자.

가족 왜 흩어지고 있는가

　　　　사회복지학 사전(이철수 외 공저, 2009)에 따르면 가족해체(family disorganization)란 가족집단이 이혼, 가출, 유기 등에 의해 가족 구성원을 상실하게 됨으로써 가족구조가 분리되는 것이라고 정의하고 있다. 그리고 가족해체는 넓게는 결속감, 소속감, 충성심, 합의, 가족단위의 정상적 기능 등의 파괴를 의미한다. 협의로는 별거, 이혼, 유기, 사망 등으로 갈등 혼인관계가 파괴되거나 또는 부부 가운데 한 사람이 장기간 혹은 영구적으로 부재하여 결손가족이 됨으로써 가족이 구조적, 기능적으로 불안정하거나 불완전한 상태에 놓여 있음을 말한다.

간호학대사전(대한간호학회, 1996)이 정의한 가족해체는 아이의 이탈이나 배우자의 사별에 따른 가족통합의 상실이라는 의미와 부부 중심 가족형태의 붕괴를 의미한다고 규정하고 있다. 간호학대사전은 가족해체의 의미를 가족 스트레스(family stress)나 가족 위기(family crisis)로써 파악하고 있다. 전쟁, 경제적 위기, 자연재해 등의 제어할 수 없는 요인(외적 요인)이나 가족원의 변동, 약물 중독, 비사회적 행위, 가족결합의 상실, 가출 등의 요인(내적 요인)에 의해서 가족이 지닌 본래의 기능인 생식이나 가족원의 보호, 생활 유지라고 하는 사회적, 경제적 기능을 잃게 된다고 말한다. 또한 가족 구성원의 정서적 결합의 약화나 사적 부양의 과중에 따른 개인적 기능에 대한 압박 등으로 생활이 파괴되며 가족이 해체돼 가는 현상을 가리킨다고 정리돼 있다.

온전한 가족 구성원이 이러저러한 이유로 찢어져서 대(代)가 분리되고 최악의 경우 단위가족(1인) 구성원만 외롭게 남게 됨으로써…

필자는 온전한 가족 구성원이 이러저러한 이유로 찢어져서 대(代)가 분리되고 최악의 경우 단위가족(1인) 구성원만 외롭게 남게 됨으로써 사회나 국가의 최소단위, '가정'이라는 존립 기반을 상실하는 것을 가족해체라고 정의하고 싶다. 또 가족해체는 인간의 의지와는 관계없이 이뤄지는 '불가항력적'(irresistible)인 것과 인간의 의지가 개입돼 이뤄지는 '선택적'(optional)인 것으로 구분해서 생각해 볼 수 있다고 본다.

우선 불가항력적인 가족해체의 원인으로는 사망, 전쟁, 내란 및 내전, 폭압정치, 쓰나미, 전염병 등 자연재해와 사고, 범죄 노출 등을 예로 들 수 있다. 죽음으로써 가족의 일원에서 빠지고, 살아 남아있는 가족들도 죽은 가족 구성원과는 영원히 이별해야 한다. 세계 곳곳에서 벌어졌던 많은 전쟁에서 사람들은 죽임이나 부상을 당했다. 소말리아 내전 등 각국에서 빚어진 내란과 내전에서도 수많은 가족이 강제로 해체되는 아픔을 맛봤다. 독일의 히틀러나 소련의 스탈린, 북한의 김일성–김정일–김정은의 3대에 걸친 폭압정치 등에 의해 강제노동수용소, 전쟁터 등으로 내몰리거나 처형으로 가족해체가 강제적으로 이루어졌다. 수년전 일본 후쿠시마와 인도양 해변에서 발생한 대형

전쟁은 전장에 불려나가야 하는 장병의 입장에서는 불가항력적인 가족해체의 원인이 되지만 국가지도자가 협상을 통해 피할 수 있으므로 선택적 가족해체의 원인이 된다.

쓰나미, 중세시대를 마감하게 한 페스트 등의 전염병, 아프리카 흑인 노예에 의해 옮겨진 두창이라는 질병으로 수백만 명이 죽고 실종되면서 가족을 무너뜨렸다. 첫 항해에서 침몰해 1,517명의 목숨을 한꺼번에 앗아간 타이타닉호 침몰사고, 300여 명이 넘는 사망자와 실종자를 낸 세월호 등 여객선 침몰 사고, 항공기 추락사고, 1993년 78명이 죽고 198명의 부상자를 낸 부산 구포열차 전복사고 등 열차사고나 교통사고 등으로도 가족이 해체됐다. 또한 강력범죄에 노출돼 졸지에 가족을 잃는 경우도 허다하다.

선택적 가족해체에는 반드시 '인간의 의지'가 개입된다. 전쟁을 불가항력적인 요인으로 분류해 놓고도 선택적 요인에도 포함시킨 이유는…

　　선택적 가족해체의 원인은 참으로 많다. 전쟁, 이혼, 유학(특히 외국유학), 저출산, 결혼 포기, 만혼(결혼연령 고령화), 가출, 특수시설 입소, 요양원·정신병원 입원, 방치·방심, 편의(편리)성 추구, 낭비, 유행 추구, 정책 실패 등 다 나열하기 어렵다. 선택적 가족해체에는 반드시 '인간의 의지'가 개입된다. 전쟁을 불가항력적인 요인으로 분류해 놓고도 선택적 요인에도 포함시킨 이유가 있다. 국가 지도자의 의지에 의해 강제로 전쟁터로 나가야 하는 장병 입장에서는 불가항력적이다. 그러나 국가 지도자가 전쟁이 아닌 상대 국가와 협상을 통해 평화의 길로 갈 수 있으니 선택적인 상황이 된다. 이혼도 자녀 입장에서는 불가항력적이지만 부모인 당사자는 할 수도, 안할 수도 있다.

부부가 갈라서기 보다는 해결점을 찾아내기 위해 노력하면 가정을 지켜낼 수 있다. 요즘 부부는 조그만 힘든 일에도 참지 못하고 너무 쉽게 헤어짐을 선택, 당사자는 물론 자녀들에게 깊은 상처를 준다. 그들의 극단적인 선택은 결국 사회 전체에 어두운 그림자를 드리우게 만든다.

타 지역 상급학교로 진학하기 위해 선택하는 유학도 엄밀하게 보면 일시적인 가족해체의 원인이 된다. 시골이나 소도시 고교생이 큰 도시나 서울에 있는 대학에 진학한다면 적어도 졸업할 때까지 몇 년간은 가족과 떨어져 살아야 한다. 전국의 거의 모든 고교생들이나 학부모가 서울에 유명 대학 입학을 목표로 하고 있다. 해외유학도 가족 해체의 큰 요인으로 꼽힌다. 유학을 가는 당사자는 선택한 국가의 교육기관에서 오랜 기간 공부해야 하고 자식을 유학 보낸 부모는 엄청난 교육비 부담에 허덕인다.

해외유학 중에서도 가장 악질적인 형태의 가족 해체로 이어지는 것이 조기유학이다. 아직 우리말도 제대로 못하는 유치원생이나 초등학생 자녀를 외국에 보내 죽을 고생을 시킨다. 자녀의 유학 생활을 뒷바라지하기 위해 엄마까지 따라나서 '기러기 가족'이 자연스레 양산되고 있다. 홀로 한국에 남아 죽을 고생하며 돈벌어 외국에 있는 아내와 자식에게 생활비와 교육비를 보내 주고 있는 남편들을 우리는 주변에서 쉽게 볼 수 있다. 장기간 지속된 가족과의 이별로 남편들이 외로움을 이기지 못하고 스스로 목숨을 끊은 소식도 심심찮게 언론에 보도된다.

최근들어 크게 사회 문제가 되고 있는 저출산, 만혼, 결혼 포기 등도 궁극적으로 가족해체의 원인이 된다. 키워줄 사람이 없어서 출산을 포기한다. 결혼할 형편이 안 되니 부득이 결혼 시기를 늦추거나 아예 결혼을 포기하기도 한다. 청소년 가출, 부부 중 한 사람의 가출, 노인 가출 등도 가족 해체의 원인이 된다. 가출이 일어나는 이유는 가족 간의 깊은 갈등과 더불어 빚에 시달리는 등 경제적 궁핍이 원인으로 작용하는 경우가 많다. 가족 중에 장애인이 있으면 특수시설에 보내야 하고 치매환자나 정신질환자가 있으면 요양시설, 정신병원 등에 입원을 시켜야 하는데 이런 경우에도 가족은 일시적 또는 장기간 서로 떨어져 살아야 한다. 가족을 다른 곳으로 보내는 속사정엔 불가피한 경우도 있지만 그냥 보살피기가 싫어서 시설에 강제로 맡기는 경우도 적지 않다. 온전하지 못한 식구를 강제로 시설에 맡긴 사실이 드러나 주변 사람들의 공분을 산 사례도 많다.

가족 구성원들의 서로에 대한 무관심도 가족해체의 원인이 된다. 내 가족이 뭘 하는지, 무엇을 추구하는지, 내 아이가 무엇을 하고 싶어 하고 무엇을 먹고 싶어 하는지, 내 부모가 무엇에 섭섭해 하고 화를 내는 지 등을 모른 체 하거나 내버려 두는 가족의 모습을 상상해 보라. 방치된 채 자란 아이는 가족은 물론 자신조차 소중한 줄 모른다. 그런 아이는 몸은 가정에 있지만 마음은 가족을 벗어나 있다. 따라서 언제든지 가정을 떠날 궁리를 하고 있을 것이다. 나중에 이 아이가 자라서 결혼을 하더라도 행복한 가정을 꾸려 나갈 방법을 몰라 어려움을 겪을 것이다.

무시할 수 없는 선택적 해체요인은 또 있다. 유행이나 사회적인 분위기에 편승하는 편의(편리)성 추구가 그것이다. 남들이 아파트를 장만해서 자식을 분가 시킨다고 자신도 무리해서 대출까지 받아 분가시키는 행위가 여기에 해당된다. 그들은 자식과 며느리 눈치에 어린 손주 똥 기저귀 수발까지 하는, 지옥 같은 생활이 자신의 인생을 망가뜨린다는 이유를 들며 자식을 분가시키고 있다. 이런 정서는 오랜 기간 부모들을 짓누른 '자식 분가 지침'으로 작용했고 그래서 너도나도 분가에 발 벗고 나섰다. 그 결과는 가족 해체의 가속화였다.

무시할 수 없는 선택적 해체요인은 또 있다. 유행이나 사회적인 분위기에 편승하는 편의(편리)성 추구가 그것이다.

낭비 또한 가족 해체의 원인이 된다. 특히 요즘 젊은이들은 결혼 시기가 늦어지거나 아예 결혼을 포기하면서 미래를 위해 저축하기보다는 비싼 차를 사고 고급 취미생활에 열중하거나 해외여행을 즐기는 등 지금 이 순간을 '멋지게', '폼 나게' 살려는 경향이 있다. 그러한 삶을 위해서는 당연히 상당한 돈을 지출해야 한다. 저축을 외면하고 '순간'을 즐기는 데 열중하다 보면 결혼을 포기할 가능성은 더 높아지고 노후 빈곤과 맞닥뜨릴 수 있다. 필자의 지인 중에서도 혼기를 놓쳐 노총각, 노처녀로 직장생활을 하는 사람들이 많은데 그들은 결국엔 결혼하지 않은 것을 후회하고 노후를 걱정하고 있었다. 아무런 제약 없이 하고 싶은 것을 맘대로 누린 것까지는 좋았으나 나이가 들어서는 저축에는 소홀했던 자신을 탓하게 된다. 이처럼 불가항력적인 가족해체보다 선택적 가족해체의 요인이 우리 주변에 훨씬 많다. 거꾸로 보면 가족 구성원이나 사회, 정부가 어떤 생각을 하고 결정을 내리느냐에 따라 선택적 가족 해체를 크게 줄일 수 있다는 말과 통한다. 가족해체는 모든 가족의 불행이자 이 사회, 국가의 애물단지다.

'마음' 헤아려 '갈등' 줄이기

       가족은 마냥 평온하고 온전하지 않으며 행복이라는 단어만으로 다 채울 수 없다. 때론 깊은 갈등, 치밀한 계산속에서 서로 주고받기도 하며, 구성원들이 과거에 저질렀던 잘못이 현재, 미래에 반드시 드러난다는 법칙을 지니고 있기도 하다. 우리는 세월만 흘러가면 잘 풀리고, 잘 될 수 있으며, 노력해서 가꾸지 않아도 '저절로 굴러가는' 것이 가족이라고 흔히 생각하고 있다. 조금만 방심하면 엉망이 되고 여지없이 무너져 내리는데도 말이다. 그렇기에 가족 구성원들이 어떤 방식으로 서로를 대할지 결정하는 것은 무척 중요하다. 올바른 태도와 눈높이를 유지하지 못하면 서로의 마음에 깊은 상처를 줄 수 있기 때문이다. 또한 소통의 방식에 따라 가족 간의 행복지수에도 차이가 생길 수 있다.

그런데 우리의 가족들이 자꾸 해체되는 안타까운 현실에 직면해 있다. 가족 구성원간의 불통과 불신을 가족 해체의 심각한 원인으로 봤을때, 어떻게 하면 원활하게 소통하고 서로의 심리를 파악할 수 있는지 알 수 있어야 한다. 필자는 2013년 부산시, 부산교육청, 부산일보사가 펼치고 있는 '원북원부산운동'(One Book One Busan)을 통해 한세대학교 상담대학원 교수이자 트라우마가족치료연구소를 운영하고 있는 최광현 박사를 만났다. 그의 저서 『가족의 두 얼굴』(부·키 간)을 통해 가족 문제에 대한 중요한 정보를 접할 수 있었다. 그는 이 책에서 자신의 상담소를 찾아온 문제 가족의 사례를 제시하며 왜 문제 가족이 될 수밖에 없는지 전문가의 입장에서 심리상태를 예리하게 분석하고 대처방안을 제시하고 있다. 특히 가족심리학이란 전문 영역을 누구나 알기 쉽게 설명하고 맥락을 짚어주고 있다.

그는 우선 가족은 서로 상호작용하는 존재이자 가장 기초적인 사회 단위인 만큼 하나의 시스템으로 볼 필요가 있다고 지적했다. 가장이 직장에서 받은 스트레스를 집에서

가족 구성원들이 어떤 방식으로 서로를 대할지 결정하는 것은 무척 중요하다. 올바른 태도와 눈높이를 유지하지 못하면 서로의 마음에 깊은 상처를 줄 수 있기 때문이다.

풀어놓으면 아내를 거쳐 결국 아이에게까지 악영향을 끼치듯이 가족시스템은 유기체와 같아서 한 구성원에게서만 문제를 찾을 수 없다. 아이가 희생양이 되지 않기 위해서는 부부관계의 변화가 선행돼야 한다. 아울러 가족의 고질적인 문제를 개선하기 위해서는 가족 환경의 변화와 체질 개선이 필요하다. 체질 개선에서 가장 중요한 사항은 관행적으로 유지해 온 관계와 소통의 방식을 변화시키는 것이라고 최 교수는 주문했다.

아이들은 어린 시절 가족관계를 통해서 세상에 대한 밑그림을 그린다. 가족에게 사랑받지 못하고 버림받은 아이는 세상도 가족이라는 집단과 마찬가지일 거라고 지레짐작한다. 현실을 부정적으로 볼수록 불행의 구조를 반복할 가능성이 높아지며, 결국 불행은 아이 자신의 일부가 돼 평생 동안 악영향을 끼친다는 것이 최 교수의 견해다.

그리고 고통스러운 사건이나 문제가 담긴 '가족비밀'을 숨기려 할수록 의도와는 달리 가족 사이의 갈등은 증폭되고 여러 세대에게 영향을 끼치므로 그것을 인정하는 순간 문제가 풀린다고 했다. 또 숱한 이유로 부부싸움을 하지만 싸움의 숨은 동기는 누가 권력을 가질 것인가에 있으며 행복한 결혼생활을 위협하는 가장 큰 요소는 애정 결핍보다

가족에게 사랑받지 못하고 버림받은 아이는 세상도 가족이라는 집단과 마찬가지일 거라고 지레 짐작한다.

아이들은 어린 시절 가족관계를 통해서 세상에 대한 밑그림을 그린다. 아이가 희생양이 되지 않기 위해서는 부부관계의 변화가 선행돼야 한다는 것이 '가족의 두 얼굴' 저자인 최광현 교수의 지적이다.

권력을 다투는 '파워게임'이라고 최 교수는 지적했다. 예컨 대 홀어머니들이 결혼한 아들을 놓아주지 않으면서 생기는 갈등도 같은 이유다. 따라서 배우자의 역할은 부부 안에서, 조부모의 역할 또한 자신의 자리 안에서 이뤄져야한다.

어린 시절 부모가 부당하게 '파괴적 권리'를 행사해 고통 받은 자녀들은 이로 인해 죄책감, 수치심, 우울, 격분과 같은 감정들을 내면에 쌓아 둔다. 그리고 나중에 자신의 배우자나 자녀들에게 부모가 자신에게 행했던 똑같은 방식으로 파괴적 권리를 사용하게 된다. 다시 말해 파괴적 권리는 세대 전수로 이어져 다음 세대까지 가정의 불행을 넘겨주게 된다는 것이 최 교수의 설명이다.

최 교수는 이밖에 남편이 외도하는 이유, 가정에서도 삼각관계가 있다는 점, 아버지를 뛰어 넘고 싶은 아들의 심리, 심리적 방어기제의 작동 이유 등을 설명하고 이를 극복하기 위해서는 건강한 자기애의 형성, 홀로서기, 대화와 소통, 부부사이의 '관계통장', 자아분화, 욕구충족 유예를 위한 적절한 거절과 좌절 경험시키기가 요구된다고 강조했다.

노인을 가정으로 모심으로써 가족통합을 이룰 수 있다고 외친 필자에게 이 책은 정신을 번쩍 들게 했다. 그리고 무조건 노인을 가정으로 모셔야 된다는 것이 아니란 점을 이번 기회에 꼭 밝혀야겠다는 필요성도 느꼈다. 자식들의 환영을 받을 수 있는 노인은 사리판단이 분명하고 정상적인 사고방식을 가진 상태에서 손주 돌보기 등 소소한 집안일을 거들며, 운신이 크게 불편하지 않을 정도의 건강을 유지해야 한다. 지독한 고집이나 편견에 젖어 가족들과 사사건건 충돌 한다면 합가는 가족 모두에게 불행한 일이 될 수 있다. 사실 노인과 같이 살고 싶지 않다고 생각하는 상당수의 자식이나 며느리들은 최 교수가 지적한대로 어릴 때 부모들이 준 깊은 상처(트라우마)로 나쁜 기억을 가지고 있을 가능성이 높다. 따라서 결혼을 하고 새로운 가정을 일궈야 하는 젊은 부부는 물론 모든 어른들에게 필자는

자식들의 환영을 받을 수 있는 노인은 사리판단이 분명하고 정상적인 사고방식을 가진 상태에서 손주 돌보기 등 소소한 집안일을 거들며, 운신이 크게 불편하지 않을 정도의 건강을 유지해야 한다.

최 교수의 '가족의 두 얼굴'을 꼭 읽어보길 권한다. 이 책을 접하는 순간 '아, 가족이란 아무렇게나 그냥 굴러가는 존재가 아니구나'라는 것을 깨닫게 된다. 오히려 철저한 공부를 통해 준비한 뒤 가족을 형성해야 한다는 사실을 확인하게 된다.

필자는 이 책을 읽으면서 실로 많은 부끄러움을 느꼈다. 아들, 딸 자식 둘을 키웠지만 책장을 넘기면서 필자의 육아법이 문제투성이였음을 확인했기 때문이다. 가장 가슴 아팠던 것은 아이가 느끼고 반성한 뒤 스스로 판단할 때까지 기다리지 못했다는 점이었다. 그럼으로써 아이가 노력하여 얻은 실력을 스스로 확인하는 그 '희열'을 송두리째 빼앗은 적이 적지 않았다는 사실이다. 조금만 기다리면 아이가 스스로 바른 길로 갈 것을, 닦달 하면서 몰아붙인 기억이 되살아났다. 그때는 아이가 하고자 하는 일, 해야 하는 일을 즉시 도와주고 해결하는 것이 부모의 역할이라고만 생각했다. 단호하게 거절함으로써 일시적 고통을 주는 '욕구충족의 유예 법칙'으로 다스리는 것이 아이의 장래를 위해서 얼마나 중요한지를 몰랐던 것이다. 이 법칙으로 다스려진 아이는 당장은 원하는 것을 얻을 수는 없지만 스스로 노력하면 앞으로 더 좋은 결과를 얻을 수 있다는 즐거움을 맛본다.

아는 만큼 보인다고 했다. 이 책을 읽고 나니 당시 아이를 키울 때는 막막하고 힘들게 느껴졌던 가족 관계의 심리 상태, 육아법 등이 확연하게 다가서는 것 같았다. 다시 육아를 할 기회가 온다면 아이의 행동과 심리 상태를 제대로 파악, 적절하게 대처하여 어떠한 힘든 상황도 이겨낼 수 있을 것 같다는 생각이 들었다. 또한 아이에게 상처를 주지 않을 수 있겠다는 자신감도 생겼다. 건강하고 행복한 가정을 꾸려가기 위해서는 어른들이 가족심리학을 미리 섭렵해 놓을 필요가 있다는 것도 알게 됐다. 앞으로 태어날 필자의 손주는 가족심리학을 이해한 할아버지의 도움과 지원을 받게 될 것이다.

아이는 한 가정의 미래이자 지역사회, 국가의 꿈나무이기도 하다. 아이는 가족이라는 울타리 속에서 성장해 세상 보는 눈을 뜨기 시작한다. 그런데 가정 내 어른들의 지나친 욕심 또는 무관심으로 인해 상처받는 아이들 중에서 '문제아'가 많이 생긴다. 이런 경우 아이 자신이 망가지는 것은 물론 가족, 지역사회, 국가에도 큰 손실이다. 건강하고 행복한 가족, 가정은 우리 모두의 바람이자 국가경쟁력이 될 수 있다. 따라서 건강한 가족 만들기 차원에서 이런 가족심리학을 고교나 대학의 교재로 채택, 예비부부들을 훈련시키는 방안도 고려해 볼만 하다. 영어 단어나 수학

건강하고 행복한 가족, 가정은 우리 모두의 바람이자 국가경쟁력이 될 수 있다. 따라서 건강한 가족 만들기 차원에서 이런 가족심리학을 고교나 대학의 교재로 채택, 예비부부들을 훈련시키는 방안도 고려해 볼만 하다.

공식을 외우는 것도 중요하지만 가족을 온전하게 지키고 키우는 것 또한 개인이나 국가 차원에서 매우 중요하기 때문이다.

　대한민국의 노인들은 가족의 해체, 붕괴 심화로 갈수록 설 자리를 잃어가고 있다. 그러나 가만히 생각해보면 이런 상황을 노인이 스스로 자초한 측면도 없지 않다. 제대로 키워 낸 자식이 훗날 부모를 모시지 않으려고 하는 것은 드문 일이기 때문이다. 심각한 저출산, 고령화 문제가 불거진 상황에서 우리는 가족, 가정이라는 굴레를 어떻게 하면 제대로 작동시킬 수 있는지를 끊임없이 배우고 실천해야 한다. 저출산과 고령화는 가정과 가족을 서서히 사라지게 함으로써 국가의 존립마저 위태롭게 한다.

　아이와 집안어른인 노인이 꿈을 키우고 행복을 나눌 수 있는 가족, 가정을 만들어 내는 것. 그래서 가족이 흩어지지 않고 통합을 이뤄내는 것. 이것은 우리 기성세대에게 주어진 엄중한 과제이자 신성한 책무이다.

노인은 왜 위대한가

　　　　인생 경험이 풍부한 노인은 가족을 잘 이끌고 흩어지거나 찢어진 가족을 효과적으로 묶어 낼 수 있는 가족통합의 핵(核) 역할을 할 자격이 있다. 그들의 인생은 그냥 주어진 것이 아니다. 갖은 고초, 지독한 실패, 가슴 터질듯한 성공과 환희의 순간도 맛봤다. 그야말로 산전수전 다 겪은 사람들이다. 노인들의 얼굴에 깊게 패인 주름살 하나하나에는 '자랑스런 훈장'이 꼭꼭 스며들어 있다. 저마다 인생을 해석하고 관조할 줄 아는 '철학자'들이다. 그들에게 인생을 논해달라는 주문을 한다면 며칠이라도 모자랄 것이다. 물론 체계적인 교육을 받지 못한 일부 노인들 자신의 인생을 논리 정연하게 말하는 것이 어려울 수 있다. 그러나 그들의 이야기 속에도 무궁무진한 지혜와 인생관이 녹아 있음을 간과해서는 안된다.

미국의 유명한 사회학자인 코넬대의 칼 필레머 교수는 2011년 펴낸 『내가 알고 있는 걸 당신도 알게 된다면』이라는 저서에서 노인을 '인생의 현자'라고 부를 수밖에 없는 결론을 내리게 됐다고 밝혔다. '인생의 현자'는 칼 필레머 교수가 막연히 지어낸 말이 아니다. 5년간 70세 이상의 각계각층 노인들을 대상으로 인터뷰하여 사회과학적 도구를 이용한 '코넬대 인류유산 프로젝트'라는 과제를 수행한 끝에 나온 결론이었다.

이 교수는 노인들을 '인생의 현자'라고 칭송하며, 그들이 이 세상과 하직하기 전에 서둘러 그들에게서 배우고 또 배워야 한다고 지적했다. 그런데 대한민국이라는 이 땅에서 노인들과 함께 숨 쉬고 있는 우리는, 과연 그들을 어떻게 바라보며 평가하고 있는가. 또 노인들은 스스로 자신을 '인생의 현자'라는 자긍심을 갖고 살고 있는가.

동심원을 그려 놓고 우리 삶을 도식화 해 보면 노인의 위상을 알 수 있다. 나이 0세(태어나는 순간)를 가운데 점으로 찍고 10세 단위를 반지름으로 해서 컴퍼스를 돌려보라.

10세, 20세, 30세, 40세, 50세, 60세, 70세, 80세, 90세, 100세까지 10개의 원을 그려나간다. 10세 단위로 반지름의 크기는 한 배씩 늘어나지만 면적은 급증한다. 여기서 점점 커지는 원의 면적은 실패와 성공으로 성숙해지는 경험의 넓이이자 깊이라고 볼 수 있을 것이다.

기하학에서 원의 면적을 내는 공식을 적용해 보자. 공식은 반지름이 r인 원주의 길이는 $2\pi r$이며, 그 넓이는 πr^2이다. (π는 무리수로서 실제로 계산에서는 근사값 3.14 또는 3.1416을 사용함.) 이 공식을 적용하면 10세가 차지하는 원의 면적(3.14×10^2)은 314에 불과하다. 20세(3.14×20^2)는 1,256, 30세(3.14×30^2)는 2,826, 40세(3.14×40^2)는 5,024, 50세(3.14×50^2)는 7,850, 60세(3.14×60^2)는 1만 1,304, 70세(3.14×70^2)는 1만 5,386, 80세(3.14×80^2)는 2만 96, 90세(3.14×90^2)는 2만 5,434, 100세(3.14×100^2)는 무려 3만 1,400이나 된다.

이번에는 거꾸로 100세 인생의 넓이와 깊이를 연령대별 넓이와 깊이로 비교해 보자. 100세는 10세의 100배, 20세의 25배, 30세의 11.11배, 40세의 6.25배, 50세의 4배, 60세의 2.78배, 70세의 2.04배, 80세의 1.56배,

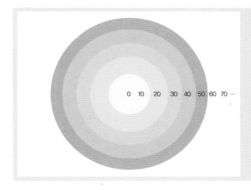

0 10 20 30 40 50 60 70 …

노인은 그냥 세월을 보낸 하찮은 존재가 아니다. 그의 세월 속에는 처절한 실패와 짜릿한 성공이 가득 스며들어 있다. 그래서 미국 코넬대 칼 필레머 교수는 노인을 '인생의 현자'로 칭송했다.

노인의 위치에 있으면서도 상당한 활동력을 가지고 있는 70세 노인과 손주와의 면적도 비교해 보자. 5세 손주의 196배, 10세 손주의 49배, 15세 손주의 21.78배나 된다.

90세의 1.23배라는 계산이 나온다. 또 60세 노인은 유아기 5세($3.14 \times 5^2 = 78.5$) 손주에 비해 144배, 초등학생 10세 손주의 36배, 중학생 15세($3.14 \times 15^2 = 706.5$) 손주의 16배 넓이를 가지고 있다. 노인의 위치에 있으면서도 상당한 활동력을 가지고 있는 70세 노인과 손주와의 면적도 비교해 보자. 5세 손주의 196배, 10세 손주의 49배, 15세 손주의 21.78배나 된다.

위의 계산에서 연령대별 비교는 단지 면적만을 적용한 것이다. 원의 면적이 아닌 구(球)의 부피로 비교한다면 차원이 달라진다. 왜냐하면 인생은 단편적이지 않고 복잡다단한, 입체적인 모양새로 흘러가기 때문이다. 좋지 않은 일은 한꺼번에 거대한 쓰나미처럼 몰려든다. 예컨대 사업에 실패했다고 가정해 보자. 당사자는 빚에 쪼들리고 가족

관계, 인간관계가 무너지는 아픔을 맛봐야 한다. 심지어 노숙자 신세가 되는 등 막장 인생으로 끝없이 추락한다. 그러나 어떻게든 털고 일어나는 오뚝이 정신을 발휘하기도 한다. 갖가지 사안에서 비롯되는 복합적인 문제를 연륜이 배인 지혜로 해결하면서 60고개를 훌쩍 넘기고 '인생의 현자' 대열에 합류한다.

서두에 언급했지만 노인의 광활한 '인생 면적' 속에는 0~50대가 반드시 거쳐야 하는 삶의 역정들이 추억과 기록으로 바뀐 채 담겨 있다. 긴 세월 동안 이어진 실패, 성공, 환희, 분노, 즐거움 등은 '화학적 반응'을 거쳐 엄청난 지혜로 변해서 노인의 머리와 가슴에 빼곡히 쌓인다. 비록 몸은 늙어가지만 정신세계는 젊은이들의 것과는 비교할 수 없는 넓이와 깊이로 익어가는 것이다.

세상의 주류인 30~50대는 세상의 이치를 다 알고 있다는 듯 착각 아닌 착각을 하고 '구닥다리 사고에 함몰돼 있는 늙은 당신들이 뭘 알아!'라며 치부해 버릴 수도 있다. 그런 태도는 사회의 흐름과 전통을 퇴행시켜 버린다. 원의 원리와 구의 원리에서 봤듯이 노인은 그냥 세월만 허비한 무심한 존재가 아니다. 따라서 우리는 먼저 삶을 꾸려 세대를 이어준 노인의 노고에 감사할 줄 알아야 한다.

30~50대가 먼저 노인을 섬기면 0~20대는 따라 배우고 그런 흐름은 자연스럽게 전통이 된다. 그 전통이 우리만의 탁월한 무형 자산이 돼 자자손손 후대에 면면히 이어질 것이다.

연령대별 면적에 해당 연령이 반드시 거쳐야 할 것을 기입해 보자. 그러면 100세 노인의 깊이를 한 눈에 파악할 수 있다. 0~10세는 태어나 부모의 품속 젖먹이를 거쳐 말을 깨우치고 유아원, 유치원, 초등학교에 들어가 인간이 살아가면서 기본적으로 지켜야 할 공중도덕과 지역 사회, 나라의 중요성 등을 배운다. 이 과정에서부터 아이들은 부모의 권유에 헉헉대며 여러 학원 문을 두드리는 등 고생길에 들어선다. 세상의 이치에 눈을 뜨고 반항하는 사춘기를 겪으며 고등학교에 입학하고 대학입시라는 엄청난 경쟁코스를 통과해야 한다. 20세까지도 다 짜여진 과정대로 움직여야 한다. 30세까지는 더 정신없이 흘러간다. 대학을 졸업하고 직장을 구해야 하며 짝을 찾아 결혼이라는 과정을 통해 한 가정을 꾸려야 한다. 남자들은 이 시기에 국방의 의무를 수행하기 위해 군 생활을 마쳐야 한다. 요즘 젊은이들은 직장잡기가 쉽지 않아 30세를 훌쩍 넘겨 결혼하는 경우가 많다.

30~50대가 먼저 노인을 섬기면 0~20대는 따라 배우고 그런 흐름은 자연스럽게 전통이 된다.

40세까지는 어떤 일들이 있을까. 초등학교에 간 자녀를 특목고 등 좋은 고등학교와 일류 대학에 입학시키기 위한 작전에 돌입한다. 비싼 돈 들여가며 여러 학원에 보내고 집도 장만해야 하니 늘 자금 사정은 빠듯하다. 직장에서도 승진을 하거나 임원이 되려면 동료들과 치열한 경쟁을 해야 하니 스트레스가 이만저만 아니다. 또 업무 성과를 내기 위해서는 거래처 사람들을 만나야 하기 때문에 건강을 돌볼 겨를이 없다.

50세까지 일어날 것들을 살펴보자. 우선 임원으로 승진하지 못하면 직장을 떠날 마음의 준비를 해야 한다. 군생활을 마친 아들이 졸업과 함께 제대로 된 직장을 가질 수 있을지 걱정한다. 딸아이 또한 직장을 구하고, 좋은 짝을 찾아 시집을 보낼 수 있을지 걱정이 태산이다. 아들을 장가 보내려면 최소한 전세 아파트라도 장만해주고 싶지만 여유자금이 없어 은행 빚을 질 수밖에 없다. 자녀 교육비 대랴, 집 장만 하느라 돈을 다 써 버린 것이다. 그뿐이랴. 노부모 병수발에, 돌아가시면 장례비에 허리가 휜다. 인간관계의 폭이 넓어지면서 표시 나지는 않지만 골병든다는 길흉사비 지출도 만만찮다. 이렇게 바쁘고 치열하게 살다보니 벌써 정년에 걸려 직장을 떠나야 하는 신세가 된다. 세월은 화살. 어느덧 60줄에 들어서 예외 없이 '힘없는 노인'이 돼 버렸다.

　연령대별 필수코스 중심으로 힘들거나 바쁘고 치열했던 부분만 나열했지만 60세가 될 때까지 실패와 함께 보람된 일도 많았고 때로는 큰 성공을 거두기도 한다. 산전수전을 겪지 않은 노인은 이 세상에 없다. 그들에게 청춘을 돌려 주고 현재와 같은 지혜를 안고 다시 새로운 인생을 살아보라고 한다면 정말 멋진 삶을 꾸려 나갈 것이다.

　갖가지 삶의 질곡 속에서 인생의 지혜를 체득한 노인들을 인정하고 그들에게 큰 임무를 맡겨야 한다. 아무리 세상이 급변하고 세상인심이 바뀌어졌다고 해도 가정과 가족은 영속하게 돼 있다. 인간에게 신이 부여한 특권이자 만고의 진리이기 때문이다. 그들이 가진 멋진 지혜를 유감없이 발휘, 쓰러져 가는 가정과 가족을 다시 뭉치게 하고 통합하는 '신성한 임무'를 그들의 손에 쥐어 드리자. 노인들을 가족통합의 지도자로 다시 뛰게 하는 것이다. 그 분들은 반드시 해낸다. 그들에겐 인생을 손바닥 위에 놓고 환하게 들여다 볼 수 있는 지혜가 있기에.

멋진 지혜를 유감없이 발휘, 쓰러져 가는 가정과 가족을 다시 뭉치게 하고 통합하는 '신성한 임무'를 그들의 손에 쥐어 드리자. 노인들을 가족통합의 지도자로 다시 뛰게 하는 것이다.

II

어른과
가족통합

'인생의 현자' 에게 배운다

　　전 장에서 이미 소개를 했지만 70년, 80년, 90년, 100년 이상을 살아온 노인, 그들을 '인생의 현자'로 부른 학자가 있다. '현자'의 사전적 의미는 어진 사람이나 덕행의 뛰어남이 성인(聖人) 다음 가는 사람으로 정의돼 있다. 그런데 '인생'을 덧붙인 '현자'라면 삶의 지혜를 가득 담고 있는 사람을 지칭한다고 보면 될 것이다. 미국 코넬대 칼 필레머 교수는 세계적인 사회학자이자 인간생태학 분야의 최고 권위자로 꼽힌다. 그가 2011년 펴낸 『내가 알고 있는 걸 당신도 알게 된다면』(토네이도 간)에서 나이 지긋한 노인들을 '인생의 현자'로 정의했다.

그는 5년에 걸쳐 1,000명이 넘는 70세 이상의 각계각 층 사람들을 대상으로 질문과 인터뷰, 사회과학적 도구를 이용해서 '코넬대학교 인류 유산 프로젝트'를 수행하며 그 결과물을 이 책에 담았다. 다양한 인생 경로를 몸소 겪은 노인의 축적된 경험과 조언을 체계적으로 정리함으로써 그들의 지혜를 자세히 들여다볼 수 있게 했다.

노인은 그냥 나이 만 든 존재가 아니 라 산전수전 다 겪은 살아 있는 '경험의 보고 (寶庫)', '지혜의 보고' 임을 거듭 확인시켜 줬다.

필자는 '가족통합'을 주제로 책을 쓰기로 한 뒤 정보를 얻기 위해 서점에서 노인 관련 분야의 책을 찾다가 칼 필 레머 교수를 만났다. 그 내용은 필자의 주장과 의도를 상 세하게, 체계적으로 뒷받침해 주고 있었다. 그동안 필자 가 누누이 강조해 왔듯 이 책에서도 노인은 그냥 나이만 든 존재가 아니라 산전수전 다 겪은 살아 있는 '경험의 보 고(寶庫)', '지혜의 보고' 임을 거듭 확인시켜 줬다. 그는 책 서두에서 노인 개개인이 보다 잘 사는 방법을 체득한 '경험의 보고'이지만 언제 사라질지 모르는 절박함 때문에 이 책을 펴내게 됐다고 밝혔다. 그러면서 '가장 현명한 사 람들'이 노인이며 그들을 특칭해 '인생의 현자'라 부르기로 했다고 덧붙였다. 인생의 현자라! 노인들의 존재 가치를 단 한마디로 표현한 멋진 정의이다. 노인을 푸대접하는 사 회라면 그 사회의 젊은이도 나이가 들면 필연적으로 같은 대접을 받을 수밖에 없다.

칼 필레머 교수는 이 책에서 결혼을 잘하고, 좋아하는 일을 찾고 성취하는 방법이 무엇이며, 아이를 어떻게 키울 것인가, 어떻게 하면 두려움 없이 나이를 먹을 수 있는가, 살아가면서 정말 후회할 일을 피하는 방법은 무엇인지, 어떻게 살아야 행복하고 만족스럽게 살 수 있는가 등 6가지 대주제로 분류한 뒤 '30가지 해답'을 제시했다.

행복한 결혼생활을 위해서 가장 중요한 것이 무엇이냐는 질문에 인생의 현자들은 하나같이 배우자와 근본적으로 비슷한 생각, 다시 말해 '가치관을 공유' 할 때라고 답했다. 행복한 결혼생활을 할 수 있었던 비결은 '제일 친한 친구'와 결혼을 한 것이라는 답변이 가장 많았다는 것. 부부는 연인이 아니라 친구 같은 배우자여야 한다는 뜻이다. 또 결혼생활을 잘 유지하는 방법은 상대에 대해 계산하지 말고 항상 100%를 주면서, '상대의 신발을 신는 것'처럼 배우자의 입장이 되어 보는 것을 꼽았다. 부부싸움을 잘하는 것도 성공적인 결혼생활에 꼭 필요한 요령이다. 부부싸움은 피할 수 없으므로 싸우는 요령을 잘 터득해서 말다툼, 논쟁, 의견 차이가 있을 때 어떻게 잘 소통하는가에 백년해로의 비밀이 숨어 있다는 것이다. 또한 결혼은 '슬플 때나 기쁠 때나' 평생 함께하고 지켜야 할 약속이니만큼 충실하게 가꿔나간다면 결국엔 헤아릴 수 없는 큰 보상을

행복한 결혼생활을 위해서 가장 중요한 것이 무엇이냐는 질문에 인생의 현자들은 하나같이 배우자와 근본적으로 비슷한 생각, 다시 말해 '가치관을 공유' 할 때라고 답했다.

미국 코넬대 칼 필레머 교수는 그의 저서 『내가 알고 있는 걸 당신도 알게 된다면』에서 노인을 '인생의 현자'라고 정의했다. 이 책에서는 70세 이상 노인 1,000명을 인터뷰한 뒤 어떻게 살아야 행복하고 만족스럽게 살 수 있는지에 대한 '30가지 해답'을 제시하고 있다.

받게 된다고 밝혔다.

 인생의 현자들이 권하는 '평생 하고픈 일을 찾아가는 방법'은 무엇일까. 첫 번째가 즐겁게 일할 수 있는 직업을 고르라는 것이다. 그러면서 좋아하는 일을 하려면 물질적으로 조금 부족한 삶을 감수할 수밖에 없다는 지적도 잊지 않았다. 또 직장을 옮기거나 새로운 일에 도전하는 걸 두려워 말라고 충고했다. 나이는 중요하지 않으며 자신이 어떤 사람인지, 어떤 능력이 있는 사람인지를 발견하는 것이 더 중요하다고 했다. 인생의 현자들은 만약 자신이 좋아할 수 있는 일을 할 수 없다면 지금 하고 있는 일에서 가치를 찾으라고 주문한다. 무슨 일이든지 배워 놓으면 그 경험은 언제든 가치를 발휘하기 때문이다. 다음으로는 자신을 너무 들여다보지 말고 자신을 낮추면서 타인과의 관계(인간

관계)를 존중할 것을 주문했다. 아울러 인생의 현자들은 임금이 얼마인지 보다는 일의 목표와 자율성을 추구하라고 당부했다.

육아에 대한 가르침은 실질적이고 요긴함 그 자체였다. 첫 번째 조언은 자녀와 평생 친구처럼 가깝게 지내도록 해주는 확실한 방법은 부모가 '바로 그 순간' 자식 곁에 있어주는 것, 즉 아이와 더 많은 시간을 보내는 것이라고 강조했다. 아이 양육에 대해서는 '특별한 사건'보다 '일상을 함께 하는 것'이 더 중요한 만큼 아이들과 함께 보낸 시간이 많을수록 관계도 좋다고 했다. 다음으로는 부모가 자녀를 키울 때 편애는 절대 금물이라는 점을 들었다. 자녀들은 부모가 공평하게 대우하지 않는다고 느끼면 문제를 일으키거나 정신 건강이 나빠지고 비행청소년이 될 가능성이 높아진다는 것이다. 그리고 자녀를 훈육 할 땐 매를 절대로 들지 말 것을 주문했다. 체벌을 당한 자녀는 공격적이거나 반사회적 성향을 보이는 등 평생에 걸쳐 부정적인 효과가 나타나고 체벌을 한 부모도 결국엔 후회를 하게 된다는 것이다. 자식과의 불화가 생기면 더 큰 희생을 치르는 쪽은 부모이니 부모가 먼저 화해에 나서야 한다고 강조했다. 또 훗날 자녀에 대한 기대는 아이들이 계속 좋아하고 가까이 있길 바라는 아주 소박한 것들이니 그런 바람을 이루는데 걸림돌이 될 만한 행동은 반드시 피하라고 주문했다. 다시 말해 자녀에게 거는 기대를 낮추고 실패도 염두에 두는 '완벽함을 포기하고 만족스러운 정도'의 상태를 유지하라고 제안했다.

인생의 현자들이 제시한 나이를 잘 드는 방법도 눈길을 끈다. 인간은 예외 없이 나이를 먹는 '낯선 경험'에 직면한다. 현자들은 늙는 것을 걱정하는 데 시간을 낭비하지 말라고 했다. 오히려 '평온함', '존재의 가벼움', '고요하고 평화로운 일상'이 기다리고 있어서 젊었을 때 보다 노년의 삶이 행복지수는 한층 더 높다는 것이다. 현자들은 또 행복한 노년을 위해 젊었을 때 100년을 쓸 몸을 만들라고 주문했다. 흡연과 지나친 음주는 건강을 망치게 되며 나이 들어 뼈저리게 후회하는 '노년의 적'인데도 젊었을 때는 이를 절제하지 못하기 때문이다. 따라서 젊을 때부터 절제하고 적당히 운동하는 버릇을 들여야 한다고 강조했다. 다음으로는 현자들에겐 죽음에 대한 두려움도, 죽음을 거부하는 모습도 찾아볼 수 없었다고 한다. 대신 삶을 잘 정리해서 주변 사람들에게 '짐'을 남기지 않는다.

현자들은 또 나이가 들수록 다른 사람과의 관계 속에서 살기 위한 방법을 모색한다. 고립되지 않으려면 늘 다가가

현자들은 늙는 것을 걱정하는 데 시간을 낭비하지 말라고 했다. 오히려 '평온함', '존재의 가벼움', '고요하고 평화로운 일상'이 기다리고 있어서 젊었을 때 보다 노년의 삶이 행복지수는 한층 더 높다는 것이다.

야 한다는 것이다. 이를 위해서는 세상에 관심을 가지고 호기심을 자극하는 것이 있으면 무엇이든지 배우라고 권했다.

후회할 일을 피하는 방법들을 들어보면 신선하기 이를 데 없다. 첫째로 가정이나 직장생활을 하면서 정직하지 못하거나 공명정대하지 못하면 반드시 나이 들어서도 후회한다는 점을 꼽았다. 나이가 들면 새로운 기회가 올 때마다 적극적으로 받아들이는 것이 좋다고 했다. 또 시간과 몸이 허락하는 한 여행을 하되 가능하면 좋아하는 동반자와 함께 가라고 주문했다. 인생의 현자들은 배우자를 결정하는 일이 인간사에서 가장 중요한 일이니 결혼을 앞두고는 일단 멈춰서, 보고, 들어서 나쁜 사람과는 결혼하지 말라고 충고했다. 인생의 현자들은 말을 했을 때보다 하지 못한 말이 있을 때 오래 후회하니 누군가에게 용서를 빌거나 사랑한다고 말하고 싶다면 너무 늦기 전에 하라고 했다.

책 마지막에는 현자들이 선호하는 행복하고 만족하게 사는 법들이 제시돼 있다. 70세 이상의 노인들은 '시간은 실로 삶의 본질'이라고 했다. 따라서 중요한 것은 지금 이 순간에 충실한 것이며, 즐기고 행복을 찾아야 한다고 입을 모았다. 그리고 선택권은 자신에게 있으니 긍정적인 감정에 집중하며, 삶을 스스로 결정할 수 있다는 확신을 가지라고 조언했다. 인생의 현자들이 공통적으로 젊은이들에게 던진 지혜의 말은 '걱정은 그만하라'. 더 큰 행복에 다가가는 가장 긍정적인 방법은 걱정을 줄이거나 아예 없애는 것이라고 했다. 또 지구만큼 큰 행복도 순간 속에 담겨 있으니 지극히 소소한 일들에 의미를 부여하고 즐거움을 느끼면 일상의 행복이 차곡차곡 쌓인다고 가르쳐 주었다. 그러기 위해서는 살아 있음에 감사하고 주어진 나날들, 시간들 속에서 누릴 수 있는 기쁨에 감사해야 한다고 강조했다. 30번째 지혜는 믿음(종교)을 가져보라는 권유였다. 어떤 종교를 갖고 있건 어떤 교파이건 간에 실제로 종교의식에 참여하는 사람이 더 행복해 하는 경향이 있다는 연구 결과를 들면서. 그러나 절대자를 향한 깊은 신앙은 좋지만 광신은 안 되는, 즉 건강하고 영적으로 충만한 삶을 만들어 보라고 조언했다. 노인의 존재를 새로운 시각으로 만날 수 있는 칼 필레머 교수의 역작 일독을 권한다.

70세 이상의 노인들은 '시간은 실로 삶의 본질'이라고 했다. 따라서 중요한 것은 지금 이 순간에 충실한 것이며, 즐기고 행복을 찾아야 한다고 입을 모았다.

팀 호이트가 말하는
가족의 중요성

       목에 탯줄이 감겨 뇌에 산소가 공급되지 않아 말 못하는 사지 마비 장애인(뇌성마비와 경련성 전신마비)이 된 큰 아들 릭 호이트를 아내와 지극 정성 보살펴 공립학교에 입학시키고 아이비 리그의 보스턴 대학까지 졸업하게 한 아버지 딕 호이트의 이야기는 우리를 진한 감동으로 먹먹하게 한다. 미국 매사추세츠주 방위 공군 중령으로 퇴역한 딕 호이트와 스포츠 칼럼리스트이자 동기부여 강연가인 던 예거가 함께 펴낸 『나는 아버지입니다』(원제 Devoted, 황금물고기 간)에는 철저한 절망 속에 오뚝이처럼 일어나는 부부와 아들의 이야기, 장애인에 대한 사회의 무관심과 냉대를 마라톤과 철인 3종 경기를 통해 관심과 환대로 바꾼 '가족 승리'가 거친 호흡, 처절한 절규, 지칠 줄 모르는 추진력이 발휘된 갖가지 감동적인 이야기들이 고스란히 담겨 있다.

그들의 활동을 담은 동영상 DVD를 5분여에 걸쳐 압축적으로 편집돼 있는 유튜브 동영상 '나는 아버지 입니다(http://youtu.be/3IAnORwl6lc)'를 보면 자식 사랑을 위한 아버지의 숭고한 달리기, 아버지를 믿고 길고 긴 시간을 휠체어에서 버티는 자식의 아름다운 장면들을 확인할 수 있다.

두 부자가 함께 팀을 이뤄 작성한 대회 최고기록 2시간 40분 47초는 입을 다물지 못하게 만든다. 정상인이 맨 몸으로 달려서 3시간 안에 완주하는 것(서브쓰리)도 쉽지 않은데 이들 부자는 휠체어까지 밀면서 오르막 내리막 코스를 달려 이같은 대기록을 세웠다.

두 부자는 '팀 호이트'라는 팀을 이뤄 정상인도 하기 힘든 마라톤 대회와 철인 3종 경기 등에 무수히 도전, 완주하는 기록을 세웠다. 풀코스 42.195㎞ 완주를 64차례나 했고 이 가운데 세계적인 대회로 자리 잡은 보스턴 마라톤 대회를 26차례 연속 완주하는 기염을 토했다. 특히 두 부자가 함께 팀을 이뤄 작성한 대회 최고기록 2시간 40분 47초는 입을 다물지 못하게 만든다. 정상인이 맨 몸으로 달려서 3시간 안에 완주하는 것(서브쓰리)도 쉽지 않은데 부자는 휠체어까지 밀면서 오르막 내리막 코스를 달려 이같은 대기록을 세웠다. 이 기록이 얼마나 대단한지는 마라톤을 접해 본 사람은 다 안다.

필자도 악화된 건강을 되찾으려고 마라톤에 입문해서 2002년부터 2007년까지 5년여 동안 풀코스를 30차례 완주했다. 개인 최고기록은 2006년 3월 서울국제마라톤대회에서 기록한 3시간 16분. 2004년 이 대회에서 3시간 35분에 완주해 보스턴 마라톤 출전자격을 획득(대회 40대 참가허용기준 기록 3시간 40분)한 뒤, 휴가를 내서라도 보스턴 대회에 참가하고 싶었다. 그러나 당시 미국 비자를 발급받으려면 서울의 미국 대사관까지 가서 장시간 기다린 뒤 인터뷰를 해야 한다는 사실을 확인하고 계획을 접었다. 팀 호이트 얘기를 할 줄 알았으면 보스턴 대회에서 뛰어 볼 걸 그랬다. 마라톤은 중독성이 강한 스포츠다. 필자도 입문 후 서서히 중독되면서 뛰는 거리를 10km에서 하프(21.0975km)로, 다시 풀코스(42.195km), 울트라 코스(50, 100km)로 늘려 나갔다. 그러면서 점점 기록과의 경쟁을 하게 됐고 아마추어 동호인의 꿈인 서브쓰리 달성을 목표로 훈련에 임했지만 직장 사정상 안타깝게도 포기할 수밖에 없었다. 마라톤동호회에서는 풀코스에서 서브쓰리를 달성하면 축하연을 베풀어 주고 '고수 주자'로 대접한다. 이는 서브쓰리 달성이 그만큼 어렵기 때문이다. 그런데 팀 호이트는 장애인인 아들을 휠체어에 태운 뒤 밀고 달려 2시간 40분대를 주파했다. 상상조차 하기 힘든 놀라운 기록이다.

마라톤을 완주하기 위해서는 극한의 한계에서 자신과 처절한 싸움을 벌여야 한다. 우선 완주에 도전하기 전에 충분히 연습하고 체중을 가볍게 해서 완주를 할 수 있는 몸 상태를 만들어야 한다.

마라톤을 완주하기 위해서는 극한의 한계에서 자신과 처절한 싸움을 벌여야 한다. 우선 완주에 도전하기 전에 충분히 연습하고 체중을 가볍게 해서 완주를 할 수 있는 몸 상태를 만들어야 한다. 그렇지 않으면 다리나 팔 근육에 경련이 일어나면서 중도에서 포기할 수밖에 없다. 대부분 사람들은 20~30㎞ 지점에 오면 에너지 고갈로 더 이상 뛸 수 없게 된다. 이 지점부터는 평소 연습량과 의지로 단단히 대비를 해야 완주 메달을 받을 수 있다. 필자의 첫 마라톤 기록은 2003년 4월 경주벚꽃마라톤대회 풀코스의 4시간 8분이었다. 코스를 제대로 몰라 초반 오버페이스에 걸려 경주 불국사 언덕배기를 치고 올라가야 하는 28㎞ 지점부터 오른다리에 경련이 왔다. 처음 겪는 신체 반응이었다. 그때부터 신음과 함께 다리를 끌다시피 하면서 뛰다 걷다 서다를 수없이 반복한 끝에 겨우 결승점을 통과할 수 있었다.

마라톤을 완주하기 위해서는 극한의 한계에서 처절한 싸움을 벌여야 한다. 미국인 딕 호이트씨는 태어날 때부터 말도 못하고 움직일 수도 없는 아들을 정상인의 세계로 끄집어내기 위해 아들을 휠체어에 태워 무수히 많은 마라톤, 철인 3종 경기 등에 출전, 완주해냈다.

마라톤은 그런 운동이다. 그런데 호이트 부자는 인간 한계를 수없이 극복하며 60여 차례가 넘는 마라톤 풀코스를 뛰고 세계 철인 3종 경기 6차례, 단축 철인 3종 경기 206차례 완주, 미국 대륙 6000㎞ 횡단 등 무수히 많은 도전에 나섰고 끝내 해냈다. 그들은 이같은 도전과 성취만으로도 충분히 존경 받을 만하다.

"아버지 고마워요, 아버지가 없었다면 저는 할 수 없었어요." (아들 릭)

"아들아, 네가 없었다면 나는 하지 않았다." (아버지 딕)

극한상황을 끝내 이겨낸 부자만이 나눌 수 있는 감동적인 명 대화다. 책 말미에 소개된 아들 릭의 편지를 통해 아버지 딕은 그간 아들을 위해 희생한 모든 것들을 충분히 보상 받았다. 아울러 이 세상의 모든 아버지, 아들에게 가족의 소중함을 다시 한번 일깨워 주고 있다. 그 내용의 일부를 소개하면 다음과 같다.

"아버지께는 '감사합니다'라는 말도 적당한 표현이 아닌 것 같아요. … 아버지 덕분에 제 삶은 아름다운 추억들로 가득해요. … 만일 장애가 없다면 저는 아버지를 위해 이런 일을 하고 싶어요. 먼저 '아이언맨 월드챔피언십'에서 최선을 다해 경주할 거예요. 아버지를 태운 보트를 끌고, 아버지 대신 자전거 페달을 밟고, 아버지 휠체어를 밀면서요. 보스턴 마라톤 경기에서도 아버지를 밀며 달릴 거예요. 그리고 아버지가 나이 들어 몸이 불편해지면 제가 보살필 거예요. 그래야 하기 때문이 아니에요. 그렇게 하고 싶어요. … 경기를 통해 아버지와 아들이 서로의 삶에 녹아들 수 있다는 건 정말 멋진 일이에요. 저는 그 사람들의 본보기가 되신 아버지가 가장 멋져 보여요."

이 대목에선 부모가 자식을 위해 죽을 힘을 다해 돕고 조건 없이 지지했을 때 자식은 누가 시키지 않아도 늙어 힘 빠진 부모를 반드시 챙긴다는 인지상정을 확인할 수 있다. 아들의 편지는 계속 이어진다.

"훌륭한 아버지 밑에서 자란 덕분에 제게는 다른 아버지들에게 해줄 조언이 많아요. 먼저 자식을 돌보는 일에 시간을 투자하라고 말하고 싶어요. 이는 특별한 보호가 필요한 아이건 그렇지 않건 간에 대단히 중요한 거예요. … 자식을 이해할 시간도 충분히 가지라고 하고 싶고요. 아버지는 자식이 어떤 아이인지 알 수 있어야 해요. … 아이와 소통하기 위해 노력하고, 아버지가 좋아하는 걸 자식에게 강요하지 말라는 말도 하고 싶고요. 아버지와 제가 함께

"먼저 자식을 돌보는 일에 시간을 투자하라고 말하고 싶어요. 이는 특별한 보호가 필요한 아이건 그렇지 않건 간에 대단히 중요한 거예요."

달리게 된 건 제가 아버지께 그렇게 해 달라고 부탁했기 때문이에요."

아들과 소통을 위해 아버지가 무엇을 해야 하는 지를 압축적으로 보여주고 있다. 자식이 진짜 원하는 것은 아들의 마음속에 아버지가 비집고 들어가는 것이 최선임을 가르쳐 준다. 아들 릭은 자식들에게도 할 말이 있단다.

"부모님과 소통하기 위해 노력하라고 말하고 싶어요. 혹시 장애가 있다면 부모님과 의사, 치료 전문가들과 협력하라고 당부하고 싶어요. 그 사람들의 말에 귀를 기울여야 해요. 하지만 한계를 규정짓는 어떤 말에도 귀 기울이지 않아야 해요. 결코 포기하지 말라는 말도 하고 싶고요. 가장 중요한 것으로, 우리 이야기를 듣는 사람들 모두가 알아주었으면 하고 바라는 게 하나 있어요. 그것은 바로 '그래요. 당신은 할 수 있어요!(Yes, You Can!)'라는 말이에요." …)

"우리 이야기를 듣는 사람들 모두가 알아주었으면 하고 바라는 게 하나 있어요. 그것은 바로 '그래요. 당신은 할 수 있어요!(Yes, You Can!)'라는 말이에요."

말도 못하고 손발도 못 쓰는 장애아로 태어나 의사마저 보호시설에 맡기는 편이 낫다고 했지만 하늘이 두 쪽 나도 포기 할 수 없다는 아버지의 투혼을 느끼며 자란 아들의 당부 역시 부모와 소통하라는 것이다. 무엇이 부족하고 또 하고 싶으며 그러기 위해서는 어떻게 해야 하는 지 부모와 끊임없이 대화하다 보면 문제가 풀린다는 점을 일깨워 주고 있다.

아들 릭은 태어날 때부터 말을 못하고 누가 도와주지 않으면 움직이지 못하는 심한 지체장애인이었다. 그대로 뒀다가는 겨우 눈빛으로만 간단한 의사소통을 할 수 있었다. 그런 그에게 천지개벽할 반가운 일이 찾아왔다. 매사추세츠 주 터프츠대학의 대학원생들이 발명한 '쌍방향 의사소통' 장치가 그것으로, 이 장치를 통해 릭이 북미 아이스하키리그인 스탠리컵 대회 결승전에 오른 보스턴 부루인스라는 팀을 응원하고 있음을 알게 됐다. 또한 릭이 재치가 뛰어나고 가족들과 활발히 소통할 수 있다는 사실도 알 수 있었다. 이 장치 발명 때문에 릭은 정상 아이들이 다니는 공립학교에 입학할 수 있는 자격을 확보할 수 있게 됐으니 릭과 가족에겐 그 장치는 빛나는 보석이었다. 만약 말도 못하고 손짓 발짓도 자유롭지 못한 릭이 그냥 방치됐더라면 릭이 보스턴마라톤 주로를 아버지와 달리기는커녕 평생 장애인 신세로 방안이나 실내에서 우울한 일생을 보냈을 것이다. 인간에게 있어서 부모의 무조건적인 사랑은 이런 대기적, 대반전을 일으키게 만든다.

새로운 대가족 '예띠의 집'

　　이화여대 명예교수인 이근후 · 이동원 박사 부부는 새로운 가족통합의 모델을 창조해 낸 선구자이자 선험자이다. 남들은 자식들을 분가시키는 데 열중할 때 그는 오히려 결혼한 2남 2녀 네 자녀 가족을 한 지붕 밑에 몽땅 모아서 '지지고 볶으며' 살고 있기 때문이다. 두 부부가 자식들과 설계한 대가족 모델은 우리나라에서 단 하나뿐인 '예띠의 집'으로, 여러 언론에 소개돼 비상한 관심을 끌었다. 예띠의 집은 참 특이하고 신기하며 신선하다. 그리고 그들의 실험과 도전정신이 놀랍고 존경심마저 든다. 대가족의 필요성을 주창해 온 필자에게는 이 박사의 대가족은 탁월하고도 기막힌 가족공동체 모델로 받아들여진다. 대한민국이 진정으로 세계 속에 우뚝 서려면 이 박사 부부와 자녀들이 지혜를 모아서 정성들여 쌓고 있는 '성' (城), '예띠의 집'들이 많이 쏟아져 나와야 한다.

이 박사의 큰 아들 내외(특히 치과의사인 며느리)는 십수 년 전 동생들과 함께 부모님을 모시면 어떻겠느냐는 '특별한 제의'를 해 왔단다. 결혼해서 분가시킨 자녀들이 다시 한 집에 모인다는 사실이 의외여서 이 박사 부부도 처음에는 반대를 했다. 그러나 부모를 모시고 살겠다는 자녀들의 뜻이 확고하다는 것을 확인하고 2년여의 준비과정을 거친 끝에 3대 5세대가 옹기종기 모여 살 '城'(서울 구기동의 4층 건물)을 쌓을 수 있었다.

예띠의 집은 특별하고도 예사롭지 않은 원칙들이 적용된다. 개별 가족의 독립성과 프라이버시를 철저히 지킬 수 있도록 세대별 현관을 다르게 설계했다. 경제적 능력, 식구 수에 따라 집 구조나 면적도 다르다. 가정별 독립성을 유지하기 위해 등기도 따로 했다. '우리들은 각 가정이 고유한 가치관과 종교관을 갖고 간섭 없이 살아가기를 원한다', '우리들은 서로 사랑하며 행복한 가정을 꾸민다' 등 5개 항목으로 된 '가족 헌장'을 공유하고 있다. 이 '가족공동체', '가족공화국'만의 헌법인 셈이다. 가족모임을 하려면 반드시 공지를 통해 전원 합의 과정을 거친다. 한 지붕 아래 살고 있지만 일주일 내내 얼굴을 보지 못하는 경우도 있다. 가족이니까 대충 양해하고 부탁해도 된다는 식은 절대로 통하지 않는다. 오히려 남보다 더 철저하게 예의를 지키고 정해진 규칙을 지켜야 한다. 또 한 집이 6개월씩 당번을 맡아 공용 공간 수리, 청소 등을 책임지는 아파트 관리사무소 역할을 맡고 있다. 명절과 생일 등 행사계획도 당번이 짜야 한다. 비용은 가정별로 내는 월 회비를 모아 충당한다.

예띠의 집에는 이 박사 부부만의 '자녀 양육 노하우'가 숨겨져 있다. 자녀들이 어릴 때부터 스스로 크리스마스 프로그램을 만들고 가족 여행도 비용을 포함해서 직접 실천 가능한 플랜을 짜게 한 것 등이 그것이다. 이 박사 부부는 또 자녀들이 결혼하면 반드시 6개월 이상 함께 살아본 뒤 분가시켰다. 신혼 초 6개월 정도 시부모와 살아본 경험이 있기 때문에 큰 며느리가 두려움 없이 다시 함께 살자는 제안을 할 수 있었다는 게 이 박사 부부의 생각이다.

모여 사는 장점은 무엇일까? '컴퓨터 게임은 할아버지 집에서만 한다'는 원칙을 정해 놓으니 손주들이 시키지 않아도 매일 할아버지 집을 찾아 오더란다. 그러다 컴퓨터

예띠의 집에는 이 박사 부부만의 '자녀 양육 노하우' 가 숨겨져 있다. 자녀들이 어릴 때부터 스스로 크리스마스 프로그램을 만들고 가족 여행도 비용을 포함해서 직접 실천 가능한 플랜을 짜게 한 것 등이 그것이다.

이화여대 명예교수인 이근후 박사부부는 결혼시킨 자녀들을 다시 불러들여 대가족을 이루며 살고 있다. 대가족을 이룬 결과 손주와 부대끼며 함께 살아서 좋고 고령인 자신들도 자식들의 덕을 많이 보고 있다고 자랑했다.

에 빠진 한 손자가 게임 프로그래머가 되겠다고 말해 부모로부터 게임을 그만 두던지 집을 나가라는 압박을 받았을 때 해방구는 할아버지 집이었다. 가출도, 게임도 하지 않게 되고 조부모가 부모와 아이 사이에서 '해방구' 역할을 했다. 오늘날 가정은 부모와 자식으로 이뤄지는 2대, 또는 1인 가구이다. 자녀들의 고민을 들어주고 해결해 주는 멋진 해방구 역할을 할 조부모가 없다. 아이가 돈을 빼앗기고 괴롭힘을 당하는 친구 때문에 고민하고 있다는 사실을 눈치 챈 할머니는 손자가 다니는 초등학교 교문을 지키고 있다가 문제의 친구를 만나 "자꾸 그러면 형사 아저씨를 데려 오겠다."고 담판을 지어 간단히 문제를 해결해 주기도 했다. 손자에게 그 할머니는 이 세상에서 가장 든든한 지원군이 되었다. 할머니에 대한 존경심이 쑥쑥 커지는 것은 당연하다. 조부모가 이 같이 손자와의 '소통의 중간

자' 역할을 해주니 자녀들은 맘 놓고 각자의 일터에서 생업에 매진할 수 있는 것은 물론이다.

대가족을 이뤄 사니 손자만 좋은 것이 아니라 고령인 자신들이 가장 덕을 많이 보고 있다고 이 박사 부부는 말한다. 평일 저녁 식사는 자녀들이 당번을 정해서 도와주고 있고 아프면 병원에 데려다 준다. 자녀와 손주들의 관심과 지지 속에서 함께 살면서 누리는 정신적 안정감은 무엇과도 바꿀 수 없는 보물이다. 뭇 노인들이 고독에 절어 살고 있는 것과는 판이하게 다르다.

아이들도 대가족을 통해서 많은 혜택을 누리고 있다. 각 집마다 아이들은 하나지만 모여 살면서 혼자 크는 외로움을 털어 낼 수 있었다. 부모가 일터에 나갔거나 바쁜 일이 있을 때 할아버지 할머니가 손주들을 자주 돌봐준 것은 물론이다. 한 손자가 "할아버지가 가장 잘 한 것이 우리를 함께 살 게 한 겁니다"라고 말하더란다. 이 박사 부부가 가장 신경 쓴 것이 손주들과 대화를 나누고 여행을 같이 가거나 함께 운동하는 등 조부모 역할이었다. 맞벌이 가정의 문제점인 부모와 자녀 사이의 물리적 · 정서적 빈 공간을 이 박사 부부가 메워준 것이다. 이 박사 부부는 1995년 설립한 사단법인 가족아카데미아의 주요 연구 주제로 '조부모의 부모 역할'을 다뤘다.

　이 박사 부부가 대가족으로 살아가는 모습에서 우리는
가족을 묶는, 다시 말해 가족 통합을 통해 행복지수를 끌
어 올릴 수 있는 가능성을 발견하게 된다. 바쁘게 산다고,
남이 하니까 따라가는 바람에 잠시 잊고 있었던 조부모의
존재 가치를 재평가 할 때가 왔다는 뜻이다. 조부모는 인
생의 대선배, 경험과 지혜의 보고(寶庫)일 뿐만 아니라 자
녀에 대한 사랑이 뼛속 깊이 녹아 있는 희생의 결정체이
다. 또한 어린 손주들과 밀도 있게 대화하고 부대끼는 진
정한 친구이자 세대를 연결해 줄 수 있는 소통자이다. 바
쁜 삶, 빠듯한 인생 역정에 허덕이고 있는 이 시대의 부모
들을 소리 없이 뒤에서 밀어주는 '힘센 조력자'이다. 알짜
배기 인생의 지휘자이자 앞장 서서 이웃과 사회, 국가를
올바르게 이끌어 갈 '질서 유지꾼'이기도 하다.

모든 인간이
태어나서 성숙하고
세상을 반짝반짝
빛나게 만드는
'행복 씨앗 공장'이
다. 그 공장을
활발하게 가동시켜
최상의 생산품을
만들어 내는
'공장장'이 바로 조
부모요…

　가정은 그냥 식구들이 단순히 먹고 잠자는데 그치는 대
수롭지 않은 곳이 절대로 아니다. 모든 인간이 태어나서
성숙하고 세상을 반짝반짝 빛나게 만드는 '행복 씨앗 공장'
이다. 그 공장을 활발하게 가동시켜 최상의 생산품을 만
들어 내는 '공장장'이 바로 조부모요, 어른이며, 노인이
다. 이 박사 부부는 '예띠의 집'이란 가족 그룹 구성원들의

행복을 책임지고 힘차게 이끌고 가는 '회장'이다.

　우리 사회가 더 이상 조부모, 어른, 노인을 홀대 받게 방치해선 안된다. 그들의 목소리에 힘이 들어가고 영(令)이 서며 강력한 역할이 부여되는 분위기를 만들어 나가야 한다. 노인에서 노인, 또 노인을 거쳐 수십만년 인간의 역사가 이어져 내려 왔고 앞으로도 그럴 것이다. 그런데도 우리는 노인의 진정한 존재 가치를 잊고 있다. 자식이나 젊은이들은 노인을 부양해야 할 귀찮은 대상으로 여기는 경향이 짙어지고 있다. 지혜니 경험이니 하면서 새로운 것을 좇지 않고 고리타분하게 잔소리나 하는 골치 아픈 늙은 이로만 여긴다.

　그런 풍조는 과감히 척결돼야 한다. '예띠의 집' 같은 공동체를 당당하게 이끌어 가는 노인이 많이 있다면 우리 사회는 어떤 모습일까. 우선 어른과 가정을 통해 모든 세대가 조화롭게 어울릴 것이다. 아이(3대)는 아이대로, 어른(2대)은 어른대로, 노인(1대)은 노인대로 자연스럽게 서로 붙들고 소통하는 가운데 각자에게 주어진 역할과 임무를 수행하게 될 것이다. 도저히 해결 실마리를 찾을 수 없을 것 같은 저출산, 교육 문제, 고비용 복지, 노인 문제 등의 암 덩어리들을 한방에 제거하는 위력을 확인할 수 있을 것

그래서 너나 할 것 없이 하루빨리 '행복 씨앗 공장' 공장장들을 다시 모셔 와야 한다. 그분들에게 크고 빛나는 '명패'를 손에 쥐어 주고 사자후를 토할 수 있는 여건을 만들어 드려야 한다.

이다. 그래서 너 나 할 것 없이 하루빨리 '행복 씨앗 공장' 공장장들을 다시 모셔 와야 한다. 그분들에게 크고 빛나는 '명패'를 손에 쥐어 주고 사자후를 토할 수 있는 여건을 만들어 드려야 한다. 그 공장장들은 노인이다.

또 어르신들도 그 자리에 당당히 오를 수 있도록 젊었을 때부터 열심히 대비하고 공부해야 하는 것은 두말할 필요가 없다. 4대를 한 지붕에 묶어서 멋진 하모니의 오케스트라를 지휘하는 이 박사 부부 같은 어른, 노인들이 으샤으샤하는 대한민국을 그려 보자. 어떤 시너지 효과가 있을지, 어떤 변화가 올지 독자 여러분들의 머리 속에 그림이 그려지지 않는가?

【 인용 및 참고 】　중앙일보 2012년 5월 26일자,
한국경제 매거진 2013년 5월 24일자

한 지붕 아래 4代, 윤세옥 씨 가족

2014년 4월 1일 오전, 사무실에 출근해서 여러 신문을 펼쳐 보다 눈에 쏙 들어오는 기사를 발견했다. 동아일보의 창간 94주년 '행복충전, 대한민국!' 특집 기사가 그것이다. 경기도 안성시 고삼면에서 목장을 운영하는 윤세옥(79) 씨 4대 가족이 한 지붕 아래서 왁자지껄하게 살아가는 얘기였다. 요즘 같은 세태에 4대 가족이 똘똘 뭉쳐 오순도순 살아가다니. 이 책의 주제와 딱 맞아 떨어지는 사례이기도 했다. 그래서 윤씨 행복공장의 면면을 소개한 내용을 독자에게 전달하고자 한다.

1대 윤씨 부부와 2대(아들) 홍선(51)씨 부부, 3대(손

자) 태광(29) 씨 부부와 여동생(27.호주 유학중), 남동생(14), 4대인 8세, 6세, 1세 증손자 3명 등 대가족 11명이 기사의 주인공이다. 기사는 가족들의 환한 미소가 꽉 찬 큼지막한 사진으로 시작된다. 4대 식구들이 온 힘을 합쳐 소 200마리를 키우며 소통하면서 살아가는 모습을 들여다보자.

저녁상을 물린 뒤까지 이어지는 가족들의 대화 내용은 실로 다양하다. 이 과정에서 79세 증조부에서 1살짜리 증손자까지 가족 구성원들의 '모든 것'이 다 읽혀짐은 물론이다.

윤씨 가족 10명의 일과는 매일 오전 6시부터 시작된다. 윤 씨를 포함한 어른들이 2시간여에 걸쳐 소에게 먹이를 주고 난 뒤 아침식사 때면 식구들이 1차로 다 모인다. 아이들이 학교에 가거나 각자 낮에 주어진 '과업'을 소화하고 나면 저녁식사 시간에 모든 식구들은 다시 한 자리에 모인다. 받아쓰기 점수, 젖소 우유 생산량, 밭작물 생육상태 등 가족의 일과에 대한 관심꺼리가 죄다 쏟아진다. 저녁상을 물린 뒤까지 이어지는 가족들의 대화 내용은 실로 다양하다. 이 과정에서 79세 증조부에서 1살짜리 증손자까지 가족 구성원들의 '모든 것'이 다 읽혀지고 공유된다. 하루를 지내며 어떤 성과를 냈고 모자라는 점은 무엇인지, 배워야 할 점, 본받아야 할 점, 칭찬할 점, 증조부의 깊은 사랑, 증손자의 하루가 다른 성장과 재롱, 1대의 중재와 통합 능력, 2대의 꿈과 포부, 3대 가족 구성원의 고민 등이 고스란히 쏟아져 나온다.

1대 세옥 씨는 노숙인에게 매번 돈을 쥐어 주는 넉넉함으로 대가족을 품는 비결을 삼았다. 하루 24시간 중 오후 9시 무렵이 가장 행복하다는 2대 홍선 씨는 세 손주의 방에서 이불을 덮어주면서 "내 새끼가 또 새끼를 낳아 한 지붕 아래 함께 있다는 사실이 믿기지 않는다"며 스스로를 신기해 한다. 3대 태광 씨는 초등학교 때부터 낙농업을 하겠다고 포부를 밝힌 뒤 대학에서 축산학을 전공, 가업을 이어받은 듬직한 젊은 가장이다. 2대의 늦둥이이자 중학생인 태석(14) 군은 "친구들은 학교 마치고 집에 가면 혼자고 불도 꺼져 있는데 우리 집은 식구들이 많아서 좋다"며 '행복공장'의 분위기가 얼마나 밝고 따뜻한지를 느끼게 한다. 4대 증손녀 정희(8) 양은 대빵(증조) 할머니가 용돈을 많아 줘서 행복하다고 했고, 증손자 윤상(6) 군은 아침에 '음메음메'하는 목장의 소가 너무 예쁘단다. 이 집의 제일 막내인 한살배기 정원 양은 언젠가 언니 오빠처럼 "할머니, 할아버지, 고모, 삼촌과 함께 살아서 좋아요"라고 큰 소리로 외칠 것이다.

윤 씨 가족의 행복에는 화려하지는 않지만 소리없이 빛을 발하고 있는 '숨은 보석'들이 있다. 바로 1대 증조모 한동주(78) 씨와 2대 며느리 이옥기(52) 씨, 3대 손주 며느리 임덕순(28) 씨 등 윤 씨 집안에 시집 온 여성들이다. 남

4대가 한지붕 아래서 오순도순 왁자지껄 행복하게 살아가는 경기도 안성시 윤세옥씨 일가를 통해 보통 사람들의 행복한 삶을 확인 할 수 있다. 그들은 하나같이 '함께 살아서 좋다'는 말을 자연스럽게 하고 있었다.

2대 며느리 옥기 씨는 특히 "힘든 점도 많았지만 돌이켜 보면 그래도 가족이 해답이었다"며 "시부모를 언제부터인가 '아버지', '어머니'로 부르기 시작하면서 '시집살이'가 아니라 '내집살이'로 느껴졌다"는 소회를 털어놨다.

자들이 아무리 가정을 잘 꾸려가고 싶어도 그 짝, 아내가 도와주고 동참하지 않으면 바로 설 수가 없다. 기사를 읽기 전부터 예상했지만 윤 씨 집의 여성들 역시 서로 잘 소통하며 돕고 있었다. 1~2대 여성들은 세대와 나이에 관계없이 목장 일이 바쁜 남자들의 일손을 거들어 주는 것은 물론 자녀들과 관계도 좋았다. 동주 씨는 "가끔 부부싸움을 할 때 증손주들이 달려와 어리광을 부리면 기분이 좋아지고 이게 사는 거구나 싶다"고 했다. 29년간 시부모를 모셔 온 옥기 씨는 "가족이 아프지 않고 건강하게, 우애 있게 사는 게 가장 큰 행복"이라고 밝혔다. 그는 특히 "힘든 점도 많았지만 돌이켜 보면 그래도 가족이 해답이었다"며 "시부모를 언제부터인가 '아버지', '어머니'로 부르기 시작하면서 '시집살이'가 아니라 '내집살이'로 느껴졌다"는 소회를 털어놨다. 덕순 씨는 "가족이 함께 북적이다 한낮에 잠시 혼자 커피 한잔 마시고 저녁에 다시 만나 이야기꽃을 피우는 것, 그것이 행복이더라."며 소박한 행복론을 펼쳤다. 덕순 씨는 또 "고민(대가족으로 살다보니 친구처럼 분가해 단출하게 살면서 하고 싶은 대로 편하게 생활하지 못하는 상황)도 있지만 지금까지 가정생활을 돌이켜 봤을 때 가족과 함께 지내는 게 아이에게 좋을 것 같다."고 말했다. 어른과 함께 지내서 '좋을 것 같다'가 아니라 '확실히 좋았고 선택을 참 잘 했다'고 말할 날이 기다리고 있을 것이다.

이처럼 할머니—며느리—손주 며느리간의 소통, 그리고 욕심 내지 않고 일상에 최선을 다하는 아내들의 자세가 이 가정을 든든하게 지키면서 살맛나게 해주고 있다. 다른 환경에서 자라 낯선 가정으로 시집 와 고부—자부—손자부 관계가 된 이들 여성에게도 처음에는 많은 갈등과 번민, 고통이 따랐을 것이다. 그러나 서로 보듬으며 자존감을 키워주고 자신감으로 소통하면서 행복한 가정을 당당하게 꾸려가고 있는 것이다.

윤 씨 4대 가정에서는 배울 것도, 부러워할 것도 참 많다. 우선 이 시대 '뜨거운 감자'인 노인문제에 대해 고민하거나 걱정하지 않아도 된다. 윤 씨 부부는 여든을 앞둔 초

윤 씨 4대
가정에서는
배울 것도, 부러워
할 것도 참 많다.
우선 이 시대
'뜨거운 감자'인
노인문제에 대해
고민하거나
걱정하지 않아도
된다.

고령자이지만 아직 자식들과 함께 소를 키우며 가사 일부를 맡는 등 생업 전선에서 '현직'으로 뛰고 있다. 나이 들어서도 끊임없이 노동을 하면서 건강을 챙기고 가계 수입에도 기여하니 자식들에게도 당당할 수밖에 없다. 윤 씨 부부 몫으로 정부나 지자체가 사회복지 예산을 쓸 필요가 없어서 자연스럽게 애국하는 셈이 됐다. 또 윤 씨 부부는 노인들이 가장 무서워한다는 고독사를 걱정하지 않아도 된다. 마지막 순간까지 자신을 돌봐줄 자식, 손자가 한 지붕 밑에서 같이 살고 있잖은가. 그러니 윤 씨 부부에게 고독사는 다른 세계, 남의 나라 얘기일 뿐이다. 윤 씨는 이처럼 당당하고 외롭지 않게 노년의 행복을 누리고 있다.

이 가정에서는 손자 부부가 딸과 아들을 3명이나 낳아 대한민국의 고질병인 저출산과 맞서는 데 일익을 했다. 서른 살도 안 된 손자 부부가 자녀를 3명이나 둘 수 있었던 이유는 간단하다. 증조할머니와 할머니라는 '프로급 육아의 손' 두 분을 모시고 있기 때문이다. 만약 이 손자가 도시에서 직장생활을 하고 있었다면 집 장만하고 결혼비용 마련하느라 결혼도, 출산 시기도 많이 늦춰졌을 것이다.

어디 그뿐이랴. 현재 가장인 아들과 미래 가장인 손자도 대가족을 통해 실질적인 혜택을 받고 있다. 축산업의 특성상 일손이 많이 필요한데 대식구여서 노동 분담은 저절로 이뤄진다. 인건비 절약으로 가장의 어깨는 훨씬 가벼워져서 다른 농가에 비해 경쟁력이 높다. 또 떨어져 살면 명절이나 제사 등 가족의 대소사 때마다 부모 곁으로 달려가야 하지만 함께 살아서 그럴 필요가 없다. 몸이 아플 때는 바로 병원으로 모셔 갈 수 있고 드시고 싶은 음식도 바로 사 드리는 등 항상 곁에서 효도하며 자식 역할에 충실할 수 있다.

3대 손자, 4대 증손자 증손녀에게 돌아갈 혜택도 적지 않다. 층층 어른들의 관심과 사랑을 듬뿍 받으며 자라 풍부한 인성을 지니게 되는 것은 자명하다. 많은 식구들과의 관계를 통해 소통하는 법을 자연스럽게 익혀 사회성을 갖추게 된다. 어린 시절 꿈과 열정은 어른들의 칭찬을 먹고 원대하게 자랄 것이고 공중도덕, 어른 공경, 남을 배려하는 넉넉함, 가족과 더불어 사는 즐거움을 가슴에 품게 됨은 물론이다. 앞으로 이 사회를 풍성하고 따뜻하게 만드는 데 앞장 설 '새싹'들이 윤씨의 4대 동거가정에서 쑥쑥 자라고 있다.

이 기사에는 또 윤 씨 가족과 같은 대가족의 필요성을 역설적으로 보여주는 의미 있는 통계 자료가 있는데

앞으로 이 사회를 풍성하고 따뜻하게 만드는데 앞장 설 '새싹'들이 윤씨의 4대 동거가정에서 쑥쑥 자라고 있다.

그 내용은 다음과 같다. "통계청에 따르면 1975년 우리 나라에서 4대 이상이 모여 사는 대가족은 6만 1,935가 구(2.5%)에 달했으나 2010년 인구주택 총조사에서 대 가족은 1만 2,769가구(0.9%)로 크게 줄었다. 또 가족 의 붕괴와 함께 절망적인 지표도 늘고 있다. 1983년 한 해 총 사망자 25만 4,563명 가운데 자살자는 3,471명 (1.36%)이었으나 2012년에는 총 사망자 26만 7,221명 가운데 자살자는 1만 4,160명(5.3%)로 4배 가까이 늘었 다. 핵가족이 보편화 되고 자살자가 느는 건 가족의 붕괴 가 적지 않은 영향을 미쳤다고 사회학자들은 지적한다. 윤 씨 가족처럼 살지 않더라도 가족 구성원 사이에 솔직하게 서로 고민을 털어놓고 소통하는 게 중요하다는 얘기다."

    윤 씨 가족을 통해 대가족의 중요성과 핵가족의 위험 성, 가족붕괴와 자살 급증의 연관성을 한번 더 따져보게 만든다.

시인 김초혜의 각별한 손자 사랑

시인 김초혜는 1964년《현대문학》으로 등단한 뒤 '떠돌이별', '사랑굿1', '섬', '빈배로 가는 길' 등 시집과 '사람이 그리워서' 등 수필집을 낸 저명 여류작가이다. 그는 소설 '태백산맥', '아리랑' 등 장편소설로 유명한 조정래 작가의 부인이기도 하다.

시인 김초혜에게는 끔찍이도 사랑하는 큰 손자 '조재면'이 있다. 재면이가 8살이던 2008년, 그는 손자를 위한 '거창하고도 독창적인' 작품을 쓰기로 마음 먹었다. 한평생 살아오면서 1년 365일 하루도 빠짐없이 가슴 속에 담아두었던 인생의 지혜를 일기 형식으로 술술 풀어 재면이의 손에 쥐어줄 세상 단 하나뿐인 작품을 기획했던 것이다. 사랑하는 어린 손자를 위해 할머니의 열정을 한껏 녹인 '작품'을 쓰기로 작심했고, 결국 그 결과물인 『행복이』(시공미디어 간)를 엮어낸 김초혜 시인의 놀라운 집중력과 끈기에 머리가 숙여진다.

아이 사랑엔 '어머니만 위대한 것'이 아니라 '할머니도 위대하다'는 점을 확실히 각인시켜 준 김 시인께 존경을 표한다.

김 시인은 시인답게 글로써 손자 사랑을 구구절절 녹여냈다. 이 세상의 다른 할머니들도 글을 쓰지 않았을 뿐이지 손자에 대한 사랑의 깊이와 정도는 똑 같으리라. 그러나 이 책 한 권으로 세상 할머니들의 손자 사랑이 얼마나 깊고 너른지 알게 됐으니 김 시인은 '대표 할머니'역할을 충분히 해 낸 셈이다. 김 시인은 아이 사랑엔 어머니만 위대한 것이 아니라 '할머니도 위대하다'는 점을 확실히 각인시켜 줬다. 필자가 이 책에서 추구하려는 주제는 가정에 할아버지, 할머니의 공간과 역할을 확보함으로써 가족통합을 이끌어내는 것이다. 김 시인도 이 책을 통해 "이것 보세요. 할머니의 손자 사랑이 이렇게 깊고 큰데 왜 그 사랑을 모른 척 하거나 내팽개치고 있습니까. 어서 할머니 사랑이 각 가정에서 빛을 볼 수 있도록 여건을 만드는데 동참합시다!"라고 외치는 것 같다. 주변 사람들에게 손자에 대한 할머니의 참 사랑을 확인하려면 김 시인의 책을 읽어보라고 적극 추천하고 싶다.

김 시인의 손자 사랑이 어떠한지 책 내용을 들여다보자. 그는 365일을 하루도 빠트리지 않고 매일 다른 주제로 200자 원고지 2장 분량을 채워 가는 놀라운 성실성과 집중력을 보여줬다. '사랑하는 재면아!'를 첫 줄로 시작하는 김 시인의 일기에는 사람이 살아가면서 반드시 맞닥뜨릴 문제들이 망라돼 다뤄지고 있다. 시간 관리의 중요성, 좋은 습관이 필요한 이유, 책 읽는 습관들이기, 겸손할 것, 모략과 중상을 하지 말 것, 관용의 필요성, 땀 흘리지 않는 재물을 탐하지 말 것, 형제간 우애, 독서와 사색의 중요성에다 심지어 도박이나 여자에 대한 경고까지 잊지 않았다. 이 책 한 권에서 지적하는 조언들을 가슴에 새기고 이를 실행하면 '인생 공부'는 거의 끝난 거나 진배없다. 이런 할머니 밑에서 자란 손자가 반듯한 인간으로 성장하는 것은 지극히 당연한 수순. 그래서 옛말에 '부모를 보면 아이를 알 수 있고, 아이를 보면 그 부모를 알 수 있다'고 하지 않던가.

김 시인은 1월 22일 일기에서 '손자만 생각하면 천국의 문이 열린다'고 했다. 주변의 많은 할머니, 할아버지가 손자를 끔찍이 예뻐해 주는 것을 많이 봤기에 김 시인의 압축적 표현이 그대로 가슴에 박힌다. 조부모에겐 손자는 천국이자 희망인 것이다. 김 시인은 또 '지치지 않는 성실로

이 책 한 권에서 지적하는 조언들을 가슴에 새기고 이를 실행하면 '인생 공부'는 거의 끝난 거나 진배없다. 이런 할머니 밑에서 크는 손자가 반듯한 인간으로 성장하는 것은 지극히 당연한 수순.

시인 김초혜는 큰 손자 재면이가 8살
이던 해 365일 일년 동안 단 하루도
빠트리지 않고 애지중지 손자사랑을
표현한 『행복이』란 책을 펴냈다.
이 책을 펼치면 할머니의 손자사랑이
얼마나 크고 절대적인지를 확인할 수
있다.

일하면 반드시 목적하는 바를 이룰 수 있고, 그러한 노력
은 재물은 따라오게 할 뿐만 아니라 신분마저 귀한 대접을
받게 해 준다'며 성실한 자세를 주문했다. 1월 24일 일기
에서는 말콤 글래드웰의 『아웃라이어』라는 책에서 다룬 '일
만 시간의 법칙'을 거론하며 '재능을 갖춘 사람이 일만 시
간을 투자하면 무슨 일이든 해낼 수 있다'고 알려줬다. 어
릴 때 할머니로부터 이런 충고를 들은 손자는 커가며 자신
의 목표 달성을 위해 일만 시간 투자 계획을 세우는 지혜
를 발휘할 가능성이 높다.

손자에 대한 지극한 사랑 표현은 소름이 돋을 정도다.
1월 25일 일기에서 그는 '너의 손을 잡으면 수천만 가지
의 기쁨이 온몸으로 퍼져 나가 시들었던 영혼이 새롭게 살
아난다. 이 세상 어떤 그늘도 너에게 접근하지 못하도록

우리의 옷자락을 넓혀 그 그늘을 가로막고 싶어진다'고 했다. 얼마나 손자가 예뻤으면 손자를 만지는 순간 영혼이 되살아난다고 까지 했을까. 김 시인은 다른 날 일기에서는 '손자를 생각하면 뼈가 녹으며 우리 부부의 후반기 인생의 완성'이라고 하는 할아버지(조정래 작가)의 말을 소개하기도 했다. 1월 29일 일기에서는 결혼이란 하늘에서 내린 인연이고, 땅에서 완성된 사랑이라고 강조한 뒤 '우리의 결혼으로 네가 왔으니 너는 우리 인생의 완성이다. 사랑은, 결혼은 자손만대의 역사다'라고 결혼의 중요성을 부각시키기도 했다.

3월 24일 일기에서는 젊음과 꿈이 있다면, 인생이라는 밭을 풍요로운 꽃밭으로 가꿀 수 있다며 '노년이 슬픈 것은 꿈이 없기 때문이고 꿈을 꿀 수 없기 때문'이라며 이 세상에서 가장 귀중하고 값진 것이 젊음이요, 젊을 때 아름다운 꿈을 꾸고 이룰 수 있도록 노력하라고 강조했다. 3월 27일 일기에서는 건강과 지성의 중요성을 거론했다. 지성은 행복의 아버지고 건강은 행복의 어머니라고 정리한 김 시인은 젊은 날에 지식에 열정을 쏟는 것만큼 확실한 투자는 없다며 공부할 것을 주문했다. 그리고 충고의 위험성에 대해서도 귀띔했다. 그는 3월 29일 일기에서 조언이나 충고는 상대방이 원치 않으면 절대로 하지 말아야 한다며 마음을 열지 않은 상태에서는 아무런 효과도 없고 오히려 인간관계만 그르친다고 경고했다. 그러면서 괴로움과 슬픔에 처하더라도 너무 주눅 들 필요가 없다고 알려줬다. 괴로움이나 슬픔은 오래 머물지 않으며 다행히도 조물주는 견딜 수 있는 괴로움과 슬픔을 준다고 했다. 과잉보호 속에서 자란 요즘 젊은이들이 작은 어려움이나 시련에 짓눌려 쉽게 스스로 목숨까지 던져 버리는 세태에서 김 시인의 이런 충고는 인생의 보약이 아닐 수 없다.

김 시인은 독서의 중요성을 수차례 강조하며 책은 삶의 등불, 등대, 길, 나침반, 망원경, 신앙, 기쁨, 상속재산, 학교, 스승, 무기, 힘, 황금, 우물, 캐내고 캐내도 고갈되지 않는 금광이라며 밥 먹듯 책을 읽으라고 했다.

김 시인은 작가답게 독서의 중요성을 수차례 강조하고 있다. 4월 10일 일기에서 평생 동안 책을 손에서 놓지 말라고 당부했다. 그러면서 인생의 나무에 꽃을 피우게 할 책에 대해 이렇게 정의했다. 책은 삶의 등불, 등대, 길, 나침반, 망원경, 신앙, 기쁨, 상속재산, 학교, 스승, 무기, 힘, 황금, 우물, 캐내고 캐내도 고갈되지 않는 금광이라며 밥 먹듯 책을 읽으라고 했다.

김 시인은 솔직 담백하면서도 직설적인 면모를 보여줬다. 8살 손자에게 도박의 불행성에다 여자 얘기까지 들려주며 바른 길로 인도하려고 했으니까. 4월 26일 일기에서 그 역시 도박을 패가망신의 지름길이라고 단정했다. 도박은 불행의 어머니고, 마약만큼 중독이 심하며, 사람을 망치는 독약 중의 독약이니 아예 눈길도 주지 말아야 한다고 했다. 그 다음날 일기에서는 같은 여자로서 여자를 한 마디로 정의하기 어렵다며 유명 인사의 말을 빌려 여자를 이해시키려고 노력했다. '위인의 배후에는 여성의 힘이 있다'(소크라테스), '아무리 연구를 계속해도 여자는 항상 완전히 새로운 존재'(톨스토이), '여자는 어디까지가 천사이고 어디부터가 악마인지 분명히 알 수 없는 존재'(하이네), '여자와 소인(小人)은 거느리기가 힘들다. 가까이 대하면 버릇이 없고 멀리하면 원망한다'(공자), '여자는 절대로 흉금을 열지 않는다. 여자는 모두 부정직하다'(도스토예프스키), '세상에는 아름다운 여인은 많다. 그러나 완전한 여자는 하나도 없다'(빅토르위고) 등이 그것이다. 그러면서 김 시인은 여자 속에는 세 명의 친구가 산다고 하는데, 성인과 천사와 악마가 공존하는 것 같다며 '여자와 도박과 술은 왕자를 거지를 만드는 길'이라는 말도 있으니 처신에 주의하라고 주문했다.

김 시인은 여자 속에는 세 명의 친구가 산다고 하는데, 성인과 천사와 악마가 공존하는 것 같다며 '여자와 도박과 술은 왕자를 거지를 만드는 길'이라는 말도 있으니 처신에 유의할 것을 주문했다.

　이 외에도 김 시인은 돈의 가치(4월 30일), 집중력의 중요성(5월 3일), 친구의 중요성(5월 10일), 평판(6월 1일), 옷 제대로 갖춰 입기(6월 12일), 역사 인식의 중요성 자각(6월 23일), 말을 지혜롭게 하기(7월 12일), 멋진 이상과 꿈을 갖는 것(7월 29일), 자기 자신 신뢰하기(8월

2일), 가족과 고민 나누기(8월 20일), '몸짱' 주문(9월 1일), 돈을 따라가지 말고 일을 이끌어 갈 것(9월 14일), 습관의 중요성(10월 2일), 실행 가능한 계획 세우기(10월 17일), 열등감을 우월감으로 바꾸는 요령(11월 2일), 일본의 억지성(11월 16일), 노력하는 사람(12월 11일), 선행하기(12월 22일), 유머감각 있는 인간(12월 25일) 등 일기의 주제는 실로 다양했다.

60년이나 인생을 먼저 산 할머니가 눈에 넣어도 아프지 않을 8살 손자에게 들려줄 얘기가 어디 이것뿐이겠는가. 아무리 글쓰기가 주특기인 시인 할머니라도 일 년을 하루도 빠지지 않고 앞으로 살아갈 손자의 인생에 길잡이가 될 지혜를 다 쏟아 부어주기란 결코 쉬운 일이 아니다. 김 시인은 그것을 해냈으니 충분히 박수를 받을 자격이 있다.

합가(合家)는 곧 행복이더라

        대한민국 본토 남단의 절경지인 부산 태종대 앞바다가 훤히 내려다보이는 영도구 동삼동에 강 모(72) 씨의 2층 주택이 있다. 강 씨 부부는 2014년 4월 아들(44) 내외, 손자(초등학교 3학년), 손녀(유치원생)와 함께 이곳으로 이사를 왔다. 1층엔 강 씨 부부, 2층엔 아들 부부와 손주들이 함께 사는 전형적인 3대 동거가구이다. 강 씨는 일터가 지척인데다 조금만 걸어 나가면 푸른 바다가 있어서 이 집이 참 마음에 든다고 필자에게 자랑했다. 손주들의 재롱 속에서 아직도 왕성하게 직장에서 일을 하며 사는 모습이 부러웠다. 3대가 한 지붕 밑에서 살자고 결정을 내린 것이나 그 결정을 흔쾌히 수용한 아들 부부 모두

참 용기 있는 분들이라고 필자는 칭찬멘트를 날렸다. 이에 강 씨는 자신들은 그저 평범하게 살고 있는 소시민일 뿐이라며 칭찬을 듣기 거북하다며 손사래를 쳤다. 그러면서 극구 자신이나 가족의 이름이 알려지기를 거부했다. 가정이 자꾸 해체되는 위기에 처한 마당에 3대가 함께 가정을 이뤄 오순도순 살아가는 모습은 충분히 자랑할 만한 가치가 있다고 설득을 했지만 막무가내였다. 그의 요청에 따라 부득이 실명을 감출 수밖에 없는 점에 대해 독자들의 양해를 구한다.

4층짜리 상가주택에서 자란 강 씨 아들은 결혼한 뒤 분가를 해서 잠시 아파트에서 살았다. 그러나 갑갑한 아파트 생활을 적응하지 못하고 2년 만에 스스로 합가를 요청해 왔고 강 씨는 아들 부부를 흔쾌히 맞아들였다고 한다. 그리고 지금까지 쭉 함께 살아오다 지난 4월 강 씨의 일터 부근에 있는 단독주택을 구입, 이사를 온 것이다.

자녀와 함께 사는 즐거움이 무엇이냐는 질문에 강 씨는 손주들이 자연스럽게 인성을 키워가는 것이라고 답했다. 외출 후 귀가하면 제일 먼저 할머니, 할아버지에게 와서 인사를 하는 등 벌써 어른을 대하는 자세나 말투가 반듯하고 항상 남을 배려하는 태도를 보인다고 손주 자랑을

자녀와 함께 사는 즐거움이 무엇이냐는 질문에 강 씨는 손주들이 자연스럽게 인성을 키워가는 것이라고 답했다.

했다. 또 눈치가 빨라 조부모와 부모 사이에 의견이 맞지
않는 일이 생기면 중재하거나 소통을 시켜주는 역할도 하
고 있단다. 할아버지의 어렸을 적 꿈이 무엇이었냐는 등
인생 경험에 관한 질문을 자꾸 해서 귀찮기도 했지만 궁금
증을 풀어줘야 한다는 의무감으로 성실하게 답변을 해주
고 있단다.

아들 부부와 함께 살아가는 비법을 묻자 '서로 이해하
려고 노력하는 것'이라는 즉답이 돌아왔다. 그러면서 3대
동거가 무조건 좋을 것이라는 생각은 환상일 뿐이라고 했
다. 그는 만약 자식부부와 근본적으로 생각이 다르거나 심
각한 의견 충돌을 빚는다면 합가를 아예 포기하는 것이 더
좋다는 충고도 잊지 않았다. 합가해서 살다보면 집안의
큰 일 보다는 사소한 부분에서 부자간, 고부간 갈등을 빚
을 가능성이 높기 때문이다. 그래도 자식의 입장에서 이해
하려고 노력하면 문제는 쉽게 풀릴 수 있다고 했다. 강 씨
부부는 의논할 일이 있으면 전화를 하거나 1, 2층을 오르
내리며 아들 부부와 직접 얼굴을 보고 대화를 하면서 풀어
나가고 있다. 그래서 강 씨는 집에 따로 인터폰을 설치하
지 않았다.

강 씨는 자신이 아직도 일터를 지키고 있는 '현역'이라는

아들 부부와 함께
살아가는 비법을
묻자 '서로 이해
하려고 노력하는
것'이라는 즉답이
돌아왔다. 그러면
서 3대 동거가 무
조건 좋을 것이라
는 생각은 환상일
뿐이라고 했다.

부산의 유명 유원지인 태종대 부근 2층 단독주택에 사는 강 씨 부부는 아파트 생활이 갑갑하다며 아들부부가 합가를 요청해오자 흔쾌히 받아들였다. 두 부부는 가족 구성원의 소통자이자 중재자 역할까지 하는 손자, 손녀가 반듯하게 자라고 있다고 자랑했다.

데 대해서 큰 자부심을 가지고 있었다. 친척이 하는 요식업을 도와주는 그는 아침 7시쯤 출근해서 영업 준비를 하고 오후 2시나 3시쯤 일을 마칠 수 있어 시간적으로 여유롭다. 70세가 넘은 고령임에도 일터를 지키고 있기 때문에 경제적으로 큰 도움이 되고 적당한 노동으로 건강을 다질 수 있어서 좋단다. 퇴근 시간이 빨라 자유시간이 많으니 친구를 만나거나 각종 모임에도 부지런히 나간다. 틈만 나면 초·중학교 동기들과 만나 낚시를 가거나 등산을 하면서 건강을 지키고 있다. 또 부부가 함께 가입한 신도모임 활동에도 열심이다. 회원들과 함께 등산도 하고 봉사활동을 겸한 해외여행도 여러 차례 다녀왔다.

강 씨 가정을 소개한 데는 '특별한 이유'가 있다. 특별하지 않는 '보통 사람'이지만 3대 동거가정을 바탕으로 인간다운 삶을 누리고 있기 때문이다. 그 보통의 3대 동거가정을 통해서 찢어져 있는 가정과 비교해 보면 어떤 차이점이 있고 어떤 배울 점이 있는 지 한 눈에 드러난다. 자식과 떨어져 사는 노인은 외롭고 무기력해지기 십상이다. 자식의 보호나 손길이 미치지 못하면 이웃과 사회, 지자체와 국가가 그들의 안위를 대신 걱정해 줘야 한다. 엄청난 국민 세금도 쏟아 부어야 한다. 100세 장수시대를 맞아 노인들은 급증하고 있는데 수 십 년째 저출산 현상이 지속되면서 일할 젊은이는 자꾸 줄어들고 있다. 2050년에는 젊은이 1.2명이 노인 1명을 모시고 살아야 한다는 끔찍한 전망이 나오고 있다. 지금은 어른 6명이 아이 1명을 키우고 있지만 20~30년 후에는 아이 한 명이 부모, 조부모, 외조부모 등 6명을 모시고 살아야 한다는 것이다. 실제로 그런 일이 벌어지면 어떻게 될까. 젊은이는 노인 부양부담 때문에 살 수 없다고 아우성을 칠 것이다. 어쩌면 그때 젊은이들은 "왜 노인들이 빨리 죽지 않고 우리를 이렇게 생고생 시킬까"라며 불만을 터뜨리거나 저주하고 있을 지도 모른다. 젊은이들로부터 이런 저주를 받으며 그들에게서 멀리 떨어져 사는 노인은 경제적 빈곤에 노출된다. 사회적인 역할에서 소외당하고 건강도 잃게 된다.

강 씨 가정처럼 3대가 어우러져 사는 노인은 외롭지 않고 당당하다. 집안 최고 어른으로서의 역할이 기다리고 있다. 그 역할을 소화하려면 외로움을 느낄 겨를이 없다. 버지니아 사티어는 『가족힐링』이라는 책에서 가정에는 자존감, 소통, 규칙, 사회와의 관계라는 4가지 요소가 반복적으로 등장한다고 지적했다. 즉, 생기 넘치고 양육적인 가정에서는 가족 구성원들의 자존감이 높고 가족 간 소통이 명료할 뿐만 아니라 구체적이며 솔직하게 이뤄진다는 것이다. 또 가족 간의 규칙은 인간적이며 융통성이 있어 언제든 변화 가능하며, 사회와 관계를 맺는 것에 대해 개방적이고 희망적인 쪽으로 선택을 하는 특성을 지니고 있다고 저자는 강조했다. 노인이 가정에서 역할을 한다면 버지니아 사티어가 지적한 4가지 요소가 훨씬 원활하게 작동할 가능성이 높다.

가족을 가족답게 만들어가는 건 생각보다 힘들고 복잡한 일이다. 따라서 풍부한 인생경험을 가진 노인이 집안의 버팀목이 되어 준다면 가족 구성원 사이에서 자존감, 소통, 규칙, 사회와의 관계를 훨씬 효과적이고도 원만하게 이끌어 낼 수 있다. 신혼부부가 왜 잦은 부부싸움을 할까. 자란 환경이 달라 상대를 잘 몰라서일 수도 있지만 실제로는 경험해 보지 못한 난감하고 불편한 상황을 제대로 대처하지 못해서일 경우가 더 많다. 10년, 20년 같이 산 부부는

강 씨 가정처럼 3대가 어우러져 사는 노인은 외롭지 않고 당당하다. 집안 최고 어른으로서의 역할이 기다리고 있다. 그 역할을 소화하려면 외로움을 느낄 겨를이 없다.

상대의 성격이나 가치 기준 등을 자연스럽게 파악하게 된다. 그리고 가정에서 일어나는 숱한 상황들을 대처하면서 삶의 지혜가 쌓이면 싸우는 일이 줄어든다. 노인들은 그런 경험을 거치면서 지혜를 쌓아 온 인생의 베테랑들이다. 오죽 했으면 노인문제를 전문적으로 연구한 미국의 한 석학은 노인을 '인생의 현자'라고 결론을 내렸겠는가.

분가는 가족 구성원들을 외로움에 빠트리고 나약하게 만드는 원인을 제공한다. 그런데도 우리는 수십 년 동안 끊임없이 분가를 해 왔다. 문제는 분가는 좋은 거라며 많은 사람들이 그 대열에 동참했다는 데 심각성이 있다. 그러다보니 분가에 대한 문제점을 깊이 따져 보지도 않았고 분가의 부작용을 심각하게 받아들이지도 않았다. 도시마다 원룸 주택이 우후죽순처럼 들어서는 이유는 그만큼 수요가 있기 때문이다. 노인들의 최고 요양소가 가정이어야 함에도 지금 우리나라 노인들은 가정 대신 요양시설로 자꾸 몰려들고 있다. 노인이 자발적으로 가는 경우도 있지만 모실 형편이 안된다는 이유로 자식들이 노인을 요양시설로 밀어붙이는 경우도 많다. 자식에게 억지로 떠밀려 요양시설로 가는 노인은 '현대판 고려장'의 희생자가 되는 것이다. 또한 도시, 농촌 할 것 없이 마구 들어서는 요양시설은 국가재정을 크게 축내는, '세금 먹는 하마'라는 사실을

자식에게 억지로 떠밀려 요양시설로 가는 노인은 '현대판 고려장'의 희생자가 되는 것이다. 또한 도시, 농촌 할 것 없이 마구 들어서는 요양시설은 국가재정을 크게 축내는, '세금 먹는 하마'라는 사실을 간과해서는 안된다.

간과해서는 안된다.

노인(어른) 모실 공간이 없어서, 노인을 모시기 싫어서 분가를 하는 것이 아니라 주택에 노인을 모실 공간부터 확보하고 노인을 한 지붕 아래나 가까이 모시려는 합가 운동이 들불처럼 일어나야 한다. 저출산 고령화 문제는 3대 동거가족 속에서 그 해법을 찾을 수 있다. 인생에는 완벽한 호젓함은 없다. 자녀부부와 손주를 과감하게 자신의 품안으로 받아들인 강 씨 부부처럼 조금 힘들고 시끄럽더라도 1대-2대-3대를 자연스럽게 이어줄 수 있는 기본적인 가족 구조를 하루빨리 되찾아야 한다. 보통사람인 강 씨 부부도 자식, 손주들과 더불어 사는 것만으로 큰 행복을 누리고 있지 않은가.

노인은 가족통합의 '리더'

유대민족의 교육철학까지 거론하지 않아도 노인은 모든 인류에게 있어서 믿음직하고 든든한 존재이다. 태어나서 노인, 어른이라는 위치에 서기까지 무수한 도전을 받았고 그 도전을 승리로 이끈 그야말로 지혜로 똘똘 뭉친 존재이다. 유대인의 성전인 탈무드에는 '노인은 과거라는 보물이 가득 든 가방과 같다'라고 비유했다. 오죽했으면 '너의 부모에게 물으면 이렇게 알릴 것이다. 노인에게 물으면 말해줄 것이다'라고 말했겠는가. 이 말 속에는 부모도 모르는 것이 있으면 노인에게 물어보면 해결책을 찾을 수 있다는 뜻이 숨어있다. 그만큼 노인은 중요한 자산이며 그래서 노인은 공경의 대상이다.

유대인의 성전인 탈무드에는 '노인은 과거라는 보물이 가득 든 가방과 같다'라고 비유했다. 오죽했으면 '너의 부모에게 물으면 이렇게 알릴 것이다. 노인에게 물으면 말해줄 것이다'라고 말했겠는가.

가정이나 가족 관계에 있어서 노인의 위치가 확고하다면 가족 내의 모든 일이 의외로 술술 풀려 나간다. 노인의 처방이나 지혜가 대부분 정확하기 때문에 그들을 믿고 따라가도 좋다는 뜻이다. 각 가정의 일이 잘 풀리면 마을, 지역사회, 국가가 도모하는 일도 술술 풀리는 것은 당연하다.

왜 그럴까. 노인의 자리는 그냥 주어진 것이 아니기 때문이다. 그 위치에 서려면 가족과 사회, 국가를 지키기 위한 무수한 실패와 성공을 맛봐야 한다. 숱한 고난과 역경을 헤쳐 낸 생생한 경험의 기억들을 머리와 가슴 속에 잔뜩 품고 있다. 이러한 경험들은 문제 상황을 해결할 슬기로운 지혜를 풀어내는 메커니즘으로 작동한다. 그래서 노인을 '지혜의 보고'요 '인생의 현자'라고 칭송하는 것이다.

노인은 많은 '암묵지'를 지니고 있다. 암묵지란 헝가리의 철학자 마이클 폴라니가 제창한 새로운 개념으로 학습과 경험을 통해서 개인의 몸에 배어 있지만 겉으로는 드러나지 않는 지식을 뜻한다. 한 시대를 이끈 세대는 은퇴하기 전에 다음 세대에게 암묵지를 제대로 전달해야 한다. 문화의 계승이 자연스럽게 일어나듯이. 암묵지는 광범위한 분야에서 형성된다. 육아방법, 교수방법, 살림살이

요령, 이웃 간 소통하는 방법, 비즈니스 요령, 각 분야 상품 제조법 등등 인간의 모든 삶속에 암묵지가 스며들어 있다. 그러나 이 암묵지는 세대 간 소통이 일어나지 않으면 허망하게 사라져버린다. 아무리 정교한 업무 설명서가 있다고 하더라도 경험 많은 선배의 암묵지에는 미치지 못한다. 선배나 노인이 설 자리가 없으면 암묵지도 빛을 보지 못하고 무용지물이 돼 버린다.

　필자가 자란 농촌 마을에서는 마을의 대·소사가 있을 때나 어떤 가정에 갈등이 불거지면 어김없이 덕망이 높은 마을 어른을 찾아가 해결책을 청했다. 어른은 경험을 토대로 '처방'을 내놓았고 젊은 사람들은 그 처방을 주저 없이 받아 들였다. 동네 어른의 권위는 높고 차돌같이 단단했다. 마을마다 경험 많고 덕망 높은 어른들을 중심으로 질

노인은 수많은 경험과 학습을 통해 삶의 지혜인 '암묵지'를 엄청나게 지니고 있다. 이 암묵지는 세대간 소통이 이뤄지지 않으면 사라져버리는 인류의 귀중한 자산이다.

서가 딱 잡혀 있었다. 아직도 원시생활을 하고 있는 아프리카나 브라질 아마존 밀림 지역의 원주민이 마을 촌장이나 추장을 중심으로 똘똘 뭉쳐 살아가듯이. 당시 젊은 사람들은 수많은 경험을 한 마을 어른들의 머리와 가슴에 켜켜이 녹아있는 암묵지를 십분 활용했다.

노인에게 역할과 권위가 다시 주어진다면 찢어져 엉망이 된 지금의 가족들을 똘똘 뭉치게 하는 '통합의 리더'로서 맹활약을 펼칠 것이다. 노인이 활력을 되찾고 목소리가 높아지면 가정과 사회는 다시 안정될 수 있다.

일본의 저명한 작가 가와기타 요시노리씨는 그의 저서 『10년 후 길을 잃지 않기 위한 중년 지도』(KOREA.COM 간)에서 3대 동거 가정이 경제적, 정서적인 이점을 얻는다고 강조했다. 그는 10년 안에 가족의 형태가 크게 달라지며 3대 동거 형태가 늘어날 것이라 전망했다. 베이비붐 세대들이 은퇴하기 시작하면서 자연스럽게 3대 동거가 늘어난다는 것이다. 그러면서 3대 동거가족의 장단점에 대한 설문조사 결과를 제시했다. 장점 가운데 첫 번째는 가족이 모여 함께 북적거리며 즐거운 시간을 보낼 수 있다는 것이다. 두 번째로는 노부모가 가정에 있으면 육아를 도와줘 둘째를 낳고 싶은 마음이 생기고 저출산을 해소할 수 있으

노인에게 역할과 권위가 다시 주어진다면 찢어져 엉망이 된 지금의 가족들을 똘똘 뭉치게 하는 '통합의 리더'로서 맹활약을 펼칠 것이다.

며 수입도 늘어난다는 점을 들었다. 세 번째로는 노부모가 있으면 아이들의 정서적 발달에 큰 도움이 된다는 점을 꼽았다. 노부모는 인생의 지혜를 손자, 손녀에게 전해주고 싶어 하고 결과적으로 아이들은 웃어른에게서 많은 것을 배운다는 것이다. 그 밖에도 '가사를 담당할 사람이 많다', '의지할 사람이 있어서 안정감을 느낄 수 있다' 등을 좋은 점으로 꼽았다. 단점으로는 '사생활이 유지되지 않는다', '생활리듬이 맞지 않는다', '잔소리가 많다', '가치관이 일치하지 않는다', '식성이 다르다' 등이 있었다.

저출산에다 초고령 국가인 일본에 앞으로 3대 동거가정이 늘어날 것이라는 작가의 전망은 눈길을 끈다. 작가의 전망대로 3대 동거가정이 늘어나면, 아니 반드시 그렇게 돼야 일본은 지긋지긋한 '잃어버린 20년, 30년'에서 벗어날 수 있을 것이다. 저출산이 지속되는 한 활력 있는 나라를 만드는 데는 백약이 무효이기 때문이다.

3대 동거가정이 늘어나면 당연히 노인(어른)의 목소리가 커지기 마련이다. 핵가족 하에서 어른의 역할은 미미했지만 3대 동거가정에서는 할 일이 많아진다. 직장에서 은퇴를 했지만 가정에서는 할 일이 산더미처럼 많아진다. 자녀 부부가 직장에 나가고 나면 손주 돌보기를 비롯해 집안

일을 도와줄 수 있다. 물론 자식과 따로 떨어져 살면 하지 않아도 될 일이다. 내 자식을 도와주는 일이고 내가 가꿔온 집안을 잘 간수하는 일이니 몸은 힘들더라도 마음은 즐겁기만 하다. 외로움을 느낄 겨를조차 없다.

특히 손주를 돌봐주는 일은 정말 신난다. 손주들은 할아버지 할머니를 통해 인성을 배우고 정서적 안정을 얻는다. 맞벌이 부모를 둔 아이들은 학교 수업, 학원 수업을 마치고 집에 돌아와 텅 빈 집에서 '정서적 불안 상황'에 노출되기 십상이다. 부모의 관리에서 벗어나 있으니 컴퓨터 게임에 빠지거나 나쁜 친구들과 어울려 비행을 저지르기도 한다. 그러나 할아버지, 할머니가 가정을 지키고 있으면 그럴 위험은 피할 수 있다. 아이들의 일거수일투족을 예의주시하고 있기 때문에 이상한 행동을 즉시 발견하고 대처할 수 있다. 맞벌이 부부들은 아이가 상당기간 나쁜 환경에 노출돼 있는데도 아예 모르는 경우가 많다. 한번 잘못된 길에 빠져든 아이를 바로 잡기란 정말 쉽지 않다. 노부모 덕분에 이를 사전에 방지할 수 있다면 어른을 모심으로써 혜택은 충분히 보상받은 셈이다.

『왜 유대인인가』(스카이 간)라는 저서를 펴낸 마빈 토케이어는 자신이 미국 뉴욕 유대인 학교 교장으로 근무하면

할아버지, 할머니가 가정을 지키고 있으면 그럴 위험은 피할 수 있다. 아이들의 일거수일투족을 예의주시하고 있기 때문에 이상 행동을 즉시 발견하고 대처할 수 있다.

서 학생의 할아버지나 할머니를 초빙해서 그들 세대의 생생한 고통과 경험을 공유하는 '오리진즈'라는 수업을 했다고 한다. 수업시간에는 2차 대전에서 독일군으로부터 박해를 당한 이야기, 나치 강제수용소에서 동료들은 죽고 자신들만 살아남아 죄책감을 느꼈던 일, 경제대공황 시절의 이야기, 무일푼에서 자수성가해서 거부가 된 이야기 등 다양한 경험들이 쏟아져 나왔다. 학생들은 노인들의 귀중한 이야기를 들음으로써 선인들의 고생을 알게 되고 자신들의 원류를 이해하게 된다. 이 수업의 횟수를 거듭하면서 학생들의 태도가 달라지고 어른들에 대한 감사의 마음을 가지게 되더란다. 저자는 선인들이 느꼈을 기쁨과 괴로움, 자긍심과 굴욕에 대해 가르치는 것이 중요하다고 지적한 뒤 과거를 소홀히 하는 자는 기억을 잃은 몽유병 환자와 같으며 과거를 파괴하는 것만큼 큰 죄는 없다고 목소리를 높였다.

안타깝게도 요즘 젊은이들은 실패의 경험과 성공의 노하우를 가득 지닌 노부모와 함께 산다는 것을 너무 부담스러워 한다. 물론 노부모 자신이 자식과 함께 살기를 꺼려하는 경우도 있다. 그러나 대부분의 노부모는 자식과 더불어 살고 싶지만 자식부부의 눈치를 보다가 어쩔 수 없이 떨어져 사는 것을 선택하는 경우가 더 많다. 노부모는

안타깝게도 요즘 젊은이들은 실패의 경험과 성공의 노하우를 가득 지닌 노부모와 함께 산다는 것을 너무 부담스러워 한다.

과거를 산 증인이자 역사다. 가족 구성원들을 한데 묶어주고 각 가정에 활력을 주는 위대한 힘을 가진 노인을 무시하는 세태는 과거의 소중한 것까지 깡그리 파괴하는 것과 다를 바 없다. 가족통합의 진정한 지도자이자 리더인 노인(어른)이 당당하게 설 수 있는 자리를 하루빨리 만들자. 노인을 위해서, 젊은 부부들을 위해서, 꿈나무 자녀들을 위해서, 그리고 한국의 미래를 위해서!

조부모는 자녀양육의
든든한 지원군

　　언제 떠날지 모르는 노인들은 손주가 있다
는 사실에 위안을 느낀다. 자신의 성(姓)과 혈통, DNA를
그대로 이어주는 존재인 손주가 고맙고 사랑스럽다. 손주
에게서 젊었을 때 자신의 패기와 이루지 못한 꿈도 보이는
듯하다. 자신이 세상을 떠나더라도 '닮은 꼴'이자 '분신'이
살아간다고 생각하면 힘이 솟는다. 손주가 좋지 않은 일에
이름을 올리지 않을까 걱정하면서도 반대로 기세를 떨쳐
할아버지의 이름을 빛내주지 않을까 기대한다.

　　손주에 대한 그런 희망, 기대, 염원 때문에 노인은 손주
가 보석보다 더 예쁘고 황홀하며 감동 그 자체다. 유치원

노인에게 손주는 위안이고 희망이자, 자신이 못다 이룬 꿈을 실현시켜줄 존재이다. 그래서 노인에게 손주는 무조건적인 사랑의 대상이다.

이나 학교에 간 손주에게 무슨 일이 일어나지 않을까 항상 노심초사 한다. 손주의 귀가 시간이 늦어지면 대문 밖으로 나가 목을 빼고 앉아 기다린다. 자신의 '분신'인 손주가 한 끼라도 거르는 날엔 야단이 난다. 졸졸 따라다니며 숟가락을 입속에 밀어 넣고 먹으라고 닦달한다. 아이가 아프거나 허약하다 싶으면 제일 먼저 보약부터 챙길 생각을 한다.

손주에 대한 그런 희망, 기대, 염원 때문에 노인은 손주가 보석보다 더 예쁘고 황홀하며 감동 그 자체다.

시인 김초혜는 8살 큰 손자를 생각하며 365일 하루도 빠트리지 않고 쓴 일기에서 할머니로서의 손자에 대한 '큰 사랑'을 풀어 놓았다. 손자가 얼마나 예뻤으면 시인은 '손자만 생각하면 천국의 문이 열린다'고 했을까. 또 손자의 존재 가치와 손자에 대한 사랑과 염려를 이렇게 표현했다. '너의 손을 잡으면 수천만 가지의 기쁨이 온몸으로 퍼져 나가 시들었던 영혼이 새롭게 살아난다. 이 세상 그 어떤 그늘도 너에게 접근하지 못하도록 우리의 옷자락을 넓혀 그 그늘을 가로막고 싶어진다'. 그러면서 결혼이 얼마나 소중하고 의미 있는지를 이렇게 강조했다. '결혼이란 하늘에서 내린 인연이고 땅에서 완성된 사랑이다. 우리의 결혼으로 네가 왔으니 너는 우리 인생의 완성이다. 사랑은, 결혼은 자손만대의 역사다.'

이처럼 노인에게 손주는 위안이고 희망이다. 자신이 못다 이룬 꿈을 손주가 꼭 이뤄줄 것이라고 기대하고 있다. 그래서 노인들은 손주를 쳐다만 봐도, 목소리를 듣기만 해도 웃음이 나오고 기분이 좋아지는 것인지도 모른다. 이 세상의 모든 할아버지, 할머니는 시인 김초혜와 같이 손자에 대한 찬사를 쏟아낼 수 있다. 시인만큼 아름답고 정제된 말은 아니더라도 투박하지만 그들의 찬사 역시 무조건적인 사랑의 표현으로 압축될 수 있다.

노인은 엄청난 지혜와 여유로움을 지닌 존재다. 은퇴를 하고 나면 젊었을 때와는 달리 관심의 대상이 점차 줄어들지만 열정만은 살아 있다. 그의 관심은 항상 혈육으로 집중될 가능성이 높다. 관심이 너무 과해 손주들이 감당하기 어려울 수도 있지만.

할아버지가 지극정성으로 보살핀 손녀가 프로세계를 제패하며 활짝 꽃을 피운 멋진 사례가 있다. 2014년 7월 14일 영국 랭커셔 로열 버크데일골프클럽에서 막을 내린 브리티시 여자오픈 골프대회에서 우승한 모 마틴(32·미국) 선수와 그의 할아버지 링컨 마틴의 이야기다. 마틴은 19살 때 아버지가 세상을 떠나자 할아버지를 찾아가 도움을 청했다. 손주만 보면 천국이 열리는 것은 미국에서도 마찬가지였나 보다. 마틴은 할아버지를 찾아 갔을 때 깜짝 놀랐다. 아버지와 사이가 좋지 않아 왕래가 거의 없었지만 자신의 골프 기록과 신문기사를 꼼꼼하게 스크랩하는 등 할아버지는 손녀를 예의주시 하고 있었던 것이다.

2014년 브리티시 여자오픈 골프대회에서 우승한 모 마틴의 할아버지는 혈육인 손녀를 조용히 관찰하며 성원을 보내준 후견인이자 수호천사였다.

할아버지는 혈육인 손녀를 조용히 관찰하며 성원을 보내준 후견인이자 수호천사였다. 모 마틴은 '수호신' 할아버지를 만난 뒤부터 안정을 찾고 골프에 매진할 수 있었다. 수호신은 100세의 고령에도 손녀의 경기가 있는 대회라면 2부 투어인 시메트라투어나 LPGA투어에 어김없이 나타나 손녀를 격려하는 열정을 과시, 언론의 주목을 받기도 했다. 그녀가 미국 여자프로골프협회(LPGA) 선수가 된 것은 할아버지가 100세 때였다. 하지만 수호신은 손녀가 꿈에도 그리던 LPGA 메이저 대회 우승 장면을 보지 못하고 102세 때인 2014년 3월 전립선암과 피부암으로 숨겼다. 경기 마지막 날 18번 홀에서 행운의 이글을 성공시켜 박인비 선수를 비롯한 쟁쟁한 선수를 물리치고 메이저대회 우승을 차지한 모 마틴은 할아버지와 관련된 감동적인 소감을 남겼다. "늘 대회장을 찾아 응원해주시던 할아버지는 돌아가셨지만 그의 영혼은 남아서 나를 지켜주고 있다." 그녀는 늘 할아버지 이름의 첫 글자인 'L'자 모양의 목걸이를 걸고 대회에 임했다. 160cm도 채 안되는 작은 키에 시즌 평균 드라이브샷 거리는 234야드로 156위였지만 브리티시오픈에서는 드라이브샷 적중률 1위(86%)로 끝내 우승을 일궈낸 것이다.

모 마틴 할아버지와 같은 사례는 이 세상에 널려 있다. 모든 할아버지 할머니가 손주들에겐 든든한 후견인이자 지원군이기 때문이다. 그들에게 약간의 움직일 힘이 있고 쥐어줄 용돈이 있으면 손주가 부르는 어떤 곳이든 달려갈 준비가 돼 있다. 그리고 손주에게 모든 것을 아낌없이 주려고 한다. 모 마틴이 도움을 청하자 모든 것을 다 주고 하늘나라로 간 할아버지 링컨 마틴처럼.

우리는 노인을 가정에서 밀쳐냈고 그 결과 가족 해체라는 혹독한 시련을 맞고 있다. 이는 든든한 지원군을 제 발로 찬 자업자득 격이다. 물론 자식들이 의도적으로 노인을 밀쳐 내려고만 한 것은 아니다. 대부분의 자식들이 어른을 모실 형편이 되지 않는다고 보는 것이 맞을 지도 모른다. 그러나 우리가 정말 어른을 모실 형편이 되지 않는가를 곰곰이 생각해 볼 필요가 있다. 있는 힘을 다해, 형편이 허락하는 대로 어른들을 모시겠다는 생각을 한 적이 있는가.

지금은 노인들만 외로운 것이 아니다. 꿈 많은 손주들도 '든든한 지원군'을 잃고 외로움에 휘청이고 있다. 이 시대를 책임지고 있는 중장년층도 혹독한 시련에 직면해 있다. 세계에서 가장 낮은 출산율, 가장 빠르게 고령화로 치닫는 이 상황을 계속 방치한다면 지금 세대는 '나라를 거덜낸 세대'라는 치욕스런 혹평을 면할 수가 없을 것이다.

나쁜 습관을 고치기는 정말 쉽지 않다. 관념이나 풍조, 사회적 분위기를 바꾸는 것은 더 어렵다. 해방 이후 수십 년이라는 세월이 지나면서 노인을 모시지 않으려는 풍조가 고착됐다. 이를 하루아침에 고치는 것은 불가능하다. 그렇다고 시작조차 하지 않는다면 10년, 20년, 100년 후에는 저출산 고령화라는 깊은 수렁에 국가는 완전히 매몰돼 버릴지도 모른다. 저출산, 고령화가 국가 미래마저 암울하게 만들 수 있다는 엄청난 경고음이 울리고 있는 데도 우리는 애써 이를 외면하고 있는 것 같다.

거듭 강조하지만 우리 사회에 노인을 멀리하려는 풍조가 뿌리 내린 것은 불행하고도 안타까운 일이다. 자식들이 모두 다 알고 있으면서도 어른을 집안으로 모시지 못한 것은 불효의 시작점이었다. 이러한 문제점들을 해결하기 위해 환경운동이나 공직자 부패 청산 운동, 여성 권리 신장 운동 등과 같이 주민들이 자발적으로 대응방안을 내놓고 행동으로 옮겼어야 했다. 정부나 지자체도 저출산과 고령화 문제를 단편적으로만 보지 말고 심도 있는 고민으로 근본적이고 종합적인 대응책을 내놓았어야 했다. 학계에서도 가족 해체가 어떤 악영향을 주고 있고 가족 통합이 왜 필요한지에 대한 이유를 밝히고 대안을 제시했어야 했다. 미국 코넬대 칼 필레머 교수는 5년간 70세 이상 노인 1천 명을 만나 인터뷰하여 '노인은 곧 인생의 현자더라'라는 결론을 내렸다. 이런 학자가 우리나라에는 왜 없는지 안타깝다. 이 문제를 파고 든 학자가 있었다면 '노인 홀대, 외면이 고질적 저출산 현상을 불러 온 요인'이라는 결론에 도달, 실질적이고 다양한 해결책을 내놓았을 것이다.

아이와 어른은 정서적으로 많이 닮아서 쉽게 친해질 수 있다고 한다. 시간적인 여유가 있고 시야가 가정 안으로 좁혀져 있다는 측면에서 그런 얘기가 나왔는지는 모르겠다. 노인은 단지 주도권을 청장년층에 넘겨줬을 뿐이다.

의견을 내지 않을 뿐이지 결코 평면적인 존재가 아니다. 그들은 인생의 넓고 깊은 부분을 파악하고 있고 삶의 오묘한 흐름까지 가슴으로, 머리로 읽어낼 줄 안다.

사랑스런 아이들을 위해서라도 어른들을 하루빨리 아이들 곁으로 모시는 운동을 시작해야 한다. 이 운동은 돌 한 개로 새 한 마리를 잡는 것이 아니라 열 마리를 한꺼번에 잡는 효과를 낼 수 있다. 줄기에 줄줄이 딸려 올라오는 고구마나 감자를 수확하는 기쁨을 주는 것과 같은 역할을 할 것이다. 출발하지 않으면 결승선에 도달할 수가 없다. 출발한 자만이 먼 여정의 결승선을 통과할 수 있다. 모두가 나서 '어른 모시기 운동'에 불을 붙이고 정부와 지자체, 기업들이 혼연일체가 돼서 아이들의 지원군인 어른을 가정 안으로, 가정 가까이로 모시려는 그 길고도 장엄한 대열에 동참하기를 기대한다.

사랑스런 아이들을 위해서라도 어른들을 하루빨리 아이들 곁으로 모시는 운동을 시작해야 한다. 이 운동은 돌 한 개로 새 한 마리를 잡는 것이 아니라 열 마리를 한꺼번에 잡는 효과를 낼 수 있다.

노년, 금실의 꽃을 피워라

"김초혜는 나에게 날로 새롭게 피어나는 꽃이다." 소설가 조정래 선생이 어떤 인터뷰에서 그의 아내 김초혜 시인이 어떤 존재냐고 묻자 이렇게 답변했다. 당시 일흔을 앞둔 나이에도 아내를 '날마다 새롭게 피어나는 꽃'이라는 닭살 돋는 조 작가의 표현은 웃음을 자아내게 한다. 이 표현은 그의 자전적 에세이집 『황홀한 글 감옥』(시사IN 북 간)에서 한 대학생이 문학인생에 있어서 아내는 '어떤 전설'이냐는 질문에 대한 답글에 적혀 있다. 실제로 인터뷰 이후 그들은 '닭살 부부'란 별명을 얻었다고 한다. 선생이 아내 김초혜 시인을 극찬하고 그녀에게 존경을 표한 이유 역시 답글에 잘 정리돼 있다.

선생은 동국대 국문과 재학시절 같은 과에 다니던 김 시인에게 반했다. 그러나 조 작가에겐 이미 등단한 시인이자 문학 동아리 회장이던 김 시인은 오르지 못할 나무 같은 존재였다. 문학회 합평회 준비를 하면서 만년필을 빌린 것을 계기로 김 시인과 대화의 물꼬를 텄고, 겨울방학 때 링컨을 극사실적으로 그린 뒤 이를 표구해 바침으로써 경쟁자들을 물리치고 '김 시인의 남자'가 될 수 있었단다. 그 밖에도 군대 생활을 할 때 김 시인이 면회를 와서는 집에서 자꾸 맞선을 보게 한다는 소리를 듣고 다짜고짜 결혼 하자고 졸라 부부가 된 사연, 미래가 불투명한 문학청년을 믿고 시집을 와 준 김 시인의 만용에 가까운 결정에 보은을 하고 싶다는 사연, 김 시인이 자신의 소설을 한 줄도 빼놓지 않고 열심히 읽어주는 최초의 독자이자 감독자 역할을 하고 있다는 사연, 긴 소설을 연달아 쓰는 남편의 건강을 위해 하루도 거르지 않고 장을 봐서 상을 차려줬다는 사연 등을 통해 선생은 아내에 대한 깊은 신뢰와 사랑, 존경심을 쏟아 냈다. 그는 특히 "내 소설의 절반은 아내가 쓴 것이나 마찬가지다."라고 극찬하기도 했다. 아내가 없었다면 수많은 독자들의 심금을 울린 그의 긴 소설은 탄생하지 못했을 수도 있다는 뜻이기도 하다.

선생의 답글에서 두 부부의 금실이 얼마나 좋은지 충분

소설가 조정래는 특히 "내 소설의 절반은 아내가 쓴 것이나 마찬가지다."라고 극찬하기도 했다.

히 헤아려 볼 수 있을 것 같다. 세상에는 조정래-김초혜 부부와 같은 금실 좋은 노부부들이 많다. 그들은 각각 다른 삶을 살고 있지만 함께 '행복'을 향유한다는 공통점을 지니고 있다. 조-김 부부는 '서로의 세계를 존중하되 간섭하지 않는다'라는 철칙을 세웠고 그것을 한 번도 어긴 적이 없다고 했다. 각자의 삶의 방식이나 작품 세계를 확실히 인정해 주면서도 사랑, 존중, 건강, 가정의 중요성, 자식교육 등의 부분에서는 의견을 나누고 함께 고민하면서 문제를 해결하는 노부부의 모습은 젊은 세대들이 본받아야 할 부분이다.

2014년 9월 중순께 KBS의 인기 프로그램인 '인간극장'에서는 닭살커플 안일웅(75), 한소자(75) 부부의 사연이 소개됐다. 대학 시절 작곡을 하는 음악도와 시를 사랑하는 문학도로 만나 55년을 풋풋한 연애 감정으로 살아가

세상에는 평생을 '닭살 부부'로 사는 금실 좋은 부부들은 많다. 그들 부부의 공통점은 각자의 삶과 의견을 함께 고민하고 문제를 풀어나가기 위해 노력한다는 점이다.

는 이 부부에게는 함께하는 순간순간이 너무나 소중하다. 3대 독자이면서도 결혼하면 아이를 가져야 한다는 인습을 뿌리치고 아이 낳기를 거부한 안씨, 이를 받아들인 한씨는 작곡과 작사로 서로의 삶을 채워 나갔다. 13년 전 아내는 유방암 3기 판정을 받은 뒤 큰 수술을 받고 10년간이나 항암치료를 견뎌내야 했다. 안씨는 아내의 수술이 잘못되면 함께 따라가야겠다고 생각한 적도 있다고 했다. 55년의 세월을 함께 해온 부부는 2015년 2월에 초대된 독일 다름슈타트 현대음악제를 위해 작곡에 몰두하고 있으며 아내의 생일 기념으로 라트비아 여행 계획을 세우고 있었다. 평생을 연애하는 기분, 설레는 마음으로 살아 온 부부의 마지막 소원은 한 날 한 시에 세상을 떠나는 것이라고 한다. 평생을 설렘과 기대감으로 알콩달콩 살아온 부부의 모습은 감동 그 자체라고 해도 과언이 아니다.

> 세상에는 조정래-김초혜 부부와 같은 금실 좋은 노부부들이 많다. 그들은 각각 다른 삶을 살고 있지만 함께 '행복'을 향유한다는 공통점을 지니고 있다.

필자는 이 프로그램을 짠한 감동과 부러운 마음으로 지켜보면서 가슴 한 편으로 아쉬움을 느꼈다. 저렇게 금실 좋은 부부를 부모로 둔 자식이 있었으면 얼마나 좋았을까 하는 점이었다. 사이가 나쁜 부부한테서 태어난 아이는 문제아가 될 가능성이 높다. 잦은 부부싸움 속 폭언, 폭행 등은 아이를 불안하게 하고 그것을 아이가 답습하게까지 만든다. 지극정성 서로 위하고 아끼는 부부에게서 자녀가

태어났다면 그 자녀 또한 좋은 짝을 만나 금실 좋은 부부
가 되었을텐데.

내친 김에 이 편의 주제와 딱 맞아 떨어지는 '인간극장'
한 편을 더 소개하고자 한다. 필자는 가족의 애환, 슬픔,
행복, 열정, 도전을 재미있고 멋진 영상으로 담아내고 있
는 이 프로그램을 보면서 감동에 젖어 혼자 눈물도 많이
흘렸고 행복한 미소를 짓기도 했다.

2014년 8월, 서광석(70), 허정숙(66) 씨 부부의 트
럭 전국일주여행 얘기다. 그들은 평생 인쇄업을 하며 아들
둘, 딸 하나를 잘 키워냈다. 결혼 44년째 은퇴 후 무료한
삶을 벗어나기 위해 부부는 태양광 캠핑카를 만들어 1년
동안 우리나라 곳곳을 여행하는 옹골찬 계획을 세웠다. 황
혼 노부부는 인생여정이 아직 끝나지 않았음을 보여주고
싶었을 것이다. 부부는 호텔 주방에서 꼬박 1년간 접시를
닦는 등 막노동을 해 힘들게 마련한 돈으로 1톤 트럭을 샀
다. 트럭 지붕에 태양광 발전기를 올려 전기장판, 냉장고,
미니 선풍기 등 '여행 살림'을 꾸렸다.

2013년 8월, 그렇게 꿈꾸던 여정은 시작됐고 부부에
게는 매일 매일이 새로운 발견이고 감동의 연속이었다. 집

을 떠나면 당연히 고생하는 법. 여행 첫날부터 폭우가 쏟아져 다리 밑에서 두려움에 떨며 비를 피하기도 하고, 겨울 추위를 만나서는 히터가 나오는 화장실에서 겨우 몸을 녹이기도 했다. 여비가 떨어지면 농가에서 일을 거들기도 했다. 결국엔 아내가 어지럼증을 호소하며 쓰러져 응급실에 실려 가기도 했다. 먼 길을 떠난 부모님이 한 달 동안이나 연락이 닿지 않자 자식들이 실종신고를 하는 해프닝도 있었다. 그러나 자식들은 여행을 통해 부모님이 활력을 찾는 모습을 보고 음식을 만들어 보내거나 이불을 빨아 나르는 등 응원을 하게 됐다. 평생 함께 살아오면서 고비마다 서로 힘이 돼 준 황혼의 부부는 금실로 '무모한 도전'을 할 수 있었고, 긴 여행 이전에는 몰랐던 넓은 세상을 보는 즐거움을 누릴 수 있었다. 부부는 '365일 트럭여행'을 통해 새로운 도전, 여정은 나이와 상관없음을 확인할 수 있었다.

이처럼 노부부의 좋은 금실은 젊었을 때부터 추구해 온 문학이 깊이를 더하는데 큰 도움이 되고, 나이와는 무관하게 배우자를 끊임없이 설레는 마음으로 바라볼 수 있게 한다. 또 70이라는 나이에도 굴하지 않고 새로운 도전을 함으로써 이전에는 몰랐던 새로운 세상을 확인하는 즐거움도 누릴 수 있었다. 그들은 살아갈 날이 살아온 날보다

평생 함께 살아오면서 고비마다 서로 힘이 돼 준 황혼의 부부는 금실로 '무모한 도전'을 할 수 있었고, 긴 여행 이전에는 몰랐던 넓은 세상을 보는 즐거움을 누릴 수 있었다.

짧다는 것을 잘 알고 있다. 황혼부부의 금실은 지금껏 그래왔던 것처럼 매일매일 설렘, 기대감, 사랑으로 무장하여 새로운 도전을 할 수 있는 동력으로 작용한다. 그러나 살아갈 날이 얼마 남지 않았는데도 젊은 날에 그랬던 것처럼 서로 삿대질하고 으르렁대는 노부부도 많다. 젊은 날에 자신을 무시하며 함부로 대한 것이 깊은 상처가 돼 아예 말문을 닫거나 서로를 원수 보듯이 원망하면서 살기도 한다. 부부라는 인연이 신이 내린 축복임을 자신들 스스로 생의 마감을 앞두고도 거부하고 있는 것이다.

언제부턴가 서서히 증가한 황혼 이혼은 우리 사회의 문제가 됐다. 자식 다 키워놓고 나이 들어서 갈라서는 것이다. 일본에서 1990년대 초부터 퇴직 직장인들 사이에서 일기 시작한 황혼이혼이 한국에서도 '풍조'가 됐다. 통계청 자료에 따르면 국내 전체 이혼 가운데 20년 이상 동거한 부부의 황혼이혼 비율은 1995년 8.1%에서 2000년 14.3%, 2004년 18.3% 등으로 증가하다가 2007년 마침내 20%를 넘어섰다. 2012년에는 황혼이혼 비율이 동거 기간 4년 이하의 신혼 이혼 비율을 처음으로 앞질렀으며, 2013년에도 전체 이혼 11만 5,000여 건 가운데 3만 2,000여 건으로 신혼이혼보다 5,000건 가까이 많았다. 황혼이혼은 신혼이혼에 비해 훨씬 심각한 문제를 불러

일으킬 가능성어 높다. 이혼을 당한 일방 또는 쌍방은 더욱 심한 고독에 노출될 수밖에 없다. 견디기 힘든 속박 상태에서 벗어나 얼마 남지 않은 생을 여유롭고 행복하게 보내고 싶었지만 기다리고 있는 것은 정반대일 가능성이 높다. 남 보기 부끄러워 바깥출입을 자제하면서 더욱 고독해지고 무기력해지기 십상이다. 자식들에게 더 많은 부양책임이 돌아가는 것은 말할 것도 없다. 견디지 못한 자녀들이 황혼재혼을 권유하기까지 한다.

노부부의 금실 축복은 그냥 주어지는 공짜 티켓이 아니다. 이를 누리기 위해서는 신혼부부 때부터 소통을 위해 건설적으로 싸우고, 위하며, 참고, 격려하며, 서로의 버팀목이 될 수 있도록 노력해야 한다.

노부부의 좋은 금실은 인생의 막바지에 누릴 수 있는 최대의 축복이다. 그 축복은 그냥 주어지는 공짜 티켓이 아니다. 이를 누리기 위해서는 신혼부부 때부터 소통을 위해 건설적으로 싸우고, 위하며, 참고, 격려하며, 서로의 버팀목이 될 수 있도록 노력해야 한다. 노부부의 좋은 금실의 조건은 돈, 권력, 명예도 아니며 오직 서로 살갑게 챙기는 '따뜻한 가슴' 하나면 된다. 그런 모습에 젊은이들은 부부 금실의 중요성을 배우고 노부부들에 대한 존경심으로 머리를 숙이게 된다.

가풍 세우기에 '올인' 하자

　　젊은이들은 결혼만 하게 되면 당연히 멋진 가정을 꾸리고 돈도 많이 벌며 자식을 잘 키울 수 있을 거라고 생각한다. 그러나 막상 웨딩마치를 올리고 가정을 이루고 나면 생각처럼 쉽지 않다. 미혼 시절에는 꿈에도 생각하지 못했던 여러 난제들이 기다리고 있기 때문이다. 양가의 길흉사가 줄을 잇고 아이를 낳은 뒤에는 양육 문제에 몰입해야 하는 등 예상하지 못한 복잡하고 힘든 일들이 계속 밀려든다. 부부간에도 끊임없는 충돌이 일어난다. 그래서 결혼을 한 지 5년도 안 돼 계속되는 갈등을 이기지 못하고 혼인관계를 청산해 버리는 성급한 짝들도 많다. 신혼부부 이혼율이 세계 으뜸인 나라가 대한민국이다. 빡

빡한 직장 일로 스트레스를 많이 받게 되고 나이가 들수록 인간관계의 폭도 커지면서 각종 모임에 자주 나가야 한다. 맞벌이 부부는 자녀 양육을 남의 손에 맡기다 보니 아이가 제대로 통제되지 않아 애를 태우기도 한다. 새해 첫날 거창하게 한해 계획을 세웠지만 제대로 성취한 것 없이 어영부영 지내다 연말을 맞게 된다. 그렇게 정신없이 바쁘게 살다 보면 1년, 5년, 10년이 쏜살같이 지나가 버린다. 자식들 대학 보내고 결혼까지 시킨 후 한숨 돌리자 싶으면 어느새 정년이 코앞에 와 있다. 보통 직장인들이 살아가는 전형적인 코스다.

결혼을 하고 첫 아이를 낳을 때만 해도 제대로 된 가정, 삶의 철학이 담긴 가풍 있는 집안을 꾸려가겠다는 대단한 각오를 품었지만 어느새 정년이다. 젖 먹던 힘을 다해 키워놓은 자식들은 하나 둘씩 곁을 떠나 버렸다. 뭘 보고 아등바등 살았고 뭘 위해 모든 열정을 다 바쳤는가를 생각해 보면 한심스럽기 그지없다. 60을 바라보면서 이제 인생이 뭔지 좀 알 것 같은데 직장, 사회, 자식들이 주류의 자리에서 비키라고 하는 것 같다. 30년 이상 가장으로 당당히 살아오면서 자신의 정신이 투영되고 삶의 흔적이 오롯이 녹아 있는 가풍이라도 세워 놓고 싶었지만 그러지 못했다. 지나고 보니 '나'라는 존재는 항상 뒷전이었고 가풍이고 뭐고 생각할 겨를도 없었다.

필자는 가족문제를 깊이 고민하면서 '가풍'의 중요성을 인식하게 됐다. 가풍이란 가족 구성원끼리 체질적으로 공유하는 삶의 공동 목표이자 철학이다. 자존심이고 품위이며 악조건을 이겨낼 수 있게 하는 강인하고도 불굴의 도전 정신을 담는 그릇이다. 가풍에는 역사성, 도덕성과 함께 사람 됨됨이를 중시하는 정신도 녹아 있으며 이는 하루이틀에 만들어지는 것이 아니다. 온 가족이 정해진 원칙을 수십 년, 수백 년 간 지키려고 애써야 그 틀이 잡힌다. 가정마다 가풍을 똑바로 세우게 되면 그 가정의 구성원은 물론 마을, 지역사회, 국가에도 엄청난 플러스 요인으로 작용할 수 있다.

필자는 2014년 9월 중순께 경상북도와 해양수산부, 한국해양대학교가 공동으로 추진한 '2014 해양 실크로드 탐험대' 활동 취재 차 5일을 꼬박 해양대 실습선 한바다호를 타는 소중한 체험을 했다. 탐험대의 여정은 1,300여 년 전 신라 고승 혜초가 누빈 해양 및 육상 실크로드와 관련해 유적지 등을 10월 30일까지 45일간 탐사하는 일정이었다. 부산에서 중국 광저우까지 운항거리가 무려 1,300마일(2,407㎞)이나 됐고 운항 기간에 태풍이 2개

가풍이란 가족 구성원끼리 체질적으로 공유하는 삶의 공동 목표이자 철학이다. 자존심이고 품위이며 악조건을 이겨낼 수 있게 하는 강인하고도 불굴의 도전 정신이다.

가풍은 가족구성원끼리 체질적으로 공유하는 삶의 공동 목표이자 철학이며 자존심이고 품위이다. 새로운 가풍을 만들기 위해서는 가족끼리 똘똘 뭉치고 어른이 당당하게 자리를 차지하고 있어야 한다.

나 발생, 필리핀 등에 막대한 피해를 냈지만 우리가 탄 배는 다행히 태풍 권역에 들지 않아 안락한 여행을 즐길 수 있었다. 이 기간 만난 탐험대원 대학생과 한국해양대학교 해사대 3학년들의 초롱초롱한 눈빛을 보고 대한민국의 미래가 밝을 것이라는 확신을 가질 수 있었다. 그들은 미지의 세계에 대한 탐구욕과 큰 꿈을 품고 있었고 당당하고 거침이 없다는 공통점을 갖고 있었다. 시간만 허락한다면 쓰고 단 인생 경험을 먼저 한 선배로서 도움이 될 만한 삶의 지혜를 들려주고 싶었다. 삶이란 결코 호락호락하지 않지만 그렇다고 기죽을 필요가 없다는 점도 알려주고 싶었다. 망망대해에서 태풍에 맞서 나아가려는 굳센 의지로 한 눈 팔지 않고 작은 목표를 하나씩 달성해 나가면 60을 바라보는 나이에 는 '뿌듯한 무엇'을 꼭 쥘 수 있을 것이라는 얘기도 들려주고 싶었다. 특히 지금부터 각자 자기만의

'가풍'을 설계하기 시작해 60고개를 바라볼 때쯤엔 한국의 명문가 하나씩 탄생시킬 준비를 하라고 일러주고 싶었다.

크루즈선 여행이나 선박여행은 육상여행에 비해서 훨씬 많은 시간을 확보할 수 있다. 필자는 이번 여행 기간 무료할 때 읽으려고 책 한 권을 준비했다. 원광대 조용헌 교수가 지은 『5백년 내력의 명문가 이야기』(푸른역사 간)가 그것이다. 2002년 1월 초판이 나온 뒤 2014년 4월 현재 37쇄까지 찍을 정도로 꾸준히 독자들의 인기를 끌고 있는 책이다. 이 책에서 조 교수는 국내에 내로라하는 15곳의 명문고택을 직접 찾아가보고 해박한 풍수의 안목으로 왜 이들 집안이 명문가가 됐는지를 설명하고 있다. 그가 찾아간 곳은 경북 영양의 시인 조지훈 종택, 경주 최 부잣집, 전남 광주 기세훈 고택, 경남 거창 동계고택, 서울 안국동 윤보선 고택, 죽산 박씨의 남원 몽심재, 대구 남평 문씨 세거지, 전남 해남의 윤선도 고택, 충남 아산 외암마을의 예안 이씨 종가, 전남 진도의 양천 허씨 운림산방, 안동의 의성 김씨 내앞종택, 충남 예산의 추사 김정희 고택, 전북 익산의 표옹 송영구 고택, 경북 안동의 학봉종택, 강릉 선교장 등인데 필자는 이 중에서 특기한 몇 명문가의 가풍을 소개하고자 한다.

먼저 370년간 재물, 사람, 문장을 빌리지 않는 '삼불차(三不借)'의 전통을 굳세게 지키고 있는 시인 조지훈의 종택을 살펴보자. 경북 영양군 일월면 주실마을의 주실 조씨의 시조 '호은공'은 재산을 빌리지 않고(財不借), 양자를 들이지 않으며(人不借), 문장을 빌리지 않는(文不借) 삼불차를 가훈으로 삼았고 370여 년이 지난 지금까지 후손들이 이를 잘 지키고 있다고 했다. 이런 가훈 때문에 조씨들은 성질이 꼿꼿하고 손해를 보더라도 비굴하게 살지 않는 전통을 잘 지키고 있다고 한다. 일제에 협력하지 않은 문인이자 '지조론'으로 유명한 조지훈 시인이 주실 조씨이며 60가구 정도가 사는 작은 마을에서 '한국문학통사'를 지은 조동일 박사, '한국금석문대계'를 지은 조동원 교수 등 박사가 무려 14명이나 배출됐고 공직자인 후손들도 부정과 비리와 타협하지 않는 등 가문의 전통이 잘 유지되고 있다고 한다.

재산을 빌리지 않고(財不借) 양자를 들이지 않으며(人不借), 문장을 빌리지 않는(文不借) 삼불차를 가훈으로 삼았고…

'과거를 보되 진사 이상은 하지 말라. 재산은 만석 이상은 모으지 마라. 만석 이상 넘으면 사회에 환원하라. 과객(過客)을 후하게 대접하라. 흉년기에는 남의 논을 매입하지 말라. 최씨 가문 며느리들은 시집온 후 3년 동안 무명옷을 입어라. 사방 100리 안에 굶어 죽는 사람이 없게 하라.' 부자가 3대를 넘기기 어렵고(富不三代), 재벌은 100

년을 가기 어렵다는 말이 있지만 경주 최 부잣집은 400년 동안 9대 진사, 12대 만석꾼을 배출, 조선 팔도에 널리 알려진 집안이다. 혜택 받은 특권계층이면서도 노블레스 오블리제, 즉 '특권계층의 솔선수범'에 앞장선 최 부잣집의 역사와 선행은 두고두고 회자되고 있다. 진사 이상의 벼슬을 하면 정치 싸움에 휘말리기 쉽고 진사 정도면 양반 신분을 유지할 수 있으니 진사 이상을 하지 말도록 선을 긋는 지혜를 발휘했다. 돈은 가지면 가질수록 소유욕이 커져 욕심을 내면 끝이 없지만 만석 이상 넘으면 소작료를 깎아주는 등 사회에 환원함으로써 원성을 사전에 차단할 수 있었다. 흉년에 논을 사 원한을 사지 않도록 했고 일 년 수입의 상당 부분을 집을 찾아오는 과객이나 어려운 이웃을 위해 쓰도록 했다. 또한 시집 온 며느리가 3년간 무명옷을 입게 하고 보릿고개 때 쌀밥을 먹지 못하게 하는 등 절약 정신이 몸에 배게 했다.

이들 외에도 조 교수가 소개하는 명문가들의 가풍은 덕을 쌓고 학문을 닦는데 소홀함이 없었다. 어려운 이웃을 먼저 생각할 것 등 수백 년에 걸쳐 도도하고 면면히 흐르고 있는 '정신'을 후손들은 잘 지키고 있었다. 가풍을 굳세게 지키고 이를 잘 이행한 후손들 중엔 뛰어난 인물이 많이 배출됐고 앞으로도 많이 배출 될 것이다. 그렇다.

'큰 가풍'을 지키고
'작은 가풍'을 새로
만들기 위해서는
반드시 가족이
뭉쳐져 있어야
하며 가족 안에는
어른이 당당히
한 자리를 차지
하고 있어야 한다.

제대로 된 가풍은 하루 이틀에 만들어지지 않지만 오랜 기간 숱한 노력으로 올곧게 정립된 가풍은 자손 대대로 긴요하게 쓰일 정신적 지주가 된다. 자라나는 아이나 청년들, 막 가정을 이룬 신혼부부에게도 각자 멋진 가풍을 설계하고 이를 자손대대로 물려 줄 수 있도록 어른들이 가르쳐야 한다. '큰 가풍'을 지키고 '작은 가풍'을 새로 만들기 위해서는 반드시 가족이 뭉치고 가족 안에는 어른이 당당히 한 자리를 차지하고 있어야 한다. '큰 가풍'은 혈족이나 가문의 전통과 정신을 지키는 중심축이므로 쉽게 변하지 않는다. 큰 가풍 아래 새로 출발하는 젊은 신혼부부가 만들 '작은 가풍'은 시대 조류에 맞는 유기체적 탄력성을 갖출 수 있다는 측면에서 충분히 가치가 있다는 점을 강조하고 싶다.

3세대 공존의 미학, 가족

III

우리는
노인을
외면했다

누구나 노인이 된다

　　　　　사람은 결국 죽는다. 죽음은 누구에게나 예
외없이 찾아온다. 물론 불의의 사고나 사건, 질병, 전쟁
등의 상황에서는 나이와는 관계없이 아이나 젊은이도 갑
작스런 죽음을 맞을 수 있다. 노인이 되면 어떤 변화가 올
까. 학계에서는 노인이나 노화현상을 어떻게 정리하고 있
는 지 이은희 교수의 저서 『新노인복지론』(학지사 간)에서
적시하고 있는 노화현상의 특징을 살펴보자.

　　우선 신체적 변화를 보면 피부에는 주름과 검은 반점이
많아지고 근육 양의 감소로 근력이 떨어진다. 뼛속의 칼
슘이 고갈돼 골절상이 나기 쉬우며 팔다리 및 골격 일부에

붙어 있는 수의근의 수축력이 약해져서 뼈에 부담이 생긴다. 모발도 점차 흰색으로 바뀌고 모낭의 약화로 머리털도 많이 빠진다. 치아도 보통 45세를 기점으로 빠지기 시작하는데 남는 치아 수가 60대에는 14개, 70대에는 11개, 80대에는 6개 정도에 그친다고 한다. 신체 내부적으로는 소화기능이 감퇴되고 기초대사율도 떨어지는 현상이 나타난다. 세포 및 장기기능이 약해지고 호흡기능도 감퇴한다. 1회 심박방출량이 감소함에 따라 혈액의 평균 순환시간이 늘어난다. 수면시간이 하루 5~6시간 정도로 뚝 떨어져 많은 노인들이 불면증으로 고생하게 된다. 대소변을 통제하지 못해 요실금, 변실금 정도도 높아진다.

치아도 보통 45세를 기점으로 빠지기 시작하는데 남는 치아 수가 60대에는 14개, 70대에는 11개, 80대에는 6개 정도에 그친다고 한다.

또 신체의 내적 및 외적 변화와 상황에 대한 정보를 수집해서 뇌에 전달하는 감각기능이 약해진다. 우선 연령이 증가하면 수정체 조절능력이 약해져서 근거리에 있는 물체의 상이 잘 잡히지 않거나 수정체 섬유질이 증가해서 시각이 흐려지는 백내장 등 안과적 질환이 생긴다. 고음에 대한 감지능력이 저하되는 등 청각이 떨어지고 혀의 맛봉오리 수가 감소돼 미각도 약화된다. 후각 저하로 음식 맛을 잘 느끼지 못해 식욕 상실과 영양실조를 초래할 수 있고 가스냄새를 잘 맡지 못해 화재 등으로 변을 당할 위험이 커진다. 피부 노화에 따른 신체의 접촉 감각이 떨어지고 신체 안전에 위협이 될 만한 상황을 알려주는 통각 기능도 저하될 수 있다.

정신기능적인 측면에서는 지능, 학습능력, 기억력, 사고능력, 문제해결 능력, 창의성 등이 떨어진다. 새로운 것을 학습하는 능력 또는 환경에 적응할 수 있는 인지능력인 지능이 쇠퇴한다는 것이다. 그러나 일부 학자들은 노인이라고 반드시 지능이 떨어진다는 결론에 대해서는 잘못됐다는 주장을 펼친다. 나이가 많아질수록 정보나 기술을 습득할 수 있는 학습능력이 저하되는 것 또한 반드시 그렇다고 보기는 어려우며, 노인이 학습을 할 수 없다는 것은 더더욱 아니라고 지적한다. 감각기관을 통해 받아들인 정보를 부호화해서 저장해 뒀다가 인출해 내는 기억력은 노화에 의해 약화된다. 특히 노인은 과거의 일은 비교적 잘 기억하지만 최근의 일은 잘 기억하지 못하는 경향이 있다. 학습과 지각을 통해 받아들인 정보를 구별하고 분류해서 개념화하는 과정인 사고능력도 노화와 함께 저하된다고 한다. 연령 증가에 따라 문제해결 능력도 떨어지고 창의성도 떨어지게 되는데, 직업에 따라 상당한 차이가 있다고 한다.

또한 노인이 되면 식욕, 성욕, 활동욕이 크게 줄어드는

노인이 되면 정신기능적인 측면에서는 지능, 학습능력, 기억력, 사고능력, 문제해결 능력, 창의성 등이 떨어진다. 새로운 것을 학습하는 능력 또는 환경에 적응할 수 있는 인지능력인 지능이 쇠퇴한다는 것이다.

사람이면 반드시 노화과정을 거치고 죽음을 맞아야 한다. 노인이 되면 신체적 기능, 감각적 기능, 정신적 기능이 떨어지고 성격적 특성의 변화가 나타난다.

경향이 있지만 이것도 개인에 따라 큰 차이가 있으며, 특히 성욕의 경우 노인이라고 결코 완전히 없어지는 것이 아니다. 오히려 노년기에는 정기적으로 성행위를 갖는 것이 정신 건강을 유지하는데 도움이 된다고 한다.

노인이 되면 성격적 특성의 변화가 나타난다. 우선 우울증 증상이 노년기 전반에 걸쳐 나타난다. 이는 신체적 질병, 배우자의 죽음, 경제적 사정의 악화, 사회와 가족으로부터의 소외 및 고립, 일상생활에 대한 자기통제의 불가능, 지나온 세월에 대한 회한 등이 원인으로 꼽히고 있다. 하지만 개인의 적응능력 수준에 따라 우울증 현상을 전혀 보이지 않는 노인도 많다. 외부의 사물이나 행동보다 자기 자신의 내면에 관심을 두는 내향성이 강해지며 문제를 능동적으로 해결하려 하지 않고 누군가의 도움을 받아 해결하거나 잘 되도록 내버려 두는 수동성이 짙어지기도 한다. 또 어떤 문제가 발생, 이를 해결하고자 할 때 융통성 없이 자기에게 익숙한 태도나 방법을 고수하는 경직성이 강해지고, '정답을 말하기'보다 '오답을 말하지 않기'에 더 신경을 쓰는 조심성도 증가한다. 또 생이 얼마 남지 않았음을 느낄수록 생을 뒤돌아보는 회상의 정도와 집, 가재도구, 사진, 골동품, 일용품 등 친숙하고 오래 사용한 물건에 대한 애착심이 증가한다. 남은 생이 짧아지면서 살아온 날보다 앞으로 남은 날을 계산하기도 하고 자손, 예술·문학작품, 독특한 기술, 지식, 교훈, 부동산, 돈, 아름다운 기억 등 무언가를 남기려는 경향이 짙어진다.

마지막으로 노인 자신을 우울하게 만들고 젊은이들이 노인을 홀대하거나 무시하게끔 만드는 사회의 변화 양상을 살펴보자. 우선 지위와 역할의 변화를 들 수 있다. 노인에겐 직업인의 역할이 상실되고 퇴직인으로서의 역할이 주어진다. 가족 내에서는 생계유지자 또는 가장으로서의 역할도 없어진다. 힘을 상징하는 제도적 역할의 중요성은 급격히 감소하고 볼품없고 나약한 역할의 중요성은 증대된다. 1차 집단과의 관련 역할은 큰 변화가 없으나 2차 집단과의 관련 역할은 줄어들고 충고나 조언을 하는 정도에 그치는 등 역할수행 방법에도 변화가 온다. 애지중지 키운 자녀가 학업이나 취업, 결혼 등을 이유로 떠난 '빈 둥지' 속에서 부부는 외로움을 더 많이 느끼게 된다. 65세 전후에 자발적이든지, 강제적이든지 직장을 떠나야 하기 때문에 기업들은 노인들이 퇴직을 긍정적으로 준비 할 수 있도록 퇴직준비 교육프로그램을 시행하는 것이 필요하다. 이와 함께 신체적 의존성이 심해지면서 동거를 놓고 자녀들과 갈등할 가능성이 많으며, 퇴직을 기점으로 가정에서 보내는 시간이 많아 집안일 등을 놓고 역할 갈등이 일어날 수 있다.

청년층을 포함해 중장년층은 노인 하면 무기력하고 잔소리가 많은 귀찮은 존재, 수발이라는 부담을 주는 존재, 죽음을 가까이 한 존재로만 여기려는 경향이 짙다. 사회도, 정부도 노인 복지 운운하고 있지만 엄청난 예산을 써야 하는 부담의 대상으로 보는 경향이 없지 않다. 그런 분위기를 모를 리 없는 노인들은 가족, 사회, 국가에 짐만 되는 무가치한 존재로 스스로를 평가절하하면서 자신감을 잃은 모습을 보이고 있는 듯하다.

서두에서 얘기했듯이 이 세상 그 누구도 생로병사라는 필연적인 경로에서 벗어날 수 없다.불과 몇 년, 또는 몇 십 년 후면 지금은 떵떵거리는 젊은이들도 반드시 노인이 된다. 그런데 노인을 무시한다? 그것은 결코 이치에도 맞지 않고 온당하지도 않다.

　노인에 대한 생각과 시각을 과감히 바꿔 보자. 중장년층은 좀 힘들고 거추장스럽더라도 곧 그들이 설 위치, 노인을 앞장서게 하여 진심으로 받들고 그들의 기를 살리자. 태풍을 등지면 바람이 너무 세게 느껴지고 결국 밀려 넘어지지만 꼿꼿한 자세로 분연히 맞서야 쓰러지지 않고 나아갈 수 있듯이 피하려 하지 말고 되려 적극적으로 다가가서 그들에게 목마를 태워주자.

　인생이라는 험한 다리를 무사히 건너기 위해 그들은 온갖 열정과 지혜를 발휘했고 체력마저 다 소진했다. 그들이 앞서서 인생이라는 다리를 짓고 연신 수리해가며 우리에게 무사히 인계하려고 노력하지 않았다면 지금의 풍요롭고 여유 있는 세상을 누릴 수 있겠는가. 그래서 노인들은 대접을 받을 자격이 있다. 우리도 다음 세대에게 대접받기 위해 '인계 받은 인생'이라는 다리를 부지런히 다듬고 손질해야 한다. 그런 노력을 보여주지 않는다면 다음 세대에게 당당하게 충고 할 수 없고 그 세대 역시 앞선 세대의 잘못된 행태를 그대로 따라하게 될 것이다.

모든게 변하는 것처럼 보여도 의외로 변하는 것은 10~20%밖에 되지 않는다고 한다. 변하지 않는 80~90%는 집을 짓고 농사를 짓는 행위나 가족, 어른 모시기 등이다. 이처럼 삶의 기본은 좀처럼 변하지 않아야 하지만 어른 모시기와 같은 기본이 무너지면서 우리 사회가 혹독한 시련을 맞고 있다. 저출산과 고령화 심화라는 두 가지 저주가 우리에게 한꺼번에 들이닥친 것이다.

가족이 뭉치고 가정이 바로서기 위해서는 노인, 어른들을 가까이 모시려는 풍조가 하루빨리 우리 사회에 정착돼야 한다. 그것만이 모든 세대를 살리는 축복을 불러들이는 방법이다. 온전한 세상을 지키기 위해 '노인에게 활력을 드리자!'라고 다시 한 번 주창하고 싶다. 그들의 '아집'이 아닌 '지혜'를 높이 사 그들에게 가족 그리고 세상이 올바른 방향으로 나아가게 하는 길잡이 역할을 맡겨보자.

어른 모시기와 같은 기본이 무너지면서 우리 사회가 혹독한 시련을 맞고 있다. 저출산과 고령화 심화라는 두 가지 저주가 우리에게 한꺼번에 들이닥친 것이다.

주택은 가족을 담는 '그릇'

가족들의 안녕을 확보하고 소통, 관계, 휴식, 화합, 사랑이 이뤄지는 곳. 그래서 가족 구성원들이 새로운 에너지를 충전하여 '오늘'에 매진하고 '희망찬 내일'을 열어갈 수 있게 하는 곳. 바로 가족과 가정을 종합적으로 통합하는 기초이자 축이 되는 곳이 주택이다.

주택이 없었다면 가족, 가정, 사회, 국가라는 공기와 같은 단어들은 아예 태어나지 않았을지도 모른다. 주택은 인간들이 대를 자연스럽게 잇게 하는 신성한 장소이자 공동체 정신, 문화, 창조정신을 싹 틔워 열매를 맺게 하는 고귀한 곳이다. 주택에서 가족이 형성됐고 이를 토대로 마

주택은 인간들이 대를 자연스럽게 잇게 하는 신성한 장소이자 공동체 정신, 문화, 창조 정신을 싹 틔워 열매를 맺게 하는 고귀한 곳이다.

을과 사회, 국가가 만들어졌다. 그래서 예부터 선조들은 좋은 주택을 만들기 위해 갖은 지혜를 발휘했다. 인간이 이 세상을 지배하는 한 편안하고 완벽한 '나만의 집'을 짓기 위한 고민은 멈추지 않을 것이다.

따라서 오늘날의 다양한 주택 형태는 그냥 하늘에서 뚝 떨어진 신의 선물이 아니다. 인간이 지구상에 출현한 수십만 년 전부터 끊임없이 대(代)를 이어오면서 시행착오 속에 만들어낸 문화의 산물이라고 할 수 있다.

추위와 더위, 야수의 공격을 피하고 식량 확보를 위한 땅굴 형태의 집도 있었고 나무 위나 물 위에 지어진 집도 있었다. 인기리에 방송되고 있는 프로그램에서 출연자들이 보여주듯이 인간이 지구상에 처음 출현했을 때의 집은 나뭇가지를 뚝뚝 잘라 얼기설기 치고 그 위에 나뭇잎이나 풀을 덮어 이슬이나 비를 피하는 수준에 그쳤다. 추위를 피해 따뜻한 곳을 찾아 가고 사냥감이 없어지면 언제든지 다른 곳으로 이동해서 간단하게 지을 수 있는 것이 집이었다.

전남일(가톨릭대), 양세화(울산대), 홍형옥(경희대) 교수가 지은 『한국 주거의 미시사』(돌베개 간)에 따르면 우리나라의 경우 조선시대에는 여러 세대를 포함한 가족들이 한 마을에 친족 단위로 모여 살았기 때문에 어느 한 가족의 집은 친척들이 공유하는 생활공간이기도 했다. 한 집안을 통솔하는 가장은 집안의 위계에서 가장 높은 자리를 차지했고 그 권위는 거주 공간에서도 나타났다. 가장이 거주하는 사랑채와 사랑방의 크기가 큰 것은 물론, 장식 또한 매우 훌륭했다. 그리고 여러 세대의 가족이 모여 살 수 있도록 너른 마당을 중심으로 여러 채가 구성되었다. 조선시대 상류계층 가정은 다른 친척과 식솔들로 확대가족을 이뤄 한집에서 살았다. 반면 평민 및 하류계층은 부모와 자녀들로 이뤄진 대가족이었다.

지금의 핵가족은 산업화 · 도시화로 진입하기 시작한 1960년대부터 본격적으로 증가했다. 직장이나 학업을 위해 분가가 거듭 됐고…

일제강점기에는 부부와 자녀가 중심이 되는 근대적 가족의 탄생이 시작됐다. 이때부터 농촌의 인구가 도시로 모여들기 시작하면서 1930년대에 4인 이하의 핵가족 비율이 전체 가구의 3분의 1 정도에 이르렀다는 기록도 있다. 이때 도시에는 개량한옥이 활발하게 보급됐는데, 이는 도시로 진출한 소가족에게 꼭 맞는 주거 형태였기 때문이다.

지금의 핵가족은 산업화 · 도시화로 진입하기 시작한 1960년대부터 본격적으로 증가했다. 직장이나 학업을 위해 분가가 거듭됐고 이 때문에 전통적 효에 대한 가치관이

주택은 가족과 가정을 통합하는 기초이자 축이다. 그래서 예로부터 인간은 좋은 주택을 만들기 위해 온갖 지혜를 발휘했다.

변해 부모 세대와의 동거를 꺼리는 경향이 나타나기 시작했다. 특히 이 과정에서 가족계획 정책에 따라 자녀 출산과 양육이 억제되면서 가족 수도 크게 줄어들었다. 1950년대 말, 1960년대 초에 보급된 국민주택(42.9~49.5㎡)은 핵가족을 겨냥한 주거 형태였다. 마루를 중심으로 세 개의 방(온돌)을 배치한 구조는 당시 4~5명으로 구성된 중산층 가족이 사는데 불편함이 없었다.

부부중심의 핵가족에서는 예전의 확대가족에서는 볼 수 없었던 변화가 일어났다. 가족 구성원 각자의 개성과 창의성이 존중되고 여성의 지위도 향상되었다. 맞벌이 가정의 증가와 소득 증대, 생활수준의 향상, 시간적 여유 증가, 소비생활의 확산, 부부의 가사 및 자녀양육 분담 등은 1970년대 이후 핵가족화에 따라 변화된 생활 양상이다.

1980년대 핵가족의 급속한 증가는 가구 수의 증가를 동반했고 이는 주택, 특히 중산층의 생활양식에 부합하는 아파트 수요의 확대를 가져왔다. 또 1980년대 이후에는 부부와 자녀라는 관계구조를 통해 안정성을 찾는 것이 아닌 독신, 즉 1인 가구와 같은 비전형적인 가구 형태에서 개인의 가치관이나 기호에 따른 만족과 행복을 추구하게 된 것이다. 특히 1인 가구 증가는 가구 수의 폭발적인 증가를 불러왔고 주거형태도 원룸주택이나 동호인 주택, 오피스텔, 호텔식 주거 서비스를 제공하는 서비스 레지던스, 노인용 주거시설 등으로 다양해졌다.

이런 주거형태의 변화 과정에서 한국인들 속에 깊이 내재돼 있던 효(孝) 개념, 즉 어른을 공경하는 아름다운 전통사상이 점점 무너지게 되었다. 오랜 세월동안 대가족 제도 하에서는 사회질서를 유지하는 규범이었던 효 정신이 일제강점기와 산업화 시대를 거치면서 찬밥 신세로 전락하고 만 것이다. 어른들이 효 사상을 거론하며 젊은이들을 질책하면 그들은 "과학첨단시대에 무슨 공자왈 맹자왈이냐."며 무시한다. 학교 교육도 과외 열풍을 이끄는 학부모 치맛바람에 묻혔다. 인성교육보다는 좋은 대학, 좋은 직장이 교육의 성공여부를 가늠하는 기준점이 됐다.

효를 담는 그릇이 돼야 할 주택의 구조가 핵가족용으로 바뀌면서 가장의 권위를 상징하던 거주 공간이 없어졌다. 한국의 가족 구성원이 어른(노인) 따로, 부모-자식 따로 식으로 바뀌면서 '1대 · 2대 · 3대'로 묶였던 것이 '1대 · 2대 ↔ 3대', '1대 ↔ 2대 ↔ 3대' 등으로 해체되기 시작한 것이다. 가정에서 노인(어른)이 사라지고 심지어는 부모까지 사라져 외톨이가 급증하고 있다.

필자는 2010년쯤 한 기업체 사보 기고문에서 '효 주택'을 늘려짓자는 제안을 한 적이 있다. 주택은 결코 잠만 자는 곳이 아니다. 잠도 자고 휴식도 취하지만 가족끼리 소통하며 꿈을 나누고 내일의 발전을 위한 에너지를 충전하는 신성한 곳이다. 특히 가장과 손주는 가정 내 최고 어른(노인)으로부터 삶의 지혜를 배우고 사랑을 받으며, 인성을 수련한다.

지금 우리의 가정에는 노인이 사라졌다. 노인에게서 배워야 할 정겨움과 전통도 점차 사라지고 있다. 초 저출산 국가로 전락했고 젊은 세대의 삶은 더 팍팍해졌다. 노인은 노인대로 외롭고 세상이 원망스럽다. 이 사회와 국가는 해결점의 실마리를 찾지 못한 채 허우적대고 있다. 편안함을 추구하기 위해 어른 모시기를 거부하고 외면과 냉대를 일

삼은 결과가 한국사회 전체를 삭막하고 무기력하게 만들었다.

저출산, 초고령화라는 수렁에서 옴짝달싹 못하고 영원히 주저앉을지, 새로운 돌파구를 마련해 활력을 찾을 수 있을지, 대한민국은 기로에 서 있다. 돌파구의 시작점은 바로 우리가 매일 무심코 접하는 집 구조의 문제점부터 찬찬히 들여다보는 것이라고 힘주어 말하고 싶다.

요즘 주택의 가장 큰 문제점은 세대를 연결하는 소통과 통합의 구조가 아니라 세대가 단절되는 구조로 고착돼 가고 있다는 것이다. 도심 공원에 나무를 심고 숲을 조성하면 새는 반드시 날아든다. 필자가 사는 아파트는 부산에서 교통량이 많은 도심지에 위치해 있지만 풍성한 조경수 덕분에 아침마다 다양한 새소리를 들을 수 있다. 삭막한 도심 아파트에서 새소리를 들을 때의 그 청량함, 즐거움은 실로 크다. 그렇다. 우리나라 아파트와 주택에도 3대가 함께 살 수 있는 새로운 '孝 국민주택' 모델이 꽉꽉 들어차야 한다. 소형, 중형, 대형아파트 할 것 없이 3대가 모두 살 수 있는 새로운 모델을 만들자. 그리고 새 아파트를 지을 땐 원하는 가족에겐 3대 동거형 아파트에 입주할 수 있도록 선택권을 주자. 공간이 확보된다면 자식과 함께 살

우리나라 아파트와 주택에도 3대가 더불어 살 수 있는 새로운 '孝 국민주택' 모델이 꽉꽉 들어차야 한다. 소형, 중형, 대형아파트 할 것 없이 3대가 모두 살 수 있는 새로운 모델을 만들자.

노인은 많아질 것이다. 그리고 중년 부부가 아들, 딸 결혼을 시키더라도 구태여 따로 분가를 하지 않고 함께 살 수 있는 가능성도 높아진다. 효 주택에 살면 별도로 아파트를 장만해 자식을 분가 시키지 않아도 되니 부모들의 걱정을 덜어주게 된다.

또 하나 다행스러운 것은 시부모를 모시고 살고 싶어 하는 젊은 여성들이 늘어가고 있다는 점이다. 처음엔 여러 가지 낯설고 부담스럽겠지만 1~2년 함께 살다보면 곧 적응하게 된다. 특히 자녀 교육적인 측면에서 어른의 지원에 대해 여성들의 만족도는 높아질 수밖에 없다.

이렇듯 한 가정 속에서 노인과 자녀들이 함께 부대낄 때 많은 이점이 생긴다. 한국의 주택은 노인의 공간을 확보, 孝의 정신이 가득 담긴 구조로 하루빨리 변해야 할 것이다.

어른을 외면한 아파트

우리나라 각 도시 주택 중 가장 큰 비중을 차지하는 아파트에는 집안 어른인 할아버지, 할머니를 모실 넉넉한 공간이 마련돼 있지 않다. 산업화 이후 1970년대부터 하나 둘 모습을 드러내기 시작한 아파트는 40여 년의 세월이 지나면서 각 도시마다 '거대한 숲'을 이루게 되었다. 도심 내 공장이 헐리거나 군부대가 이전되는 자리에도 아파트가 들어섰다. 단독주택, 상가가 들어서 있는 곳도 재개발계획에 따라 아파트로 채워졌다. 지금도 학교 주변이나 역세권 등 목 좋은 곳에는 주택건설업체들이 군침을 흘리며 언제든지 아파트 지을 준비를 하고 있다. 우리나라 도시에는 왜 이렇게 아파트가 많이 들어섰을까. 그리

지금도 학교 주변이나 역세권 등 목 좋은 곳에는 주택건설업체들이 군침을 흘리며 언제든지 아파트 지을 준비를 하고 있다.

고 아파트는 우리나라 사람들에게 어떤 삶의 변화를 가져다 줬을까. 왜 어른(노인)이 거주할 공간을 제대로 확보할 생각을 하지 못했을까.

전남일 교수 등이 지은 『한국 주거의 미시사』에 따르면 과거 상류계층이나 중산층은 목조에다 흙벽을 쌓아 만든 기와집에, 서민들은 목조에다 흙벽을 쌓고 이엉으로 지붕을 덮어 만든 초가집에서 살았다. 집안의 최고 어른인 할아버지는 사랑채에서, 할머니는 안채에서 권위를 누리며 자식, 손주, 며느리, 일꾼 등을 지휘했다. 그러다 일제 강점기를 거쳐 해방 이후 산업화 물결 속에 직장을 찾아 청년들이 몰린 도시에는 주택 부족 현상이 심각해졌다. 좁은 땅에 주택난을 해소할 수 있는 방안은 한꺼번에 많은 가구를 수용할 수 있는 아파트였다. 반면에 어른들은 젊은 자식을 도시로 내보내고 조상대대로 물려받은 농어촌의 재래식 집에서 생활하다 가끔 자식의 집을 방문했다. 자식들은 간간이 명절이나 집안 대소사가 있는 날 어른이 계신 곳으로 찾아가면 그만이었다. 가뜩이나 비좁은 아파트에 어른을 위한 별도의 방이나 공간을 만들 필요가 없었던 것이다.

1950~60년대 핵가족용 주택은 1대-2대-3대가 함

께 살던 전통주택에서의 생활 방식과는 판이하게 달랐다. 1대 어른용 방은 사라지고 2대인 부모와 3대 자식의 공간만을 배치했다. 1958년 전국주택현상설계에서 1등으로 당선된 이상 주택 시안(설계도)을 보면 부부실-아동실(2개)-거실-기타(부엌·화장실) 등으로 구성돼 있다. 1960년대 초반 여성지에 등장한 주택 설계안을 봐도 부부침실-아동실(침실, 공부방)-식모방-응접실-기타(부엌·화장실) 등으로 아동실을 분리하는 등 자녀에 대한 독립공간을 확보하는데 주력했다. 1970~90년대에 이르러 생활수준이 높아지면서 아동이 소유하는 물품도 늘어났다. 또한 장롱과 같은 큰 가구의 배치와 손님 접대를 위해 다른 방에 비해 1.5~2배나 컸던 안방도 점차 아동의 방보다 작아지기 시작했다. 이는 아동의 위상이 그만큼 높아졌음을 보여준다.

1970년대 이후부터 아파트가 우리의 대표적인 주거공간으로 자리 잡았다. 어른(노인)방은 사라지고 아동의 방 크기가 점점 커지는 경향을 보이고 있다. 저출산 현상이 주택 구조를 바꾼 것이다.

아동의 위상이 높아진 데는 저출산 현상도 작용했다. 1950~1960년대까지만 해도 자녀 수가 5~6명이다 보니 부모들이 자식들을 골고루 신경 쓸 형편이 안됐지만 자녀 수가 2명 이하로 줄어들면서 입시경쟁에 시달리는 자녀들 위주로 생활이 바뀌었다. 1990년대 이후에는 자녀 방을 북쪽이나 서쪽이 아닌 전면(남향)에, 부부 방을 후면에 배치하기도 했다. 통풍이 잘되고 햇볕이 잘 드는 곳에서 '귀한 아이'들이 건강하게 맘 놓고 공부할 수 있게 하려는 의도였다.

우리나라의 아파트 구조는 이처럼 시간이 지날수록 자녀 위주 또는 부부 위주로 고착돼 가고 있다. 어른의 공간은 아예 고려대상에서 제외되었다. 그러다보니 도시나 농촌에서 거주하는 고령의 조부모는 자식의 아파트에서 함께 살고 싶어도 그럴 수가 없다. 어쩌다 자식들 집에 오면 손주 방에서 비좁게 자야 한다. 그것마저도 학원을 몇 군데나 다니며 입시공부에 매달리는 손주 눈치 보느라 편히 지내지 못하고 이내 쓸쓸한 자신의 집으로 돌아간다. 특히 도시에서 자란 일부 며느리들은 결혼 조건으로 시부모 모시지 않을 것을 내세우기도 한다. 아들 집에서 느긋하게 지낼 요량으로 왔지만 며느리 눈칫밥이 서러워서 자기 집으로 돌아갈 수밖에 없다. 도시에서 사는 노인들도 마찬가

우리나라의 아파트 구조는 시간이 지날수록 자녀 위주 또는 부부 위주로 고착돼 가고 있다. 어른의 공간은 아예 고려대상에서 제외되었다.

지다. 그들도 자식 부부, 손주들과 함께 살고 싶지만 자식 아파트에는 편안하게 지낼 방이 없으니 쓸쓸히 집으로 돌아가야 한다. 시부모가 여러 가지 불편함을 견디지 못하고 자기 집으로 돌아가면 며느리는 안락함과 자유를 되찾았다며 쾌재를 부른다. 부모와 떨어져 사는 것에 익숙한 자식들은 부모와의 깊은 정, 부모에 대한 봉양 정신이 슬슬 사그라든다.

이런 아파트 구조의 취약점과 부모 자식(부부)간의 불편함 사이를 비집고 자리 잡은 '악재'가 세월의 길이만큼 자라고 있음을 그 누구도 눈치채지 못했다. 그 무엇과도 바꿀 수 없는 소중한 가정, 가족의 기초가 통째로 흔들리고 있었던 것이다. 부모는 자식이 결혼하면 분가 시키는 것을 당연하게 여겼고 자식(손주)도 부모의 곁을 떠나는 것을 자연스럽게 받아 들였다. 가족은 1대 · 2대 ↔ 3대에서 1대 ↔ 2대 ↔ 3대로 또 찢어진다. 부모는 수천만 원, 억대의 돈을 들여 결혼하는 자식에게 전셋집을 장만해 주느라 허리가 꺾인다. 학원에, 과외에, 비싼 등록금 대주고 자식 대학공부까지 시키느라 등골이 휘었는데, 결혼을 시키면서 노후자금까지 털어 넣어야 했다. 은퇴까지 한 마당에 앞으로 살아갈 일을 생각하면 막막하다.

아파트 구조의 취약점과 부모 자식(부부)간의 불편함 사이를 비집고 자리 잡은 '악재'가 세월의 길이만큼 자라고 있음을 그 누구도 눈치채지 못했다. 그 악재는 그 무엇과도 바꿀 수 없는 소중한 가정, 가족의 기초가 통째로 흔들리는 것이다.

분가한 자식에게도 '악재'는 기다리고 있다. 버거운 육아비용에 아이 가질 엄두를 내지 못하고 차일피일 미루게 된다. 자식 부부는 첫 아이 낳는 시기를 자꾸 늦추다 결국 1명만 낳아 잘 기르는 것이 낫다는 생각을 하게 된다. 아이 울음소리가 점점 사라질 수밖에 없다. 노인은 자식이 있음에도 고독하고 한국 사회는 서서히 저출산의 늪에 빠져 들었다. 그 어떤 대책을 내놓아도 약발이 먹히지 않는 저출산이라는 악재가 똬리를 틀어 버렸다.

산업화 시대를 타고 온 안락함과 편리함의 상징인 아파트가 모든 가족 구성원들을 서서히 해체하는 악재를 불러 들인 것이다. 악재는 이 가정에서 저 가정으로 전염병처럼 퍼져 결국에는 이 시대를 함께 사는 모든 가정을 짓누르고 있다.

그러나 가만히 앉아서 그 악재에 당하고만 있을 수 없다. 그 악재는 우리의 모든 가정과 가족, 이 사회, 한국이 무너질 수도 있는 절박하고도 위중하며 냉혹한 참사이기 때문이다. 다행스러운 것은 간단한 해결 방법이 우리 앞에 제시돼 있다는 점이다. 발상의 대전환을 통해 아파트가 지닌 안락함, 폐쇄성을 과감히 털어내고 가족 간 소통의 공간으로 탈바꿈시키면 해결의 실마리를 찾을 수 있다. 시간이 좀 걸리더라도 절대 포기해서는 안 된다.

이를 위한 첫 번째 작업은 어른(노인)이 함께 살 수 있는 주택구조로 바꾸는 것이다. 지금까지의 아파트 구조가 노인을 외면했다면 새로 짓는 아파트는 노인의 공간을 확보하는 쪽으로 바뀌어야 한다. 모든 아파트에 이 조건을 적용하기 어렵다면 전국 곳곳에 노인을 모실 수 있는 '효 아파트' 건설을 시범적으로 추진하는 것도 좋은 방안이다. 정부는 노인을 함께 모시는 아파트를 짓는 쪽으로 주택 정책을 바꾸고, 주택건설 업체들은 이 정책에 적극적으로 동참해야 한다. 무엇보다 다양한 형태의 효 아파트 모델을 개발, 소비자들이 능력이나 취향에 맞춰 선택할 수 있도록 해야 한다. 효 아파트의 빠른 정착을 위해서 공직자, 교육자, 기업가, 학자, 금융인, 법조인, 군인, 언론인 등 사회 지도층이나 대중들의 인기를 받고 있는 연예인, 체육인 등이 효 아파트에 먼저 들어가 사는 모습을 보여주는 것도 좋은 방법이다.

전국 곳곳에 노인을 모실 수 있는 '효 아파트' 건설을 시범적으로 추진하는 것도 좋은 방안이다.

정부와 학계는 효 주택이 저출산이나 노인 고독문제 등을 해결하는데 어떤 효과를 거둘 수 있는지 정밀하게 분석하는데 관심을 가져주기 바란다. '노인을 모실 수 없는 아파트'가 가족과 지역사회, 국가에 미치는 영향과 '노인을 모실 수 있는 아파트'가 미치는 영향을 체계적이고도 심층적으로 분석, 주택 정책에 적극 반영하길 권한다. 어른의 관심과 사랑을 받지 못하고 그저 부모들의 과잉보호 속에 자란 손주는 이기적이고 개인주의적인 성향을 가지게 된다. 또한 그들은 어른의 지혜를 배우지 못해 위기에 처했을 때 쉽게 좌절할 수도 있다.

하루빨리 우리의 주택 구조가 '할아버지-아버지-나' 3세대 공존이 이뤄지도록 바뀌어야 한다. 대한민국의 가정과 가족이 정상화되어, 장기적으로는 노인들이 국가경제에 이바지하고 문제 해결의 단초 역할을 해내는 그날을 빨리 보고 싶다.

노인 기 살리는
30~50대 남성의 몫

30, 40, 50대의 남성가장은 이 사회를 이
끌어 가는 실세이자 핵이다. 이 시대의 가장들은 직장 일
에 매달리느라 일주일 동안 아내와 자식 얼굴 제대로 보지
못하고 버겁게 살아가고 있다. 가족들과 멋진 여행도 하고
아들, 딸과 영화나 연극도 보고 책도 읽고 싶지만 바쁜 일
상은 그런 여유를 허락하지 않는다.

그러나 '실세 가장'들의 빈 공간을 멋지게 채워줄 수 있
는 존재가 있다. 바로 노인들이다. 노인은 가정에서 멋진
'실세 가장 대타'의 역할을 할 수 있다. 그 대타는 청장년들
이 아직 가보지 못한 길을 다 섭렵한 '인생의 베테랑'들이

다. 어떤 과제가 주어져도 그들에겐 거침이 없다. 마음만 먹으면 경험, 지혜, 지식의 힘을 발휘할 수 있다.

노인의 눈과 마음은 언제나 자식에게 쏠려 있다. 그들의 머릿속은 오직 자식이 잘 됐으면 하는 염원, 자식에게 도움 될 일을 끊임없이 생각하는 열정, 혹시 자식이 잘못된 길을 가지 않을까 하는 근심과 걱정으로 가득 차 있다. 그래서 그들은 자식들에게 무엇이든지 아낌없이 주려 한다. 자신의 능력이 부족하면 남의 힘을 빌려서라도 주고 싶어 한다.

자식을 건강하게 잘 키워서 성공시키고 싶은 것은 모든 부모의 공통 관심사이며 의무이자 본능이기도 하다. 사막이나 고산지대 등 척박한 자연 환경에서도 새끼를 잘 키워내기 위해 온갖 희생을 마다하지 않는 어미 동물들과 다르지 않다. 종족을 유지하려는 본능이 작동하는 것이다.

노인에게 있어서 가장 보람된 일은 삶을 마감할 때까지 자식을 돌보는 것이다. 젊었을 때는 직장, 사회, 국가, 세계에 관심이 쏠려 가정이나 가족은 뒷전이었다. 노인이 된 뒤에는 젊었을 때 가졌던 사회적 관심들을 젊은이들에게 넘겨줬다. 이젠 그들의 관심은 가정과 가족으로 더 쏠린다.

노인의 눈과 마음은 언제나 자식에게 쏠려 있다. 그들의 머릿속은 오직 자식이 잘 됐으면 하는 염원, 자식에게 도움 될 일을 끊임없이 생각하는 열정, 혹시 자식이 잘못된 길을 가지 않을까 하는 근심과 걱정으로 가득 차 있다.

가정과 가족을 통해 삶의 보람과 긍지를 찾다가 자식들이 지켜보는 가운데 조용히 숨을 거두고 싶어 한다.

노인이 있는 가정에서 30~50대 청장년 남성들이 해야 할 일은 참으로 많다. 그 중에서도 가장 시급한 것이 '세대적 기능'의 회복이다. 축구에서 미드필드가 경기장을 누비며 수비수와 공격수를 연결해 주듯이 2대는 1대(어른)와 3대(자녀)를 '연결하는' 역할을 제대로 해야 한다.

2대들의 그 첫 번째 과업은 무관심과 냉대 속에 방치되고 있는 1대 어른을 가정 안으로, 또는 가까이 모셔오는 것이다. 경험 많은 1대 어른이 가정에서 중심을 잡고 있으면 매사가 술술 풀린다. 어른을 가정 안이나 가정 가까이로 모시면 2대들은 '날개'를 단다. 어른에게 가정의 대소사를 맡길 수 있고 무엇보다 세세한 관심과 손길이 필요한 3대 양육도 여유로워진다. 양육이라는 막중한 책임에서 벗어난 2대들은 마음 편히 직장 일에 매진할 수 있다.

청장년들의 두 번째 임무는 조정자 역할이다. 평소엔 직장에서 열심히 일하며 자기성취를 도모해야지만 일단 가정으로 돌아오면 가족에게 초점을 맞춰야 한다. 어른의 몸이 불편하거나 불만사항은 없는지, 어른과 며느리간의

30~50대 청장년들이 가장 시급하게 해야 할 일은 1대(어른)와 3대(자녀)를 연결하는 축구의 '미드필드' 역할이다.

갈등은 없는지, 손주가 어른의 통제에서 벗어나 있지는 않는지 등등. 만약 문제가 있다면 즉시 어른을 앞세워 해결책을 마련해야 한다. 어른의 권위가 제대로 작동되고 있는지를 잘 살펴보라는 것이다. 어른의 합리적인 제안이나 지시에도 며느리와 손주가 제대로 이행을 하지 않거나 반발한다면 필히 소통에 문제가 발생했다는 뜻이다. 아니면 어떤 일을 계기로 감정싸움을 하고 있다는 증거이다. 조정자의 역할을 발휘해야 할 상황. 어른과 며느리, 손주를 따로 만나 객관적인 입장에서 정확한 원인 분석을 한 뒤 해결책을 내놓아야 한다.

어른들의 특성 가운데 하나인 심한 고집이 발동되고 있다면 시대에 맞지 않는 생각을 바꿔 달라고 예를 갖춰 청할 수 있어야 한다. 아들이 자신의 체면을 세워주면서

어른의 합리적인 제안이나 지시에도 며느리와 손주가 제대로 이행을 하지 않거나 반발한다면 필히 소통에 문제가 발생했다는 뜻이다.

간절히 청하는데 이를 받아주지 않을 어른은 거의 없다. 만약 아내가 상황을 잘못 받아들여 시부모와 갈등이 생겼다면 아내 자존심이 상하지 않도록 신경 쓰면서 설득할 수 있어야 한다.

하루가 다르게 성장하는 손주들은 어른들에게 바라는 게 많기 마련이다. 손주들은 심리적 변화가 심해 이를 감당하지 못하는 어른과 갈등을 빚을 수 있다. 이럴 때도 조정자의 역할이 필요하다. 어른에겐 자녀의 입장이 무엇인지를 설명하고 자녀에게는 어른의 큰 그림과 원칙이 미래의 나침반이 될 수 있음을 이해시켜야 한다.

또한 청장년들은 가족을 위한 '이벤트'(감동을 주는 깜짝 쇼)를 펼치는 데 대가여야 한다. 집안도 생물처럼 다룰 필요가 있다. 어떤 문제를 해결하고 나면 또 예상치 못한 변수가 발생하는 등 새로운 문제가 기다리고 있다. 그 변수는 대개 가족 수에 비례해서 찾아온다. 이럴 때 조정자는 평소에는 잘 하지 않는 '이벤트' 전략을 구사해야 한다. 예컨대 내기바둑을 좋아하는 어른과 컴퓨터 게임에 빠져 있는 손주 사이에서 어느 것이 더 재미있느냐를 놓고 논쟁이 붙었다고 치자. 어른 편을 들었다가는 자녀의 사기가 떨어질 거고, 자녀 편을 들었다가는 어른이 섭섭해 할 것은 뻔하다. 승부를 가린다는 공통분모 아래 바둑은 친구들과의 관계 유지와 두뇌 발달에 도움이 된다는 이점이 있고, 컴퓨터 게임은 손에 땀을 쥐게 하는 긴장감과 쾌감도 주지만 친구들과의 대화에서 소외되지 않으려면 필요하다. 이럴 때 조정자는 가족 모두가 즐길 수 있는 게임을 하도록 유도해 가족 간의 소통과 단결을 이끌어 내야 한다. 프로축구, 프로야구, 프로배구 관람을 통해 가족들과 함께 승부의 현장을 즐기는 것도 방법이 되겠다. 가족이 응원한 팀이 이기면 기념으로 파티와 같은 이벤트를 추가하는 것도 좋다. 또 생일, 입학·졸업, 시험 합격과 같은 좋은 일이나 그 외 우울한 일이 있을 때 조정자는 이벤트를 적극 활용해 자신이 가정에 늘 관심을 가지고 있음을 보여줄 필요가 있다.

청장년은 틈나는 대로 가정에서 책 읽고 공부하는 학구적인 모습을 보여줘야 한다. 책 읽는 부모의 모습을 곁에서 지켜본 자녀들은 자연스레 독서하는 습관을 갖게 된다. 또 책 내용을 대화의 주제로 삼아 아이들 앞에서 어른의 의견을 청하면 세대 간 이견을 좁히면서도 어른의 권위도 확보하는 일거양득의 효과를 거둘 수 있다.

일요일 오후 자녀와 함께 서점 구석 의자에 나란히 앉아서

생일, 입학·졸업, 시험 합격과 같은 좋은 일이나 그 외 우울한 일이 있을 때 조정자는 이벤트를 적극 활용해 자신이 가정에 늘 관심을 가지고 있음을 보여줄 필요가 있다.

신간 서적의 페이지를 넘기는 모습을 떠올려 보라. 자녀는 곧 독서의 재미에 푹 빠질 것이고 비싼 돈 들여가며 '학원 뺑뺑이'를 시키지 않아도 학교 성적은 저절로 상위권에 진입한다. 공부는 습관이니까. 오랜 시간 앉아서 독서하면 공부하는 습관으로 연결돼 긴 시간 책상을 지키며 집중하게 될 것이다.

청장년이 해야 할 일은 정말 많다. 열심히 벌어서 부모 봉양과 자식 교육, 결혼까지 책임지는 것은 '기본적인 의무'가 돼 버렸다. 허리가 휘도록 일해 돈을 벌었건만 은퇴 시점에 다다르니 정작 자신을 위한 변변한 노후자금은 없다. 따라서 은퇴 전까지 노후에 대비해서 경제력을 비축하는 것도 중요하다.

청장년층의 일 대부분은 스스로 하고 싶어서라기보다 떠밀려서 하는 경우가 많다. 스스로 좋아서 하는 일이 아니니 당연히 심리적 압박을 받거나 스트레스에 노출되기 쉽다. 따라서 바쁜 일상중에서도 절대로 놓치지 말아야 할 것 두 가지를 추천하고 싶다. 자신의 건강을 위한 투자를 아끼지 말 것과 자신의 내면을 들여다보는 여유를 가져보라는 것이다. 일에 치여 스트레스가 계속 쌓이면 몸은 버텨내지 못한다. 우리나라 중년남성들에게서 고혈압, 당뇨, 순환기 계통 질환 등 스트레스성 질환이 많은 이유는 평소 높은 업무강도에 시달리면서도 제대로 건강을 돌보지 못하는 데 있다. 따라서 일주일에 3~4일 정도 꾸준한 운동으로 건강을 다져야 한다. 은퇴하고 여유가 있을 때 할 거라는 안일한 생각은 버리자. 그때는 이미 늦다. 한번 망가진 몸은 다시 회복하기 어렵다. 건강을 제대로 돌보지 못한 채 노인이 되면 그 이후의 삶은 설움으로 채워진다. 사색이나 명상을 통해 정신건강을 잘 다져 놓는 것도 잊지 말자. 사색과 명상은 사무실, 집, 차 안 등 어디서든지 가능하다.

바쁜 가운데서도 절대로 놓치지 말아야 할 것 두 가지를 추천하고 싶다. 자신의 건강을 위한 투자를 아끼지 말 것과 자신의 내면을 들여다보는 여유를 가져보라는 것이다.

30~50대가 자신의 역할을 다하면 가정의 행복지수는 올라간다. 가정 안으로, 곁으로 어른들을 모시고 가족들에게 관심을 기울이면 불화는 최소화될 것이다. 중장년층들은 자신의 신체건강은 기본이고 정신건강도 챙겨 언급한 중책들을 잘 수행할 수 있어야겠다.

노인 기 살리는
30~50대 여성의 몫

      유교사상의 영향권에 있던 대한민국에는 남존
여비(男尊女卑) 사상이 사회를 지배한 적이 있었다. 남성을
존중하고 여성을 비천하게 여기는 이 사고방식은 워낙
강고해서 여성들의 지위는 늘 뒷전이었다. 여성이 결혼해
서 아이를 낳지 못하면 칠거지악(七去之惡)으로 몰려 시댁
의 버림을 받기도 했다. 여성은 당연히 사내아이를 낳아
집안의 대를 이어갈 소임까지 떠안았다. 그래서일까. 한
국에는 남아선호 사상이 각별하게 자리잡고 있었다. 출산
여건이 좋지 않던 시절, 사내아이를 얻기 위해 딸을 5명,
10명까지 낳는 여성도 있었다. 여성은 집안의 후사를 이
을 아들을 낳으려고 쉴 틈 없이 '산모'가 되어야 했다. '딸

부자집'의 속사정을 들여다보면, 아들 한 명 얻기 위해 딸을 자꾸 낳다가 그렇게 된 경우가 많았다. 여성들에겐 학교 가는 것이 허용되지 않았고 직장에 들어간다는 것을 아예 꿈도 꾸지 못하던 시절도 있었다. 나이가 차면 맞선을 보거나 부모들이 점지해준 신랑감 만나 결혼한 뒤 아이 낳고 살림만 잘하면 그것으로 끝이었다.

금녀의 직업으로 꼽히던 군인, 경찰, 조종사, 우주비행사, 용접공 등 건설현장 인부, 국회의원을 비롯한 선출직 공무원 등에도 여성 진출이 이어지고 있고 지금은 여성대통령까지 배출됐다.

그러나 일제 강점기와 산업화 시대를 거치면서 핵가족화의 영향으로 여성의 지위는 천지개벽할 정도로 향상됐다. 교육에 있어서 차별이란 있을 수 없고 공무원과 교사, 기업체 등 현재 대부분의 직장에선 여성의 힘이 막강하다. 금녀의 직업으로 꼽히던 군인, 경찰, 조종사, 우주비행사, 용접공 등 건설현장 인부, 국회의원을 비롯한 선출직 공무원 등에도 여성 진출이 이어지고 있고 지금은 여성대통령까지 배출됐다. 요즘 여성들은 가정에서 실로 대단한 힘을 발휘한다. 예전엔 외벌이 남편이 벌어다 준 돈으로 살림하고 아이들 교육시키며 눈치보고 살았지만 지금은 상황이 완전히 역전됐다. 맞벌이 부부는 말할 것도 없고 외벌이 남편이더라도 '곳간의 열쇠', 즉 가정 경제권을 여성이 장악한지 오래다. 맞벌이든 외벌이든 수입 관리자는 십중팔구 여성이다. 따라서 월급이 통째로 아내 통장으로 자동입금되는 남편들은 매일 아침이나 한 달에 한 번

아내에게 용돈을 받아쓰는 신세가 돼 버렸다. 아내에게 큰
소리를 치면 '간 큰 남자' 소리를 들을 정도다.

　여성 중에서도 30~50대 주부는 가정과 사회에서 확실
한 권력을 휘두르고 있다. '아줌마 부대'로 일컬어지는 그
들이 움직이기 시작하면 부동산 가격이 올라가기도 하고
떨어지기도 한다. 기업들도 아줌마에게 밉보이면 제품 판
매 실적이 뚝 떨어지니 여성들에게 절절 맨다. 따라서 광
고는 그들이 좋아하는 배우와 구매력 높은 여성의 입맛
에 맞는 문구로 만들어진다. 또한 여성들은 교육 현장에
서 '치맛바람'의 위력을 떨치고 있다. 한창 뛰어 놀아야 할
어린 자녀가 매일 여러 학원 문을 두드리고 있는 것은 '엄
마의 극성'때문이다. 여성들의 취미 활동도 가정 안이 아
닌 가정 밖에서 이뤄지고 있다. 여행, 골프, 스포츠댄스,
등산, 문화재 답사, 낚시, 마라톤 등 실로 다양하다. 특히
골프의 경우 주중 골프장 고객 대부분 여성들이다. 일본
골프장이 불경기의 여파로 속속 망하는 것과는 달리 대한
민국의 골프장들이 비교적 건재한 이유는 여성 골퍼들이

여성 중에서도
30~50대 주부는
가정과 사회에서
확실한 권력을
휘두르고 있다.
'아줌마 부대'로
일컬어지는 그들이
움직이기 시작하면
부동산 가격이
올라가기도 하고
떨어지기도 한다.

핵가족화의 영향으로 가정내에서 여성의 지위
가 크게 향상됐다. 특히 30~50대 주부는 가정
경제권을 장악하면서 확실한 '권력'을 휘두르
고 있다. 사진은 한국해양대 실습선 한바다호
선상에서 도열해 있는 해사대 여생도들.

꾸준히 찾아주는 덕분이라는 말까지 나온다.

세계은행 전 총재인 제임스 D.울펜슨은 여성의 위력을 이렇게 평가한 적이 있다. "사내아이를 키우면 한 사람을 키우는 것이지만 여자아이를 교육시키면 온 나라를 교육시키는 것이다."

그런데 여성의 권력이 비약적으로 커지는 가운데 가정이나 가족의 문제에 있어서 여성들이 놓치고 있는 몇 가지가 있다. 대표적인 것이 핵가족화라는 사회적 분위기에 편승, 가정에서 노인들의 설 자리를 없애는 데 앞장섰다는 점이다. 얼마 전까지만 해도 결혼을 앞둔 여성과 그의 어머니는 결혼 조건으로 시부모를 모시지 않는 것을 굉장히 중요하게 생각했다. 결혼하자마자 분가해서 시부모 눈치 없이 남편과 남부럽지 않게 아들 딸 키우는 것이 꿈이었다. 당시에는 자녀수가 평균 5명이었고 시조모, 시부모를 한 집에서 봉양해야 했기에 가족 수가 많았다. 식구가 많으면 관혼상제 등 집안 대소사가 많아지는 것은 당연한 일. 도시에서 자란 여성일수록 장남한테 시집을 가지 않으려고 했다. 특히 딸 고생시킬까봐 어머니가 더 적극적으로 장남과의 혼인을 피했다. 이런 분위기를 남자 부모들도 모를 리 없다. 남자 부모들은 혹여 자식에게 누가 될까봐 지레 겁을 먹었고 또 그런 며느리하고 같이 살다가는 찬밥 신세가 되지 않을까하는 걱정으로 함께 살아보자는 말을 꺼내기가 쉽지 않았다.

이것은 패착 중에 큰 패착. 한 가지를 잡으려다 열 가지를 놓치는 우를 범한 것이다. 이런 풍조가 지속되면서 3대 동거 가정에서 2대 동거 가정으로, 1대 가정으로, 1인 가정으로 점차 분열됐다. 우리 사회에 저출산과 고령화라는 먹구름이 깊게 드리웠지만 아직까지 30~50대 여성들은 노인을 모시겠다는 용기 있는 시도를 잘 하지 않는다. 노인을 모시지 않겠다는 생각을 고수하고 있다. 그런 분위기가 지속되는 한 저출산과 고령화의 늪을 피할 수 없는데도 말이다. 여성들은 자신들의 권위와 권력이 높아진 만큼 책임도 더 커졌음을 직시해야 한다. 그래서 30~50대 여성들에게 감히 몇 가지 주문을 하려고 한다.

우선 30~50대 여성들은 늘 아름답고 힘 있는 존재로 남아 있을 거라는 착각을 버려야 한다. 인간은 누구나 늙는다. 반드시 노인이 되고 죽음 또한 피해 갈 수 없다. 그리 멀지 않는 시기에 여성 자신들도 불쌍한 모습을 하고 있을 그 때를 대비해서라도 지금 노인 모시기를 주저하지 말았으면 한다. 자신은 노인을 모시지 못하겠다면서 자녀들로부터 봉양받기를 기대하는 것은 너무 이기주의적이고 몰염치 하지 않는가. 세상만사 씨 뿌린 만큼 거둔다고 했다. 지금의 노인을 홀대 했으면 미래의 노인이 될 여성 여러분들도 훗날 자녀들로부터 홀대 받을 수밖에 없다. 그들은 온갖 지혜와 식견을 가진 '인생의 현자'들이다. 현명한 여성이라면 자신과 자녀, 나아가 사회와 국가를 위해서 노인의 지혜를 높이 사려고 할 것이다. 대접을 받은 노인은 반드시 '가정의 실세'인 자식들에게 엄청난 선물을 주고 떠날 것이다. 불편하더라도 참아내야 한다. 편하면 얼마나 편하고 호사를 누리면 얼마나 누리겠는가. 노인에게 할 만큼 하고 자식에게 큰 소리칠 수 있어야 한다. 겁내지 말고 오히려 정면으로 부딪치면 그렇게 힘든 일이 아니다.

자신은 노인을 모시지 못하겠다면서 자녀들로부터 봉양받기를 기대하는 것은 너무 이기주의적이고 몰염치 하지 않는가.

30~50대 여성이 간과해서는 안 될 중요한 과제는 또 있다. 자녀들이 어렸을 때부터 어른을 모시고 사는 삶이 훨씬 더 행복하다는 것을 가르쳐야 한다. 어른을 모시고 사는 여성들은 잘 안다. 어린 자녀가 누구하고 더 많은 시간을 보내는지. 은퇴한 노인에게는 많은 시간이 주어진다. 그 시간에 자신이 이루지 못한 꿈을 손자, 손녀가 펼칠 수 있도록 있는 힘을 다해 도와줄 것이다. 아이들이 흔들릴 때마다 든든한 버팀목이 되어주고 그들을 올바른 길로 인도한다. 지금까지 살면서 자신이 헤쳐 나온 온갖 역

경과 성공담 및 실패담을 들려주며 손주에게 꿈과 희망, 지혜를 끊임없이 쏟아 부어 줄 것이다. 그런 기회를 놓쳐서는 안 된다. 아들에게는 '어른(노인)을 모시고 살거라', 딸에게는 '시부모를 모시고 사는 게 현명하다'고 지속적으로 가르쳐야 한다. 어릴 때부터 그런 얘기를 들은 자녀와 그렇지 않는 자녀가 노인 모시기를 택하는 길은 완전히 달라진다. 노인을 가까이 모시고 사는 것에는 불편한 점이 분명히 있다. 그러나 그 불편을 감수하고 나면 큰 보상이 기다리고 있다.

조부모에게 손녀를 맡기면 어떤 교육을 시킬까. 가족의 건강을 지키는 최선의 방법으로 음식을 잘 만들 줄 알아야 함을 강조할 것이다. 가족의 건강을 위해 정성껏 마련한 맛깔스러운 제철 음식을 밥상에 올리는 주부의 손길은 참으로 신성하고 고귀하다. 요즘 미혼 여성들은 외식을 자주 하고 요리를 하지 않으려 한다. 소위 '엄마의 손맛'이 점차 사라지고 있는 것이다. 30~50대 여성은 딸에게 '할머니의 손맛', '엄마의 손맛'을 전수해야 한다.

또한 조부모는 돈을 많이 버는 것보다 돈을 잘 관리하는 것이 더 중요하며, 저축을 많이 하라고 가르칠 것이다. 남편이 아무리 많은 돈을 벌어도 아내가 계산 없이 마구 써

대면 당할 재간이 없다. 그들은 적게 벌어도 알뜰하게 쓰는 것이 무엇보다 중요하다는 점을 일깨워 줄 것이다. 이 또한 미혼 남성과 여성이 반드시 깨우쳐야 할 중요한 덕목이다.

여성들이 완강히 반대하면 남성들이 노부모를 모시고 싶어도 그럴 수 없다. 남자 아이들은 어릴 때부터 강해야 하고 책임감을 가져야 한다는 훈련을 받으며 자란다. 따라서 부모를 모시고 싶어 하는 것도 마음에서 우러나오는 자연스런 현상이고 의무감에서 비롯될 수 있다. 이 세상의 많은 남성들이 부모를 모시고 살고 싶어 하지만 아내의 반대에 부딪쳐 끙끙댈 수 있다.

많은 남성들이
부모를 모시고
살고 싶어도 아내의
반대에 부딪쳐
끙끙대고 있다는
사실을 여성들은
알아줬으면 한다.

30~50대 부부는 특히 딸에게 시부모를 모시고 사는 것이 삶의 만족감을 높이고 자녀교육에도 도움이 된다는 사실을 거듭 일러주기 바란다. 우리 사회의 고질병으로 자리 잡은 저출산과 고령화 문제를 해결하는 최선의 방안 또한 노인을 가정 속으로, 가정 가까이로 다시 모시는 것임을 잊지 말아야 할 것이다.

'먼 자식' 효자 없다

　　이 세상의 어떤 자식이 낳아주고 길러주신 부모님을 잘 모시고 싶지 않을까. 자식의 입장에서는 멀리 계신 부모님을 자주 찾아뵙지 못하니 답답하기만 하다. 욕심 같아서는 자주 찾아뵙고 좋아하는 음식도 마음껏 대접하고 싶다. 부모님 말씀 실컷 들어주고 부지런히 경치 좋은 데 모시고 가고 싶은 것도 자식들의 공통된 마음이다. 하지만 유감스럽게도 세상사가 그런 자식의 마음을 쉽게 허락하지 않는다. 바쁜 직장 일 때문에 부모와 자식은 떨어져 서로 그리워하며 살아야 한다. 추석, 설 명절이나 결혼, 제사 등 집안 행사가 있을 때 잠시 찾아 뵐 수 있을 정도다. 얼굴만 잠시 내밀고는 얼른 직장이 있는 생활터전으로 돌아가야 한다.

바쁘고 정신없이 돌아가는 요즘 시대에는 옛날 농경사회 때처럼 온 가족이 한 지붕 밑에서 산다는 것은 거의 불가능하다. 설령 한 집에서 산다고 하더라도 자식은 새벽부터 일터로, 손주는 도시락 싸들고 학교며 학원으로 가야 한다. 집에 덩그러니 남아 있는 노인(어른)들은 주말이나 공휴일이 돼야 겨우 자식의 얼굴을 볼 수 있다. 그래서 손주들과 며칠간 나들이 할 수 있는 휴가철을 어른들이 더 기다리기도 한다. 그런 노인들은 그나마 어깨에 힘주고 사는 편이다. 함께 부대끼고 사니 자식들의 목소리를 들을 수 있고 커 가는 손주들의 모습도 지켜볼 수 있으니까. 힘 닿는 대로 소소한 집안일도 도와주느라 심심할 겨를이 없어서 좋다.

노인들은 하는 일 없이 그냥 멍하게 지내는 것을 싫어한다. 노인 자신도 무료하지만 자식들에게 당당하지 못해서 싫은 것이다. 매일매일 자식이나 집안을 위해서 뭔가 작은 일이라도 해야 떳떳하다. 혹시 자식들이 용돈 몇 푼을 쥐어주면 노인들은 행복해 한다. 물론 그 용돈 대부분은 자식이나 손주들을 위해 쓰이겠지만.

자식을 안타깝고 불안하게 만드는 것은 연로한 부모가 운신을 맘대로 하지 못할 때이다. 그런 부모님 걱정에 전화로 안부를 여쭤도 늘 죄짓는 것 같다. 바쁘게 지내다 보면 안부 여쭙는 것조차 잊고 지낼 때가 있다. 오랫동안 자식 목소리를 듣지 못한 부모는 궁금증을 넘어 섭섭함을 느낄 수밖에 없다. 당장 부모를 모시고 살고 싶지만 호락호락하지 않다. 서로 이런 마음을 가지는 것도 그들이 부모 자식 간의 '정상적인 관계'를 유지하고 있을 때 얘기다. 자식은 부모에게 효도하려 하고 부모는 자식을 늘 걱정하고 챙겨주려는 그런 애틋함이 교감할 때 '먼자식 불효'라는 말도 성립한다.

세상은 매몰차게 변해 버렸다. 멀리 떨어져 살아도, 가까이 살아도 '남보다 더 남이 된' 부모 자식 사이가 많다. 부모는 부모, 나는 나라는 식으로 데면데면 살아가는 것이다. 떨어져 살면서도 함께 살기를 소망하고 그리워하는 자식은 그나마 기본을 지키려는 부류에 속한다. 반면 부모와 떨어져 사는 것을 지극히 정상으로 받아들이는 자식은 '기본'을 갖추지 못했거나 '기본'을 망각한 엉터리 부류다. 문제는 이런 '엉터리 자식'들이 자꾸 늘어나고 있다는 점이다. 그들은 부모와 떨어져 사는 것을 당연하게 받아들이기까지 한다.

세상은 매몰차게 변해 버렸다. 멀리 떨어져 살아도, 가까이 살아도 '남보다 더 남이 된' 부모 자식 사이가 많다.

자식들은 연로한 부모님을 가까이 모시지 못함을 항상 안타깝게 생각하고 있다. '먼 자식 불효'인 것이다. 사진은 2014년 여름철 필자 집에 오신 모친(우)이 외손주 둘을 키워주신 장모님(좌)과 손을 잡고 아파트 내 정원을 산책하고 있다.

엉터리 자식들은 어릴 때 부모의 과잉보호와 관심 속에서 자랐거나 무관심과 홀대 속에서 자란 경우가 많다. 과잉보호 속에 자란 아이들은 원하고 보채면 무엇이든지 다 가질 수 있었다. 그런 자식에게 부모는 자신을 낳아주고 길러주신 고마운 존재가 아니라 모든 욕구를 다 채워주는 수단이자 방편일 뿐이었다. 그 아이는 오직 자신만이 이 세상에서 '최고'인 줄 알고 컸다. 남들은 말할 것도 없고 부모조차 대수롭지 않은 존재라고 착각하는 '외눈박이' 같은 인간으로 성장한 것이다.

엉터리 자식은 자식을 그렇게 키운 엉터리 부모에게서 나온다. 그 부모들은 자식을 '금쪽같이'만 키우면 최선인 줄 알았을 것이다. 자식의 학교성적 올리기에만 급급했다. 그런데 그렇게 키운 자식이 커서는 부모를 몰라본다.

이것은 자식 된 도리와 기본을 가르치지 못한 부모의 책임이다. 정작 인생에 있어서 더할 나위 없이 중요한 '사람으로서 갖춰야 할 기본'을 가르치는 데는 소홀하고 방심했다. 자식이 잘못된 생각을 하고 무례한 행동을 해도 모른 체 어물쩍 넘어간다. 어쩌다 남이 꾸짖으면 "왜 남의 자식 일에 간섭하느냐."며 오히려 자식을 두둔한다. 내 귀한 자식에게 어떻게 매를 들 수 있냐고 생각하는 부모들 때문에 교사가 훈육 차원에서의 체벌도 할 수 없는 세상이 돼 버렸다. 그것이 자식을 망치는 길인데도.

그런 부모는 자식들에게 어른에 대한 공경심을 가져야 한다는 것을 가르치지 않는다. 또한 아이의 뿌리가 어디이며 누구를 통해 성숙하고 무엇을 위해 살아야 하는지를 가르치지 않는다. 그런 아이가 이웃과 남을 먼저 위하는 '배려'의 중요성을 알리 만무하다. 공부 잘해서 좋은 대학 가고 돈 많이 주는 직장 찾아서 좋은 배필 만나 떵떵거리고 살면 그만이다. 안타깝게도 그런 부모가 우리 사회에는 너무 많다. 심성이 잘 가꿔진 아이의 숫자는 자꾸 줄어들고 있다. 남의 자식보다 내 자식 학벌이 좋으면 어깨에 힘 줄 수 있고, 돈이면 그 어떤 것도 쟁취하고 만인을 굴복시킬 수 있다는 황금만능주의에 물든 부모들이 절름발이 자식, 사회를 만들고 말았다.

우리 사회에는 정상
보다 비정상이 더
많이 널려 있다.
남의 뒤통수를 치는
세태가 만연하고
남의 목숨까지
하찮게 보는 무서운
풍조가 꿈틀거리고
있다.

우리 사회에는 정상보다 비정상이 더 많이 널려 있다. 남을 속이고 뒤통수를 치는 세태가 만연하고 남의 목숨까지 하찮게 보는 무서운 풍조가 꿈틀거리고 있다. 부모가 근본적인 교육을 저버렸기 때문에 '비정상'이 큰 위력을 떨치는 사회가 되어 버렸다. 공교육은 무너진 지 오래고 이 사회의 횃불이 돼 줄 원로와 어른이 설 자리 또한 없어졌다. 공직사회는 비리와 무사안일로 지탄을 받고 있고 국회는 오직 내편, 내 정당의 논리만 내세우려 한다. 국민을 위한 생활정치 운운하면서도 국민의 행복은 뒷전이다. 정치가 국민을 걱정하는 나라가 아니라 국민이 정치를 걱정하고 있다.

이런 가슴 아픈 현실이 빚어지는 가장 큰 이유는 가정에서 근본적인 교육을 저버리고 그것을 알고 있더라도 외면했기 때문이다. 우리는 그저 앞만 보고 달렸고 그 결과 '비정상적인' 형국을 맞게 됐다. 세상사는 한꺼번에, 저절로 이뤄지지 않으며 엄중한 질서 아래 굴러간다. 무슨 일이든지 차근차근 첫 걸음을 떼고 부단한 노력이 있어야 반듯한 결과를 손에 쥘 수 있다. 목표와 방향을 설정하고 기본과 근본부터 제대로 배워야 한다. 그런데 지금 우리는 기본과 근본을 외면한 채 좋은 결과가 언제 어느 때고 나타날 수 있다는 착각 속에 살고 있다.

문제의 심각성은 이 사회에 펼쳐진 온갖 비정상들을 우리가 스스로 불러들인 결과물이라는 점을 좀처럼 인정하지 않으려는 데 있다. '그냥 대충 대충 흘러가도 언젠가는 잘 될거야'라는 안일한 생각에 젖어 있다. 그 착각을 일깨워 주는 '참스승'의 등장이 매우 절실한 시점이지만 우리 사회엔 그런 용기 있는 스승은 눈에 잘 띄지 않는다. 가족과 가정이 찢어지고 무너진 데는 이 사회가 '참스승' 역할을 충분히 해 낼 수 있는 노인들의 설 자리를 없앴기 때문이다. 어른(1대)-자식(2대)-손주(3대)라는 완벽한 삼발 구조를 갖춰야 하는데 어른(1대)을 없애고 나니 자식(2대)과 손주(3대)는 중심과 방향을 잃고 헤매고 있다. 하늘이 정해준 법칙과 자자손손 거치면서 확립된 가치관과 전통을 무너뜨린 혹독한 대가를 치르고 있는 것이다.

　먼 자식이니 불효를 할 수밖에 없다고 한탄만 하고 있을 일이 아니다. 먼 자식은 '가까이 있는 자식'이 되기 위해 노력해야 하며 어른 역시 자식을 멀리 두려고 해서는 안 된다. 손바닥은 마주쳐야 소리가 나는 법. 어른과 자식이 멀리 있어서는 '가족'이라는 손바닥이 마주쳐 소리를 낼 수 없다. 가족 구성원들이 흩어져 있으면 그 개개인의 정신도 모래알처럼 흩어져 버린다. 똘똘 뭉치면 거대한 산이 되지만 서로 떨어지면 한 줌의 모래나 자갈, 흙으로 남게 될

먼 자식이니 불효를 할 수밖에 없다고 한탄만 하고 있을 일이 아니다. 먼 자식은 '가까이 있는 자식'이 되기 위해 노력해야 하며 어른 역시 자식을 멀리 두려고 해서는 안 된다.

뿐이다. 부득이하게 떨어져서 살아야 할 사정은 얼마든지 있을 수 있다. 문제는 함께, 가까이 살 수 있는데도 구태여 떨어져 지내려고 한다는 점이다. 함께 사는 것이 얼마나 소중한 가치를 지니고 있는 지 따지고 또 따져봐야 한다. 떨어져 사는 것이 개인과 사회, 국가에 얼마나 악영향을 미치고 있는 지에 대해서도 깊은 고민과 성찰을 해봐야 한다.

흔히 친인척처럼 정을 나누고 힘을 보태서 살아가는 이웃을 '이웃사촌'이라고 한다. 이웃사촌보다 못한, 이웃사촌을 부러워하는 먼 자식−먼 부모 관계는 '강제적 불효'와 가족해체의 시발점이라는 사실을 간과해서는 안 된다.

'국가경제 이모작', 저출산 해결이 우선

　　필자는 2014년 7월 초 가족통합과 관련한 자료를 찾던 중 눈길을 끄는 책을 발견했다. 서울대 김태유 교수의 『국가경제를 이모작 하라, 은퇴가 없는 나라』(삼성경제연구소 간)가 그것으로, 우리 사회가 골머리를 앓고 있는 노인문제에 대해 새로운 시각으로 접근해 해법과 대안까지 제시한 대단한 역작이다. 정책연구자로서 고령화 문제에 대한 해법을 고민하던 중 노인을 '일할 능력, 일할 의지, 일할 필요'의 삼박자를 갖춘 '신인류 계층'이라는 인적자원으로 삼아 그들을 국가경제의 짐이 아닌 국가경제를 성장시킬 산업전사로 봐야한다는 의견을 이 책에서 제시하고 있다. 대한민국의 위정자들은 그의 대단한 역발상을 최

노인을 '일할 능력, 일할 의지, 일할 필요'의 삼박자를 갖춘 '신인류 계층'이라는 인적자원으로 삼아 그들을 국가경제의 짐이 아닌 국가경제를 성장시킬 산업전사로 봐야한다는 것이다.

대한 빨리 수용해서 정책에 반영하기를 기대한다.

김 교수의 제안은 큰 맥락에서 '인생의 현자'인 노인이 존중 받고, 노인이 할 일이 많아서 손주와 당차게 살 수 있는 나라가 돼야 한다는 필자의 주장과 합치돼 있다. 그래서 노인을 국가 경제 이모작의 주역으로 삼자는 김 교수의 큼직한 담론의 요지를 간략하게 소개하려고 한다. 아무리 훌륭한 사상, 이념, 제안이라도 일단 책으로 나오는 순간 독자들의 비판에 직면할 수밖에 없다. 김 교수의 담론에 필자가 주창해 온 가족통합의 필요성을 보태면 서로 시너지를 발휘, 주장의 완성도를 훨씬 높여 독자들의 긍정적인 반응을 유도할 수 있겠다는 생각도 들었다.

그는 책에서 고령화를 사회경제적 차원에서 인류 역사상 처음 겪는 거대한 쓰나미라고 규정한 뒤, 기존의 단편적이고 소극적인 대응방식으로는 결코 고령화 문제를 풀 수 없다고 지적했다. 프랑스, 독일, 영국, 이탈리아 등 선진국들이 고령화 사회(고령자 비율 7%)에서 고령사회(14%)를 거쳐 초고령 사회(20%)로 가는데 80~150년이 걸린데 비해 일본은 36년 걸렸다. 한국은 2000년 고령사회에 진입한 뒤 26년만인 2026년에 초고령 사회가 될 전망이다. 생산 활동이 가능한 주 연령대가 줄면서 비생산적 지출항목인 국민의료비가 폭발적으로 늘고 경제성장 둔화로 기업도산, 실업증가, 내수시장 및 민간 투자 위축, 주식 및 부동산 가격 하락 등이 일어났다. 이로 인해 '경제 고령화'가 발생, 한국은 선진국 대열에 진입조차 못한 채 결국 아시아의 변방국가로 전락하게 된다고 서술하고 있다.

그 대표적인 예가 일본으로 1970년 고령자 비율이 7%를 넘어선 뒤 2011년 22.7%까지 치솟는 등 고령화의 가속화로 '잃어버린 20년'으로 지칭되는 저성장의 늪 속에서 허우적대고 있다. 2000년대 들어서는 연평균 성장률이 1% 미만으로 떨어지면서 생산 위축과 부양인구 급증으로 결국 국가부채가 1,000조 엔까지 치솟았다.

그런데 김 교수는 더 위험한 나라가 한국이라고 지적했다. 우선 서구 국가나 일본에 비해 한국은 급속도로 초고

서울대 김태유 교수는 자신의 저서 『국가경제를 이모작하라, 은퇴가 없는 나라』에서 우리나라 노인들은 '일할 능력, 일할 의지, 일할 필요'의 삼박자를 갖춘 '신인류 계층'이라는 인적자원인 만큼 이들을 잘 활용하면 당당히 선진국으로 진입할 수 있다고 주장했다.

역풍을 거슬러
전진하는 삼각돛의
원리처럼 발상의
대전환을 통해
고령화를 지속적인
성장 동력으로
삼아야 한다고
제안했다. '고령자
복지사회'가
아닌…

령 사회로 진입하고 있다는 점을 그 이유로 삼았다. 또 선진국들은 국민소득 4만 달러 이상의 부자나라가 된 후에 초고령 사회로 접어든 데 비해 한국은 2만 달러 정도에 턱걸이한 상태에서 고령화 위기를 맞았다. 따라서 지금부터 4~5년 안에 고령화시대에 맞는 새로운 경제패러다임을 정립하는 것이 시급하다고 지적한다. 또 한국의 출산율은 세계 꼴찌 수준으로 결혼, 출산에 대한 개념이 과거와 달라져 결혼과 출산이 개인의 선택사항으로 치부돼 버린 것도 문제점으로 꼽았다. 더욱이 자녀의 대학 졸업까지 드는 비용이 무려 2.6억 원이나 드는 것도 출산을 막는 원인으로 지적되고 있다. 정부나 각 지자체가 천문학적인 예산을 투입하는 등 갖가지 출산 유인책을 쓰고 있지만 자극이 되지 못하는 '밑 빠진 독에 물붓기'식의 대책이라고 김 교수는 설명했다.

그러나 그는 역풍을 거슬러 전진하는 삼각돛의 원리처럼 발상의 대전환을 통해 고령화를 지속적인 성장 동력으로 삼아야 한다고 제안했다. '고령자 복지사회'가 아닌 '일하는 건강한 고령자 사회'를 지향해야 한다는 것이다. 즉 고령자들이 일을 통해 삶의 보람과 경제적 여유를 얻고 축적해 온 직업적 경험과 기술로 생산적이고 전문적인 경제활동을 함으로써, 노인이 국가사회에 기여할 수 있는 구조를 만들자는 거다. 지금의 고령자들은 과거의 인류보다 더 건강하게 오래 살면서 경제적 가치를 창출할 수 있는 '신인류'라고 김 교수는 평가했다. 그는 특히 고령자들이 '일할 능력', '일할 의지', '일할 필요'를 갖춰 경제활동인구의 감소에 직면한 한국경제의 희망이자 자산이 될 수 있다고 강조했다.

김 교수는 그 실천적인 방법으로 '연령별 분업'을 통해 이모작을 할 수 있는 사회를 만들어야 한다는 대안을 제시했다. 즉 '연령별 분업에 기초한 이모작 사회 건설' 전략을 펼치면 고령자의 생산성 높이기와 세대 간 일자리 경쟁 문제를 동시에 해결하면서 고령층의 고용 증대를 국가 전체의 생산성 및 총생산 증가로 연결시킬 수 있다는 것이다. 근무연수가 많으면 고임금을 주는 연공급 방식에서 벗어나 직능 · 직무 · 성과급 형태로 변경하는 방안도 필요함을 지적했다. 또 새로운 상품과 용역을 만들어 경제활동의 부가가치를 창출하는 '가치창출'과 관련된 제조업 및 기술서비스업은 젊은 층에게 맡기고, 고령자는 가치창출을 직간접적으로 지원하는 관리나 서비스업 등 '가치이전' 분야에서 종사하면 국가경제가 비약적으로 성장하게 된다는 것이다.

김 교수는 기존 장기 경제전망 수치를 토대로 시뮬레이

션을 시행한 결과 현행 일모작 고용체계 유지 시 고령화와 생산가능인구의 감소로 2050년 실질생산량 단위는 2010년 대비 절반 수준으로 줄어들 것을 예측했다. 이에 반해 이모작 고용 체제 확립 시 총 생산량이 일모작 고용상태에 비해 2030년 98%, 2050년 109% 증가해, 이모작 고용이 확실히 생산량 향상에 훌륭한 대안이 될 수 있다고 분석했다. 특히 이모작 인생은 결혼에서 비롯되는 생물학적 번식과 자녀교육, 부모 봉양 등의 책임에서 벗어나 진정한 자아실현이 가능하다는 점을 꼽았다. 또한 일모작 인생에서 겪은 많은 시행착오를 거름삼아 이모작 인생기에는 성공적인 삶을 살 수 있으며, 젊었을 때의 경험과 경륜을 토대로 아마추어가 아닌 프로로서의 삶을 살 수 있는 등의 장점도 들었다.

김 교수는 결론적으로 우리나라가 지금부터 고령화에 대비하지 않으면 '잃어버린 20년'이라는 장기적인 경기침체에서 허덕이고 있는 일본의 전철을 그대로 밟게 된다고 경고했다. 그는 늘어나는 고령 인적자원을 효과적으로 활용하면 고령화의 위기를 딛고 젊은 경제를 유지하여 미래 세계의 선도국으로 도약하는 발판을 마련할 수 있으므로 100세 장수시대를 맞아 연령별 분업 시행과 이모작 사회 건설에 나서야 한다고 강조했다. 김 교수의 아이디어는 지

이모작 고용 체제 확립 시 총 생산량이 일모작 고용상태에 비해 2030년 98%, 2050년 109% 증가해, 이모작 고용이 확실히 생산량 향상에 훌륭한 대안이 될 수 있다고 분석했다.

금까지 제시된 그 어떤 고령화 위기 대책보다 독보적이며, 신선하고도 현실적인 대안이라는 평가를 받을 만하다.

그러나 필자는 김 교수의 제안에 대해 전체적인 맥락에서 깊은 공감을 표시하면서도, 장기적으로 이모작 인생에 나설 자원들을 확보하기 위한 저출산 문제의 해결 방안이 심도 있게 논의되지 않는 점에 대해서는 아쉬움을 느꼈다. 어머니 뱃속을 거치지 않는 노인은 있을 수 없기 때문이다. 다시 말해 지금의 40~60대가 인생 이모작을 끝냈을 때 그 뒤를 이어줄 10~30대와 0~9살의 어린이가 없다면 '고령자를 통한 이모작 경제'는 공염불에 그칠 수밖에 없다. '미래의 노인'인 아이가 태어나지 않는다면 결국에는 '이모작 자원'이 만들어질 수 없는데 어떻게 국가경제 이모작이 가능하겠는가. 따라서 어른(노인)의 동참을 유도하여 '확실히 믿을 수 있고', '경험 많은' 출산·육아 조력자를 확보함으로써 가임여성들이 맘 놓고 출산 할 수 있는 분위기부터 만드는 것이 급선무다.

> '미래의 노인'인 아이가 태어나지 않는다면 결국에는 '이모작 자원'이 만들어질 수 없는데 어떻게 국가경제 이모작이 가능하겠는가.

통계청의 예상처럼 미래 한국의 고령자가 인구의 절반을 차지하는 날엔 과도한 노인복지비용에 눌려 나라 살림은 거덜 날 수밖에 없다. '가치창조적인 분야'에 전력을 다할 수 있는 젊은이를 확보하려면 10년, 20년 후를 대비,

지금부터 출산율을 끌어 올려야 한다. 따라서 노인들이 가정 안에서 자신의 영역을 확고히 해 출산·육아를 도와주는 것도 성공적인 이모작 인생의 역할 중 하나라는 것을 인식해야 한다. 그래야 '출산 → 육아 → 가치창조 세대 → 가치이전 세대 → 사망'이라는 선순환 구조가 영속적으로 이어질 수 있다.

이 대목에서 독일 사회학자 한스 베르트람의 경고를 상기하고자 한다. "성인들의 희망 자녀수가 급격히 줄고 있는데 이는 냉정하게 말하면 가족과의 결별이자 미래와의 결별이다. 자식을 포기한 사회는 미래를 포기한다. 30년을 더 살더라도 자식이 없다면 30년 후에는 모든 게 끝장나니까."

김 교수와 필자는 공통적으로 노인을 '가치 있는' 존재로 인식한다. 김 교수는 국가경제를 이모작 할 수 있는 주역이 노인이라는 시각으로 접근했고, 필자는 장기적인 관점에서 노인에게 '가족 통합'의 리더 역할을 부여함으로서 대를 잇게 하고 사회에 활력을 찾게 하는 주역이 노인이라는 시각으로 접근한 차이점이 있을 뿐이다. 한국이 '초저출산국'에서 '고출산국'으로 바뀌고 노인이 멋진 이모작 인생을 살면서 한국을 선진국으로 안착시키는 그날이 빨리 왔으면 좋겠다. 아니, 반드시 그날이 오고야 말 것이다.

탈무드로 배우는 가족통합의 지혜

유대민족은 수 천 년 동안 나라 없는 설움 속에 타 민족으로부터 온갖 박해를 받아 왔다. 이 민족은 그러나 절체절명의 위기 속에서도 멸하기는커녕 늘 오뚝이처럼 일어났고 인류 역사상 가장 현명한 민족, 성공한 민족으로 꼽히고 있다. 2005년 월간지 〈뉴욕〉 10월호에 실린 '유대인은 왜 다른 민족보다 현명한 걸까?'라는 특집기사를 보면 유대인의 우수성을 한눈에 파악할 수 있다. 세계 인구의 0.25%, 미국 인구의 3%에 불과하지만 그중 노벨상의 27%, 컴퓨터 과학상의 25%, 세계 체스 선수권 우승자의 절반이 유대인이라는 통계에서 이 민족의 우수성이 드러난다. 또한 노벨상 백인 수상자 중 27명이 유대인이며, 백인 중 1,000명당 IQ 140 이상인 사람이 4명인 것에 비해 유대인은 23명에 달한다. 2002년 미국 경제지 〈포브스〉가 발표한 세계 최고 400명의 억만장자 중에선 유대인이 5%를 차지하기도 했다.

또 맹렬한 권세를 누린 이집트, 바빌로니아, 아시리아, 페르시아, 고대 그리스가 다 멸망 했지만 유대민족은 오늘날까지 활력을 잃지 않고 있다. 히틀러의 극악무도한 박해 속에서도 유대인은 꿋꿋이 버텨냈고 오히려 히틀러가 역사의 죄인으로 단죄를 받았다.

인류의 역사가 계속되는 한 유대민족은 앞으로도 그 자리를 좀처럼 내주지 않을 것이다. 왜? 바로 그들끼리만 공유하고 철저히 지키는 '유대교육'이 있기 때문이다.

인류의 역사가 계속되는 한 유대민족은 앞으로도 그 자리를 좀처럼 내주지 않을 것이다. 왜? 바로 그들끼리만 공유하고 철저히 지키는 '유대교육'이 있기 때문이다. 한글과 K팝 등 한류를 만들어낸 한민족의 두뇌 우수성은 세계 어떤 민족보다 뛰어나다. 특히 하고자 하는 의욕, 열정, 끈기 면에서는 단연 선두다. 그러나 유대인들과 달리 우리는 깊은 위기에 직면해 있다. 유대교육은 시공을 초월해 교훈과 가르침을 주는 '탈무드'라는 위대한 교과서를 통해 교육의 굳건함을 유지하고 있다. 반면 우리에겐 제대로 된 교육철학을 담은 교과서가 없다. 교육은 갈수록 무너지고 특히 가정교육의 틀이 상실되고 있다.

유대인 교육이 왜 그렇게 강할까? 1936년 유대인으로 미국 뉴욕에서 태어나 랍비 자격을 취득한 뒤 미 공군 유대종군 군종과 이스라엘 고교 교장 등을 지낸 마킨 토케이어가 『왜 유대인인가(What is the secret of jews' success?)』(스카이 간)라는 책에서 그 해답을 잘 정리해 주고 있다. 그는 책의 서두에서 "유대인이 전 세계에서 수많은 업적을 남겼는데, 그 성공 비결이 무엇이냐."라는 질문에 "그 답은 유대 문화에 있고 그 핵심은 유대교육이죠."라고 자신있게 답했다. 이처럼 유대인들을 세계에서 가장 영향력 있는 민족으로 우뚝 서게 한 유대교육에는 무엇이 담겨 있을까.

그는 부모가 자녀에게, 자녀가 손자에게 전하면서 유대문화를 강고하게 지켜올 수 있었으며 유대인의 힘은 늘 하나, 즉 교육에서 나왔다고 했다. 유대인에게 가장 소중한 장소는 가정과 시나고그(유대 교회), 학교며 그 중에서도 가정을 가장 중요한 위치에 뒀다. 다른 두 개가 파괴돼도 가정이 존재하는 한 전통이 끊길 위험이 없기 때문이다. 그러면서 가정은 민족이 만들어 낸 틀인 '조형'(祖型)이기 때문에 그 중요성이 크다고 설명했다. 그 조형은 과거의 역사에 의해 형성된 것이고 특히 우수한 민족은 선인들이 만들어온 조형을 위해 살아간다는 것이다. 유대민족은

유대인에게 가장 소중한 장소는 가정과 시나고그 (유대 교회), 학교며 그 중에서도 가정을 가장 중요한 위치에 뒀다.

유대민족이 온갖 박해를 딛고 이 지구상에서 가장 똑똑한 민족으로 꼽히는 이유는 시공을 초월해 교훈과 가르침을 주는 '탈무드'라는 위대한 '민족교과서'가 있기 때문이다. 사진은 이스라엘 예루살렘에 있는 유대교와 이슬람교의 성지인 '통곡의 벽'.

그 귀중한 조형을 자녀들에게 가르치고 그것을 전하는 장소인 가정을 매우 중요시하고 심지어는 신성한 곳으로 인식한단다.

이 대목에서 우리의 현실은 가슴을 치며 통탄하게 만든다. 또 그들의 지혜를 확인하면서 무릎을 칠 수밖에 없다. 우리 한민족도 전통적으로 가정을 중요시하고 가정에서 자녀들을 엄하게 키워 사회로 내 보냈었다. 그러나 일제강점기와 산업화를 거치고 개인주의를 기반으로 한 서구 문명과 제도를 받아들이면서 우리는 그 무엇과도 바꿀 수 없는 소중한 보물인 가정을 멀리 내던져 버리는 우를 범했다. 지켜야 할 '우리의 것'은 내팽개치고 근본을 외면한 '남의 것'에만 목을 매달고 있으니 세계에서 가장 지독한 저출산 현상에 시달리고 가장 빠르게 초고령화 사회로 치닫고 있는 것이 아닌가.

유대인들은 금전을 불결한 것이 아니라 신이 내려주신 축복이라고 생각한다. 또 금을 부와 풍요로움의 상징으로 받아들이고 금을 동경했으며 시대가 바뀌면서 금화는 모든 화폐를 대신하게 됐다. 그래서 오늘날 수많은 유대인들이 금융업에서 성공을 거둘 수 있었다. 고대 유대인 중에는 연금술사가 많았는데 이는 오늘날 금은보석과 다이아몬드를 포함한 세계 보석 시장에서 수많은 유대인이 활동하고 있고 특히 노벨화학상에서 유대인 수상자가 압도적으로 많은 이유이기도 하다. '골드버거', '골드블룸', '골드슨' 등 유대인 성(姓) 중에는 '골드'(금)가 많이 붙는 이유도 금을 동경하는 전통 때문이라고 한다. 유대인은 베푸는 것과 동시에 치밀하게 계산하는 법을 가르친다. 또 규정을 지키며 평생 배우는 자세로 살아가도록 한다. 이런 가르침 속에는 유대인의 지혜와 전통 등 그들만의 강점이 고스란히 녹아 있다. 유대인의 가르침이 우리 것보다 앞서고 지혜롭다면 솔직히 그것을 인정하고 속속들이 뜯어보고 분석해 봐야 한다. 그리고 그들의 장점을 배우는 데 주저하지 말아야 한다. 우리만의 특기와 장점에 유대인의 강점을 흡수한다면 금상첨화가 아니겠는가.

유대인은 베푸는 것과 동시에 치밀하게 계산하는 법을 가르친다. 또 규정을 지키며 평생 배우는 자세로 살아가도록 한다.

유대인에게 자선행위는 거의 의무 수준이다. 그들은 금전을 잘 관리해서 윤택한 생활을 하고 여력이 있으면 혜택받지 못한 이웃들에게 베푸는 것을 의무로 받아들이고 있다. 그들의 신앙서적인 '토라'(그리스도교의 구약 성서)의 신명기에는 '하느님이 내리신 토지 어딘가에 가난한 동포가 한 명이라도 있다면 그 가난한 동포에게 마음을 따뜻하게 하고 손길을 막지 말 것이며 필요로 하는 것을 충분히 주어라… 동포가 당신을 주 하느님에게 고소하면 당신은 죄를 받게 된다'라는 구절이 나온다. 신의 이런 말씀을 철석같이 믿고 자란 유대인들 중 성공한 사람들은 상상을 초월하는 거액의 기부금을 내놓기도 한다.

유대인은 또 정직함을 기반으로 매매가 이뤄져야 하며, 누구에게나 공평하게 주어진 시간을 신성시 하도록 가르쳤다. 그래서 유대인들은 시간 낭비가 돈 낭비보다 더 큰 죄로 받아들인다. 이밖에도 그들은 '아이를 낳아 자손을 번성 시키라'는 의무와 규정을 잘 지키고 평생 배우는 자세로 살아갈 것을 교육 받고 있다. 배우는 자세, 특히 실패에서 배우는 것이 얼마나 중요한 지를 유대인은 잘 알고 있다. 그래서 유대인의 축제일은 모두 유대 민족이 겪은 패배와 실패를 기념하는 날이며 승리를 기념하는 날이 하루도 없다고 한다. 기원전 586년 바빌로니아 제국에 의해 예루살렘이 점령당한 뒤 이국땅에서 긴 세월을 보낸 아픔, 기원 후 70년 로마제국에 의해 유대 왕국이 멸망한 날 등 유대인 패배의 역사를 기억하며 실패에서 얻은 교훈을 되새기고 있다.

유대인은 그 어떤 민족보다 교육의 중요성을 잘 알고 있다. 유대왕국은 기원전 75년 전국에 학교를 세우고 교육을 의무화 했다고 한다. 그 당시 이미 한 반의 학생 수도 25명을 넘지 않도록 규정했으며 만약 40명에 달하면 교원 1명을 충원하도록 정했다고 하니 그들의 교육에 대한 열정과 기대가 얼마나 컸는지 짐작할 수 있다. 특히 임신부가 학교에 다니며 '토라'와 '탈무드' 강의를 듣고 토론에까지 참가할 것을 권장할 정도로 태아교육이 진작에 이뤄졌다고 한다. 교육의 중요성을 이미 파악하고 민족의 명운을 교육에 걸었던 유대 민족의 혜안은 놀랍기만 하다.

유대인들의 지혜가 빛을 발하는 대목은 또 있다. 바로 조부모라는 역할의 중요성을 인정하고 있다는 점이다. 탈무드에서는 '노인은 과거라는 보물이 가득 든 방과 같다'라고 예찬하면서 노인의 예지를 존중하도록 권하고 있다. '토라'에는 '너의 부모에게 물으면 이렇게 알릴 것이다. 노인에게 물으면 말해 줄 것이다'라면서 노인의 지혜를 인정했다.

탈무드에서는 '노인은 과거라는 보물이 가득 든 방과 같다'라고 예찬하면서 노인의 예지를 존중하도록 권하고 있다.

아이와 노인은 좋은 친구가 될 수 있다. 은퇴한 노인은 시간적 여유가 많을 뿐만 아니라 사회적 책임에서 해방돼 아이들과 함께 많은 시간을 보낼 수 있다. 아이는 노인에 게서 인생의 축적된 여러 귀중한 지식과 체험, 지혜를 얻을 수 있다. 유대민족이 똑똑한가, 한민족이 더 똑똑한가? 민족성의 차이를 감안한다고 하더라도 즉답 하기란 쉽지 않을 것이다. 그러나 유대민족이 자자손손 시공을 초월한 정신적 지주이자 행동규범의 성전으로 삼는 '탈무드'와 같은 교본이 한민족에게 없다는 사실은 분명하다. 글로벌 시대에서 한민족이 유대민족에게 밀리지 않으려면 민족끼리 공유하고 정신적 지주로 삼을 수 있을만한 '성전'을 하루빨리 창조해 내야 한다.

유대인을 응집시키는 '탈무드'보다 더 뛰어난 '한민족용 탈무드'를 만들어내는데 지혜를 모으자. 50년, 100년, 그 이상의 시간이 걸려서라도 '성전'을 만들어낸다면, 한민족 은 유대민족을 뛰어넘는 강하고 똑똑한 민족으로 우뚝 설 것이다.

가족통합은 새로운 '한류'

세계를 뒤흔든 대표적인 한류스타로는 단연
'강남스타일'과 '젠틀맨'의 주인공, 가수 싸이를 꼽을 수 있
다. 2012년 유튜브에서 뮤직비디오 '강남스타일'은 유명
세를 타기 시작해 2014년 5월 말로 조회 수 20억 뷰라는
경이적인 기록을 세웠다. 유튜브를 운영하는 구글은 싸이
의 20억 뷰 돌파를 기념해 싸이에게 의미 있는 선물을 했
다. '강남스타일' 안무를 추고 있는 사람들로 '20억'이라는
한글을 형상화한 이미지였다. 싸이가 후속으로 발표한 뮤
직비디오 '젠틀맨'도 7억 뷰를 달성했고 유명 래퍼 스눕 독
이 피처링을 맡고 차은택 감독이 뮤직비디오 연출을 맡은
싱글 '행오버'도 공개 38일 만에 유튜브 조회수 1억 뷰를

2012년 유튜브에
서 뮤직비디오
'강남스타일'은
유명세를 타기
시작해 2014년 5월
말로 조회 수 20억
뷰라는 경이적인
기록을 세웠다.

기록하는 등 싸이는 여전히 식지 않는 인기를 과시하고 있다.

싸이에 훨씬 앞선 한류스타는 TV 드라마 '대장금'의 이영애다. 2003~2004년 방송된 '대장금'은 국내에서 평균 시청률 45.8%, 최고 시청률 57.1%를 기록하며 선풍적인 인기를 끌었다. 일본, 중국, 대만 등 아시아는 물론 중동과 유럽, 아프리카까지 전 세계 91개국으로 팔려나가 시청자들의 마음을 사로잡았다. 음식이라는 보편적이면서 친숙한 소재에 탄탄한 구성과 이영애를 비롯한 출연진의 열연 등이 보태져 큰 성공을 거두었다. '대장금'에 앞서 2002년 배용준과 최지우가 열연한 '겨울연가'도 일본을 비롯한 세계 여성 팬들의 마음을 흔들었다. 당시 일본에서 겨울연가 시청률이 20%를 넘을 정도였다. 이후 한국엔 일본 여성 팬들을 위한 '겨울연가' 투어가 생겼으며 드라마 촬영지인 남이섬은 엄청난 관광 특수를 누리기도 했다. '겨울연가'가 일본을 중심으로 한 각국 여성 팬들의 마음을 강타했다면 김수현과 전지현이 열연한 드라마 '별에서 온 그대'는 중국 팬들의 혼을 빼놓았다. 드라마 방영 이후 극중 도민준(김수현)과 천송이(전지현)가 사랑의 자물쇠를 채운 자리를 찾기 위한 중국 팬들의 한국 방문이 계속 이어지고 있다.

우리는 이처럼 잘 만든 뮤직비디오와 드라마가 세계 각국으로 팔려나가 지대한 영향을 끼칠 수 있는 시대에서 살고 있다. 인터넷이나 유튜브, 트위터, 페이스북 등과 같은 SNS를 통해 순식간에 모든 정보가 지구 전역에 퍼지는 세상이다. 세상의 모든 정보를 전달하는 배는 손바닥만한 스마트폰이다. '강남스타일', '젠틀맨', '행오버'도 스마트폰의 위력이 있었기 때문에 세계 속에서 유명세를 탈 수 있었다.

우리나라뿐만 아니라 세계 각국이 저출산과 고령화라는 더 강력한 바람에 심각한 몸살을 앓고 있다. 인구 거대 국가인 중국마저 그렇게 멀지 않은 장래에 고령화로 국가 경쟁력을 잃게 된다고 하지 않는가. 나라마다 이 두 가지 문제를 해결하기 위해 온갖 방책을 짜 내고 있으나 좀처럼 성과를 내지 못하고 있다. 과거 농경지를 중심으로 3대 이상의 동거 가족들이 똘똘 뭉쳐 살 때는 저출산이라는 말 자체가 없었다. 노동력이 왕성한 2대가 들판에 일을 하러 나가더라도 그들이 낳은 손주는 조부모가 맡아 키워냈고 2대는 맘 놓고 자녀를 낳을 수 있었다.

지금은 젊은이들이 일하는 직장 대부분은 도시에 몰려 있다. 게다가 고도로 전문화되고 세분화 된 직장, 교통

우리나라뿐만 아니라 세계 각국이 저출산과 고령화라는 더 강력한 바람에 심각한 몸살을 앓고 있다.

가수 싸이는 '강남스타일'과 '젠틀맨'
이라는 노래로 전 세계 노래 애호가
들의 폭발적인 사랑을 받은 대표적
인 한류스타이다. 가족통합을 통해
가족 시스템을 잘 정착시킨다면 이
또한 새로운 한류가 될 수 있다.

수단의 발달 등으로 자녀들이 태어나거나 자란 곳에서 거
주하기 보다는 낯선 도시나 심지어 외국으로 나가서 살고
있다. 이런 식으로 젊은이들이 계속 농촌에서 도시로, 도
시에서 더 큰 도시로 퍼져나가 살면서 가족 해체의 골이 깊
어졌다. 떨어져 살면 당장은 편하고 좋아 보인다. 자식은
부모를 신경 쓰지 않아도 되고 부모는 애먹이는 자식의 일
거수 일투족을 보지 않아도 되니 말이다. 자식들은 결혼하
면서 당연하게 분가를 생각했고 자식들의 거처는 2대 가족
이 살기 딱 좋은 아파트가 주종을 이루게 됐다. 그 아파트
에서는 어른(조부모)과 함께 살 이유도 없었고 이런 흐름에
맞춰 아파트는 어른이 살 공간이 빠진 채 설계됐다.

이런 와중에 정부 주도로 둘만 낳아 잘 기르자는 산아제
한 캠페인이 대대적으로 펼쳐지기 시작했다. 정부와 학계는

이 캠페인으로 인한 저출산은 부메랑이 되어 우리의 목을 옥죌 수 있다는 것을 간과했다. 도시에서 바쁘게 살아가는 젊은 부부들도 하늘 높은 줄 모르게 치솟는 사교육비로 아이 양육에 허리가 휘자 정부의 산아제한 정책에 적극 동참했다. 오죽했으면 '딸 아들 구별 말고 하나만 낳아 잘 기르자'라는 캠페인이 나왔을 때 젊은 부부들은 쌍수 들고 환호했겠는가. 그 캠페인 영향으로 젊은 부부들 사이에서는 자녀 1명 갖기가 유행처럼 번졌고 아이 출산 문제를 놓고 어른(조부모)들과 심각한 갈등을 빚기도 했다.

이젠 정부와 학계를 비롯해 사회 시민단체들도 저출산과 고령화가 보통 문제가 아니라는 인식을 공유하기 시작했다. 이대로 가서는 대한민국의 미래가 없어질 수도 있다는 점을 깨닫기 시작한 것이다. 그러나 지금 나오고 있는 대책은 아직까지 문제의 본질에서 벗어나 있다. 아이 한 명 더 낳으면 국가 예산이나 지자체 예산에서 얼마를 지원해줄께 하는 초급수준의 대책을 고수하고 있다. 십 수 년 전부터 아무런 효과도 거두지 못한 단편적이고 개념 없는 지원책에 여전히 머물러 있다. 문제가 꼬이면 기본으로 돌아가라는 말이 있다. 저출산 고령화 문제 역시 온갖 정책을 다 동원해도 잘 풀리지 않는다면 기본으로 돌아가 무엇이 근본적인 문제인가를 고민해야 해결책을 찾을 수 있을 것이다.

오늘도 저출산과 고령화를 향한 '저주의 시계'는 돌아가고 있다. 이 시계를 거꾸로, 정상으로 돌릴 수 있는 방책을 하루빨리 찾아야 한다. 그 방책은 하늘에서 뚝 떨어지는 신비의 묘책이 아니다. 천재나 영웅이 나와서 뚝딱 해결책을 내놓을 수 있는 것도 아니다. 그러나 우리 모두가 합심한다면 그 해답을 반드시 이끌어 낼 수 있다. 어른(노인)을 가정으로, 가족의 품으로 모셔오는 것만이 난마처럼 얽혀 있는 저출산 고령화 문제를 한 번에 해결할 수 있다. 젊은이들은 어떻게 잔소리나 하고 만날 아프다며 병원을 안방 출입하듯 하는 어른을 집안으로 모셔 오냐고 따지거나 신경질적인 반응을 보일 수도 있을 것이다. 두려워 말고 용기를 내보자. 태풍을 등지려 하지 말고 굳건히 맞서려는 의연함으로 어른을 집안으로, 집 가까이로 모셔오자.

그런 물결이 일기 시작하면 지금까지 경험하지 못 했던 놀라운 일이 우리 앞에 펼쳐질 것이다. 사람 사는 재미도 느끼고 말썽만 피우던 먹이던 자녀가 하루가 다르게 '인간다운 사람'으로 쭉쭉 성장해 나갈 것이다. 상상도 하지 못할 저비용 고부가가치 효과가 우리 앞에 모습을 드러낼 것이다. 나뿐만 아니라 모든 가족의 행복지수도 올라가고, 사회와 국가의 활력이 지축을 흔들고도 남을 기세로 우리

오늘도 저출산과 고령화를 향한 '저주의 시계'는 돌아가고 있다. 이 시계를 거꾸로, 정상으로 돌릴 수 있는 방책을 하루빨리 찾아야 한다.

를 감쌀 것이다. 할까 말까 망설일 이유가 없다. 망설이고 있으면 저출산과 고령화는 우리를 가파른 낭떠러지로 내몰 뿐이다.

목표는 의외로 단순하고 간단하다. 약간의 의지와 행동으로 옮길 수 있는 용기만 있으면 된다. 이 책을 읽은 독자들은 분명히 뚜렷한 목표를 확인 했으리라고 믿는다. 어른을 두려워하지 말고 가까이, 기꺼이 다가서려는 용기만 있으면 된다. '인생의 현자'이자 '지혜의 보고'를 예우하려는 자세만 갖추면 어른들은 어려움에 빠진 우리에게 구원의 손길을 내밀 것이다. 그 시기는 빠를수록 좋다. 지금도 아이는 태어나고 있고, 우리 모두가 노인의 길로 가듯 그 아이도 커서 어른이 되고 노인의 될 테니까.

가족 통합을 통해 가정을 정상화하고 저출산 고령화 문제까지 해결하면 '대한민국 국민'이라는 '새로운 한류'가 탄생하게 된다. 국민 한 사람 한 사람이 한류스타가 되는 것이다. 새로운 한류를 배우기 위한 세계인들의 움직임도 바빠질 것이다. 이를 위해서는 지금 당장 '찢어지는 가족'이 아닌 '뭉치는 가족'으로 방향을 틀어야 한다. 그 방향을 트는 운동에 어른 아이 할 것 없이 다 함께 참여해야 한다.

'인생의 현자'이자 '지혜의 보고'를 예우하려는 자세만 갖추면 어른들은 어려움에 빠진 우리에게 구원의 손길을 내밀 것이다.

가족이 함께 살면 저출산 고령화 문제를 해결하여 국가 경제에 새로운 활력을 불어 넣을 수 있다. 그리고 대한민국 국민 모두에게 '가족'이라는 무기 하나로 세계인의 선도자가 될 수 있다는 희망과 자부심도 따라붙는다. 그러니 행복지수를 끌어 올리고 국가경쟁력까지 높여줄 이 '한류 개척 사업'에 동참하지 않을 이유가 없다. 세계인들이 우리의 가족 형태를 부러워하기 시작하면 우리 상품의 경쟁력도 저절로 올라간다. 행복한 국민이 만들어 내는 상품은 사람을 배려해 튼튼하게 만들어 질 것이란 믿음과 확신을 주게 될 테니까. 가족을 되살리는 새 한류사업에 우리 모두가 다 함께 뛰어 드는 모습을 하루빨리 볼 수 있기를 기대한다.

노인의 손주 사랑은 '무한대'

조부모는 손주에게 정해진 영역도, 깊이도, 높이도 없는 무조건적인 사랑을 준다. 아버지와 어머니의 사랑 속에는 "네(자식)가 잘 하면 어느 정도(부모가 만족하는 수준)까지는 널 믿어주고 사랑해 줄 수 있다."는 식의 눈에 보이지 않는 '조건'이 숨어 있다. 실제로 부모와 자식 간에는 의견 충돌도 잦고 심각한 갈등을 빚는 경우가 많다.

왜 그럴까? 부모의 입장에서는 자식을 키우면서 훈육을 할 때 늘 조급하고 답답하다. 다른 아이들과의 경쟁에서 이기려면 내 아이가 '이 정도'(부모가 일방적으로 요구

아버지와 어머니의 사랑 속에는 "네(자식)가 잘 하면 어느 정도(부모가 만족하는 수준)까지는 널 믿어주고 사랑해 줄 수 있다."는 식의 눈에 보이지 않는 '조건'이 숨어 있다.

하는 수준이지만)는 해줘야 하는데 그 수준에 미치지 못하니 조바심이 나고 결국 훈육이라는 이름을 빌려 아이에게 욕과 매질까지 일삼는 경우도 있다. 아이들은 자기만의 세계에 쉽게 빠지고 컴퓨터 게임 등 하고 싶은 것이 너무 많지만 부모들 입장에서는 그걸 허용하기가 쉽지 않다. 컴퓨터 게임에 일시적으로 빠진 아이들 대부분은 스스로 빠져나온다. 왜냐하면 그들도 컴퓨터 게임만 하고 있으면 인생을 망친다는 것을 잘 알고 있기 때문이다. 그러나 대부분 부모들은 아이가 스스로 게임을 떨치고 나올 때까지 느긋하게 기다려주지 못한다. 특히 아이의 학교성적이 떨어지면 부모들은 학원 수를 늘리면서 계속 아이를 닦달한다. 이 과정에서 아이는 자신의 마음을 몰라준다며 부모를 미워하기도 한다.

부모가 자식에게 든 매를 '사랑의 매'라고는 하지만 사실상 이성을 잃고 휘두르는 경우가 대부분이다. 엉뚱한 길로 가고 있는 자식을 그냥 내버려두면 또래들과의 경쟁에서 패배해 낙오자로 전락하지나 않을까 걱정한다. 그래서, 바른 길로 인도하려 해도 뜻대로 움직여주지 않는 아이가 원망스럽게 느껴지기도 한다. 그렇게 해서 한 번 든 매는 두 번 들기 쉽고 그것이 반복되면 소위 자녀를 습관적으로 학대하는 부모가 돼 버리는, 정말 원치 않는 상황으로

까지 치닫는다.

　많이 배우고 부유한 집안에서조차 문제아가 생기는 그 이면을 따져보면 부모들의 훈육 방식에 여러 문제점이 있음을 발견할 수 있다. 어릴 때부터 부모의 기대에 미치지 못한다는 이유로 심한 체벌을 당한 아이는 평생 가슴에 큰 상처를 안고 산다. 부모의 인정을 받지 못하는 자신이 진짜 바보이거나 모자란다고 생각하고 나쁜 친구들과 어울리면서 결국에는 범죄의 길로 들어서기도 한다.

　이처럼 부모와 자식 간에는 항상 살얼음을 걷는 것과 같은 긴장감이 흐르고 있다. 자식의 학교 성적이 오르면 환한 미소, 칭찬과 함께 용돈도 넉넉하게 쥐어주는 아량을 보인다. 그러나 싸우면서 자라는 게 아이들이라지만 어쩌다 학교에서 급우들과 주먹질이 오가는 일이 발생하면

조부모는 손주에게 무조건적이고 무한한 사랑을 베푼다. 사진은 필자의 모친이 2014년 추석 때 증손녀 규연(3)이의 재롱을 보며 즐거워하는 모습.

선생님과 상대 학부모에게 따지는 등 소란을 피운다. 그만큼 부모는 여유를 가지지 못한 채 아이를 키우고 있는 것이다. 필자도 아들과 딸을 키우면서 혹시나 나쁜 길로 빠지지 않을까하는 조바심에 몰아붙이기를 많이 했다. 그래서 아이가 스스로 반성해서 바른 모습으로 제자리를 찾을 수 있을 때까지 차분하게 기다려 주는 부모가 되는 게 어렵다는 것을 잘 알고 있다.

부모와 자식이 이런 긴장 관계 속에서 치르는 '전쟁'을 중재해서 아이가 반듯하게 자라도록 도와주는 해결사가 바로 할아버지, 할머니다. 산업화의 물결 속에서 바쁘게 살아가는 자식들의 모습을 지켜보면서 답답해하던 할아버지, 할머니는 자식과 손주를 위해서 언제든지 나설 준비가 돼 있다. 우리는 자식과 아들의 '중간지대', '중립지대' 역할을 톡톡히 할 수 있는 조부모의 존재를 잊고 있었을 뿐이다. 조부모는 자식이 진정으로 도움을 청하면 언제든지 달려와서 아들 부부에게는 여유를, 손주에게는 무조건적인 사랑을 줄 수 있는 존재다.

우리 선조들은 식사를 할 때 조부모(1대)와 아들(2대)이 겸상해서 식사를 하지 않도록 함으로써 어른의 권위를 확보하고 의견 충돌도 피하는 지혜를 발휘했다. 식사를 하는

부모와 자식이 이런 긴장 관계 속에서 치르는 '전쟁'을 중재해서 아이가 반듯하게 자라도록 도와주는 해결사가 바로 할아버지, 할머니다.

과정에서 집안일을 놓고 아들이 부모와 의견 충돌을 빚을 가능성이 높기 때문이다. 3대, 4대가 함께 사는 대가족의 식사에서는 최고 어른 부부, 그 다음 어른 부부, 가장(아들), 손주들, 며느리와 고모 등의 여성들 순으로 밥상을 따로 차렸다. 최고 어른이 먼저 수저를 들어야 나머지 식구들도 식사를 시작할 수 있었다.

그러나 1대와 2대는 식사 때 겸상을 하지 않지만 1대와 3대(손주)는 겸상을 하는 경우가 많았다. 최고 어른은 자신의 밥상에만 올라 온 간갈치(냉장고가 없던 시절 장기간 유통·보관을 위해 소금을 듬뿍 뿌린 갈치) 구이 등 특별한 반찬을 반만 먹고 남긴 뒤 손주에게 주는 '특혜'까지 베풀기도 했다. 1대와 3대 사이에는 특별히 의견 충돌할 사안이 없고 1대의 3대에 대한 '밥상머리 교육'을 위해서 겸상은 요긴했다. 1대 어른이 평소 눈여겨봤던 손주의 잘못된 행동거지에 대해 따끔한 충고도 하고 칭찬할 부분이 있으면 "이쁜 내 새끼! 잘한다, 잘한다."라고 칭찬하며 손주를 추어올려 주었다. 자신의 대를 이어줄 손주가 쑥쑥 자라는 모습만 봐도 대견스럽고 배부른 지라 애정 어린 말, 훈육이 밥상에서 쏟아지는 것은 당연하다. 책 서두에 언급했듯이 필자의 조부도 밤이면 자신의 방으로 손자를 불러들여 팔베개 해주며 아낌없는 사랑을 베풀었다.

딱딱하고 엄하기만 한 부모에게서는 좀처럼 듣지 못한 칭찬을 조부모에게서 자주 듣는 손주는 세상을 다 얻은 듯 자신감을 갖게 된다. 그 횟수가 잦아질수록 손주의 가슴속에는 자존감, 자긍심이 자리잡게 됨은 물론이다. 또 조부모가 들려주는 세상 이야기를 통해 삶의 지혜도 터득한다. 아버지 앞에선 위축됐던 어깨가 할아버지 할머니 앞에선 저절로 펴진다. 조부모들은 자신에게 주어진 삶의 시간이 그렇게 많지 않음을 잘 알고 있다. 따라서 대를 이어줄 손주를 위해서 자신이 지니고 있는 모든 인생의 노하우를 전해줄 자세가 돼 있다.

조부모들은 자신에게 주어진 삶의 시간이 그렇게 많지 않음을 잘 알고 있다. 따라서 대를 이어줄 손주를 위해서 자신이 지니고 있는 모든 인생의 노하우를 전해줄 자세가 돼 있다.

손주를 향한 노인들의 무조건적인 칭찬에도 계산은 깔려 있다. 시간은 없는데 어떻게 하면 손주를 가장 효과적으로 훈육할 수 있을까를 고민한 끝에 선택한 것이 칭찬이란 뜻이다. 칭찬은 고래도 춤추게 한다는 원리를 선조들은 훤히 꿰뚫고 있었던 것이다. 교육 전문가도 부모들이 무조건 혼내고 때리며 강제로 아이들을 끌어가는 식이 아니라 상황에 맞춰 칭찬을 잘해 주는 것이 훨씬 효과적이고 올바른 자녀교육법이라고 말한다. 조부모는 유창하게 그런 이론을 제시하지는 못하지만 인생의 경험을 통해 어떻게 하면 손주를 강하고 능동적인 사람으로 키울 수 있는 지를 안다. 손주훈육에는 무조건적인 사랑이 조건적인 사랑보다 훨씬 강하고 효과가 크다는 것을 경험을 통해 확실히 알고 있는 것이다.

시인 김초혜는 8살 손자 재면이에게 살아가면서 얻은 주옥같은 지혜를 알려주기 위해 일기 형식의 글을 365일 하루도 거르지 않고 쓰는 초능력을 발휘했다. 할머니의 손자에 대한 무한한 사랑을 글로 풀어낸 것이다. 이 세상의 아버지가, 어머니가 자식을 위해 하루도 거르지 않고 사랑을 표시하고, 가르침을 전하기 위해 일기를 썼다는 소리를 잘 듣지 못했다. 그러나 할머니 시인 김초혜는 손주에 대한 무한대의 끈기로 365일 일기로 써냈다. 이 세상의 모든 할머니의 손자 사랑은 김초혜 시인과 똑같거나 닮아 있다.

오늘날 자라나는 손주들은 어떤가. 학원 가고 과외수업 받으라며 닦달을 해대는 부모의 등살에 짓눌려 산다. 늘 직장일에 쪼들리는 부모와 일주일에 대면 한 번 하기도 쉽지 않다. 그러니 인성은 뒷전이고 외톨박이 문제아로 자라는 환경에 처해진다.

바쁘게 사는 부모를 위해서가 아니라 우리의 꿈, 대한민국의 미래인 손주들을 위해서 할아버지 할머니가 하루빨리 제자리로 돌아와 손주들에게 칭찬 해줄 수 있기를 바란다. 어떤 교재, 교사보다 훌륭한, 할아버지 할머니의 손주에 대한 '무한대 사랑'을 쏟아낼 수 있도록 젊은이의 지혜와 안목이 필요한 시점이다. 천국이 가정 안에 있고 그 천국을 지탱하고 온전히 지켜주는 존재가 할아버지, 할머니인데도 학벌, 돈, 명예를 위해 가정 밖의 일에만 관심과 눈길을 주는 젊은이들에게 각성을 촉구하고 싶다.

어떤 교재, 교사보다 훌륭한, 할아버지 할머니의 손주에 대한 '무한대 사랑'을 쏟아낼 수 있도록 젊은이의 지혜와 안목이 필요한 시점이다.

병든 노인을 요양병원으로 모시는 것이 능사라는 시각에서 벗어나자. 아픈 노인(어른)을 가정에서 책임지고 모시겠다는 굳센 각오가 필요하다. 손주에 대한 무한대 사랑을 쏟아주는 노인을 가정 안으로 모시면 가족 모두에게 '누워 자다가 떡 먹을 일'이 계속 생길 것이다.

IV

노인과
가족이
바로 서는
나라

노인의 보금자리는 어디에

우리나라의 모든 시설물들은 노인이나 장애인이 이용하기엔 굉장히 불편하다. 노인정책을 다루고 집행하는 중앙정부 청사는 물론 광역자치단체 청사, 구·군 청사, 동사무소를 가 봐도 예외는 아니다. 눈 가리고 아웅 식으로 노인이나 장애인을 위하는 시늉만 하고 있는 경우도 많다. 휠체어로 움직인다고 생각하고 공공청사나 공공 시설물을 살펴보면 구석구석 불편함이 많다는 것을 금방 알 수 있다. 청사 현관, 엘리베이터, 사무실, 회의실, 휴게실, 화장실 등 눈에 띄는 부분은 그럴 듯해 보이는데 구석진 곳엔 심각한 문제들이 숨어 있다.

왜 그럴까? 정부나 지자체 등 공공시설물 발주처와 시공업체는 법적인 구색만 맞춰 준공검사를 통과하는 데 급급하고 있기 때문이다. 그들은 노인이나 장애인을 우선적으로 고려하지 않는다. 법 기준에 적당히 꿰맞추고 돈을 챙기면 끝이라는 식이다. 우리나라 공공시설물 가운데 그런 허점이 가장 잘 드러나는 곳이 바로 도로와 보도다. 도로와 보도에선 안전한 보행권이 보장되지 않는다. 비좁은 보도에 전봇대나 통신주 등 공공 시설물, 그 외 사설 시설물이 무질서하게 자리 잡고 있는가 하면 무단 주차 차량 때문에 보행자가 비켜가야 한다. 파인 도로에 고여 있던 물 위로 차가 지나가면서 튄 물을 보행자가 뒤집어쓰는 상황이 자주 발생한다. 따라서 도로는 이러한 문제점들을 해결하고 시민들의 안전한 보행권을 충족시킬 수 있는 공간으로 변모해야 한다. 더불어 안전한 사람들이 휴식과 행복을 공유할 수 있는 행복지대로서의 역할까지 한다면 더할 나위 없을 것이다. 지하철 역사에 있는 음악 무대가 사람들에게 즐거움을 주는 것처럼.

우리나라의 주택 구조를 들여다보면 노인이나 장애인이 살기에는 참 불편한 구조다. 마치 다리가 튼튼하고 힘 좋은 젊은 사람만 기준에 맞춰 지어졌거나 지어지고 있는 것 같다. 주택이 불편하다는 것은 나이 들어 직장을

은퇴해서 주 생활 공간이 가정으로 좁혀졌을 때 절감하게
된다.

주택은 외적인 형태를 잘 갖추면서도 독립성, 안전성,
사생활 보호라는 내부적 특성에, 노인이나 장애인도 불편
없이 생활할 수 있도록 '약자 편의성' 또한 고려하여 설계
되어야 한다. 나이 들어 몸을 제대로 가누기 어려운 지경
이라도 집 안팎을 맘 놓고, 편안하게 걸어 다니거나 드나
들 수 있도록 지어져야 한다. 간단한 예로 화장실 입구에
잡고 일어설 수 있는 봉(바) 하나만 설치해도 노인에겐 매
우 쓸모가 있다. 그 봉은 젊을 때엔 쓸모가 없지만 나이가
들면 낙상 등 불의의 사고를 방지하는 매우 유용한 장치가
되는 것이다. 현관문 턱과 방문 턱, 화장실 턱을 조금만
낮춰도 나이든 사람들이 맘 놓고 집 안팎을 드나들 수 있
다.

또한 노인들이 안락한 일상생활을 누릴 수 있도록 정부
차원의 세심한 관찰과 개선노력이 뒤따라야 한다. 주택은
노년기의 일상생활이 이뤄지는 중요한 공간이기 때문이
다. 노인에게 적합하도록 설계된 주택은 노인 자신뿐만 아
니라 노인을 보호 · 수발하는 가족이나 간병인 등 보호자
에게도 편리성과 경제성을 보장해 준다는 사실을 잊어서

노인에게 적합하게
설계된 주택은
노인 자신뿐만
아니라 노인을
보호 · 수발하는
가족이나 간병인
등 보호자에게…

우리나라 주택들의 구석구석을 살펴보면 노인들이 살아가기엔 불편한 점들이 많다. 노인복지의 시작과 끝이 가정인 점을 감안, 노인이 살기에 편안한 주택을 짓는 붐이 일어나야 한다.

는 안된다.

우리나라의 주택정책은 주택 공급 방침에 따라 공급자 중심의 양적 확대에 초점이 맞춰져 있었다. 6공화국 때 노태우 정부가 강력하게 추진한 주택 200만 호 건설이 대표적인 사례다. 아파트를 얼마나 많이, 빨리 지을 수 있는지에 올인했고 질적인 면은 고려하지 않았다. 우리나라 전체 인구의 17%(700여만 명)나 차지하는 베이비부머가 은퇴를 시작하면서 도시지역 주택의 대부분을 차지하는 아파트에 베이비부머와 고령자가 많이 거주하게 됐다. 노인의 안락한 주거 보장을 위해서 주택 정책을 손 봐야 할 시점이 온 것이다.

젊은 사람들의 편의성과 함께 노인도 안락하게 생활할

수 있는 주택이 이상적이다. 노인이 집에서 편하게 일상생활을 할 수 있는, 다시 말해 노인을 위한 '주거 확립'은 노인의 삶의 질을 끌어 올리고 노인보호비용도 크게 줄일 수 있어 충분히 투자할만한 가치가 있는 영역이다.

우리나라에서 노인 주택 정책이 제대로 확립되지 못한 이유로는 주택 부족이 심각한 상황에서 노인만을 배려할 여유가 없었던 점을 꼽을 수 있다. 당시 우리나라 노인복지정책은 시설보호 쪽에만 신경을 쓴 탓에 재가노인의 주택문제에는 관심을 기울이지 못한 것이다. 노인복지법은 국가 또는 지방자치단체가 노인에게 적합한 주택건설을 촉진하도록 규정하고 있으나 그 기준이 모호해서 이를 따르는 주택 건설 프로그램이 작동되지 않고 있는 실정이다. 따라서 전문가들은 앞으로 정부나 지자체가 노인과 동거하며 노인을 돌보는 것을 가족만의 책임으로 여기는 사고의 틀에서 벗어나야 한다고 지적하고 있다. 이런 경직된 사고의 틀은 노인이나 장애인에게 꼭 필요한 주택을 개발하는 데 장애 요인이 되고 있다.

갈수록 노인부부 또는 홀로 사는 노인이 급증하고 있는 상황에서 노인들을 위한 주택 개선 작업에 전문가들이 관심을 갖고 적극 동참해야 한다. 어떻게 하면 노인과 함께 사는 3대 동거가족용 주택을 멋지게 설계할 수 있을까, 어떻게 하면 자식과 떨어져 사는 독거노인 부부나 혼자 사는 노인을 위한 주택을 지을 수 있을 지에 대한 고민이 요구되고 있다. 특히 간병인이나 가정간호사, 사회복지사 등의 보호를 받아야만 생활이 가능한 노인환자용 주택을 잘 설계할 수 있는 방안에 대해서도 고민해야 한다. 기존의 주택을 별도로 수리하는 번거로움 없이 처음부터 노인 환자를 위한 주택이 곳곳에 지어져야 한다. 주택을 수리하려면 결국 본인 또는 자녀가 비용을 부담하는 등 재정적인 소모가 뒤따를 수도 있기 때문에 다양한 노인 환자용 주택 설계는 사회적 비용을 크게 절감하는 효과도 있다.

새로운 형태의 노인용 주택을 건설하라는 정부 지침이나 입주를 희망하는 노인과 자녀들의 수요가 주택건설업체에게는 또 다른 사업 기회의 확대가 기대되기 때문이다.

노인을 위한 이런 고민은 주택시장에 엄청난 활력을 몰고 올 것이다. 새로운 형태의 노인용 주택을 건설하라는 정부 지침이나 입주를 희망하는 노인과 자녀들의 수요가 주택건설업체에게는 또 다른 사업 기회가 되기 때문이다. 주택업체들은 새 수요에 맞춰 설계업체를 동원, 가격경쟁력을 확보하면서 노인이 쓰기 편한 주택을 건설하는데 치중할 것이다. 주택 분양시장에서는 노인이 편한 주택을 설계했다는 평판이 돌기 마련이므로 선두자리를 차지하기 위한 업체 간 치열한 경쟁이 펼쳐질 것이다.

오늘날 우리 사회에는 노인이 자녀들과 함께 기거할 수 있거나 노인끼리 편하게 생활할 수 있는 제대로 된 노인용 주택이 없다. 그러다 보니 자녀들은 노부모 모시기가 힘에 좀 부친다 싶으면 노부모를 요양원이나 요양병원으로 보내려고 한다. 실제로 노인 스스로 요양병원을 찾는 경우는 잘 없다고 한다. 자식 고생시키는 것이 안쓰러워 스스로 가겠다는 경우는 있다. 그러나 그곳에서 생활해 보면 하루 빨리 자신의 집이나 자녀들이 사는 집으로 돌아가고 싶어 한다. 실제로 필자의 지인도 치매 초기 증상으로 고생을 하다 자식들의 권유를 이기지 못해 요양병원에 입원한 적이 있었다. 그러나 입원한 지 한 달여 만에 강력하게 퇴원을 원해 자신의 집으로 돌아갔다고 한다. 요양병원에서는 전문 인력들의 체계적인 치료와 보살핌이 믿음직스럽고 혼자 살 때 보다는 생활이 편했지만 고령의 환자들만 있는 병원 분위기가 영 마음에 들지 않았다. 차라리 고생을 하더라도 집으로 돌아가고 싶어 했다는 것이다.

　도시나 농촌 할 것 없이 요양원이나 요양병원이 우후죽순 급증하고 있는 것은 그나마 국가 재정이 뒷받침 되고 있기 때문이다. 거꾸로 얘기하면 요양시설을 이용하는 노인들의 숫자가 많을수록 국가가 복지예산을 늘려야 한다는 뜻이다. 나 하나 편하겠다고 부모를 요양병원에 입원시

컸지만 요양병원을 지탱하는 비용은 내가 낸 세금에서 충당되고 있다.

주택은 노인복지의
중요한 기반이다.
노인이 편안하고
유쾌하게 살 수
있는 주거공간이
많을수록 노인
복지의 수준은
그만큼 높아진다.

주택은 노인복지의 중요한 기반이다. 노인이 편안하고 유쾌하게 살 수 있는 주거공간이 많을수록 노인복지의 수준은 그만큼 높아진다. 본인의 집이 훨씬 편해서 정부나 지자체의 지원을 받는 요양시설에 기대는 것을 최대한 줄일 수 있다면 절약한 예산을 건설적인 분야에 투자, 각 산업계에 활력을 불어 넣을 수 있다. 노인 복지의 시작은 각 가정이고 끝도 가정이어야 노인의 행복지수와 함께 국가 경쟁력도 높아진다.

가족愛, 가까울수록 더 깊어진다

멀리 사는 자식에게서 제대로 된 효도를 기대한다는 것은 나무에서 고기를 구하는 것과 같은 이치다. 가까이서 부대끼며 싸우기도 해야 정이 샘솟는다. 필자는 노인(어른)이 가정에서 당당하게 바로 서야 위기에 처한 대한민국의 가정이 바로 서고 핵가족에서 비롯된 지독한 '한국 병(病)'인 저출산과 고령화 문제를 해결할 수 있다는 주장을 펼쳐 왔다. 그것도 노인을 가정 밖으로 밀어내지 말고 가급적 가정 안으로 모시고 함께 부대끼며 살자는 것을 거듭 외치고 있다.

여기에서 독자들은 혼란스러워할지도 모른다. 집에

노인을 모실 공간이 없거나 직장 때문에 부득이 떨어져 살수밖에 없는 사람들은 필자의 의견에 반론을 제기할 것이다. 물론 떨어져서 살아야 할 불가피한 사정이 있을 수 있다. 그러나 필자의 의도는 우리나라 모든 젊은이들이 원칙적으로 어른을 한 지붕 아래 모시고 살려는 생각을 가졌으면 하는 거다.

한 도시에 살아도 결혼하면 당연히 분가를 해야 한다는 생각부터 과감히 떨쳐버렸으면 좋겠다. 부모들은 자식의 사생활을 존중하는 차원에서 결혼 후 작은 아파트나 주거용 오피스텔, 원룸 등 독립공간을 마련해 주는 것을 당연하게 받아들이고 있다. 있는 힘을 다해 아파트를 사주거나 전셋집을 구해줘야 하고 그런 도움을 받지 못하는 자식들은 결혼생활을 시작하면서 은행 빚에 기댈 수밖에 없다. 일부 젊은이들 사이에서는 신혼집을 구할 형편이 안 돼 결혼까지 미루고 있다. 이처럼 부모와 자식에게 결혼은 축복이라기보다는 고통의 시작일 수도 있다.

그러나 부모와 자식들이 신혼집을 구하려는 그 속사정엔 서로 다른 이유가 있다. 부모들은 자식부부에게 불편을 주지 않으려 한다는 이유를 내세우고 있지만 실상은 그렇지 않다. 손주가 태어나면 똥 기저귀 갈아주며 수발하는 게 귀찮아서다. 호젓하게 부부 둘만 편하게 지낼 수 있는데 늘그막에 자식 눈치보고 손주에게까지 치여서 살 이유가 없다는 것이다. 자식부부도 둘만 알콩달콩 즐기며 살고 싶은데 노부모의 시시콜콜한 잔소리를 계속 듣고 싶지 않아 한다. 그런 생각들이 겹치면서 가족은 자꾸 찢어진다. 하지만 분가하고 난 뒤 처음엔 호젓한 분위기 속에서 부모와 자식들 모두 자유를 만끽할지는 모르지만 얼마 안가서 각자에게 고통과 외로움이 다가서게 된다.

부모와 자녀부부가 3년만 한 지붕 밑에서 살아갈 수 있다면 그들은 성공적인 3대 동거가정을 이룰 수 있다고 한다. 성장 환경이 다른 며느리는 처음엔 세대 간 갈등 때문에 다소 불편할 것이다. 그러나 3년 정도 같이 살면서 서로 부대끼고 이해하는 과정을 거치고 나면 그야말로 사람 냄새 폴폴 나는 한 가족으로 거듭난다. 시부모는 며느리에게 힘을 실어 주고 며느리는 시부모를 부모처럼 따르게 된다. 실질적인 가장인 자식은 이런 행복한 분위기에 힘입어 왕성하게 사회활동을 할 수 있다. 특히 손주는 일상이 바쁜 부모의 자리를 메워 주는 할아버지 할머니의 노력 덕분에 정서적인 안정을 찾는다. 조부모의 풍부한 경험이 밴 이야기나 조언을 통해 꿈과 지혜를 키워 나갈 수 있다. 이화여대 명예교수인 이근후 박사 부부는 아들이 결혼하면

가족은 한 지붕 아래서, 또는 가까이서 살며 부대끼고 살아야 한다. 함께 사는 것이 처음엔 힘들지 몰라도 적응이 되고 나면 따로 살 때보다 행복지수를 훨씬 끌어올릴 수 있다.

6개월 동안 자신들과 함께 산 뒤 분가시키는 것을 철칙으로 삼았다고 한다. 그 철칙이 결국 위력을 발휘, 시부모와 함께 사는 즐거움을 체득한 며느리가 먼저 합가를 제의했고 지금은 집을 지어서 자식들과 한 지붕 아래서 함께 모여 사는 계기가 됐다.

노부모와 자식부부가 서로의 사생활을 존중해주고 싶다면 한 지붕 밑이 아니라 아주 가까이서 살면 된다. 아파트의 경우 부모의 집 바로 옆 호수나 위, 아래 호수에 자식의 집을 장만하면 된다.

　필자는 한 지붕 밑에서 어른을 모시는 것만을 강요하지는 않는다. 노부모와 자식부부가 서로의 사생활을 존중해주고 싶다면 한 지붕 밑이 아니라 아주 가까이서 살면 된다. 아파트의 경우 부모의 집 바로 옆 호수나 위, 아래 호수에 자식의 집을 장만하면 된다. 예컨대 부모가 505호에 산다면 자식의 집을 바로 앞이나 옆인 504호나 506호, 아래층인 405호나 위층인 605호에 살면 된다. 같은 동, 다른 호수나 옆 동에 집을 장만할 수도 있다. 그렇게 되면 각자의 프라이버시는 충분히 지켜주면서 옆집이나 아래 위층을 오가며 소통을 이어갈 수 있다. 주말이면 부모나 자식 집에 모여서 가족회의를 할 수 있고 맛있는 음식을 차려놓고 이야기꽃을 피울 수도 있다. 자식 부부가 외출하거나 출근할 땐 어린 자녀를 부모에게 맡길 수도 있다. 자녀부부는 형편대로 생활비와 양육비를 부모에게 드리면 자연스럽게 효도하는 것이 된다. 자식의 입장에서는 자녀 양육비를 다른 사람이 아닌 부모에게 드리게 되니 뿌듯하다. 생활의 일부를 포기하거나 양보하고 손주를 키워주시는 부모에 대한 존경심과 감사한 마음을 갖게 되는 것은 당연하다. 부모 입장에서는 일정한 수입이 있기 때문에 노년에도 경제적 궁핍에 시달리지 않고 지자체나 국가의 도움에 기대지 않아도 된다. 늘어나는 고령인구의 복지예산을 확보하느라 비상이 걸린 지자체나 정부 입장에서는 예산을 절감할 수 있다. 꿩 먹고 알 먹고, 도랑 치고 게 잡고, 누이 좋고 매부 좋다는 게 바로 이런 게 아닐까.

여기서 놓치지 말아야 할 것이 또 있다. 아파트를 지을 때부터 같은 동의 평형대를 다양하게 배치하는 것이 필요하다. 예컨대 101호는 40~50평, 102호는 20~30평형대 식으로 크기를 달리하자는 뜻이다. 요즘 아파트 건립 형태는 101동은 대형, 102동은 소형으로 구분되어 있다.

특정 동은 경제적으로 여력이 있는 사람들만 모여 살게 되고 어떤 동은 형편이 어렵거나 신혼인 젊은 사람들이 모여 살게 됨으로써 부모와 자식세대가 함께 어우러져 살기 어려운 측면이 있다. 중대형 아파트에는 부모로부터 특별한 지원을 받지 않으면 신혼부부가 들어가서 살기 힘들다. 따라서 40~50평형대 등 중형대 바로 옆 호수나 아래, 위층에 20~30평형대를 적절히 배치하는 전략이 필요하다. 실제로 필자가 사는 아파트는 다양한 평형대로 설계돼 있어서인지 부모들은 A동, 자녀 식구는 B동에 살고 있는 경우가 제법 있다. 이들은 자주 부모와 자식 집을 왕래하며 활력 있는 삶을 영위하고 있다. 특히 제조업을 하고 있는 한 지인은 C동에 살고 있는데, 아파트 내 목욕탕에 함께 가려고 자녀가 사는 B동 입구에서 손자를 기다리는 모습을 자주 볼 수 있었다. 손주는 할아버지, 할머니가 보고 싶으면 언제든지 C동 할아버지 댁 문을 두드리며 두 가족의 메신저 역할도 톡톡히 한다. 지인은 자식과 한 지붕 밑에서 사는 것은 아니지만 같은 단지 내 아파트에서 함께 살아서 좋다고 자랑했다.

지인은 자식과 한 지붕 밑에서 사는 것은 아니지만 같은 단지 내 아파트에서 함께 살아도 굉장히 만족한다고 말했다.

부모와 자녀부부가 아파트 한 단지 안에서 살지 않더라도 걸어서 5분 거리, 차로 10분 이내 거리에 살아도 부모 자식 간의 정을 충분히 나누면서 살 수 있다. 필요하면 수시로 볼 수 있다. 보고 싶을 땐 언제든지 달려가 볼 수 있는 거리. 특히 자식 부부 입장에서는 자녀 양육 문제 때문에 부모에게 신세를 많이 져야 하지만 해를 거듭할수록 연로해지는 부모님을 가까이 모시고 있어야 응급상황에서 빠른 조치가 가능하다.

최근 은퇴하기 시작한, 우리나라 베이비부머(1954~1960년생)들의 자녀수는 평균 2명 정도에 불과하다. 아들 한 명, 딸 한 명을 두는 경우도 있지만 딸만 키운 경우도 많다. 아들이 없다면 사위와 가까이 사는 것도 좋은 방안이다. 어머니는 나이가 들어갈수록 딸과 친구처럼 지낸다. 딸이 가까이 있으면 정서적으로도 매우 안정되고 서로 도울 일도 많다. 그런 관계 속에서 자라는 손주, 외손주들은 좋은 심성을 가지게 돼 있다. 가정교육을 위한 환경이 잘 조성되어 있으니 자녀가 문제아가 될 가능성이 적어지고 정상적인 학교생활도 가능해진다.

> 우리는 함께 살면서 얻을 수 있는 즐거움과 장점을 애써 외면하고 분가의 행렬에 동참해서 가족 해체를 자초하고 말았다.

산업화의 물결이 일기 시작한 1960년대부터 우리나라엔 자식을 분가시키려는 풍조가 짙어지기 시작했다. 분가의 목적이나 이유는 자식이나 자녀부부 모두 좀 더 편하게 살아보자는 거였다. 우리는 함께 살면서 얻을 수 있는 즐거움과 장점을 애써 외면하고 분가의 행렬에 동참해서 가족

해체를 자초하고 말았다. 물론 이러한 세태가 수십 년간 이어지도록 방치해서 한국이 중병을 앓게 한 책임을 국민에게만 물을 수 없다. 미래를 제대로 내다 볼 줄 몰랐던 정책 입안자들에게 더 큰 책임이 있다. 한때 아이를 적게 낳아야만 선진국이 될 수 있다고만 외쳤던 그들은 저출산이 초래할 갖가지 문제점을 제대로 짚지 못하는 우를 범했다. 가정과 가족의 소중함을 제대로 들여다보지 못한 철학 부재의 이 나라 학자들도 책임을 피할 수 없다.

가족 해체의 심각성은 위중하다. 누구를 탓할 시간도 없다. 국민 스스로 깨우쳐서 3대 동거가정이 속속 나오도록 해야 한다. 한국의 가정이 바로 서고 온 가족이 오순도순 살아갈 수 있도록 우리 모두 지혜를 모으자.

최고의 안식처는 가정

　　전국 도시와 농촌 곳곳에 요양병원이 우후죽
순처럼 생겨나고 있다. 종합병원이나 개인병원이 문을 닫
으면 그곳엔 으레 '00 요양병원'이라는 간판이 걸린다. 이
는 요양병원에 대한 국가 지원으로 복지예산이 크게 늘어
나면서 나타나는 현상이다. 요양병원이 집 가까이 있으면
노인을 모시는 자식들의 입장에서는 반가울 수 있다. 그러
나 최근 들어 자식들이 병든 노부모를 집에서 모시려 하기
보다 요양병원에 억지로 떠맡기려는 경향이 짙어지고 있
다. 노인 입장에서는 본인이 원하든 그렇지 않든 졸지에
자신의 거주공간을 떠나 요양병원에 발을 들여놓을 수밖
에 없다.

노인의 거주공간은 잠만 자는 곳이 아니다. 자식도 있지만 이웃도 있고 심심할 때 현관문을 열고 나가면 산책길도 있어야 한다. 거주지가 농촌이면 평생 정을 나누며 마음을 털어 놓을 수 있는 친구도 많다. 밤이면 마을회관에 모여서 화투와 윷놀이, TV시청을 함께 하며 자식, 며느리, 손주 자랑을 늘어놓고 세상 돌아가는 얘기를 맘껏 나눌 수도 있다.

그러나 어떤 이유에서든 요양병원의 문을 두드리는 순간 자기가 관리하고 구축해 놓은 자신만의 '세계', '관계'가 한꺼번에 차단된다. 실낱같은 희망이자 즐거움의 끈인 그 관계를 포기하게 되면 큰 상실감을 맛봐야 한다. 노인은 가기 싫다고 해도 자식들이 막무가내 요양병원으로 밀어 붙이는 경우도 있다. 노인은 원하지 않는데 자식들이 함께 사는 것이 불편하다는 본심을 감춘 채.

단 한 번도 경험하지 못한 낯선 곳, 요양병원에서 생활할 수밖에 없을 때 노인의 심적인 부담은 상상을 초월할 정도라고 한다. 비록 몸은 불편하지만 집에선 잠 오면 소파나 마루에 드러누워 잠을 청하면 되고 배고프면 형편 닿는 대로 좋아하는 음식을 해 먹으면 된다. 바깥이 궁금하면 자리를 털고 일어나 집 밖 정원이나 공원, 운동장, 등산길을 찾아서 답답함을 털어 낼 수 있었다.

그러나 요양병원을 비롯한 시설 입소 계약서를 작성하는 순간 그런 자유는 깡그리 포기해야 한다. 그야말로 '눈물의 요양병원행'인 것이다. 시설 입소 전까지는 하고 싶은 대로 하고, 먹고 싶은 대로 먹고, 만나고 싶은 사람 만나면 됐지만 입소 후에는 그럴 수가 없다. 시설이나 병원이 제공하는 시간에 맞춰 식사하고 투약이나 치료도 해야한다. 시설의 불이 꺼지면 밤잠을 억지로 청해야 한다.

시설에서 처음 만난 낯선 사람들과 관계를 형성해 나가는 것도 쉽지 않은 일이다. 병실에서 기약 없는 생활을 해야 하므로 먼저 입소했거나 자신보다 뒤에 입소한 낯선 입소자들이 맘에 들지 않더라도 그들의 비위를 맞추고 언행을 조심할 수밖에 없다. 그런 것들은 노인에겐 대단한 스트레스의 원인이 된다.

필자는 2014년 가을 우연히 부산의 한 요양병원을 방문한 적이 있다. 그 요양병원은 정부가 인정할 정도로 시설도 괜찮은 편이었고 서비스가 좋아서 입원 환자나 가족들로부터 긍정적인 평가를 받고 있었다. 도시에 사는 자식들과 떨어져 홀로 농촌에 사는 지인의 모친(80)은 초기 치매

요양병원을 비롯한 시설 입소 계약서를 작성하는 순간 그런 자유는 깡그리 포기해야 한다. 그야말로 '눈물의 요양병원행'인 것이다.

노인에게 최고의 안식처는 가정이다. 노인들은 여러가지 자유가 제한되는 요양병원 입소를 꺼려한다.

증세를 보이면서 식사를 거르거나 고혈압, 각종 노인성 질환 관련 약을 제때 먹지 못해 자주 쓰러졌다고 했다. 직장을 다녀야 하는 자식들이 가까이서 모실 형편이 안 되자 부득이하게 모친을 요양병원에 모신 것이다. 모친이 입원했을 당시 몸 상태는 치매 증세로 식사를 거르기가 일쑤여서 정상체중에 훨씬 못 미칠 정도로 허약했다고 한다. 병원에서 식사와 투약시간을 철저히 챙기고 재활치료를 한 덕분에 몸무게가 정상에 가까워질 정도로 호전됐고 병원 생활을 견디기 힘들어 하던 그분은 입원 2개월 만에 퇴원, 자신이 살던 농촌으로 돌아갔다. 그가 자식들에게 퇴원을 요구하면서 던진 말은 "내가 사는 집에 가서 마음 편히 살고 싶다."라는 한 마디였다고 한다. 자식이나 손주는 없지만 공기 좋고 마당과 텃밭 그리고 친구가 있는 그곳이 너무 그리웠던 것이다. 자식들은 노모의 속마음도 모르고 농촌

보다 좋은 시설에 있는 것이 훨씬 낫다며 요양병원으로 모시려 했다.

그분을 통해 노인의 최고 요양시설은 가족이 있는 집이라는 점을 확인했다. 노인은 고독을 달고 산다는 말이 있다. 활동영역과 역할이 줄어들면서 관심은 주로 가족과 가정으로 쏠리게 돼 있다. 가까이서 부대끼며 자식이 어떻게 사는지, 손주는 제대로 크고 있는지 등 가족의 안녕과 발전을 확인하면서 행복을 느낀다. 만나고 싶은 친구를 찾아가는 것도 그들만의 행복의 끈이다. 하릴없이 지하철을 타거나 백구두 신고 콜라텍을 찾는 이유도 친구가 그립기 때문이라고 하지 않는가. 갑갑해지면 집 주변 공원이나 야트막한 산을 찾아 땀도 흘리면 된다. 서예나 배드민턴 등 취미생활을 하면서 무료한 시간을 달랠 수도 있다. 그런 부모를 시설이 좋은 요양병원으로 모시는 게 자식의 도리를 다했다? 자식들은 몰라도 너무 모르는 것이다.

물론 요양시설에 기대야 할 상황도 있다. 지병이나 부상(골절상 등)이 심해져서 거동하기조차 어려울 때다. 24시간 보호와 관찰이 필요한데도 가족들의 관리가 한계에 이르렀을 때도 해당된다. 아니면 자식이 너무 멀리 있어 돌볼 수 없거나 자식과의 관계가 단절된 채 혼자서 생계를 꾸려 나가고 있는 상황, 무자식 등 의지할 사람이 없어 극도의 고독과 절망의 상태에 있는 경우도 해당된다. 노인이 요양시설에 발을 들여 놓을 때는 '더 이상 어쩔 수 없는 상황'에서 '불가피한 선택'을 할 수밖에 없을 때여야 한다. 그런 상황에서 노인은 여생을 살아가면서 누려야 할 행복과 인간으로서의 존엄성 유지를 위해 국가의 지원에 기대야 한다. 대부분의 국가는 노인을 위한 다양한 복지정책을 시행하고 있다.

국가 지원 시스템은 가급적 최후의 수단으로 작동돼야 한다. 갈수록 심각해지는 고령화 현상으로 노인복지 예산은 매년 급증하고 있다. 그 예산을 잡아먹는 '하마'가 요양 관련 시설이다. 이 시설은 국가의 지원, 다시 말해 복지 예산을 바탕에 깔고 있다. 요양시설이 급증하는 또 다른 이유는 '수요'가 많기 때문이다. 냉대와 무관심 등 자식의 '불효'로 인해 수요가 늘어나고 있다. 불가피한 상황이 아닌데도 그저 귀찮고, 골치 아파서 낳아주고 길러주신 노부모를 요양시설로 이끄는 것은 천륜을 내팽개치는 일이다.

요양시설에 가보면 시설 근무자를 제외하고 나머지는 모두 환자복을 입은 백발의 노인이다. 기거하는 병실이 1등실이냐 3등실이냐는 크게 중요하지 않다. 노인들은

노인이 요양시설에 발을 들여 놓을 때는 '더 이상 어쩔 수 없는 상황'에서 '불가피한 선택'을 할 수밖에 없을 때여야 한다.

그곳에서 지급된 환자복을 입은 채 침대에 누워 있거나 구부정한 허리로 벽면에 설치돼 있는 안전봉을 잡고 어정어정 복도를 걷는다. 햇빛이 드는 전망 좋은 곳에서 무표정한 표정으로 휠체어에 몸을 의지한 모습도 볼 수 있다. 수형시설에서 더 나쁜 범죄수법을 배울 가능성이 높은 것처럼 요양시설에서는 가라앉은 분위기 때문에 노인들은 더 위축될 수 있다. 그들의 머릿속에는 손주의 재롱, 가족들의 웃음소리, 며느리가 차려준 밥상, 친구들의 안위에 대한 걱정 등이 떠나지 않을 것이다.

소외와 고독에 노출된 노인들은 극단적으로 자살을 선택하기도 한다. 2012년도 보건복지부 자료에 따르면 우리나라 65세 이상 노인 자살률은 인구 10만 명당 2002년도 55.8명이던 것이 2010년도에는 81.9명, 2011년에는 87.6명으로 집계됐는데 이는 세계 최고 수준이다. 우울과 스트레스, 만성질환과 함께 고독이나 빈곤, 자녀의 부양기피, 학대 등이 노인 자살의 중요한 원인으로 꼽히고 있다. 그중에서도 가장 가슴 아픈 것은 바로 자녀의 부양기피, 학대 등 가족에게서 비롯된 원인이다.

자녀의 부양기피가 원인이 돼 노부모가 요양시설로 가야하는 상황은 피해야 한다. 노인에게 가장 멋진 요양시설은 자녀가 있는 가정이요, 집이다. '불가피한 상황'에 이르기 전까지는 자녀들이 책임지고 노부모를 시설이 아닌 집에서 모셔야 한다. 툭하면 요양시설에 부모를 모시려는 풍조에서 벗어나야 한다. 그것은 자식 본인들에게도 도움이 된다. 누구도 노인으로 가는 길을 피할 수 없는 법. 그 자식 본인도 언젠가 힘없는 노인이 됐을 때 아들딸의 매몰찬 강권에 억지로 요양시설로 가야할지 모르지 않는가.

요양시설 자체를 무시하거나 금기시하는 것은 결코 아니다. 요양시설은 지금과 같은 100세 장수시대에 꼭 필요한 시설이다. '불가피한 상황'이 닥치면 융통성 있게 이들 시설을 활용할 수 있어야 한다. 그러나 성가시고 귀찮다는 이유로 노부모를 요양시설에 강제로 떠맡기는 것은 낳아주고 길러준 은혜를 저버리고 부모님의 마지막 자존심과 존엄성마저 뭉개버리는 '도덕적 범죄 행위'라는 것을 잊어서는 안 된다.

자녀의 부양기피가 원인이 돼 노부모가 요양시설로 가야 하는 상황은 피해야 한다. 노인에게 가장 멋진 요양시설은 자녀가 있는 가정이요, 집이다.

여성이 움직이면
가족통합 쉬워진다

오늘날 여성(주부)은 모든 가정사에 있어서 '슈퍼 갑'의 지위에 있다. 자녀 교육 문제, '곳간 열쇠'로 대변되는 가정경제권은 물론 주택 매매, 자녀 혼사, 시부모 · 친정 부모 봉양, 여행, 휴가 등 집안 대소사의 결정권은 여성에게 있다 해도 과언이 아니다. 어떤 문제든 여성이 비틀면 큰 벽에 부딪쳐 버린다. 남존여비 사상이 횡행하던 과거처럼 남성이 일방적으로 결정해서 통보하고 무조건 따르라는 식의 행태는 사라진지 오래다.

특히 시부모나 부모 봉양 문제만큼은 여성들의 입김은 드세다. 좀처럼 양보하지 않는다. 더 직설적으로 표현하면 대부분의 여성들은 시부모 모시기를 노골적으로 꺼린다. 남편이 부모를 모시고 싶어도 아내가 반대하면 불가능해진다. 그런 측면에서 본다면 오늘날 우리나라 노인들의 설 자리가 없어진 이유는 바로 가정의 '슈퍼 갑'인 주부의 강력한 반대가 큰 요인으로 작용됐다. 물론 가장인 남성도 부모 모시기를 꺼리는 경우가 적지 않다. 주부가 모시기를 꺼려해서 노인이 자식과 떨어져서 사는 경우로 국한해서 가족통합 문제를 논하고자 한다.

'부혜생아 모혜국아 애애부모 생아구로 욕보지덕 호천망극'(父兮生我 母兮鞠我 哀哀父母 生我劬勞 欲報之德 昊天罔極). 시경(詩經)에 나오는 구절이다. '아버지 날 낳으시고 어머니 나를 기르셨네. 슬프고 슬프도다. 우리 부모님 나를 낳아 기르시느라 애쓰셨네. 그 큰 은혜 갚으려 해도 하늘처럼 높고 높아 끝이 없네.' 날 낳아서 키우시느라 고생하신 부모님 은공에 보답하고 싶어도 그 은혜가 너무 높고 끝이 없을 정도로 커서 그러지 못하는 것이 슬프다는 뜻이다.

오랜 기간에 걸쳐 우리 민족 삶의 지침서로 내려온 명심보감(明心寶鑑)에 나오는 구절 몇 개를 더 소개하고자 한다. 이 구절들은 이미 많이 인용됐기 때문에 낯설지 않을 것이다.

• 욕지미래 선찰이연(欲知未來 先察已然) : 앞으로 올 날을 알고 싶거든 이미 지나간 날들을 살펴보라.

• 자효쌍친락 가화만사성(子孝雙親樂 家和萬事成) : 자식이 효도하면 부모님이 즐거워하고 집안이 화목하면 모든 일이 잘 된다.

• 노소장유 천분질서 불가패리 이상도야(老少長幼 天分秩序 不可悖理 以傷道也) : 늙은이와 젊은이, 어른과 어린이는 하늘이 부여한 질서이니 이치를 어기고 도리를 상하게 해서는 안된다.

• 국정천심순 관청민자안 처현부화소 자효부심관(國正天心順 官淸民自安 妻賢夫禍小 子孝父心寬) : 나라가 바르면 하늘이 온순하고 관청이 맑으면 백성이 편안하네. 아내가 어질면 남편이 재앙을 면하고 자식이 효도하면 부모 마음 관대하네.

앞서 사신 분들을 존경하고 효도는 곧 집안 일이 잘 되게 하며 노소장유의 질서는 하늘이 내린 도이니 이를 잘 지켜야 한다고 가르치고 있다. 특히 처현부화소(妻賢夫禍小)라는 구절을 눈여겨보자. 아내가 어질면 남편에게 재앙을 면하게 하거나 적게 오게 한다는 뜻이다. 아내가 가정사를 올바로 이끌어 가고 남편의 판단을 바르게 하도록 적절히 다잡으면 엉뚱한 일을 당하지 않도록 할 수 있다는

처현부화소(妻賢夫禍小)라는 구절을 눈여겨보자. 아내가 어질면 남편에게 재앙을 면하게 하거나 적게 오게 한다는 뜻이다.

오늘날 여성(주부)들은 가정사에 있어서 거의 절대권력을 휘두르는 '슈퍼 갑'의 위치에 있다. 안타까운 것은 그들 슈퍼 갑이 시부모를 모시지 않으려 한다는 점이다. 그들 역시 곧 늙어 노인의 대열에 합류할 거면서.

뜻이다.

　일부 주부 중에서 시부모를 모시지 않겠다고 하며 남편의 입장을 곤란하게 했다면 그것은 천륜과 인륜을 경시하는 일도 되지만 결과적으로 남편에게 화를 자초하게 된다는 사실을 놓치지 말았으면 한다. 자신을 낳아주신 분은 아니지만 남편의 부모이자 자식의 조부모이므로 내 부모나 마찬가지다. 부모의 핏줄을 타고 남편이 태어났고 남편의 핏줄을 받아 자식이 태어나지 않았는가. 낳지도, 키워주지도 않았을 뿐만 아니라 단지 조금 불편하니 모시지 못하겠다고 나서면 부모를 함께 모시고 싶어 하는 남편을 답답하게 한다. 결과적으로 남편은 위축된다. 불효를 하는 것 같고 자식도리를 다하지 못한다고 생각하기 때문이다. 뜻이 있는 남편들이라면 몇 번은 시도를 할 것이다.

그러나 아내로부터 끝내 거부당하면 결국 포기할 수밖에 없다. 이 순간 아내는 천륜과 인륜을 가벼이 한 결과가 되는데도 눈곱만한 편안함을 지켜낸 것에 만족한다. 그런 아내도 친정 부모의 안위에 대해서는 늘 관심을 가진다. 자신을 낳아주고 길러준 친정부모를 챙기는 것은 자식으로서 의무감의 발로다. 남편이 시댁부모를 챙기는 것과 아내가 친정부모의 안위를 걱정하는 것은 똑같은 자식의 마음이다.

시부모 모시기를 꺼리는 자세는 한 가지는 알아도 열은 놓친 우를 범하는 것이다. 그 첫째가 자신도 자식에게 매우 좋지 않은 본보기가 됐다는 점이다. 자신은 시부모를 모시기를 거부해 놓고 늙었을 때 자식에게 봉양받을 생각을 할 수 있느냐는 거다. 그런 모습을 본 자식 또한 노부모 봉양을 외면하는 건 불을 보듯 뻔하다.

각오를 단단히 하고 조금만 고생하면 시부모를 잘 모신 효부라는 칭송을 듣고 자식뿐 아니라 다른 친인척들로부터도 박수를 받는다. 일신의 편안함에 눈멀어 시부모와 등지려 한다면 자승자박의 결과가 기다리고 있다. 그리 멀지 않은 시기에 자신도 늙어서 자식들로부터 외면받아 따로 살며 아픈 몸을 이끌고 고독을 씹고 있을지 모른다. 그

시부모 모시기를 꺼리는 자세는 한 가지는 알아도 열은 놓친 우를 범하는 것이다. 그 첫째가 자신도 자식에게 매우 좋지 않은 본보기가 됐다는 점이다.

러나 시부모를 밀쳐냈지만 본인의 마음도 편할리가 없다. 남편 보기, 자식 보기에도 당당할 수 없기 때문이다. 미리 걱정을 해서 그렇지 결혼해 1~3년만 함께 살다보면 고부 간 갈등이 자연스럽게 해소되는 경우가 많다고 한다. 같이 지내다 보면 '정'도 들고 서로 부족한 점을 메워줌으로써 행복지수를 끌어 올릴 수도 있다는 조사결과도 있다.

다음으로는 자녀가 '인생의 현자'로부터 경험과 노하우를 습득하고 풍성한 인성을 닦을 수 있는데도 그 기회를 통째로 차단해 버린다는 점이다. 명심보감에서도 앞으로 다가 올 미래를 알려거든 지나간 날들을 살펴보라고 하지 않았던가. 지난날을 '섭렵한' 노인을 통해 미래 자녀의 '가능성'을 짚어볼 기회를 없애 버린 셈이다. 조부모의 관심과 사랑 속에서 자란 아이들은 그렇지 않은 아이들과는 큰 차이가 있다. 남을 배려할 줄 알고 도울 줄도 안다. 무엇보다 조부모로부터 들은 풍부한 성공과 실패담, 지혜는 자녀가 앞으로 살아가는 데 엄청난 힘이 된다. 노부모를 모시지 않으면 그런 훌륭한 기회가 주어지지 않는다. 어머니의 자식 걱정은 당장 성과를 내서 좋은 대학교, 직장을 가는데 중요한 성적 걱정이 우선일 수 있지만 할아버지 할머니의 걱정은 어떻게 하면 손주를 사람답게 키울 수 있을까에 집중된다.

다음으로는 자녀가 결혼해서 분가했을 때를 생각해 보자. 자녀는 이러저러한 이유로 출산을 미루다 막상 출산하게 되면 아이 양육에 엄청난 부담을 안게 된다. 빠듯한 월급으로는 육아용품이나 우윳값 대기도 만만찮고, 맞벌이 부부는 육아 도우미에게 자녀를 맡겨야 하기 때문에 힘들긴 마찬가지다. 많은 젊은 부부는 부담스런 양육비 때문에 아이를 하나만 낳고 포기한다. 이는 결국 저출산으로 이어지는 결정적인 원인이 됐다.

대한민국이 세계에서 가장 아이를 적게 낳는 최저출산국이 된 불명예를 안고 있다. 여자 한 명이 평생 낳을 것으로 예상되는 합계출산율을 보면 2014년 1.21명으로 '초저출산 기준선' 1.30명 아래로 떨어졌고 만혼이 증가하면서 산모의 평균 연령이 32.04세로 매년 올라가고 있는 현실이다. 왜 이런 저출산이 우리 전체 사회를 덮어 버렸을까. 며느리가 아이를 낳으면 함께 양육하고 지원하던 노부부가 가정에서 사라졌기 때문이다. 저출산에다 고령화까지 겹치면서 대한민국은 심각한 위기에 봉착해 있다. 이런 위기를 자초한 이면에는 여성들이 시부모 모시기를 꺼려한 데서 크게 기인했다는 점을 놓고 볼 때 이 문제를 대충 봐넘길 일이 아니다. 여성들의 대오각성이 요구된다.

'신'은 아이 → 젊은이 → 노인이라는 '생애주기'를 줬고

왜 이런 저출산이 우리 전체 사회를 덮어 버렸을까. 며느리가 아이를 낳으면 함께 양육하고 지원하던 노부부가 가정에서 사라졌기 때문이다.

노인 → 젊은이 → 아기로의 '내리 사랑', '내리 배움'의 길을 줬다. 그런데 우리는 산업화 이후 핵가족화의 가속화로 신이 인간에게 부여한 노인의 자리를 없애는 우를 범했다. 세월은 살 같이 흐른다. 세월은 노인을 외면한 그 젊은이, 젊은 여성에게도 금방 노인의 자리로 몰고 가 버린다.

가정의 '슈퍼 갑'인 여성이 노인을 대하는 마음을 바꾸면 세상을 바꿀 수 있다. 이 세상의 남자들과 함께 '노인들의 가치'를 재평가하고 그들을 모시는데 주저하지 말자. 특히 자라나는 딸에게 시부모와 노인을 모시면 커다란 복으로 돌아올 것이란 사실을 어릴 때부터 가르쳐주길 기대한다. 결코 시부모와 노인은 그런 기대를 저버리지 않을 것이다. 내팽개쳐진 노인은 그냥 힘없는 존재가 되지만 함께 한다면 온갖 문제를 해결하고 떠날 고마운 존재다.

함께 살며 함께 어울리기

우리나라 젊은이들의 자존심은 정말 강하다. 아시안게임과 올림픽을 성공적으로 치러 내고 월드컵축구 4강을 달성했으며 세계 12위권의 경제대국으로 성장한 나라, 대한민국에서 살기 때문이다. 그런 대한민국을 만든 부모세대가 그랬던 것처럼 젊은이들도 앞만 보고 숨 가쁘게 달려가고 있다. 그렇지만 젊은이에게는 갑갑한 '벽'이 가로막고 있다. 부모세대는 앞만 보고 열심히 노력하면 그에 상응하는 대가가 있었다. 노력한 만큼의 결과가 예측 가능했다는 뜻이다. 그런데 젊은 세대에게는 아무리 노력해도 성공의 가능성이 보이지 않는 '벽'이 버티고 있다. 젊은이들은 아직 그 원인이 무엇인지 깊이 고민하지 않는 것 같다. 그러나 그리 멀지 않는 시간에 그 원인이 가정과 가족에 있었음을 발견해 낼 것이다.

그것이 공유되면 젊은이들은 새로운 각도에서 가정과 가족의 가치를 따져보게 될 것이고, 가족통합에 해답이 있다는 사실도 확인할 것이다. 그렇게 되면 '젊은이들이여, 가족과 가정의 중요성을 알아야 한다'는 식의 캠페인성 구호는 불필요하게 된다. 인간에게 있어 가족과 가정은 가장 소중한 기본이자 기초이며 행복의 시작점이라는 사실을 깨닫게 된다. 이 땅의 젊은이들이 동참한다면 가족해체로 인한 갖가지 문제점을 쉽게 해결할 수 있다.

청년들의 자존심을 건드려서는 결코 문제가 풀리지 않는다는 점이다. 다시 말해 젊은이들이 '맞다, 맞아요!' 라며 자연스럽게 받아들이게 해야 풀린다는 뜻이다.

그러나 이 과정을 거치면서 반드시 유념해야 할 점이 있다. 청년들의 자존심을 건드려서는 결코 문제가 풀리지 않는다는 점이다. 다시 말해 젊은이들이 '맞다, 맞아요!'라며 자연스럽게 받아들이게 해야 풀린다는 뜻이다. '젊은 너희들이 뭘 알아. 가족과 가정이 중요하니 어른 시키는 대로 해!'라며 강압적으로 지시한다고 풀릴 문제가 아니다.

'젊은 너희들은 자립할 능력이 없으니 어른에게 얹혀 살아야 한다'는 식으로 자존심을 뭉개면 안 된다. 만약 그런 인식으로 함께 산다면 그들 세계에서는 어른을 모시고 사는 것 자체가 비굴하게 비칠 수가 있다. 오죽 못났으면 힘없는 노인에게 빌붙어 사느냐는 눈총을 살 수 있는 것이다.

필자는 2014년 8월 중순께 해양실크로드 해외탐사 취재 문제를 협의하기 위해 부산의 한국해양대학교 홍보 담당자들을 만난 적이 있다. 점심 식사 자리에서 이런저런 대화를 나누던 중 자연스럽게 가족해체의 심각성이 거론됐다. 어른과 같이 사는 게 여러 측면에서 자식들에게 유리하고 노인들도 고독하지 않아서 좋을 것이라고 필자는 강조했다. 결혼 상대를 구할 때 시부모를 모시고 사는 것을 겁내지 말고 차라리 모시고 살겠다고 하면 점수를 많이 딸 것이라는 말도 덧붙였다. 그런데 미혼인 여직원의 한 마디가 필자를 정신 번쩍 들게 만들었다.

자존심이 강한 우리나라 젊은이들에게 어른과 함께 산다는 것은 결코 얹혀산 다는 생각이 들지 않도록 배려할 필요가 있다. 사진은 2014년 해양실크로드 탐사를 겸한 해양실습을 해낸 한국해양대학교 해사대생이자 해양실크로드 탐사 청년 부대장 장희원씨. 필자는 장씨 등과 함께 해양대실습선 한바다호를 타고 중국 광저우까지 항해하는 경험을 했다.

"어른들에게 얹혀사는 것처럼 비쳐지면 부담스럽잖아요."

"어른들에게 얹혀사는 것처럼 비쳐지면 부담스럽잖아요."

그렇다. 젊은이들은 꿈과 자존심을 가슴에 가득 안고 미래를 향해 힘찬 발걸음을 내디디려 한다. 자존심을 다치게 해서 그들을 좌절하게 만들어서는 안된다. 젊은이들이 나서야 할 시대적 과제인 가족통합을 시작도 못해보고 주저앉을 수 있다. 가족통합이 백번 맞는 이야기라며 맞장구 치더라도 젊은이들이 외면한다면 '실패한 담론'이 될 수밖에 없다.

어른들은 자녀들이 어릴 때부터 지속적으로 가족통합에 대한 교육을 해 나갈 필요가 있다. 가족이 뭉쳐 사는 것이 떨어져 사는 것보다 행복하고 서로에게 삶의 질을 향상시키는 시너지 효과를 발휘한다는 점을 가르쳐야 한다. 가족이 함께 살 때와 떨어져 살 때의 장단점을 분명하게 설명하고 실제로 그런 가정을 자녀와 함께 찾아보는 것도 좋은 방법이다. 할아버지, 할머니와 함께 사는 친구의 성격을 요모조모 살펴보고 부모, 편부, 편모와 사는 친구와 어떤 차이점이 있는지 비교하는 과제를 주는 것도 좋은 방법이다.

그렇게 해서 어릴 적부터 어른과 함께 사는 것이 훨씬 정서적으로도 좋고 가족 모두가 상생한다는 사실을 인식해 부모님을 모시고 살아야겠다는 생각을 자연스럽게 갖도록 전략을 펼치자는 거다.

성장한 자녀가 결혼을 앞두고 이 문제를 고민할 때는 훨씬 조심스럽게 접근해야 할 것 같다. '너희들이 부족하거나 못 나서가 아니라 함께 사는 것이 가족 모두에게 도움이 되니 떨어져서 살지 말자'는 식으로 얘기해서 자존심을 상하게 하지 않도록 해야 한다. 시집 올 예비 며느리가 그런 생각을 한다면 문제는 더 복잡해질 수 있다. 서로 다른 환경에서 자랐기 때문에 시댁 환경에 적응하는 문제를 놓고 잔뜩 긴장하거나 지레 겁먹을 수 있다. 아들을 통해서 수시로 뜸을 들이고 예비 며느리를 자주 집으로 불러서 집안 분위기에 녹아들도록 하는 것도 방법일 수 있겠다.

딸 가진 부모들은 딸이 어릴 때부터 어른과 함께 사는 것이 축복임을 인식시키는 훈련이 필요하다. 내 딸은 시부모 모시면 안 되고 남의 딸 며느리에게는 얹혀살겠다는 생각을 가진 부모들이 적지 않은 것 같다. 내 딸은 안 되지만 남의 딸인 며느리에게는 강요할 수 있다? 이 얼마나 모순이고 이기적인 생각인가. 당장 지금부터 어린 딸을 불러

놓고 시부모를 잘 모시면 어떤 재물보다 더 큰 선물인 '가족 사랑'을 공유할 수 있다며 차근차근 가족의 중요성을 교육해야 한다.

여성의 고귀한 희생을 바탕으로 집안이 화목하고 우애를 다질 수 있고 여성의 외면으로 집안이 풍비박산 나는 사례들은 우리 주위에 얼마든지 있다.

물론 여자로서 윗분을 모시는 것, 그것도 한 가정에서 봉양한다면 힘들고 여러 가지 성가신 점도 있을 수 있다. 많은 노력과 절제, 인내, 배려, 양보의 자세가 요구된다. 그러나 그것을 이겨내고 나면 그런 덕목은 충분한 가치를 발휘한다. 특히 가족 문제에 있어서는 더 그렇다. 여성의 고귀한 희생을 바탕으로 집안은 화목하고 우애가 꽃핀다. 그러나 여성의 외면으로 집안이 풍비박산 나는 사례들은 우리 주위에 얼마든지 있다.

세상에는 공짜가 없다. 가만히 손 벌리고 있어서는 아무 것도 잡을 수 없다. 그러나 노력하면 반드시 그 대가를 손에 쥘 수 있다. 겁내지 말고 어른을 모시겠다고 도전해 보라. 노인이나 어른이 무슨 괴물인가. 그들은 젊은이보다 먼저 인생의 험로를 경험한 사람들이며 늘 자식, 손주 걱정하며 잘 되기를 빌고 있는 고마운 존재이다. 자식과 손주가 맘을 열고 다가서면 언제든지 쌍수 벌려 보듬어 주고 도와주려는 자세를 지니고 있다. 특히 노인의 손주 키우기와 관리 능력은 젊은 부부가 따라가기 힘들다. 당당하고 떳떳한 며느리, 아내, 어머니로 존경을 받으려면 그만큼 노력하고 땀을 흘릴 수밖에 없다.

반면 어른(노인)도 며느리, 손주와 함께 살려면 지켜야 할 몇 가지가 있다. 우선 아들, 며느리의 자존심을 뭉개는 언행을 피해야 한다. "너희들은 우리(어른) 덕분에 잘 컸고 결혼해서 좋은 집에서 떵떵거리며 잘 살고 있으니 어른 말을 잘 들어야 하고 또 무조건 어른 시키는 대로 해야 한다."는 식의 발언은 어떤 경우라도 하지 않는 게 좋다. 그런 말보다 "함께 살면서 너희들이 성장해 가는 모습을 지켜보는 즐거움도 클 것 같다. 비록 늙었지만 우리의 조력도 도움이 될 것이다. 특히 이 세상 무엇과도 바꿀 수 없는 손주 보는 재미를 맛볼 수 있게 해 달라. 늙은 우리는 외롭지 않아서 좋으니 함께 살자."라고 솔직하게 말하면 어떨까. 결혼생활 시작부터 부모에게 '얹혀 산다'는 느낌을 줘서 젊은이의 자존심을 다치게 해서는 안 된다.

부모가 어른을 모시고 사는 모습을 본 손주는 나중에 자신도 부모를 모시는 것을 당연하게 받아 들인다. 따라서 어른 모시기의 '대물림'을 통해 가족통합을 자연스럽게 일궈 낼 수 있다. 불행하게도 우리 사회에는 그 대물림의 전통이 자꾸 망가지고 있다. 자식들이 부모를 남겨둔 채 직장을 찾아 농촌을 떠나고 도시의 자식들도 대학교와 직장 때문에 더 큰 도시, 심지어는 외국으로 떠나 버렸다. 타지에 정착해 사는 자식들이 늘어나면서 노인의 설 자리는 없어지고 가족은 서서히 해체되고 있다. 가족해체의 어두운 그림자가 저출산과 고령화 현상이다. 이를 심각하게 받아들이지 않는 바람에 지금 이 순간에도 찢어지는 가족이 발생하고 있다.

젊은이가 기존 세대에 빌붙어 산다는 인식 대신 다양한 세대가 하모니를 이루는 멋진 세상을 위해선 '함께 사는 것'이 최선의 방법임을 알려줄 필요가 있다.

가족해체를 막고 가족통합으로 가는 과정은 말처럼 쉽지 않다. 그러나 모든 세대가 가족해체의 폐해에 대한 인식을 공유하면서 지혜를 모으고 가족통합의 대열에 적극 동참한다면 그렇게 어려운 일은 아니다. 이를 위해서는 어른과 함께 살려는 젊은이의 자존심을 적극 세워줘야 한다. 젊은이가 기존 세대에 빌붙어 산다는 인식 대신 다양한 세대가 하모니를 이루는 멋진 세상을 위해선 '함께 사는 것'이 최선의 방법임을 알려줄 필요가 있다. 젊은이들은 앞선 세대의 경험과 노하우를 발판 삼아 이 세상을 더 살맛나게 만들 중요한 책무를 지고 있다. 그러기 위해서는 노인들과 함께 부대끼며 그들의 지혜를 배워야 한다.

노인공경 문화는 '킬러 콘텐츠'

　　"한 살의 남자는 작은 침대에서 부모님의 극
진한 보살핌을 받으며 왕처럼 떠받들어져 키워진다. 세 살
의 남자는 새끼 돼지처럼 바닥을 기어 다니고 진흙탕에서
뒹굴며 자란다. 열 살의 남자는 새끼 양처럼 천방지축을
뛰어다니고 천진난만하여 걱정이 없다. 열여덟 살의 남자
는 키가 훌쩍 자라 사나운 말을 타고 달리는 것을 꿈꾸고
사람들에게 자신의 힘과 용맹을 자랑하고 싶어 한다. 결
혼한 남자는 당나귀처럼 가정의 모든 짐을 등에 짊어진 채
고개 숙여 노동을 하며 천천히 앞으로 나아간다. 중년의
남자는 개처럼 가정을 돌보고 생계를 책임지기 위해 꼬리
를 흔들고 남들의 선행을 구걸한다. 늙고 쇠약해진 남자는

허리가 굽어 점점 원숭이처럼 변해간다. 하는 짓은 어린아이 같지만 누구보다 세상일을 잘 알고 있다."

유대인 삶의 지침서인 탈무드에 나오는 '일곱 번 변하는 남자의 일생' 부분에 나오는 내용이다. 탈무드가 어떤 책인가. 구약에 관한 현자와 선지자의 지혜를 5천명 이상의 랍비가 모여 10년이란 세월에 걸쳐 재해석과 토론을 거쳐 편찬한 탁월한 지혜의 보고이자 유대인을 지구상에서 가장 뛰어난 민족으로 만들어 준 고전이 바로 탈무드다. 그 책은 12개 언어로 번역돼 전 세계에서 광범위하게 국가와 민족을 초월해서 읽히고 있는 책이다.

노인을 '나이 들어 허리가 구부정해지면서 원숭이처럼 변하고 하는 짓이 어린아이와 같지만 세상일을 훤히 꿰뚫고 있다'고 한 표현은 감탄을 자아내게 한다.

이처럼 탈무드에는 남자가 태어나서 죽을 때까지 변화하는 그 위상과 역할을 단 몇 줄에 녹여 놓았다. 특히 노인을 '나이 들어 허리가 구부정해지면서 원숭이처럼 변하고 하는 짓이 어린아이와 같지만 세상일을 훤히 꿰뚫고 있다'고 한 표현은 감탄을 자아내게 한다. 그렇다. 탈무드는 물론 삶과 관련된 메시지나 노하우를 전하는 이 세상 책 대부분에는 어른을 공경하고 그들에게서 지혜를 배우라고 권유하고 있다.

우리에게는 살아있는 특별한 삶의 지침서가 지천에 깔

려 있다. 아주 오래전부터 선조들로부터 이어받은 경로효친의 정신이 그것이다. 특별히 공부하지 않아도 어른, 특히 노인들의 말씀을 귀담아 들으면 그 안에 해결책이 다 숨어 있다. 그 해결책을 잘 찾아서 우리 것으로 정립시켜 놓으면 세계인이 부러워 할 어마어마한 '킬러 콘텐츠'가 될 수 있다.

한국인들은 숱한 시련과 맞닥뜨렸고 꿋꿋이 헤쳐 나왔다. 가장 혹독한 시련을 꼽는다면 민족의 정기, 문화마저 송두리째 없애버리려 한 일제강점기 35년을 꼽을 수 있을 것이다. 그네들의 악랄하고도 집요한 획책은 우리 민족에게 씻을 수 없는 트라우마를 줬다. 세계인의 일원이 돼 있는 그네들의 후손들, 특히 정치인들은 선배들이 저지른 만행의 '과거사'를 반성하기는커녕 오히려 고개를 빳빳이 쳐들고 온갖 망언을 쏟아내고 있다. 침략행위를 통한 강점으로 누린 영화(榮華)란 힘의 우위를 통해 누린 '마약 중독 상태'와 같은 것이다. 세상은 변했고 다시는 그들이 그리워하는 그런 '미명의 시절'은 오지 않는다. 잘못된 과거사를 철저하게 반성하고 이웃나라, 세계인들을 존중하면서 그들과 어깨동무를 하겠다는 '대오각성 운동'이 자발적으로 일어나야 한다. 35년 일제강점기는 우리만의 전통인 경로효친 정신을 변질되게 만들었고, 이어진 6.25 동란, 산업화,

특히 노인들의 말씀을 귀담아 들으면 그 안에 해결책이 다 숨어 있다. 그 해결책을 잘 찾아서…

일제강점기 35년을 거치면서 우리의 전통인 경로효친 정신이 변질됐다. 노인을 존경의 대상으로 삼아 가족을 바로 세우는 것은 대한민국을 세계 속에 우뚝 서게 하는 '킬러 콘텐츠'가 될 수 있다.

남북분단 등은 경로효친 정신을 계속 퇴색시켰다.

이젠 '우리 것'을 제대로 찾는 운동이 일어나야 한다. 필자는 '우리 것' 중에서 가장 먼저 챙겨야 할 부분이 경로효친 정신임을 강조하고 싶다. 이 정신은 '다른 별'에서 가져와야 할 특별한 덕목이 아니다. 수 천년 동안 선조들이 갈고 닦아온 진정한 우리의 것이며 우리의 전통이다. 단지 잊고 있을 뿐이다. 숱한 역사의 질곡을 거치면서 혼돈상태가 이어져서 놓치고 있었을 뿐이다. 다행스러운 것은 그 정신이 우리의 피 속에 면면히 살아 있기 때문에 마음만 먹으면 언제든지 다시 끄집어낼 수 있다는 점이다. 가정교육이 바로 서고 학교교육이 정상화 되면 그 싹을 어렵지 않게 다시 살릴 수 있다. 그 싹을 '쓸모 있는 재목'으로 키워 줄 역할은 바로 할아버지, 할머니에게 맡기면 된다.

탈무드는 남자가 태어나서 7번 변한다고 했다. 작은 침대에서 극진한 보살핌을 받으며 왕처럼 키워질 때, 새끼 돼지처럼 바닥을 기어 다니며 진흙탕을 뒹굴며 살 때, 새끼 양처럼 천방지축을 뛰어다니며 천진난만해서 걱정 없이 살 때인 10살 이전까지 집중적인 '조련'을 받으면 아이의 '인성 뼈대'는 거의 갖춰진다. 시간 많고 손주를 자신의 분신으로 생각하는 조부모가 조련사 역할을 하기에는 안성맞춤이다. 조부모의 조련을 제대로 받고 자란 손주가 우리 사회의 큰 재목이 되는 것은 당연하다.

시간 많고 손주를 자신의 분신으로 생각하는 조부모가 조련사 역할을 하기에는 안성맞춤이다. 조부모의 조련을 제대로 받고 자란 손주가 우리 사회의 큰 재목이 되는 것은 당연하다.

그러나 경로효친 정신이 중요하고 우리 것이라고 해서 아이들이나 청·중년층에게 일방적으로 요구하는 덕목이 돼선 안 된다. 쓴 약을 막 먹이려는 성급함에 토하는 등 고통을 겪은 아이가 커서도 어릴 적 기억 때문에 약을 잘 먹지 못할 수도 있다. 부모가 왜 약을 먹어야 하는 지를 차분하게 설명하고 아이가 약을 먹겠다는 결심을 할 때까지 기다려 주지 못했기 때문이다. 약을 먹고 나면 칭찬을 해서 스스로가 큰일을 해냈다는 뿌듯함을 갖도록 하는 것은 물론이다. 경로효친 정신이 왜 좋은지를 단번에 이해시키려는 성급함은 피해야 한다. 경로효친에 대한 기초와 근본부터 차근차근 설명해 나가면서 아이가 반응할 때까지 기다려 줘야 한다. 아이가 궁금해 하는 부분에 대해서는 충실하게 자료를 찾거나 관련 책을 사서 읽어 본 뒤 명쾌하게 답변을 해 주는 자세도 필요하다. 그렇게 해서 아이가 경로효친이 왜 필요한지를 이해하고 그것을 행동으로 옮기기 시작하면 칭찬과 질책으로 다듬어 나갈 수 있다. 물론 이 과정에서 잊지 말아야 할 것이 있다면 어른의 행동이 아이들의 모범이 돼야 한다는 점이다.

오래 사는 것, 반드시 축복이라고 할 수 없다. 앞으로는 장수 어른이 젊은이에겐 아주 부담스런 존재로만 비쳐질 수 있다. 지금의 인구 추세라면 현재는 젊은이 7~8명이 노인 1명을 부양해야 하지만 10년만 지나도 5명이 1명을, 2050년에는 젊은이 1.2명이 노인 1명을 모셔야 하는 것으로 예측되고 있다. 지금은 엄마, 아빠, 할아버지, 할머니, 외할아버지, 외할머니 6명이 아이 1명을 키우는 셈이지만 조금만 있으면 거꾸로 아이 1명이 엄마, 아빠, 할아버지, 할머니, 외할아버지, 외할머니 6명을 모셔야 한다는 뜻이다. 죽도록 일하고 감당하기 힘든 세금을 냈는데 그 세금이 노인 부양 쪽으로만 돌려진다면 젊은이의 반감은 극도로 커질 것이다. 노인 부양 문제는 엄청난 세대간 갈등의 원인이 될 수 있다.

국민연금에 대한 젊은이들의 반감이 커지고 있다.

직장 생활하면서 매달 열심히 내고 있지만 막상 자신이 나이가 들었을 땐 한 푼도 받지 못할 가능성이 제기되기 때문이다. 법 개정을 통해 계속 국민연금 수령 개시 시기를 늦추고 연금 수령액을 낮추었다. 그러나 향후 경제사정이 더 나빠져서 지금의 젊은이들이 노후에 심각한 빈곤을 겪게 된다면 큰 사회문제가 될 수 있다. 현재 적립된 국민연금은 엄청난 보유액을 자랑하지만 급증하는 노령인구로 2030년만 돼도 연금수령액이 연간 110조 원에 달해 특단의 대책이 없는 한 국민연금 곳간이 바닥난다는 계산이 나온다.

나이 들어서도 젊은이들에게 짐이 되지 않고 당당한 목소리를 내는 노인이 되려면 미리부터 철저한 준비를 해야 한다. 그 첫 번째 준비가 강한 경로효친 사상을 손주에게 심어주는 것이다. 여력을 자식 뒷바라지와 함께 '손주 돌보기'에 집중해야 한다. 자식과 손주를 위해서 헌신적으로 노력하는 어른을 외면할 수 있겠는가? 함께 사는 것이 더 즐겁고 도움이 되며 행복지수를 더 끌어올릴 수 있다는 사실을 아는데도 노인을 구태여 외면하는 바보 멍청이 젊은이는 없을 테니까. 두 번째로는 자녀나 손주의 출산 부분에 깊은 관심을 갖고 지원을 해줘야 한다. 2014년 기준 우리나라 여성의 합계 출산율은 1.21명으로 세계 꼴찌 수준이다. 아이를 낳는 여성에게 천문학적인 국가예산을 지원해 주는 것 이외에는 출산율을 끌어 올릴 수 있는 뾰족한 대책은 없다. 어떤 전문가는 우리나라 인구가 1,200~1,700만 명까지 줄어든 다음에 더 이상 인구가 감소해서는 안 되겠다는 심리, 즉 '균형피드백'이 작동해야 출산율이 늘어나는데 그 시기가 2070년이라는 전망을 내놓기도 했다. 2070년까지 기다려야 한다고? 경제가 붕괴되고 국가가 거덜 난 뒤에야 아이 낳기를 시작한다고? 그때까지 기다릴 수 없다. 절대로. 노인의 따뜻한 관심과 손길이 있으면 당장 젊은 부부들은 출산의 행렬에 적극 뛰어 들 수 있다. 그 산파 역할을 노인들이 떠맡아 줘야 한다. 손주 기저귀 갈아주는 데 남은 인생을 다 바쳐야 하느냐며 귀찮고 우습게 생각할지 모르지만 그 결과는 창대하다. 흩어지는 가족을 다시 묶고 쓰러져가는 나라를 일으켜 세우는 것이니까.

자식은 어릴 때부터 '경로'를 배우고, 노인은 젊은이의 마음속에서 우러나는 존경의 대상이 돼야 한다. 이런 분위기와 정신은 세계와 당당하게 겨루는 '킬러 콘텐츠'가 될 수밖에 없다.

손주 기저귀 갈아주는 데 남은 인생을 다 바쳐야 하느냐며 귀찮고 우습게 생각할지 모르지만 그 결과는 창대하다. 흩어지는 가족을 다시 묶고 쓰러져가는 나라를 일으켜 세우는 것이니까.

3대 동거형 주택, 따로 또 같이

    3세대가 함께 사는 분위기가 일기 시작하면 한국 주택업계에 새로운 바람이 강력하게 불 것이다. 노인세대와 자녀세대가 한 지붕 아래 동거하면서 오순도순 행복을 누릴 수 있는 주택, 바로 3세대 동거형 주택은 우리 주택업계의 새로운 블루오션이 될 가능성이 높다.

    우선 노인의 주택에는 어떤 유형이 있는지 살펴보자. 이은희 교수가 지은 『新 노인복지론』에 따르면 소비자(수요자) 입장에서는 노인전용주택, 3세대 동거형주택, 자녀와의 인거형 주택, 퇴직자촌 또는 노인촌(retirement community), 하숙주택(boarding home), 노인집합

주택(congregate housing) 등으로 나뉜다. 노인집합주택을 또 세분화하면 노인전용아파트, 보호형 노인집합주택, 보호주택(sheltered housing), 기숙호텔(resident hotel), 하숙호텔(single-room-occupancy hotel) 등이 있다.

① 노인전용주택

서구에서 널리 시행되고 있으며 노인에게 편리한 구조와 시설을 갖춘 주택으로 정부 또는 비영리 및 영리단체에서 건설해서 보급하고 있다.

② 3세대 동거형 주택

노인세대와 자녀세대가 함께 살되 세대별로 공간이 분리된 구조의 주택을 말한다.

③ 자녀와의 인거형(隣居型) 주택

자녀세대와 인접한 구조의 노인주택을 말한다.

④ 퇴직자촌 또는 노인촌

우리나라에서는 노인촌 또는 실버타운으로 불리고 있다. 주택개발업자나 사회단체가 일기조건이 좋은 지역사회에 만든 주거단지로, 노인을 대상으로 주택을 분양 또는 임대한다. 이곳에 입주하는 노인은 소득수준이 높은 퇴직자가 대부분이다. 퇴직자촌에 형성된 주거시설은 주로 독립주택이나 서비스주택이며 요양시설이 같이 있는 경우도 있다.

⑤ 하숙주택

생활기능이 저하된 저소득층 노인이 5~6명 이하의 단위로 공동생활을 하면서 식사를 포함, 일상생활 전반에 걸친 다양한 서비스를 제공받을 수 있는 주택이다. 특히 24시간 보호서비스를 받을 수 있는 하숙주택(foster home)도 있다.

⑥ 노인전용아파트

노인전용이면서 특별한 서비스가 없는 형태의 아파트다.

⑦ 보호형 노인집합주택

일반적으로 세대단위의 독립된 생활공간에 공동주방 및 식단이 제공되고 일상생활에 필요한 서비스가 제공되는 주택을 말한다. 아파트와 생활서비스의 혼합식 주거시설로, 단 몇 세대의 소규모에서 100세대까지 수용하는 규모를 갖춘 경우도 있다. 이러한 주택은 일상생활에 약간의 어려움이 있는 노인이 자신이 살고 있는 지역사회에 머무르며 생활할 수 있는 대안적 주택이 될 수 있다.

⑧ 보호주택

일반 노인이나 약간의 장애가 있는 노인의 편의를 위해 설계된 아파트나 단층 연립주택으로 독립적인 생활이 가능하다. 건강상 문제를 살펴주고 응급 시에 연락 가능한 관리인이 있는 일종의 집합주택이다. 이 역시 대안적 주택

여러 가지 형태의 노인주택 가운데 경로효친 등 우리만의 전통을 지키면서 가족을 살릴 수 있는 '확실한 대안'은 3세대 동거형과 자녀와의 인거형 주택을 꼽을 수 있다. 사진은 파독 광부들과 간호사들이 모국으로 돌아와 은퇴생활을 즐기고 있는 남해 독일마을.

이 될 수 있다.

⑨ 기숙호텔

중산층 이상이 주로 생활하는 곳으로 호텔과 같은 시설을 갖추고 있으며, 개인 방에는 전화, TV, 목욕시설 등이 있다.

⑩ 하숙호텔

값싼 호텔과 같은 곳으로, 일시적으로 기거하는 노인이 많고 입주자 간의 깊은 관계가 없이 대부분 홀로 고립돼 있는 경우가 많다.

이러한 여러 형태의 노인주택 가운데 3세대 동거형과 자녀와의 인거형 노인주택이 우리의 경로사상과 가족문화를 잘 융합하면서도 자녀와 노인(어른) 모두를 만족시키는 '확실한 대안'이 될 수 있다고 필자는 판단한다. 노인집합

3세대 동거형과 자녀와의 인거형 노인주택이 우리의 경로사상과 가족문화를 잘 융합하면서도 자녀와 노인(어른) 모두를 만족시키는 '확실한 대안'이 될 수 있다.

주택 중에서는 보호형 노인집합주택과 보호주택 등도 대안이 될 수 있다. 그러나 자녀의 땀과 노력, 관심이 배제된 가운데 주택 관리인이나 가사원조 등 외부 서비스 제공자와 그곳에서 살고 있는 노인만의 노력으로 주택이 유지돼야 하기 때문에 우리 식의 '가족 통합'과 '세대 통합'을 달성하는 데는 한계가 있다고 판단된다.

따라서 주택업계가 우리 실정에 맞는 3세대 동거형 주택과 자녀와의 인거형 노인주택에 깊은 관심을 갖고 다양한 형태의 모델을 개발해 나간다면 새로운 수요창출을 이끌어 낼 수 있을 것이다. 신규 분양 주택은 물론 재개발 주택을 지을 때 이 두 가지 형태를 감안해서 설계할 필요가 있다. 초기 아파트가 지어질 당시엔 자녀공부방이 있느냐 없느냐가 주요 관심 사항이었지만 점차 가족 내 여성들의 목소리가 높아지면서 주부들은 주방과 거실을 얼마나 편하게 쓸 수 있도록 설계했느냐에 주목했다. 아파트 업체들은 그것에 초점에 맞춰 치열한 홍보전을 펼쳤다.

따라서 향후에 지어질 아파트 등 주택은 얼마나 노인과 자녀가 함께 편하게 살 수 있도록 지어지느냐에 따라 승패가 갈릴 가능성도 있다. 주택 수요자(소비자)나 공급자(주택건설업체) 등이 수십 년 동안 어른의 공간을 충분히 확보하는 것은 외면한 채 편리성과 가족 구성원을 프라이버

향후에 지어질 아파트 등 주택은 얼마나 노인과 자녀가 함께 편하게 살 수 있도록 지어지느냐에 따라 승패가 갈릴 가능성도 있다.

시 확보 등에만 초점을 맞추면서 가족 해체, 지독한 저출산, 노인 고독이라는 처참한 결과들을 자초하고 말았기 때문이다.

그 병리학적 현상은 가랑비에 옷 젖듯이 서서히 진행되어 그 누구도 이를 눈치 채지 못했다. 안타까운 것은 정부나 지자체는 문제가 불거졌음에도 수십 년 동안 그 원인과 처방을 엉뚱한 곳에서 찾으려 했다는 점이다. 종기 난 오른쪽 다리 대신 왼쪽 다리에 메스를 들이대고, 당뇨병을 감기약으로 치료하는 등 '엉터리 처방'을 지금도 내리고 있다.

더 혹독한 비판을 받아야 할 부류는 또 있다. 바로 국가 정책 입안에 결정적으로 기여하고 있는, 우리 사회의 최고 지성 그룹인 학자들이다. 저출산과 고령화 현상이 사회복지 차원을 넘어 국가 안위를 위협하는 심각한 문제가 될 수 있다는 것이 충분히 예견 됐음에도 이 부분에 대한 치밀하고 확실한 처방을 내놓지 않았다. 아니, 애써 외면하고 있다는 표현이 더 맞을 지도 모른다. 정부나 지자체가 아이를 낳으면 몇 십 만 원, 몇 백 만 원의 출산장려금을 지급한다고 생색을 내거나 없는 나랏돈 쥐어짜서 모든 노인에게 기초노령연금을 지급한다며 난리법석을 떨었다.

그런데도 이의 허점을 예리하게 지적하면서 강력한 대안을 제시하는 학자들의 목소리를 들을 수 없었다. 명석한 두뇌를 가진 그들에게는 분명히 '노인(어른)을 집안이나 집 가까이로 모셔오는 것만이 근본 처방이자 확실한 해결책이 된다는 사실'을 알고 있었을 것이다. 많은 폴리페서들은 대통령 선거 때나 국회의원 선거 때만 되면 후보들 뒤에 줄 서려고 치열한 경쟁을 벌이면서도 국가의 안위가 걸린 이 문제에 대해 강한 비판과 대책을 내놓는 데에는 입을 다물었다. 대통령과 국회의원들 곁에 바짝 다가가서 권력의 맛에 심취하려고 안달할 것이 아니라 어떻게 하면 자신의 전문지식과 식견이 국가발전에 기여하고 후세들의 행복을 명속적으로 이끌어 낼 수 있는지 고민하는 모습을 보고싶다. 요즘엔 자리 하나 차지하기 위해 웃고 우는 학자가 더 많은 것 같다.

가족, 노인, 저출산, 주택 문제 등을 전공하는 학자들은 당장 서로 머리를 맞대고 체계적인 확실한 처방이나 대안을 제시하는 과업에 매달려야 한다. 국정의 최고 책임자나 각 부처 장관, 지자체장, 국회의원 등도 학자들이 제시하는 대안에 귀를 활짝 열고 이를 정책에 적극 반영해야 한다. 대안이 제시되고 이를 실행에 옮기는 시기는 빠르면 빠를수록 좋다. 이 과업은 아이 한 명 더 낳고 노인 한 사

가족, 노인, 저출산, 주택 문제 등을 전공하는 학자들은 당장 서로 머리를 맞대고 체계적인 확실한 처방이나 대안을 제시하는 과업에 매달려야 한다.

람이 조금 더 행복해 지는 그런 단순한 차원의 문제가 아니다. 국정 책임자 및 학자들은 새로운 대한민국 건설, 즉 '국가 재건 프로젝트'의 최일선에 있다는 사명감과 자긍심을 가지고 일을 시작해야 한다.

멋진 3세대 동거형 주택과 자녀와의 인거형 노인주택은 향후 우리 주택업계의 새로운 '블루오션'이 될 수 있다. 이 곳에서는 신생아의 우렁찬 울음소리가 울려 퍼지고 자식들과 며느리들의 왕래 속에 노인들의 웃음소리가 넘쳐날 것이다. 특히 손주들은 할머니, 할아버지 방과 집을 드나들면서 '인생의 현자'들로부터 살아 있는 지혜를 고스란히 배운다. 그런 할머니, 할아버지는 축 처져 있을 겨를이 없다. 오히려 손주의 재롱과 자신만의 취미 생활에 푹 빠져 여생의 불꽃을 활활 태울 것이다. 중장년층은 어른에게 아이들을 맡겨 놓은 채 맘 놓고 사회생활을 할 수 있다. 가정과 가족 문제에 한결 여유가 생기니 자연히 그들의 시야는 해외시장으로 넓혀진다. 글로벌 시대를 맞아 대한민국의 주역이 되어 세계무대를 누빌 것이다. 찢어진 가족과 가정을 다시 똘똘 뭉치게 하는 주택 모델은 대한민국을 확실히 한 단계 성장시킬 강력한 무기가 될 것이다. 그 모델을 찾아내는 데 우리 모두 지혜를 모아야 한다.

공공영역 개선으로
노인 살맛 난다

어른을 잘 모시기 위한 환경을 조성하려면 공공영역과 민간영역이 다양한 전략을 토대로 각자의 역할을 수행해야 한다. 공공영역과 민간영역이 보조를 잘 맞춰야만 노인이 살 만한 세상이 만들어진다. 두 개의 톱니바퀴가 맞물려야 기계가 돌아가고 손바닥은 부딪쳐야 소리가 나듯이. 두 영역의 톱니바퀴와 손바닥의 움직임에 차질이 없어야 노인이 제대로 설 수 있는 공간, 사회를 만들 수 있다. 이를 위해서 노인을 '인생의 선배'일 뿐만 아니라 우리 사회를 굳건히 뒷받침해 줄 소중하고도 훌륭한 '자원', '보물'로 인식하는 분위기부터 조성하는 것이 중요하다. 다시 말해 어른을 대하고 바라보는 시각부터 새로 설

노인을 '인생의 선배'일 뿐만 아니라 우리 사회를 굳건히 뒷받침해 줄 소중하고도 훌륭한 '자원', '보물'로 인식하는 분위기부터 조성하는 것이 중요하다.

정하자는 것이다.

어른을 잘 모시기 위한 개선항목 중 먼저 공공영역 몇 가지를 거론해 보겠다. 무수히 많은 공공영역 중 노인복지 분야는 활발히 다뤄지고 있으므로 논외로 하고 허점이 있어 보이는 세제상 지원, 입법 지원, 교육 지원, 주택정책 지원 부분을 살펴보자.

세제상 지원부문 너무 복잡하게 접근할 필요가 없다고 본다. 한마디로 요약한다면 노인을 모시고 함께 살면 나라의 인정을 받아 세금을 적게 낸다는 긍정적인 인식을 갖게 하자는 것이다. 나라가 노인을 모시는 가족을 '효자-효부'로 인정, 세금 부담을 덜어주는 것이다. 이 부분이 제도적으로 정착되면 젊은이들 사이에서는 당연히 서로 노인을 모시려는 분위기가 확산될 것이다. 노인 또한 자식들과 함께 살면서 눈칫밥을 먹지 않아서 좋다.

세금을 깎아 준다고 해서 국가가 전혀 손해 볼 일이 없다. 노인이 가정에 합류해서 자녀를 돌봐주면 가정마다 손주의 울음소리가 울려 퍼질 것이다. 젊은이들이 노인을 다시 가정으로 모시기 시작하면 인구는 점점 증가할 것이고 국가는 그에 따른 세원을 더 많이 확보할 수 있다. 또 새로

출생하는 아이를 통해 창출되는 부가가치는 실로 엄청나
다. 아기 옷과 유아용품의 수요가 늘어나 관련 공장은 물
론 유아원, 유치원, 초·중·고등학교도 더 지어야 한다.
대학 교수들은 학생 유치를 위해 온갖 수모를 겪어가며 전
국의 고등학교를 누비지 않아도 된다. 교사를 더 늘려야
하고 교재, 참고서, 의복산업도 활기를 띠면서 새로운 일
자리도 계속 생겨난다. 이렇게 되면 전체적인 세금 규모가
크게 신장하니 국가는 어른을 모시는 가정에 세금을 좀 낮
춰줘도 결과적으로는 이득을 보게 되는 것이다.

어떤 전문가는 신생아 한 명이 가져오는 경제효과가 12
억 원에 달한다는 의견을 낸 적이 있다. 그 경제효과에는
세원 증대 효과도 포함돼 있다는 점을 놓쳐서는 안 된다.
세금 지원 부분에서는 노인부양 가족에 대해서는 상속세
와 소득세를 공제해주거나 주택 매매 시 양도소득세를 면
제해주는 등의 제도가 이미 시행되고 있으나 앞으로는 그
폭을 좀 더 세밀하게 설정하는 식으로 세제를 손질할 필요
가 있다. 그리고 가급적이면 세제지원 사실을 국민 모두가
알 수 있도록 널리 홍보함으로써 가시적으로 드러내는 전
략이 필요하다. 차량이나 주택 대문에 '효 가정'이라는 스
티커를 부착하는 등의 방법으로 효 가정이 자긍심을 갖도
록 해서 경로효친 분위기를 조성하는 것도 좋은 방안이다.

국회의원들은 매년 천문학적인 예산을 투입해도 왜 저출산 고령화 문제가 더 심각해지고 있는지에 대해 철저한 예산집행 감시활동을 펼쳐야 한다. 아울러 기회가 있을 때마다 경로효친 정신을 주창하는 것도 중요하다.

다음은 입법기관인 국회가 앞장서서 지원에 나설 필요가 있다. 물론 앞서 지적한 세제상 지원은 모두 국회의 입법 활동을 거쳐야만 한다. 국회의원들은 대정부 질문이나 인사청문회, 각종 입법 활동을 통해 자신의 소신을 밝힐 수 있다. 이럴 때 빼먹지 말고 경로효친 정신을 주창해 주기를 바란다. 국회의원이 행정부처를 상대로 질의를 하거나 예산심의를 하는 등 국회 내 활동과 지역구 활동 등을 하는 과정에서 어른 모시기의 중요성을 주창한다면 그 영향력과 파급효과는 커진다. 특히 행정부처가 수박 겉핥기식에 그치고 있는 저출산 행정이나 노인복지행정의 허점을 예리하게 짚어서, 근본적이고 제대로 된 대책을 내놓을 수 있도록 감시해야 한다. 정권이 바뀔 때마다 거창한 계획을 내놓고 천문학적인 예산을 투입하지만 이 두 분야의 성과가 좀처럼 나오지 않고 있다. 장기적인 경기침체로 나랏돈 사정은 점점 더 어려워지고 있다. 백년대계를 제대로 감시한다는 차원에서 국회의원들은 저출산과 고령화 대책 분야에서 정부가 '헛돈'을 쓰지 않도록 철저히 관리해야 한다. 그런데 우리의 금배지들은 국가경쟁력이나 국민의 안위보다는 당리당략에 지나치게 매몰돼 있다는 주민적 비판을 사고 있다. 오죽 했으면 국회가 국민을 걱정하는 것이 아니라 국민이 국회를 걱정하며 불만 섞인 목소리를 쏟아내겠는가. 국회는 나라의 기본을 다시 세우는 노인공경 문화 확산에 깊은 관심을 가져주길 바란다.

다음은 교육 분야의 역할이다. 우리의 공교육이 무너졌다는 탄식은 오래전부터 터져 나왔다. 그런데 공교육 붕괴의 이면에는 노인 외면과 홀대가 숨어 있다는 사실을 놓쳐서는 안 된다. 유명 대학, 유학 경험 등 좋은 스펙을 가져야만 좋은 직장에 갈 수 있다는 등식이 성립되면서 부모들은 너도나도 자녀를 학원에 보내거나 고액 과외 시키는 것을 당연한 것으로 여기게 됐다. 자식의 조기유학길에 엄마도 함께 오르면서 수많은 기러기 가족이 양산되었다. 국내에 혼자 남게 된 아빠는 비싼 유학비를 대기 위해 몸이 부서져라 일했지만 늘어나는 빚을 감당하지 못하는 경우도 생겼다. 몇 년을 그렇게 홀로 살다가 외로움을 이기지 못하고 결국 스스로 목숨을 끊는 사례도 비일 비재하게 일어

우리의 공교육이 무너졌다는 탄식은 오래전부터 터져 나왔다. 그런데 공교육 붕괴의 이면에는 노인 외면과 홀대가 숨어 있다는 사실을 놓쳐서는 안 된다.

났다.

　이런 비정상적인 교육 현실 속에서 기러기 아빠처럼 외톨이가 된 존재가 있다. 바로 노인들이다. 자녀 사교육과 조기유학에 정신이 팔려 있다 보니 항상 노인은 뒷전이었다. 노인들이 손주 사교육과 조기유학을 시키는 데 돈을 너무 많이 쓴다고 충고 하면 돌아오는 건 세상 물정을 잘 모르는, 시대에 뒤떨어진 소리한다는 식의 핀잔이었다. 학교 교육 현장에서도 노인과 어른의 중요성을 제대로 가르쳐 주지 않는다. 그러니 학생이자 손주는 할아버지, 할머니의 존재 가치를 모른다. 그냥 노인은 나이가 많아 접근하기 어렵고 고리타분한 존재라고만 치부하는 것이다. 조부모를 등한시하던 그 손주들이 자라서 지금 어떤 형편에 처해 있나. 가족의 중요성을 모른 채 직장 따라 부모와 멀리 떨어져 살며 결혼을 미루고 있다. 결혼 적령기를 외면하고 실컷 즐기고 나서 결혼할 생각을 갖고 있거나 아니면 형편이 되지 않아서 결혼할 생각조차 엄두를 내지 못하고 있다. 결혼 회피는 저출산과 고령화라는 저주에다 가정·가족 붕괴까지 함께 불러들인다는 사실을 젊은이들이 잘 모르는 듯하다.

　좋은 대학 가고 좋은 직장을 구하기 위해 성적 올리는

데에만 학교 교육이 포커스를 맞춰선 안 된다. 학생들에게 가족과 가정의 중요성을 귀에 못이 박히도록 가르치고 또 가르쳐야 한다. 학생들은 결혼해서 가장과 주부가 될 사람들이다. 가정교육에서는 물론, 학교 교육 현장에서도 어른의 중요성을 거듭 배우고 확인할 수 있어야 한다. 노인을 존경하는 분위기가 조성되면 훨씬 활력 있는 사회가 만들어진다는 사실을 끈기있게 가르치고, 필요하다면 현장 교육도 병행되어야 한다.

마지막으로 주택정책 부분이다. 앞서 언급했지만 우리나라 주택은 노인과 자식이 함께 살 수 있는 공간이 배제돼 있다. 무철학적이고도 한치 앞을 내다보지 못한 우왕좌왕식 주택정책이 가족 붕괴를 부르는 데 큰 역할을 했다. 급속도로 바뀌는 세태 속에서 가족 간의 관계가 무너져 내려도 아무도 이를 눈치채지 못했다. 지붕 달린 주택만 많이 지으면 끝이라는 안일한 생각으로 주택정책을 만들었다. 가족의 행복을 가득 담을 수 있는 주택, 어른과 노인을 통해 자녀의 올바른 인성이 길러지는 주택, 노인이 생을 마감할 때까지 고독하지 않고 활력 넘치게 살 수 있는, 그런 철학이 담긴 집을 짓는 데 정책입안자들이 머리를 싸매야 한다. 그리하여 효와 사랑이 넘치는 집을 만들어 내야 한다.

가족의 행복을 가득 담을 수 있는 주택, 어른과 노인을 통해 자녀의 올바른 인성이 길러지는 주택, 노인이 생을 마감할 때까지 고독하지 않고 활력 넘치게 살 수 있는, 그런 철학이 담긴 집을 짓는데…

주택건설업자들도 가정해체의 책임에서 자유로울 수는 없다. 이윤에 매몰돼 무철학적인 시공을 해댄 책임도 적지 않지만, 가정과 가족이라는 틀을 굳건히 지키고 발전시킬 수 있는 집다운 집을 짓는 데 관심을 기울이지 않았다. 잇속 챙기기에만 눈이 먼 주택업체라는 비난을 듣지 않으려면 지금부터라도 다부지고 새로운 각오로 가족통합을 이룰 집짓기 사업에 동참해야 한다.

또한 주택정책을 입안하고 행정을 펼치는 해당 부처들도 새로운 시각에서 주택을 들여다 보고 나라를 다시 세운다는 각오로 집짓기 정책을 세워야 한다. 대한민국의 미래와 국운이 걸린 문제인 만큼 국정 책임자들은 물론 국민의 대변자 국회의원들도 '새 스타일 집짓기 사업'에 깊은 관심을 가져야 한다.

민간영역 개선으로
노인 살맛 난다

노인을 잘 모시자는 주장에는 그들을 엄중히 예우해야 한다는 의견도 포함돼 있지만 청중장년층 본인을 위하고 미래 손주들을 위한 다각적, 다층적 투자라는 측면도 담겨있다. 이 대열에 공공이 따로 있고 민간이 따로 있을 수 없는 이유다. 고령화 시대에 급증하는 노인들을 수발하는 것은 사회문제를 넘어 국가적인 난제가 되고 말았다. 그러나 한 사람, 한 사람이 함께 힘을 모으면 문제를 풀어낼 수 있다. 노인을 잘 모시기 위해 민간 영역에서 힘써야 할 부분은 헤아릴 수 없이 많다. 그 중 일반인의 인식에 큰 영향을 주는 기업, 언론매체, 비정부 기구(NGO)인 민간단체의 역할, 드라마·영화 소재 등의 분야

고령화 시대에 급증하는 노인들을 수발하는 것은 사회문제를 넘어 국가적인 난제가 되고 말았다. 그러나 한 사람, 한 사람이 함께 힘을 모으면 문제를 풀어낼 수 있다.

에서 살펴보자.

우리나라의 많은 기업들이 사회공헌 활동을 활발히 하고 있다. 결손 가정 자녀, 시설 아동, 혼자 사는 노인 등 어려운 이웃을 돕기 위한 다양한 활동을 펼치고 있으며 매년 매출액 대비 사회공헌 투자액을 늘리고 있는 추세다. 종전에는 연말에 한 번 각 언론사나 사회공동모금회 등에 불우이웃돕기성금을 내는 것으로 생색을 냈으나 지금은 아예 사내 조직 안에 사회공헌팀을 별도로 둬서 지속적으로 이웃을 돕는 활동을 펼치고 있다. '착한 기업'이라는 이미지를 소비자들에게 심어줌으로써 간접홍보 효과를 노리고 참여하는 기업이 늘고 있다. 많은 기업들이 사회공헌팀을 연중 가동해 사회의 어두운 면을 세밀하게 들여다본다는 것은 굉장히 고무적인 현상이다. 참여 기업이 많을수록 밝은 사회 건설은 훨씬 수월해진다.

필자의 욕심은 기업들이 은퇴한 노인들을 위한 프로젝트를 마련, 좀 더 체계적이고 규모적인 투자를 늘려 나갔으면 하는 것이다. 은퇴한 노인들을 관심의 대상에서 제외시키는 것이 아니라 그들의 인생 2모작을 지원한다는 측면에서 노인을 위한 공헌 활동 사업에 관심을 갖고 투자해 달라는 것이다. 예컨대 지자체의 지원으로 도시나 농촌

지역의 자투리땅에 실버공연장이나 배드민턴장, 게이트볼장 등 운동시설을 마련해, 집안에 있는 노인들을 바깥으로 불러 낼 수 있다. 또 문화회관이나 복지관 등 기존 시설 내 활용도가 적은 공간을 노인들의 놀이ㆍ취미ㆍ체육활동의 장으로 개조하는 것도 좋은 방안이 될 수 있다. 이 시설들을 통해 장기간에 걸쳐 기업 홍보 효과를 기대할 수 있다. 지자체도 지원해준 기업의 이름을 시설에 붙여 적극적인 기업 참여를 유도하는 것도 방안이다. 노인들은 시설을 이용할 때마다 해당 기업에 대해 고마움을 느낄 것이며, 기업도 100세 시대를 맞아 소비시장에서 갈수록 커지는 노인들의 영향력에 준하는 홍보 효과를 거둘 수 있다. 결과적으로 이 프로젝트는 기업과 노인들 모두에게 이득을 주게 된다.

다음은 언론매체의 역할이다. 대부분의 언론들은 노인

가족의 애환과 사랑, 가장의 치열한 삶의 질곡을 그린 영화 '국제시장'이 순식간에 관객 1천만명을 훌쩍 넘겨버렸다. 이처럼 세상 사람들을 감동시킬 가족영화가 많이 나와야 한다.

이 가족들로부터 외면당해 고독하고 빈곤하며 쓸쓸히 생을 마감하는 불쌍한 존재이며, 고령층의 급증이 어두운 미래를 가져다 줄 것이라는 의견에 초점을 맞춰 보도하고 있다. 그래서 노인 하면 쓸쓸하고 무기력하게 일상을 보내며 죽을 날만 기다리는 존재로 인식하게 만들었다. 이런 보도를 자주 접한 청중장년층은 자연스레 노인을 무시하고 외면해도 좋다는 생각을 하게 된다. 노인 스스로도 자신이 무기력하고 무능력한 존재라고 생각하며 남은 인생을 즐겁게 살아 보겠다는 계획을 세워보지 못하고 있다. 사회적 분위기에 노인의 기가 꺾여 버린다고나 해야 할까.

100세 시대를 맞아 언론은 노인에 대한 인식과 보도의 방향성을 과감히 전환해야 한다. 노인들이 무기력, 무능력한 존재가 아니라 여전히 활력에 넘치고 가능성이 있는 '인생의 현자'라는 시각에서 자주 다뤄줄 필요가 있다. 건강한 70세 노인을 생각해 보자. 그들의 신체적 건강 정도는 젊은이 못지않으며 정신적 노동도 충분히 버텨낼 수 있다. 체력적인 면에서는 정상적인 직장생활도 할 수 있다. 단지 사회가 정한 정년에 따라 직장에서 밀려 났을 뿐이다. 건강이 허락하는 한 그들은 계획만 잘 세우면 향후 20~30년간 제2의 멋진 인생을 영위할 수 있다. 노인들이 풍부한 경험과 판단력을 발휘하면 젊은이들의 빈 공간을 채워주고 그들을 지도할 수 있다. 또 노인들이 관심만 가지면 풍부한 경험을 바탕으로 미래의 변화를 예측할 수도 있다.

앨빈 토플러와 함께 미래학의 대가로 꼽히는 존 나이트비는 "아무리 많이 것들이 변한다 해도 대부분은 변하지 않는다"고 했다. 입시제도가 정신없이 바뀌고 IT 산업 발달에 따라 세상이 SF영화처럼 확 바뀔 것처럼 보여도 변하지 않는 것은 많다. 미래학자인 최성운 아시아미래인재연구소장은 그의 저서 『2030 대담한 미래』(지식 노마드 간)에서 변하지 않는 것과 변하는 것을 구별해서 읽어 낼 수 있어야 한다고 강조했다. 10년 후 미래와 현재를 비교해 보면 80~90%는 변하지 않고 10~20%는 변하는데, 두 가지가 역동적으로 얽히고설키면서 지금과는 '완전히 다른 관계'의 세상을 만들어 낸다고 지적했다. 그러면서 그는 대부분의 위기와 기회가 물리적인 변화에서 오는 게 아니라 관계의 변화 속에서 나타나며, 그 변화를 꿰뚫어보는 능력은 신문이나 뉴스를 장식하는 변화를 구별하는 능력이라고 덧붙였다. 최 소장의 지적대로라면 노인이 신문이나 뉴스를 열심히 보면 그의 풍부한 경험을 바탕으로 5년 후, 10년 후 변화상을 더 정확하게 예측할 수 있을 지도 모른다.

신문을 펼치면
우중충하고 우울한
노인 관련 기사보다
활력 있게 노후
생활을 보내는
멋진 노인들의
이야기들을 자주
볼 수 있기를
기대한다.

어쨌든 언론은 노인을 비관적이고 절망적인 잣대로만 들여다보지 말고 노인들의 멋진 2모작 경영사례들을 자주 소개할 필요가 있다. 낙관적이고 희망에 넘치는 노인상에 초점을 두고 노인으로 인해 현 사회에 드리워진 어두운 분위기를 가급적 걷어 내야 한다. 언론이 우리나라 젊은이들을 글로벌 시장에서 적응하기 힘든 무능력하고 구제불능의 무기력한 존재라는 고정된 인식에 맞춰 끊임없이 보도한다면 젊은이들도 괜히 위축되고 말 것이다. 그만큼 언론의 위력은 엄청나므로 제대로 된 보도 방향을 설정하는 것이 중요하다. 신문을 펼치면 우중충하고 우울한 노인 관련 기사보다 활력 있게 노후 생활을 보내는 멋진 노인들의 이야기들을 자주 볼 수 있기를 기대한다.

다음은 우리 사회의 새로운 '권력'으로 자리 잡은 NGO에 대한 주문이다. 공공은 물론 민간이 하는 사업엔 반드시 NGO의 의견이 섞이게 된다. 이 과정에서 NGO들이 올바른 목소리를 내는 경우도 있지만 억지로 무리한 요구나 주장을 펼쳐 당사자들은 물론 지역 주민들의 반발을 사는 경우가 많았다. 특히 NGO들이 의제를 선점해서 사전에 충분히 검토를 한 뒤 강력한 목소리를 내기 보다는 감정적으로, 반대를 위한 반대 의견을 표출하는 사례가 많다는 점이다. 사업의 추진 주체가 간과한 부분을 예리하게 지적해서 보완할 수 있다면 NGO들의 목소리는 힘을 얻게 되고 그들의 존재 가치도 인정받게 된다. 그러나 우리의 NGO들은 치열하게 사례를 찾고 논리를 발굴하려는 노력을 소홀히 한 채 '시민의 목소리와 의견이 이러하니 조심하라'는 식의 피상적이고 협박으로 들릴 수 있는 요구를 자주 한다. 건전한 NGO의 활동은 방심한 공공기관의 '엉터리 입안'을 충분히 견제할 수 있는 힘을 가지지만 수박 겉핥기 식의 의견 제시는 NGO 존립기반을 스스로 무너뜨리는 역효과를 초래한다.

마지막으로 대중적인 영향을 끼치는 매체가 된 드라마나 영화 분야의 각성이 필요하다. 드라마는 특히 대한민국 여성에게 엄청난 위력을 발휘한다. 그러나 드라마의 주제가 가정을 온전하게 지키고 활력을 주는 내용이 아닌 데 문제가 있다. 시청률 경쟁에서 살아남기 위해 연하 총각과 연상 주부의 감정적이고 퇴폐적인 사랑 놀음, 즉 불륜을 비롯해 노인 학대 등 눈살을 찌푸리게 하고 정서를 해치는 내용이 적지 않았다는 것이다. 오죽 했으면 '막장 드라마'라는 혹평까지 나왔을까. 영화도 마찬가지다. 우리나라 영화 제작 능력은 많이 향상됐으나 가족 간의 갈등이나 화합 등 가족 관련 주제는 도외시되고 조폭 간 다툼, 도박, 이념성이 짙은 법정 싸움 등에 내용이 치중되면서 젊은이들이 가족의 중요성을 깨우치지 못하게 되는 것이다. 드라마 및 시나리오 작가, 드라마 담당 PD, 영화감독은 가정과 가족의 중요성, 특히 집안 어른인 노인 존재의 가치나 노인 역할 등에 초점을 맞춰 드라마나 영화를 제작함으로써, 주부나 젊은이들의 관심을 환기시켜 줄 필요가 있다. 감동적인 가족얘기를 다룬 영화는 명화로 남아 두고두고 팬들의 사랑을 받고 있지 않은가. 강원도 홍성에 사는 노부부의 살뜰한 사랑을 다룬 독립영화 '님아 그 강을 건너지 마오'가 왜 수백만 관객을 울렸는지, 가족을 주제로 한 영화 '국제시장'이 왜 관객 1천만 명을 순식간에 돌파해버렸는지 영화 제작자나 감독은 곰곰이 생각해봐야 할 것이다. '재미'라는 요소를 빠트릴 수 없는 드라마나 영화가 노인이나 가족을 주제로 삼아 좋은 작품이 많이 쏟아지길 기대한다. 김한민 감독은 멸사봉공의 화신인 이순신 정신을 주제로 고심을 거듭해 제작한 '명량'을 세상에 내놓아 역대 흥행기록을 순식간에 갈아치웠다. 이처럼 세상 사람들을 감동시킬 가족드라마, 가족영화가 한국 감독의 손에서 거듭 빚어지기를 고대한다. 공공영역이 앞에서 끌고 민간영역이 제대로 받쳐주면 대한민국 노인의 기는 펄펄 살아날 것이다.

노인 존재의 가치나 노인 역할 등에 초점을 맞춰 드라마나 영화를 제작함으로써, 주부나 젊은이들의 관심을 환기시켜 줄 필요가 있다. 감동적인 가족 얘기를 다룬 영화는 명화로 남아 두고두고 팬들의 사랑을 받고 있지 않은가.

통합으로 가는 이정표 '가족학'

　　가족은 인간사회의 기초이자 집 지을 때 쓰는 벽돌 한 장과 같다. 기초가 튼튼하고 단단하게 구워진 벽돌이 있어야 그 집은 100년, 1,000년을 버틸 수 있다. 벽돌 한 장과 같이 가정이 단단하면 개인은 물론 학교, 기업, 지역사회, 지자체, 국가 모두가 '성공의 반석' 위에 놓이게 된다. 그것도 저절로 원만하고 순탄하게 이뤄지는 그런 성공 말이다. 암이나 정신 질환 등 큰 병에 걸린 사람이 좋은 환경에서 생활하다 보면 자연히 치유된다고 한다. 그래서 환자들은 산소가 풍부하며 세상의 복잡함을 다 떨쳐낼 수 있는 조용하고 경치 좋은 깊은 산속이나 바닷가를 찾는다. 이러한 자연처럼 온전한 가족은 세상의 질서를 바로 잡고 세상의 병폐를 저절로 치유시키는 강력한 힘을 가지고 있다.

그러나 성공한 가족은 그냥 만들어지지 않는다. 성공한 가족이 되기 위해서는 각 개인의 노력, 절제, 행동, 판단, 시도, 배움, 자극, 반성 등이 필요하다. 인간은 태어나서 죽을 때까지 관계하고 사랑하며 미워하고 분노하며 슬퍼할 수밖에 없다. 가족을 제대로 알려면 보다 정밀하고 체계적인 접근이 필요하다. 지금까지 가족상을 그대로 안일하게 수용하거나 자신의 감을 믿고 주먹구구식의 결론을 내려왔다. 따라서 모든 사람이 성공적인 가족관계를 정립하고 이끌어 낼 수 있도록 '가족학'(family science)이라는 새로운 응용학문이 나올 때가 됐다고 본다.

가족 간의 관심 여부, 애증, 효행, 가정 폭력 등이 이웃, 지역사회, 나아가 국가에 어떤 영향을 미칠까? 부모가 자식을 학대할 때와 칭찬할 때, 부부간 폭언이 함부로 행해졌을 때 자녀에게 어떤 영향을 줄까? 특히 행복한 가족과 불행한 가족이 사회와 국가에 어떤 영향을 미칠까? 이런 연구는 개인의 영역을 넘어 미래 사회와 국가를 올바른 방향으로 끌고 갈 수 있는지를 가늠할 수 있는 지표로 활용할 수 있을 것이다.

가족관계에서 빚어지는 갈등양상은 복잡하다. 그 갈등 양상의 동기, 원인, 결과, 대응책 등을 체계적으로 논할 수 있는 응용학문, 즉 가족학에 대한 시동을 걸어야 할 때가 됐다. 동방예의지국으로 불리는 대한민국에서 가족학을 가장 먼저 시작하는 것은 어쩌면 당연하고 자연스러운 일이다. 가족학은 가정, 지역사회, 나라를 반듯하게 만들고 결정적인 길잡이 역할을 할 수 있는 학문이므로 마다할 이유가 없다. 그리고 끊임없이 가족학을 발전시켜 나간다면 흐트러지거나 붕괴된 가족 관계로 온갖 문제에 시달리고 있는 세계 각국의 정부 관계자, 교육자, 학자들이 대한민국을 부러워하며 앞다퉈 배우러 올 것이다.

이미 노인의 삶과 관련된 제반 문제를 심도 있게 다루는 노년학, 노년의학, 노인간호학, 노년사회복지학 등이 별도의 응용과학으로 정립돼 학자들이 학술적으로 다루고 있다. 이 부분에서 우리가 놓치지 말아야 할 것이 있다. 노년학, 노년의학, 노인간호학, 노년사회복지학이라는 응용과학이 있지만 이것들을 종합적으로 수용할 '가족학'이 아직 없다는 점이다. 가족의 한 일원인 노인, 그들의 문제를 전문적으로 다루는 노년학이 있다면 유아학, 청소년학, 중년학도 있어야 하지 않겠는가. 따라서 상위 개념인 가족 전체 문제를 체계적으로 다룰 가족학이 나와야 한다

가족관계에서 빚어지는 갈등 양상은 복잡하다. 그 갈등양상의 동기, 원인, 결과, 대응책 등을 체계적으로 논할 수 있는 응용학문, 즉 가족학에 대한 시동을 걸어야 할 때가 됐다.

인간 사회의 기초인 가족이 성공하면 사회의 모든 분야, 국가의 모든 시스템이 술술 풀려나간다. 따라서 성공적인 가족을 지속적으로 이끌어내기 위해서는 응용학문인 '가족학'을 시급히 발전시켜야 한다. 사진은 부산 북항을 가로지르는 부산항 대교의 주탑.

는 주장은 설득력이 있다.

가족 개개인은 가정을 구성하는 단단한 벽돌 같은 존재이자 기초다. 각 가정의 성공은 학교, 직장, 지역사회, 국가의 성공으로 이어진다. 따라서 가족학에서 어떤 문제를 다뤄야 할지 몇 가지를 짚어보려고 한다. 물론 학자나 연구원 등 전문가들은 다른 시각으로 접근할 수도 있다. 고교 과정에 가족학의 중요성을 일깨우고 대학 교양필수과목으로 가족학을 배우도록 해서 10대, 20대부터 가족과 가정의 중요성을 몸으로 익힐 필요가 있다는 것이 필자의 생각이다. 가족학 교과서 한 권으로 누구든지 성공적인 가정을 쉽게 꾸려 나갈 수 있는 발판을 만들자는 것이다. 유대인들이 어릴 적부터 '탈무드'라는 지혜서를 읽어, 세계에서 가장 뛰어난 민족이라는 평가를 받고 있는 것처럼. 결

혼을 앞둔 예비 신혼부부, 자녀 출산을 앞둔 부부, 중·고
교나 대학 진학을 앞둔 자녀가 있는 부부, 자녀 결혼을 앞
둔 부부, 은퇴한 노부모 봉양을 앞둔 부부가 중요한 가정
사를 치르기 전 수시로 그 교과서를 보며 상황에 맞는 적
당한 지혜를 뽑아 쓸 수 있어야 한다.

가족학 교과서에서 가장 먼저 다뤄야 할 부문은 할아버
지-할머니(1대), 즉 어른(노인)의 역할을 잘 정리해서 가
족 모두가 그들을 공경의 대상으로 삼도록 가르치는 것이
다. 거듭 강조하지만 가정에서 노인의 설 자리와 역할이
사라지면서 가정과 가족이 점차 무너지거나 해체되고 있
다. 또한 가정에서 아기 울음소리가 수십 년에 걸쳐 서서
히 사라지더니 나라 전체가 저출산의 덫에 걸려 허덕이고
있다. 국가가 고령화 문제 해결에 전력을 기울이고 있으나
뾰족한 해결책을 찾지 못하고 있다. 노인들을 다시 가정으
로 모셔오기 위해 모든 지혜가 동원돼야 한다. 가족학을
연구하는 전문가들은 다양한 시각으로 접근, '인생의 현자'
인 노인과 가족들이 더불어 잘 살아갈 수 있는 방안을 찾
아야 한다.

또 가족 구성원들이 각자 자신의 역할, 가족 간 소통 방
법을 잘 익히는 것도 중요하다. 소통에도 기본과 원칙이

가족학을 연구하는
전문가들은
다양한 시각으로
접근, '인생의
현자'인 노인과
가족들이 더불어
잘 살아갈 수 있는
방안을 찾아야
한다.

있다. 기본 원리를 배운 뒤 반복해서 실천함으로써 원활한 소통이 이뤄질 수 있다. 각 가정에는 여러 가지 이유가 있지만 부모와 자식 간에 깊이 있는 대화가 부족한 경우가 많다. 어린 자녀를 윽박지르면 자녀들은 혼날까봐, 또는 귀찮아서 부모와 꼭 필요한 대화도 하지 않으려 든다. 세대 간 심각한 갈등도 이런 식의 자녀 양육이 빚은 역작용이다. 부모가 좋은 지적으로 올바른 방향으로 이끌어주고 싶어도 아이들이 귀를 닫고 있으면 무슨 소용이 있겠는가. 세상이 바뀌었다고 자녀가 설득하려 해도 부모가 귀를 닫고 있다면 무슨 소용이 있겠는가. 부모와 자식 간 대화와 소통이 잘 이뤄져야 행복지수도 높아지고, 이상적인 가정을 이룰 가능성이 높다.

어릴 때부터 가정에서 재테크 훈련을 시키는 것도 가족학에서 다뤄야 할 부분이다. 어릴 때부터 돈을 낭비하지 않고 저축하는 법을 제대로 훈련받은 사람은 어른이 되어서도 빈곤하지 않을 가능성이 높다. 특히 생활경제 차원에서 펀드, 주식, 부동산 등 재테크의 유용성이나 방법을 기본적으로 익힐 수 있도록 가족학에서 다루는 것도 좋을 것 같다.

이와 함께 세대의 영속성을 보장해주는 출산과 육아의

중요성을 가족학에서 반드시 중요한 항목으로 다뤄야 한다. 저출산은 곧 국가적인 재앙이 된다는 사실과 조부모의 도움을 받으면 젊은이들이 마음껏 출산을 할 수 있다는 사실을 인식할 수 있게 해야 한다. 특히 출산과 육아가 지금처럼 국가나 지자체의 재정적 지원에 의존하는 게 아니라, 가족 간의 단합과 서로 간의 관심, 애정, 소통을 통해 각 가정 내에서 자연스레 해결되는 것이 바람직하다는 인식을 갖게 해야 한다.

자녀교육과 관련, 가정에서 기본 소양을 쌓을 수 있도록 부모는 물론 조부모의 조력을 이끌어 낼 필요가 있다. 아이들은 자유롭게 놀면서도 어른의 행동과 말을 통해 인간으로서 갖춰야 할 양식과 도덕을 깨우친다. 가정교육을 통해 기본이 선 아이들은 학교 교육도 잘 따라갈 가능성이 높다. 따라서 속히 교육전문가들의 적극적인 동참이 이루어져서 가족학의 한 분야에 자녀교육 문제가 체계적으로 정립되어야 한다.

또 가족 구성원의 단결을 위한 공동취미나 스포츠는 어떤 것이 좋을지 세밀하게 따지고 정해서 가족이라는 공동체가 살맛나는 삶을 영위토록 하는 '인생의 동반자'라는 점을 인식하게 하는 것도 중요하다. 우리나라 사람들은 의외로 잘 놀 줄 모른다고 한다. 레크리에이션에 별로 관심이 없는 이유는 예부터 어른들이 권위적이고 엄하게 자녀들을 키운 점도 원인이 된다.

이밖에 고부간, 부자간의 갈등을 사전에 예방하는 방법이나, 갈등이 불거졌을 때 어떻게 하면 잘 해소할 수 있는지에 대한 방법도 가족학에서 다뤄야 한다. 또한 그 가족만의 자긍심 및 가치관을 확립하는 '가풍 세우기'와 세계적인 경제·문화 흐름에 맞는 열린 시각, 즉 '글로벌 마인드 키우기'도 가족학의 분야가 될 수 있다.

전 세계에 있는 한민족을 하나로 똘똘 뭉치게 하고 대한민국을 굳건히 하는 기초가 될 주춧돌, 벽돌을 쌓는다는 생각으로 제대로 된 '한민족용 가족학' 교과서가 세상에 나오기를 기대한다. 수천 년이나 지속된 나라 잃은 설움을 털고 일어날 수 있고, 전 세계에 흩어져 있는 유대인들을 자자손손 하나로 연결해 줄 '탈무드'와 같은 지혜서를 우리 한민족도 반드시 만들어 내야 한다.

3세대 공존의 미학, 가족

V

존경받는
어른이
되는 길

자식도 정 준만큼 따른다

　　자식은 정(情) 받은 만큼 부모를 따른다. 정 없이 키운 자식으로부터 효도 받기를 기대하는 것은 사과나무에서 포도를 구하는 것과 같다. 메마르게 자란 사람은 형제나 친구 등 주변 사람들에게도 마음을 쉬이 열지 못한다. 상대가 마음을 열고 다가와도 이를 잘 받아들이지 못한다. 그 상황에서 그의 행동은 뭔가 쭈뼛쭈뼛 부자연스럽다. 대충 키워 놓은 자식이 자신에게 효도하고 정을 줄 것이라고 생각한다면 큰 착각을 한 거다. 심리학이나 교육학이라는 전문 영역을 들먹이지 않아도 아이를 키워 본 사람이라면 경험을 통해 이를 공감할 것이다.

자식과 부모 사이의 '정'은 긴 세월 동안 정성과 인내, 관심, 희생, 눈물, 감동, 소망 등을 통해 차곡차곡 쌓여 가는 귀중한 산물이다. 내 자식이니까 적당히 해도 잘 따를 것이고 결국에는 효도를 할 것이라는 생각은 처음부터 버려야 한다. 부모로부터 상습적으로 폭언을 듣거나 맞으면서 자란 아이가 부모와 같은 어른이 될 가능성이 높다는 것은 이미 전문가의 연구를 통해 밝혀졌다. 반대로 가족들로부터 사람 대접을 받으며 자란 아이는 나중에 어른이 되면 가족은 물론 주변 사람을 소중하게 여기고 베풀 줄도 안다.

필자가 어릴 때 할아버지, 할머니의 사랑을 듬뿍 받았다는 점을 책 서두에서 소개한 바 있다. 매일 논밭에 나가 농사일을 하는 부모님보다 집안에서 소소한 일을 거드시는 할아버지 곁에서 재롱을 부리며 뛰어 놀았다. 할아버지는 그런 손자가 사랑스러웠는지 항상 둘째 손자를 위해 자기 방문을 열어 놓으셨다. 어느 겨울날 할아버지 품속에서 자다가 몸부림을 치는 바람에 머리맡에 있는 화로를 넘어뜨려 오른손 약지를 숯불에 데였다. 불에 덴 고통이 얼마나 심하던지 밤새 울었고 할머니가 된장을 발라 주셨다. 그때 일로 지금도 오른손 약지가 완전히 펴지지 않는다.

자식과 부모 사이의 '정'은 긴 세월 동안 정성과 인내, 관심, 희생, 눈물, 감동, 소망 등을 통해 차곡차곡 쌓여가는 귀중한 산물이다. 내 자식이니까 적당히 해도 잘 따를 것이고…

군에 입대할 때 일이다. 1979년 6월 농촌에서 모내기가 한창일 때 머리를 빡빡 깎고 집결지인 경남 진주로 가는 버스를 타기 전에 가족들에게 작별인사를 했다. 마지막으로 절을 받으신 분이 할머니였다. 어릴 때 필자를 안아주고 귀여워해 주시던 바로 그 장소, 시골집 큰 방에서 하얀 치마저고리 차림에 백발의 할머니도 섭섭하셨는지 어금니를 꼭 깨문 채 안쓰러운 표정으로 손자의 '입대 신고 큰절'을 받았다. "할무이, 잘 다녀오겠심더." 마루에 납작 엎드려 큰절을 하는 순간 갑자기 오열이 터져 나왔다. 늠름하게 입대하는 모습을 가족에게 보이겠다고 그렇게도 다짐했는데, 이 무슨 황당한 시추에이션이란 말인가. 그런데 어찌된 셈인지 한번 터진 눈물은 그칠 줄 몰랐다.

"할머니! 절대로 제가 군대 가는 것이 겁나서 눈물 흘리

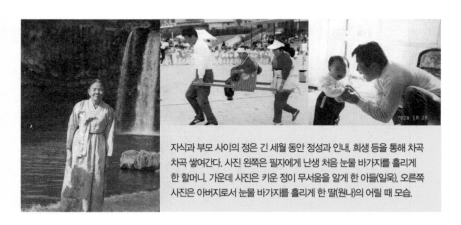

자식과 부모 사이의 정은 긴 세월 동안 정성과 인내, 희생 등을 통해 차곡차곡 쌓여간다. 사진 왼쪽은 필자에게 난생 처음 눈물 바가지를 흘리게 한 할머니. 가운데 사진은 키운 정이 무서움을 알게 한 아들(일욱), 오른쪽 사진은 아버지로서 눈물 바가지를 흘리게 한 딸(원나)의 어릴 때 모습.

는 것이 아닙니다. 그런데 할머니를 보는 순간 가슴이 먹먹해집니다." 속으로 그렇게 외쳐대고 있었다. 부모님께 절 할 때는 아무렇지 않았지만 할머니 앞에선 왜 그랬는지. 할머니는 "이 할미는 괜찮다. 군에 잘 갔다 오거라. 몸 다치면 절대로 안 된다. 다치면 불효하는 거다."라며 내 손을 꼭 잡고 자꾸 쓰다듬어 주셨다. 그 눈물은 동네 앞 신작로로 나가 진주로 가는 버스에 오를 때까지 그치질 않아 정말 남 보기 민망했다. 이런 걸 '눈물 바가지'라고 하는가 보다. 버스가 마을 어귀를 벗어나서야 눈물은 겨우 진정됐다. 한 번도 경험하지 못한 '주체할 수 없는 눈물'이었다. 군 입대를 앞두고 할머니 앞에서 주책없이, 끝없이 흐른 눈물은 할머니가 어릴 때 쏟아주신 '손자 사랑'에 대한 답신이고 '손자에 대한 진한 정(情)' 때문이었다는 것을 한참 뒤에야 깨달았다.

군 입대를 앞두고 할머니 앞에서 주책없이, 끝없이 흐른 눈물은 할머니가 어릴 때 쏟아주신 '손자 사랑'에 대한 답신이고 '손자에 대한 진한 정(情)' 때문이었다는 것을 한참 뒤에야 깨달았다.

주체할 수 없는 눈물을 딸 아이 때문에 또 흘린 적이 있다. 2006년 봄이었다. 당시 중학교 2학년이던 딸이 서울 본사에서 근무하느라 혼자 지내고 있는 필자를 만나러 부산에서 올라왔다. 딸과 함께 시티투어버스를 타고 남산에서 서울 야경을 보고, 용산 전쟁박물관에도 가보는 등 이틀 동안 서울 곳곳을 구경했다. 그런데 '황당한 눈물 바가지'는 딸을 부산으로 가는 KTX에 태워 주고 나서 또 터졌

다. 개찰구를 통해 빠져 나가는 딸의 뒷모습을 보는 순간 또 왈칵 눈물이 쏟아지지 않는가. 사람들 보기가 부끄러워 역사 대합실 화장실로 뛰어 들어가 벽을 붙잡고 한참을 소리 죽여 엉엉 울었다. '저 어린 것이 커서 모진 세파를 잘 이길 수 있을까'라는 걱정이 솟구치면서 순간 딸에 대한 애잔함이 일었던 것이다. 그 눈물 역시 쉽게 멈춰지지 않았다. 서울역에서 지하철 1호선을 탄 뒤 3호선으로 갈아타고 안국역 부근에 있는 숙소에 도착할 때까지 '주책없는' 눈물은 흐르고 또 흘렀다. 아버지의 딸에 대한 각별한 사랑과 걱정이 진한 눈물이 되어 흐를 수 있다는 것을 필자는 그때 알았다. 예쁘게 키운 딸을 시집보낼 때 아버지들이 왜 눈물을 흘리는지 그 심정을 이해할 수 있을 것 같았다.

딸 아이보다 5살 위인 아들을 통해서 키운 정이 얼마나 강렬하고 무서운 지도 경험했다. 맞벌이를 한 우리 부부는 아들이 태어나자마자 육아를 장인, 장모께 맡겼다. 직장이 서로 떨어져 있어서 주말이나 공휴일이 돼야 처가에 있는 아이를 데려올 수 있었다. 이렇게 어릴 때 외가와 본가를 오가며 자란 아들에겐 외할머니의 영향력이 절대적이었을 것이다. 한번은 이런 일이 있었다. 아들이 초등학교에 입학하고 1, 2학년 때쯤으로 기억된다. 천방지축인

'황당한 눈물 바가지'는 딸을 부산으로 가는 KTX에 태워 주고 나서 또 쏟아졌다. 개찰구를 통해 빠져 나가는 딸의 뒷모습을 보는 순간 또 왈칵 눈물이 쏟아지지 않는가.

아들에게 부모 곁을 떠나서 스스로 생활해 볼 수 있는 경험의 기회를 주고자 경기도 모 학생 캠프에 일주일간 홀로 보낸 적이 있었다. 아들이 캠프를 마치고 집으로 돌아오는 날, 우리 부부는 장인 장모님과 함께 부산역에 마중을 나갔다. 저 멀리 출구 쪽에서 깡충깡충 뛰어 나오는 아들. 집사람과 장모님이 함께 두 팔을 벌리고 아들 이름을 불렀다. 옆에서 이를 지켜보던 필자는 순간 아들이 누구의 품으로 달려들지 궁금해졌다. "할머니!". 게임 끝이었다. 아들은 조금도 주저 없이 외할머니 품으로 뛰어든 것이다. 얼굴이 하얘질 정도로 집사람은 몹시 서운해 했다. 집사람은 '낳아준 부모를 그렇게 몰라주다니, 야속한 놈!'이라는 생각이 들어 참 서운했다고 나중에 털어놓았다. 그러나 어쩌랴. 태어나자마자 주 5일을 똥 기저귀 갈아주고 먹여 준 외할머니 손에서 자랐으니. 아들은 일주일 만에 본 외할머니가 엄마보다 훨씬 더 크게 보였을 것이다.

그렇게 아이들은 정을 쏟은 만큼 살가워진다. 대부분 맞벌이를 하는 요즘 부부들은 직장 일에 매달리다 보면 솔직히 자식에게 모든 것을 쏟아 부을 수가 없다. 그런 부모의 빈자리를 (외)할머니, (외)할아버지가 채워주고 있는 경우가 많다. 한 인간이 태어나서 20년 후 군 입대를 하고, 자식을 낳아 그 자식이 시집, 장가갈 나이가 돼도,

아니 삶이 끝나는 순간까지 '눈물 바가지'를 끌어내는 것이 할머니, 할아버지의 소중한 사랑과 정이다.

그런데 요즘 젊은 세대나 지금 태어난 어린 세대는 어떤 가. 그런 할머니나 할아버지의 '눈물 바가지 사랑'을 이끌어 낼 원천이 안타깝게도 차단돼 있다. 할머니, 할아버지와 손주가 만날 공간이 없기 때문이다. 우리는 그 공간이 주는 위대한 가치를 애써 피해 왔는지도 모른다. 찬바람이 휘몰아치는 한 겨울, 길바닥에 벌벌 떨고 앉아 머리를 숙인 채 두 손을 벌리고 한 푼의 도움을 청하는 노숙자들의 애절한 목소리에 귀를 닫는 것처럼.

1940~50년대에 대한민국은 세계 최빈국이었다. 그러나 그때 모든 가정에는 도도히 흐르는 '정신적인 지렛대'가 있었다. 아무리 어렵더라도 어른은 자식을 목숨같이 아끼고 사랑해야 하고, 자식은 부모나 어른을 하늘처럼 떠받들어 모시고 사는 것이 그 은혜에 보답하는 것이라고. 이 원칙을 잘 지킨 가족은 성공하여 대한민국의 대표적인 명문가로 뿌리를 내렸다. 가족을 소중히 여기는 가풍이 있는 집안은 남도 소중히 여길 줄 안다. 잘 나가는 기업치고 사람을 중시하지 않는 기업이 없다. 성과와 돈만 앞세우고 사람을 우습게 여기는 기업은 '반짝 1등'은 될 수 있을지

요즘 젊은 세대나 지금 태어난 어린 세대는 어떤가. 그런 할머니나 할아버지의 '눈물 바가지 사랑'을 이끌어 낼 원천이 안타깝게도 차단돼 있다.

몰라도 '확실한 1등', '영원한 1등'의 대열에는 결코 낄 수 없다. '땅콩회항' 사건으로 세상을 떠들썩하게 한 모 재벌 자녀의 행태는 많은 기업인들에게 경종을 울렸다.

시키는 대로 하고 고분고분 말 잘 듣는 어린 자녀들을 맘대로 휘두를 수 있는 '물건'인 양 취급하는 부모들을 자주 접한다. 자식이 5살, 10살, 15살 때 어떤 모습일까 생각해 보면 어떻게 자식을 키우고 관리해야 할 지 답이 나온다. 아장아장 걷는 어린 자식은 다루기 쉬운 '장난감'같이 보일 진 모르지만 15살 사춘기 때의 자식은 맘대로 갖고 놀 수 있는 장난감이 아니다. 함부로 대했다가는 언젠가는 그 자식이 무서운 '사자'로 돌변해 있음을 발견하고 후회하게 된다. 자식을 키울 땐 모든 조건 없는 정을 쏟아 붓는 것이 최상의 방법이다.

공부로 당당해지자

　　　　나이에 굴하지 않고 관심분야를 깊이 파고들어 당당하게 열심히 공부하는 노인은 존경심을 자아내게 한다. 세상에는 나이 들어서도 포기하지 않고 열심히 공부한 끝에 목표를 성취해낸 노인들이 많다. 미국의 발명왕 에디슨은 평생 동안 무려 1,300개의 특허를 따 냈다. 나이가 들어서도 연구를 게을리 하지 않았기 때문에 그런 성과를 얻을 수 있었다. 그는 80이 넘어서도 하루 16시간 이상 연구에 몰두했다고 한다. 70을 훌쩍 넘기고도 왕성한 저작활동을 하는 이어령 선생이나 창작활동에 몰두하는 소설가 조정래 선생, 연기 공부의 끈을 놓지 않는 이순재 선생 등 나이를 잊고 자신의 분야에서 열정을 불태우는 분들에게는 저절로 고개가 숙여진다. 그들의 열정은 보석보다 더 값지다. 그들의 작품에는 연륜과 경험으로 알알이 맺힌 지혜와 철학, 묵직한 지식들이 반짝이고 있다. 그들은 삶을 통해 얻은 혜안과 통찰력으로 후배들에게 올바른 방향을 제시해 준다.

그들이 삶을 통해 얻은 혜안과 통찰력으로 후배들에게 올바른 방향을 제시해 준다.

왕성한 연구 활동을 하다 은퇴하고도 학문의 길을 고집한 부경대학교 김세권 연구특임교수는 타고난 학자 체질이다. 필자는 2014년 7월 28일 김 교수의 활약상을 소개하는 인터뷰 기사를 쓴 적이 있다. 2013년 부경대 교수를 정년퇴임한 그는 워낙 연구 실적이 탁월해 대학 측의 배려로 국립대 교수 가운데 제1호 연구특임교수를 맡아 같은 대학에서 후진양성에 매진하고 있다. 1982년부터 부경대 화학과 교수로 부임한 뒤 당시만 해도 생소했던 해양생물분야 연구에 뛰어들어 세계 최초로 효소를 이용해 게껍데기에서 키토산을 분해하는 방법을 개발하는 등 200개 정도의 특허를 따 이 가운데 13개를 기업에 기술이전했다. 또한 지금까지 600여 편에 달하는 논문을 해외 학술지에 발표했다. 2014년에만 외국저널에 제출한 52편의 논문 중 이미 22편이 실렸고 30편은 인쇄 중이며, 43편을 더 투고했다. 외국 유명 학술지에 제대로 된 논문을 1년에 1편을 내기도 어려운 상황에서 김 교수의 실적은

혀를 내두를 정도다. 그의 또 다른 괄목할만한 업적 중
에서는 저작 활동을 꼽을 수 있다. CRC, Academic
Press, Springer, Wiley 등 세계 저명한 출판사를 통
해 영어로 된 29권의 연구서적을 자신의 이름으로 출간했
고, 2013년 출간한 '해양생명공학'이라는 책을 2015년에
영어판으로 출간할 예정이라고 한다. 김 교수는 국내보다
외국에서 더 유명인사로 꼽히고 있고 유력한 노벨상 수상
자 후보에 이름이 오르내리기도 한다.

이처럼 나이를 잊은 채 공부와 연구, 저술·창작활동에
몰두하는 원로들의 모습을 보면 저절로 고개가 숙여진다.
각 분야의 전문가들이 나이 들어서도 자신들의 영역에서
계속 활동할 수 있는 여건이 조성돼야만 해당 분야가 끊임
없이 발전할 수 있으며 국가적인 손실도 막을 수 있다.

세상의 모든 노인들은 자신이 좋아하는 분야, 하고 싶
었던 분야에서 맘껏 공부할 수 있는 호사를 누릴 수 있다.
누가 시켜서가 아니라 그저 좋아하는 것, 하고 싶은 것을
미루지 말고 스스로 찾아서 하면 된다. 성공적인 직장인이
되기 위한 첫 번째가 자신이 가장 좋아하는 분야에서 일하
는 것이다. 자신이 정말 좋아하는 분야니까 집중해서 일을
하게 되고 남들이 보지 못한 부분까지 들여다 볼 수 있는

세상의 모든 노인
들은 자신이 좋아
하는 분야, 하고
싶었던 분야에서
맘껏 공부할 수
있는 호사를 누릴
수 있다.

노인은 젊었을 때 바빠서 하지 못했던 자기만의 공부를 할 수 있는 여유가 있다. 왼쪽 사진은 교수 은퇴 후에도 왕성한 연구와 저작활동을 펼치고 있는 부경대 김세권 연구특임교수. 사진 오른쪽은 공직은퇴 후 60대 중반에 게이트볼에 심취, 1급 심판자격증까지 따내며 82세로 생을 마감할 때까지 게이트볼을 즐기신 필자의 장인 강기중 씨.

시야가 생기는 것은 당연하다. 또 창조적인 자세로 임하기 때문에 성공 가능성이 훨씬 높아진다.

치열한 삶의 연속이던 직장에서 은퇴하고 노인의 대열에 들어서면 갑자기 주어진 많은 시간을 주체하지 못해 애를 먹게 된다. 그러나 살 날이 얼마 없는데 남은 시간을 허투루 보내서야 되겠는가. 젊었을 때 해 보고 싶었지만 여유가 없어서, 좋아하지만 가슴에만 꼭 묻어 둔 것들을 다시 끄집어 낼 수도 있다. 좋아하고 해 보고 싶은 것이 있었다면 지체하지 말고 바로 시작해야 한다. 노인에게는 남은 시간이 많지 않다. 취미삼아 시작해도 좋다. 집중해서 몇 년 만 파고들면 좋아하는 수준에서 전문가 수준으로 발전하게 된다. 취미가 전문가, 제2의 직업이 될 수도 있는 것이다. 사진을 취미로 삼고 피사체를 찾아다니며 전문가의 도움 속에 열심히 찍다가 전문 사진작가의 반열에 오른 사람도 많다.

다부지게 맘을 먹는다면 노인이 공부할 수 있는 분야는 광범위하다. 노인의 공부환경은 청년층보다 훨씬 좋다. 거듭 말하지만 은퇴한 노인에게는 시간적인 여유가 많지 않은가. 실행 계획을 잘 세우면 젊었을 땐 엄두를 내지 못했던 어떤 분야든지 공부할 수 있다. 젊었을 때 도전했다가 시간이 없어 미루거나 중단한 공부도 다시 시작할 수 있다. 대한민국의 노인들이 힘없고 무능하고 나약하며, 밋밋하게 허송세월만 보내는 존재가 결코 아님을 인생 2막에서 도전하는 '제2의 공부'를 통해 확인시켜 줄 수 있다. 전문가는 전문가대로, 보통의 노인은 노인대로 저마다 뚜렷한 주제를 찾아 열심히 공부하는 분위기가 조성된다면 노인이 사회 전체에 커다란 활력을 불어 넣는 존재가 된다.

대한민국의 노인들이 힘없고 무능하고 나약하며, 밋밋하게 허송세월만 보내는 존재가 결코 아님을 인생 2막에서 도전하는 '제2의 공부'를 통해 확인시켜 줄 수 있다.

요즘 대학마다 유명 강사를 초빙해 다양한 인문학 강좌를 운영하고 있다. 이곳을 찾아다니며 열심히 강의를 듣다

보면 사고 영역을 크게 넓힐 수 있다. 전문가 그룹은 저술, 연구, 후배 지도 등의 분야에서 활약을 펼치며 노하우 전수에 매진할 수 있다. 노인들은 지자체나 노인 관련 시설, 봉사단체 등이 마련한 요리, 댄스, 서예, 바둑, 오페라, 연극, 음악 감상, 노래, 도예 등의 강좌를 들어도 좋다. 직접 운동을 하며 땀을 흘리고 싶으면 축구, 야구, 수영, 게이트볼, 하이킹 동호회 등에 가입하면 되고 골프, 등산, 화훼, 분재, 수석도 노인들의 취미 분야가 될 수 있다. 중요한 것은 그냥 남이 하니까 따라 하는 것이 아니라 스스로 계획과 목표를 세우고 도전하여 그 분야에서는 수준급이 돼 보자는 것이다. 늘그막 인생에 커다란 성취감을 맛볼 수 있다.

필자의 장인어른(강기중 · 姜璂中)은 은퇴 후에 취미로 게이트볼을 시작해서 전문가 반열에 올라섰던 분이다. 어른은 1926년 일본에서 태어나 고등학교를 졸업하고 해방과 함께 귀국한 뒤 법무부 출입국관리사무소에서 공직생활을 마치고 은퇴했다. 60대 중반에 우연히 취미삼아 해운대 지역 게이트볼 동호회에 가입한 뒤 게이트볼에 푹 빠져들었다. 국내 대회에 몇 번 출전하고는 갑자기 심판 자격증을 따고 싶다고 하셨다. 가족들은 설마 했지만 낮에는 운동하고 밤이면 책상에 앉아서 게이트볼 책, 시험 문제집과 씨름했다. 어른은 일본에서 태어나 일본에서 학교를 다녔기 때문에 한글이 서툴렀지만 끝까지 포기하지 않았고 마침내 3급 심판 자격증을 따냈다. 그때 나이 70세를 훌쩍 넘긴 상태였다. 그 이후로도 국내는 물론 대만과 일본 각종 국제대회에 부지런히 참가하다 2급, 1급 심판관 자격시험에도 도전, 마침내 꿈을 이루셨다. 2007년 5월 82세로 돌아가시기 전까지 동호회 회원들과 국내, 국제 대회를 찾아다니고 신입 회원들을 지도하는 등 게이트볼로 남은 열정을 불태웠다. 그렇게 좋아하시던 약주를 절제하면서 밤늦게까지 시험 문제집과 싸우던 어른의 모습은 아직도 눈에 선하다. 그리고 어른은 말년에 게이트볼을 통해서 많은 친구를 사귄 덕분에 외롭지 않으셨다. 게이트볼 때문에 늘 하루하루가 바빴으며 게이트볼이라는 말만 들어도 행복한 표정을 지으셨다. 그런 의미에서 어른에게는 게이트볼과의 인연은 큰 행운이었다. 고령에도 굴하지 않고 취미에 흠뻑 빠지는 모습을 보여준 장인어른은 노후에 '닮고 싶은 멘토'로 필자의 가슴 속에 자리잡고 있다.

인간이면 피해 갈 수 없는 마지막 인생여정인 노인. 그 노인을 어떻게 바라보느냐에 따라 노인의 삶의 질은 확 달라진다. 자식이나 국가의 지원에만 의존한 채 시간만 죽이며 관에 들어갈 때까지 무기력하게 지낼 것인지, 뭔가

또렷하게 하고 싶은 주제와 소재를 찾아서 재미있고 보람차며 당당한 나날을 보내다 떠날 것인지는 노인 자신의 선택에 달려 있다. 의료기술 등의 발달로 100세까지 장수하는 이 시대에 은퇴 후 몇 십 년이나 되는 긴 시간을 무기력하게 보낸다면 스스로를 부끄럽게 만들고, 가족들과 각 가정, 사회, 국가에 엄청난 '부담만 주는 존재', '성가신 존재'로 전락하고 만다. 그러나 마음을 바꿔서 단 한 번뿐인 인생에서 가장 여유로운 시간을 잘 활용할 수 있도록 소재를 찾아 공부에 매진한다면 노인은 '가치 있는 존재', '존경스러운 존재'가 돼서 당당하게 일생을 마감할 수 있다.

무기력하게 지낼 것인지, 뭔가 뚜렷하게 하고 싶은 주제와 소재를 찾아서 재미있고 보람차며 당당한 나날을 보내다 떠날 것인지는 노인 자신의 선택에 달려 있다.

나이는 숫자에 불과하다고 했다. 당장 눈을 크게 뜨고 자신에게 딱 맞는 분야를 찾는 일에 돌입하시라. 경제력 등 자신의 상황을 고려해 감당할 수 있는 분야 중에서 마음에 드는 한 가지를 찾아 지금 당장 공부를 시작하시라. 공부하는 노인들은 자신은 물론 가족과 가정, 사회, 국가 모두에게 엄청난 활력을 불어넣는 '마법의 존재'이다.

양육으로 가까워진다

        요즘 젊은 세대들은 양가부모의 자식에 대한
육아나 교육, 즉 손자 양육에 대해 마뜩해 하지 않는다.
다른 집 아이들은 시설이 좋은 보육원이나 유아원, 어린이
집, 유치원 등에서 '첨단교육'을 받고 있는데 우리 아이만
옛날식 교육을 받는 것이 아닌가 우려하기 때문이다. 좋은
시설의 젊은 선생님들에게 배워야 우리 아이가 다른 집 아
이에 비해 뒤떨어지지 않고 조금이라도 앞설 것이라 생각
하는 것이다. 부분적으로 보면 상당히 일리 있어 보인다.
60, 70대 어른들은 빠르게 돌아가는 세상 물정을 놓치기
쉬워서 자신들에게 익숙한 30, 40년 전의 육아법을 아이
들에게 그대로 적용할 가능성이 높다. 그러나 그런 이유만

으로 양가 부모에게 자녀 양육을 맡기지 못하는 것은 하나는 알고 아홉은 모르는 실수를 저지르는 것이다.

아이 양육은 그야말로 새싹을 키우듯 지속적인 정성과 관심을 기울여야만 서서히 효과가 나타난다. 모든 면에서 미숙하고 사리분별이 힘든 아이가 홀로 판단하고 어느 정도 스스로 헤쳐 나갈 때까지 어른들은 바짝 붙어서 가르치고 이끌어 줘야 한다. 그런 역할까지 유아보육시설의 선생님들에게 다 맡길 수도 없고 기대해서도 안 된다. 일터로 가야 하는 요즘 대부분의 엄마들도 그럴 형편이 못된다. 젊은 부부는 자녀의 보육과 교육문제를 이상적으로 다룰 수 없게 하는 현실의 벽을 수시로 느끼면서도 양가부모에게 아이를 맡기지 않고 경제적 부담을 지면서까지 아이를 돌봐줄 사람을 찾는다.

사람은 태어나 자라면서 다양한 경험과 실패를 하게 된다. 치열한 경쟁 속에서 살아 남기 위해 기술과 실력을 연마해야 한다. 학교 수업과 책, 여행, 아니면 다양한 사람들과의 관계를 통해 느끼고 또는 시시비비를 가리면서 '인정받는' 인격체로 성장하고 자리매김하게 된다. 제대로 된 인생이 무엇인지, 세상사가 얼마나 복잡다단하고 변화무쌍한지를 보는 식견도 생기고 잘잘못을 구분할 줄 아는

모든 면에서 미숙하고 사리분별이 힘든 아이가 홀로 판단하고 어느 정도 스스로 헤쳐 나갈 때까지 어른들은 바짝 붙어서 가르치고 이끌어 줘야 한다.

지혜의 폭도 커진다. 모진 고통과 절망으로 넘실대는 '인생의 강'을 무사히 건넌 역전의 용사가 오늘의 어른(할아버지와 할머니)들이다.

노인 각자의 지나온 삶 속에는 눈물과 애환, 열정, 노력, 승패, 희망, 사랑, 즐거움, 후회 등이 절절이 녹아 있다. 그것들을 되새김질하면 각자 두꺼운 자서전 한 권씩을 충분히 쓸 수 있다. 인생의 모든 쓴맛, 단맛들을 가슴에 고스란히 지닌 노인들은 손자나 자식이 실패의 길을 가고 있음을 경험상 충분히 알고 있거나 눈치를 채도 함부로 간섭하려 들지 않는다. 그냥 말없이, 끈기 있게 기다려 준다. 한 두 번의 실패는 긴 인생의 여정에서 보석보다 더한 가치가 있다는 것을 어른들은 알고 있다. 그러나 치명적인 실패로 인해 자식들이 나락으로 떨어지려 할 땐 즉시 충고하고 바로 잡아주려 할 것이다.

노인은 모진 고통과 절망, 성공과 실패를 두루 거친 인생의 베테랑들이다. 시간적으로 여유가 많은 노인들이 손주 양육에 힘을 보탠다면 가족 구성원들의 능력을 배가시킬 수 있다.

젊은이, 젊은 부부들은 단지 외관상 패기와 힘이 없어 보인다는 이유로 노인(어른·양가부모)들의 충고를 듣지 않으려 한다. 이것이야말로 치명적인 우를 범하는 것이다. '어른 말을 들으면 자다가도 떡 먹을 일이 생긴다'는 속담이 왜 생겼겠는가.

어른을 믿고 자녀 양육의 상당 부분을 맡겨 보자. 아이 키우는 문제만큼은 가장 믿을 수 있는, '자다가 떡 먹을 일'을 생기게 할, 경험 많고 유능한 어른에게 맡겨보자.

어른을 믿고 자녀 양육의 상당 부분을 맡겨 보자. 아이 키우는 문제만큼은 가장 믿을 수 있는, '자다가 떡 먹을 일'을 생기게 할, 경험 많고 유능한 어른에게 맡겨보자. 보육원, 어린이집, 유아원, 유치원 등 아동교육시설에서는 공중도덕 등 기초질서와 간단한 규범 정도를 배우게 하고 제대로 된 인성교육, 사람 교육은 경험과 경륜이 풍부한 조부모 손길에 맡겨 보자.

노마지지(老馬之智)라는 말이 있다. 늙은 말의 지혜, 곧 경험이 풍부하고 숙달된 지혜라는 뜻이다. 공자가 왜 나이 60을 이순(耳順·六十而耳順)이라 했겠는가. 인생의 경륜이 쌓이고 사리판단이 성숙해져 남의 말(세상의 이치)을 순하게(바르고 현명하게) 받아들일 수 있다고 봤기 때문이다. 다시 말해 세상사를 두루 살펴 객관적으로 바라 볼 수 있는 안목이 생겼다고 판단한 것이다. 공자는 또 70이면 불유구(不踰矩·從心所欲 不踰矩), 즉 무엇이든 뜻대로

행하여도 도리에 어긋나지 않게 된다고 했다.

공자까지 거론하며 '노인예찬론'을 펴느냐는 곱지 않은 시선을 보내는 분들도 있겠다. 물론 노인들 중에는 얕고 짧은 자신의 경험만을 내세우며 '나를 따르라'는 식의 독선과 고집을 부리는 분들도 적지 않다. 자신의 최전성기 때, 자기가 가장 화려하고 멋지게 보였던 과거의 경험과 추억에 매몰돼 젊은이들의 건설적이고 미래지향적인 의견을 무시하거나 경청하지 않는 '고리타분한 사고'에 젖어 있는 노인들도 있다.

그러나 그들이 모든 어른을 대표하고 어른의 전부인 양 매도해서도, 매도당해서도 안 된다. 그런 '일방적인 어른'보다 합리적이고 명쾌하며 깊은 경험과 학식, 철학을 겸비한 '어른다운 어른'이 훨씬 많다. 이런 현명한 어른들은 무엇이 자식과 손자에게 진정으로 덕이 되고 도움이 될 지, 무엇이 가문을 빛내고 미래 사회와 국가를 위해 멋지게 꿈을 펼칠 자양분이 될 지, 어떻게 하면 부(富)를 쌓을 수 있을지 등등을 명경같이 꿰뚫고 있다.

양가 부모(어른)에게 자식을 맡기면 어떤 유리한 점이 있을까. 우선 피붙이의 위력을 발휘, 조부모가 아이를 안전하게 돌보게 되므로 부모는 일터에서 맘 놓고 생업에 종사할 수 있다. 직장의 생산성은 당연히, 저절로 높아진다. 다음으로는 그간 숱하게 언급한 부분이지만 '품속 대화', '밥상머리 교육'을 통해 아이들이 할아버지, 할머니의 축적된 인생 경험을 실컷 듣고 배울 수 있다는 점이다. 할아버지, 할머니를 통해 남과 소통하고 대화하는 법도 자연스럽게 터득하고 함께 사는 것이 얼마나 즐거운 지도 알게 된다. 또 할머니가 정성들여 만들어 주는 음식을 듬뿍 섭취한 아이는 건강하게 자라게 된다. 물론 할머니의 손주 사랑이 넘쳐 영양 과잉으로 비만이 될 우려도 있겠지만. 또 건강이 허락하는 한 손주들을 산으로 들, 공원, 동물원, 영화관, 식당, 박물관 등으로 자주 데려갈 것이므로 아이들은 '살아 있는 현장 학습'을 받는 혜택도 누리게 된다. 맞벌이를 하는 부모를 둔 아이들은 부모의 눈을 피해 친구들과 어울려 다니며 패싸움을 하는 등 나쁜 길로 빠져들 가능성이 크다.

어른들에게도 손주 키우기는 적지 않은 장점과 즐거움을 준다. 하루가 다르게 쑥쑥 크면서 재롱을 부리는 손주들을 보면서 외로움, 고독함, 허전함을 떨쳐 낼 수 있다. 나이 들어 돌봐줄 사람 없이 아프거나 고독에 몸부림치는 것만큼 큰 형벌은 없다. 멍하게 공원 구석을 배회하거나

어른들에게도 손주 키우기는 적지 않은 장점과 즐거움을 준다. 하루가 다르게 쑥쑥 크면서…

목적지 없이 지하철을 타고 다니면서 무료함을 달래기보다 '미래의 집안 꿈나무'인 손주들이 잘 자랄 수 있도록 물과 거름을 주는데 열정을 쏟는 것, 이 얼마나 재미있고 보람찬 일인가. 조부모 덕분에 가정에 웃음과 행복이 넘치니 자식들은 그 큰 은혜를 가슴 깊이 새긴다. 그런 혜택, 아니 특혜를 누리기 위해 자식들은 어른의 건강을 챙기는 데 소홀하지 않게 될 것이다.

버지니아 사티어는 『가족 힐링』이라는 책에서는 좋은 부모의 역할을 다음과 같이 정리해 놓고 있다. "최상의 조건에서조차 부모 역할을 제대로 하기란 결코 쉽지 않다. 부모는 세상에서 가장 힘든 학교의 선생님이다. 교육위원회이사, 교장, 교사, 심지어 경비원 역할까지 모두 감당해야 한다. 따라서 부모는 인생과 생활에 관련된 모든 과목의 전문가가 돼야 한다. 가족이 성장할수록 과목 수는 계속 늘어난다. 더구나 이 직무에 대비해 부모를 훈련시켜 주는 학교는 거의 없고, 교과 과정에 일반적인 합의도 이뤄지지 않는다. (중략) 자녀 한 명당 최소 18세가 될 때까지 1년 365일 하루 24시간 근무 중이거나 근무 대기 상태가 계속된다. 게다가 지도자가 두 명인 조직에서 발생 할 수 있는 모든 곤란을 이겨내며 고군분투해야 한다. (중략) 성공적으로 이 일을 수행하려면 인내, 상식, 헌신, 유머, 사랑,

지혜, 지식이 필요하다."

필자 생각엔 현재의 젊은 부부들은 좋은 부모가 되기 위해 이런 과정을 배우는 중이고, 노인(어른)들은 이런 과정을 오래전에 다 마스터한 것이 아닐까 싶다.

젊은 부부들에게
묻고 싶다. 진정
낮은 자세로 공경
하고 존경하는
마음으로 어른
(노인)들에게
지혜와 도움을
청한 적이 있는가.

젊은 부부들에게 묻고 싶다. 진정 낮은 자세로 공경하고 존경하는 마음으로 어른(노인)들에게 지혜와 도움을 청한 적이 있는가. 어른들은 단지 외적으로 무기력하고 고리타분하게 보일 뿐이다. 그들이 머릿속에 주옥같은 '지혜의 보석'들을 잔뜩 숨겨 놓고 있다는 사실을 잊지 말자. 그런 진면목을 보지 못한 채 외면하고 있으니 어른들은 입을 굳게 다물고 있을 뿐이다.

취미로 노년을 채운다

       30, 40년 전만 해도 나이 60이 되면 환갑잔치 속에서 '장수'를 축하 받았다. 자식들에겐 환갑잔치를 멋지게 마련해서 부모님을 기쁘게 해드리는 것이 당연한 임무였다. 자식들은 상다리가 부러질 정도로 풍성하게 음식을 장만한 뒤 친·인척은 물론 동네방네 사람들 모셔 놓고 거하게 잔치를 열었다. 또 십시일반으로 돈을 모아서 잔치에 온 손님들에게 선물을 전달하기도 했다. 필자도 그런 경험이 있다. 그러나 언제부턴가 환갑잔치가 뜸해지더니 지금은 거의 사라져 버렸다. 수명이 늘어나면서 많은 사람들에겐 예순이 주는 '특별한 의미'가 없어졌기 때문이다. 대신 환갑기념 효도여행이 유행하고 칠순잔치가 등장했다. 10

년은 더 살아야 '장수잔칫상'을 받게 된 것이다. 머잖아 칠순잔치도 건너뛰고 팔순잔치가 일반화 될지도 모른다.

우리는 100세 시대에 살고 있다. 환갑잔치가 성행했을 때 100세 나이는 언론의 취재 대상이 될 정도로 드문 일이었다. 이젠 의료기술의 발달과 섭생의 진전으로 많은 사람들이 100세 대열에 합류하고 있다. 이처럼 우리는 인류 문명사에 있어서 처음으로 수명 연장에 따른 대변혁기에 서 있는 것이다.

100세 시대에 맞춰 모든 국가 및 사회시스템, 인간의 '삶 시스템'을 새롭게 정립해야 할 상황에 이르렀다. 학교 교육시스템은 물론 노인들을 위한 복지시스템도 새로 정비할 필요가 있다. 기업들은 정년을 획기적으로 연장하거나 적어도 70세까지는 맘 놓고 일할 수 있는 제도를 확립할 필요성이 대두되고 있다. 이윤의 극대화만을 추구하느라 한창 일할 나이인 40, 50대 직원들을 마구잡이식으로 일터에서 밀어내는 사업주에 대해서는 처벌을 강화하는 새로운 법을 만들어야 한다는 목소리가 더욱 높아질 것이다. 현역에서 조기 은퇴한 뒤 50~60년이란 긴 세월을 백수 신세로 빌빌거리고 있어야 한다면 개인과 가족에게는 진절머리가 날 정도로 가혹한 일이다. 사회적, 국가적인

100세 시대에 맞춰 모든 국가 및 사회시스템, 인간의 '삶 시스템'을 새롭게 정립해야 할 상황에 이르렀다. 학교 교육시스템은 물론 노인들을 위한 복지시스템도 새로 정비할 필요가 있다.

손실이나 부담은 이루 다 헤아릴 수 없다.

무엇보다 중요한 것은 노인 스스로가 어떤 자세를 갖느냐다. 축 처져 있을지, 활력 있는 노후를 보낼 지는 노인 스스로의 결정에 달려 있다. 인간으로 태어난 이상 언젠가는 예외 없이 '노인이라는 이름표'를 달고 살아야 한다. 과거에는 은퇴 이후 20~30년만 그 이름표를 달고 있으면 됐다. 그러나 100세 시대인 지금은 인생의 거의 절반인 40~50년이나 그 이름표를 달고 살아야 한다.

긴 노인의 시간을 행복하게 보냈느냐 그렇지 않느냐에 따라 개인의 인생이 성공한 것인지, 또는 행복한 삶을 영위했는 지를 구분하는 기준으로 삼아야 한다는 지적도 나오고 있다. 그 노인의 삶을 어떻게 보낼 지는 모든 사람들에게 '엄숙한 과제'가 돼 버렸다. 따라서 우리 모두 행복한 노인시대를 구가할 수 있는 알찬 계획표를 짜는 데 투자를 해야 한다. 그 계획표를 메꿀 내용은 은퇴 이후 경제적 독립을 위한 일과 훌륭한 취미가 될 것이다. 뜻이 있으면 길이 있다고 했다. 지금부터라도 노인은 당장 계획표 짜기에 나서고 젊은이들은 그 노인들의 계획표를 분석하고 보완책을 마련하는 데 적극 협조할 필요가 있다. 젊은이들은 도울 일이 있으면 주저하지 말고 노인에게 먼저 손을 내밀

무엇보다 중요한 것은 노인 스스로가 어떤 자세를 갖느냐다. 축 처져 있을지, 활력 있는 노후를 보낼 지는 노인 스스로의 결정에 달려 있다.

노인들이 넘치는 시간을 생산적인 취미 활동을 하는 데 투자하면 자신은 물론 국가적으로도 유익하다.

어야 한다.

훌륭한 취미를 찾는 것은 생산적인 놀이문화를 찾아내는 숭고한 작업이다. 하릴없이 지하철을 타고 다니며 시간 죽이기를 하는 무력한 모습을 보인다면 노인의 설 자리는 더 좁아진다. '노인은 축 처진 채 사는 거야'라는 인식을 젊은이들에게 결코 심어줘서는 안 된다. 멋은 물론 의미와 가치가 있고 살 맛 나게 하는 취미를 부지런히 찾아내고 실천해야 한다. 청소년이나 젊은이들의 고개가 저절로 끄덕여질 그런 생산적인 놀이문화를 구축하는 데 노인 스스로 지혜를 모아야 한다. 그 지혜가 모이면 신나는 노후 생활을 영위 하는데 큰 도움이 될 것이다.

노인들의 놀이는 정신건강과 신체적 건강을 함께 다질

수 있어야 한다. 그것은 곧 좋은 취미를 찾는 것이며 이를 위해 아낌없이 투자할 각오가 돼 있어야 한다. 어깨를 축 늘어뜨린 채 뒷짐 지고 집 주위를 어슬렁거리거나 공짜 지하철을 타고 이곳저곳 기웃거리는 존재로 받아들여져서는 곤란하다. 좋은 취미를 찾는 것 역시 마음먹기에 달렸다. 자신들의 모습이 의미 없는 삶을 사는 존재로 비치는데 대해 노인들은 스스로 크게 분노해야 한다.

우선 운동을 통해 기본적인 체력을 다진 뒤 옥내 외에서 즐길 수 있는 취미 한두 가지 정도는 가져보라고 권하고 싶다. 그것도 그냥 대충 하는 것이 아니라 거의 전문가 수준에 도달하겠다는 확실한 목표를 세우고 열과 성을 다해야 한다. 야무지게 갈고 닦은 취미는 자신을 맘껏 뽐낼 수 있는 특기로 발전할 수 있다. 서예, 노래, 악기, 등산, 축구, 배드민턴, 산악자전거, 독서, 사진, 분재, 스포츠댄스, 여행, 그림, 마술 등 분야는 무궁무진하다.

조건 없이 하고 싶은 분야에 뛰어들어 맘껏 취미활동을 즐기는 것은 인간만이 누릴 수 있는 특권이기도 하다. 나이 들었다고 그 특권을 포기해야 한다면 정말 억울할 일이다. 오히려 시간적인 측면에서 젊은이보다 훨씬 자유로운 노인들은 그 특권을 맘껏 누릴 수 있어야 한다. 수준급

좋은 취미를 찾는 것 역시 마음먹기에 달렸다. 자신들의 모습이 의미 없는 삶을 사는 존재로 비치는데 대해 노인들은 스스로 크게 분노해야 한다.

실력을 갖추면 취미의 활용도는 훨씬 높아진다. 예컨대 취미로 시작한 색소폰 연주가 수준급에 이르렀다고 치자. 동호회나 동창회, 가족 모임 등에서 멋들어지게 한 곡조 뽑을 수도 있다. 또 '실버 연주단'을 결성해 교정시설이나 병원, 사회복지시설 등을 찾아다니며 봉사활동을 펼칠 수 있다. 취미를 특기로 무장한 노인의 하루하루는 지겨울 틈이 없으며 주변과 이웃들을 위해 뭔가 해내고 있다는 자부심과 자긍심을 갖게 만든다. 취미를 특기로 만든 노인들은 그냥 '허리 구부정한 노인'이 아니라 두뇌회전이 빠르고 열정이 넘쳐나는 '청년 노인'이다.

노인들의 취미활동이 활발해지면 그에 따른 부수적인 효과도 기대할 수 있다. '실버 취미'를 토대로 한 경제, 산업의 붐이 그것으로, 노인들의 취미에 필요한 다양한 관련 업종이 활기를 띠게 된다. 매주 주말이면 수많은 등산객이 찾는 서울 북한산이나 도봉산을 가보면 등산은 취미를 넘어서 '산업'이 돼 있음을 알 수 있다. 필자는 2005~2006년 서울 본사에 근무할 때 등산광인 친구를 따라 북한산을 비롯한 서울 근교 산들을 자주 다녔는데 주말이나 공휴일마다 등산객들이 인산인해를 이루는 것을 보고 깜짝 놀랐었다. 등산객을 상대로 한 아웃도어와 등산장비 가게, 김밥과 막걸리 등을 파는 음식점, 노래방 등이 등산로 입구에 줄지어 있었다. 등산객 중에는 빨강, 노랑, 검정 등 화려한 원색의 등산복 차림을 하고 삼삼오오, 또는 수십 명씩 대열을 짓고 가쁜 숨을 몰아쉬면서도 웃고 대화하며 산을 오르내리는 노인들도 많았다. 등산객들이 구름같이 몰려다니는 시간대엔 서울 지하철과 시내버스가 승객들로 꽉 차고 그것도 모자라 관광버스까지 동원되고 있었다. 이런 현상은 서울뿐만 아니라 부산 금정산 등 유명한 산을 끼고 있는 전국 곳곳에서 볼 수 있다. 이처럼 등산이 유행함에 따라 '등산 산업'이 호황을 맞듯이, 노인들이 취미활동에 심취하게 되면 자연히 '취미 산업'도 활기를 띨 것이다. 취미활동을 하려는 노인 대부분은 어느 정도 경제적인 여유가 있어 상당한 구매력도 작동된다.

활기차게 취미 생활을 즐기며 살아가는 노인에게선 소외감이나 무기력증, 일상의 지루함을 찾을 수 없다. 그들은 취미를 통해 현직에 있을 때와 같이 폭넓은 인간관계도 회복할 수 있다. 늙어도 '젊게 사는' 노인들은 젊은이나 사회, 국가에 무조건 기대려는 나약한 존재가 아니다. 사회와 국가가 재정적인 부담을 대폭 줄이고 노인을 젊게 하는 묘법 중에 묘법이 활발한 취미생활을 할 수 있는 여건을 만들어주는 것이다.

또한 취미는 그냥 주어지는 '공짜 떡'이 결코 아니다.

활기차게 취미 생활을 즐기며 살아가는 노인에게선 소외감이나 무기력증, 일상의 지루함을 찾을 수 없다. 그들은 취미를 통해 현직에 있을 때와 같이 폭넓은 인간관계도 회복할 수 있다.

형편에 맞고 자기 체질에 어울리는 취미를 제대로 찾아내려면 상당한 시간과 공을 들여야 한다. 몇 번의 시행착오도 필요하다. 자기에게 맞는 취미는 제2의 인생을 보람차게 만드는 것이므로 충분히 투자할 가치가 있다. 자기 몸에 딱 맞는 취미라면 시간이 지날수록 그 깊이가 달라질 것이며 꾸준히 실력을 키우다 보면 프로급이 될 수 있다. 전문가 반열에 서면 그때부터는 동료 노인은 물론 젊은이들을 대상으로 강연도 하고 실습 강사 역할도 할 수 있다.

95%의 사람들은 조타기 없는 선박과 같다고 한다. 선박이 목적지를 정하지 않은 채 망망대해에 떠 있으면 바람 부는 대로 이러 저리 표류하게 돼 있다. 나머지 5%의 사람들은 뚜렷이 목표를 잡고 항해에 나서는데 그들은 조타기 없는 사람이 일생동안 항해하는 거리를 2~3년 안에 도달해 버리고 남는 시간에 미지의 세계로 더 멀리 항해 할 수 있다. '명상록'으로 유명한 로마 황제이자 철학자인 마르쿠스 아우렐리우스는 인생을 이렇게 표현했다. '우리의 인생은 우리의 생각에 의해 만들어진다.' 노후의 삶을 어떻게 즐길지는 생각하기 나름이다. 어떤 취미와 놀이가 즐거운 인생을 만드는 데 도움이 될 지 고민하고 또 고민하는 것은 충분히 가치가 있다.

'인생 노하우' 전수는 확실하게

필자는 이 책에서 노인에 대해 '지혜의 보고'이자 '인생의 현자'라는 표현을 자주 썼다. 노인을 강제적으로 칭찬하고 존경하자거나, 그들에게서 점수를 따려는 요량으로 쓴 것은 결코 아니다. 노인이자 어른을 이만큼 멋지고 압축적으로 표현한 것을 보지 못했기 때문이다. 이 표현은 노인들의 기를 살려 주고 노인의 가치를 인정해 주는 것이기도 해서 누구든지 노인문제를 다룰 땐 이 표현을 과감하게 써 주길 바란다. '지혜의 보고', '인생의 현자'! 읽고 또 읽어도 감칠맛 나고 딱 적합한 표현이다.

노인의 인생 노하우 문제를 거론하기 전에 우리나라

부모의 현 주소를 정확하게 짚은 책이 있어서 소개하고자한다. 이 책에서는 우리나라 아이들이 왜 불행하고, 부모들의 위치가 왜 실종됐는 지를 알려 준다. 그리고 책 말미에 제시된 대안에서도 현실 세태가 그대로 드러난다. 심리치료 분야에서 활동하고 있는 이승욱씨, 정신건강연구소를 운영하면서 가족 상담을 하고 있는 신희경씨, 청소년 예술교육과 생태적 삶에 대해 관심이 많은 김은산씨 등 3명이함께 지은 『대한민국 부모』(문학동네 간)가 그것이다.

아이들은 '부모안티카페'를 만들어 부모를 거부하고 있다. 가장 어른답지 못한 어른을 자기 부모로 꼽고 있으며 가족, 학교, 사회 그 모두를 없애버리고 싶어 한다고도 했다.

저자들은 이 책에서 우리나라의 부모들은 성적과 공부만을 잣대로 아이를 평가하고 그 이외에는 관심을 두지 않는다고 지적했다. 부모뿐만 아니라 교사, 전문가, 언론, 관료 등 모두가 아이들에게 무슨 문제가 발생했는 지를 절대로 보지 않으려 한다고 개탄했다. 아이들은 살아남기 위해 발버둥친 결과 병들고 무기력해지며 일탈행위까지 한다. 심지어 뛰어난 성적으로 아이비리그에 진출한 아이들까지도 정신과 치료를 받아야 할 정도로 정신이 피폐해지고 있다. 그 아이들은 '부모안티카페'를 만들어 부모를 거부하고 있다. 가장 어른답지 못한 어른을 자기 부모로 꼽고 있으며 가족, 학교, 사회 그 모두를 없애버리고 싶어 한다고도 했다.

또 아이교육 문제만큼은 전권을 쥐고 아이를 손아귀에서 놓지 않으려한 어머니나 아이와 가족을 위해 죽도록 일하고도 반려견보다 서열이 낮은 '찌질이 신세'로 전락해 버린 아버지는 결국 아이가 이상증세를 보이고 나서야 상담실을 찾는단다. 아이의 '매니저' 역할까지 하며 닦달하면서도 아내는 이유 모를 심각한 허전함을 느끼고 그것을 이기지 못해 일탈도 감행한다. 남편은 가족을 위해 일해도 아내 앞에선 작아지고, 예전과는 달리 그 어디에서도 자신의 권력을 찾아 볼 수 없게 된 현실 앞에서 부부는 함께 좌절한다는 것이다.

중산층의 몰락과 양극화에 따른 가정 해체, 아이들의 폭력과 자살, 청년실업 등으로 난파하는 한국가정의 '구명조끼'가 대학일 것이라고 생각하고 부모들은 자식을 대학에 무조건 보내려고 발버둥 쳤다. 그 과정에서 생긴 내신제도는 같은 반 친구를 적으로 만들어 버렸고 졸업정원제 시행으로 대학 수와 정원이 폭발적으로 늘어나면서 대학 진학률이 80%를 상회했지만 나중엔 대학을 졸업해도 취직을 못하는 백수들이 양산됐다.

책은 1980년도 졸업정원제와 내신제도를 시작으로 1995년 5 · 31 교육개혁에 이르기까지 대한민국의 모든

노인들의 인생 노하우는 젊은이들과 떨어져 있으면 빛을 발하지 못한다. 그러나 젊은이 속으로 파고들면 노인의 인생지혜는 삶의 횃불로 위력을 발휘한다. 노인의 지혜는 고스란히 젊은 세대에게 전수돼야 한다.

교육은 본격적인 경쟁제도로 개편됐고 이것은 결국 전 국민을 무한경쟁, 무한도전에 열광하는 시스템에 몰아넣는 결과를 자초한 반면 교육의 공공성에 대한 책무를 방기했다고 질타하고 있다. 아이들을 무한경쟁에서 살아남게 하려면 어머니가 전권을 쥐고 자식을 지독하고도 철저하게 감시·감독할 수밖에 없었다. 그 결과 아버지의 설 자리는 없어지고 말았다. 잘못된 교육 정책으로 아이가 무너지고 부모가 없어지는, 가족과 가정이 풍비박산 나고 말았다는 뜻이다.

아이들을 무한경쟁에서 살아남게 하려면 어머니가 전권을 쥐고 자식을 지독하고도 철저하게 감시·감독할 수밖에 없었다. 그 결과 아버지의 설 자리는 없어지고 말았다.

책은 말미에 교육이 바로 서고 부모와 자식, 가족, 대한민국의 파국을 막을 수 있는 해법 22가지를 제시했다. 몇 가지를 소개한다면 다음과 같다. 우선 남들 사는 만큼, 남들 하는 만큼 식의 '남들 타령'에서 벗어나 자신의 뜻대로 삶을 누릴 수 있는 자기만의 기준을 찾을 것을 꼽았다.

다음은 혼자만 살아남으려 발버둥 치다 외롭게 무너지지 말고 함께 살길을 찾을 것을 주문했다. 타인에게 자신을 열고, 타인의 고통에 공감하고, 연대의 손길을 내밀어야 한다는 것이다. 또 제도가 인간의 삶을 위해 제 기능을 발휘하도록 하는 작업을 서둘러야 한다고 강조했다. 개인이 아무리 열심히 노력해도 사회 전체 시스템이 잘못됐다면 무용지물이기 때문이다.

아울러 사랑과 교육이라는 이름으로 행해진 억압과 통제로 아이들이 깊은 병에 시달리고 있다는 사실을 인정하고 그들이 말하고, 생각하고, 사랑하고, 느끼고, 웃을 수 있는 '인격체'임을 인정해야 한다고 지적했다. 우리를 인간답게 만드는 것은 학력이 아니라 이웃과 더불어 살고, 세상과 교감하는 능력을 기를 수 있게 하는 교육 본래의 의미를 복원하는 것이 필요하다고 강조했다.

공교육을 포기한 학교에 문제를 제기할 것과 아이들에게 노동의 가치를 가르쳐야 한다는 점도 들었다. 또 내신 제도를 폐지하는 등 학생 학력 평가 방법을 개혁해야 하고 아이가 부모의 유일한 관심사가 돼서는 안 되며, 스스로 자기 삶을 어떻게 채워나갈 것인지를 고민하는, 독립적인 부모가 되는 것이 중요하다고 했다. 그리고 엄마는 자식과

사랑과 교육이라는 이름으로 행해진 억압과 통제로 아이들이 깊은 병에 시달리고 있다는 사실을 인정하고 그들이 말하고, 생각하고, 사랑하고, 느끼고, 웃을 수 있는 '인격체' 임을 인정해야 한다고 지적했다.

남편에게 자신의 욕망을 투사하지 말고 남편의 건강한 남성성이 발현될 수 있는 쪽으로 힘을 실어 줘야 함을 꼬집었다. 아버지는 아내와 자식에게 좀 더 당당해져야 한다고 강조했다. 힘들다고 징징대는 아이들이 '어른'으로 성장할 수 있도록 가르치고, 아이에게 집착하지 않도록 좋은 부부 관계를 유지하는 데 신경 쓸 것을 주문했다.

마지막 22번째 주문은 가족이 함께 책임을 나누고 일하는 시간을 가지라고 주문했다. 가족의 일은 가족 구성원 모두의 공통된 관심사이자 책임임을 깨닫는 과정이므로 부모는 무조건 희생하거나 대접을 받으려 해서도 안 되고, 공부하는 아이라고 무조건 봐주거나 책임을 덜어줘서는 안된다고 경고했다. 그러면서 공부만 하면 다 이해되고 용서되는, 지금 같은 양육방식은 아이들을 건강한 성인으로 키울 수 없다고 덧붙였다. 책은 이처럼 아이 교육, 부부 문제, 가족 등에서 비롯되는 문제점들 중 우리가 놓치고 있는 부분들을 정확하게 꿰뚫어 짚었고 참신한 대안들을 제시하고 있다.

필자는 저자들이 지적한 여러 문제점 중에서 집안 내 어른의 부재와 가족 해체에서 비롯되는 것들이 있다는 데 주목했다. 다시 말해 집안에 어른이 있었다면 발생하지도 않았고 신경 쓰지 않아도 될 골칫거리를 아이를 키우는 지금의 부모들은 어깨에 가득 짊어지고, 품에 안은 채 끙끙대고 있다. 예컨대 어른(노인)이 집안에 있으면 아이들이 무지막지한 경쟁의 대열 속으로 들어가는 것을 방관만 하고 있지 않을 것이다. 성적, 성적하며 표범으로 돌변해 있는 부모에게서는 절망을 느낄 아이가 할아버지나 할머니에게서는 자신의 고민을 맘껏 털어 놓을 수 있는 '해방구'로 삼을 것이다. 부모는 자식의 성적에만 관심을 집중한 채 예사로 윽박지르지만 조부모는 한 발짝 물러서서 손주의 입장을 이해하고 경청하려는 자세가 돼 있다. 또 조부모는 부모와 아이의 완충지대이자 조정자 역할을 능히 해낼 수 있는 지혜도 잔뜩 지니고 있다.

조부모라는 대열에 서 있는 '지혜의 보고'이자 '인생의 현자'들은 긴 삶의 역정을 통해 치열하게 배워 깨우친 자신만의 전문분야가 있다. 기술자 출신이면 기술을, 농민 출신이면 농사짓는 법을, 교사 출신이면 가르치는 법을, 운동선수 출신은 어떻게 몸을 만들어야 성공할 수 있는지를, 저술가라면 어떤 책을 써야 독자들의 눈길을 끌 수 있는지 등을 잘 알고 있다. 그들의 머리에는 자식을 키우고 가정을 지키는 과정에서 겪은 숱한 시련과 역경, 성공, 실패 등이 고스란히 담겨져 있다. 자신도 지금의 부모들처럼

성적, 성적하며 표범으로 돌변해 있는 부모에게서는 절망을 느낄 아이가 할아버지나 할머니에게서는 자신의 고민을 맘껏 털어 놓을 수 있는 '해방구'로 삼을 것이다.

아들 딸에게 공부를 강압적으로 시켰으나, 그것이 아무런 도움이 되지 않더라는 사실도 잘 안다.

노인들의 그런 노하우와 지혜는 젊은 세대와 떨어져 살아서는 제대로 전수되기 힘들다. 노인들끼리 주고받는 이야기들은 서로 이미 알고 있는 것들이라 특별함이 없다. 그러므로 그들끼리는 자신만이 가지고 있는 노하우나 지혜에 대해서 입을 다물고 있다. 그러나 노인들이 젊은이 속에 있을 때는 사정이 달라진다. 젊은이에게는 노인의 신비한 지혜들은 삶의 횃불이나 자극이 되고 참한 인성을 가꾸는 마법이 될 수 있다. 노인에게는 살아 있을 날이 살아온 날보다 길지 않다. 노인의 노하우와 지혜를 자라나는 아이들, 젊은이들의 것으로 받아들일지 말지는 아이를 키우는 젊은 부부나 젊은 사람들의 선택이요 몫이다. 그 노하우와 지혜는 조금의 손실 없이 후대에게 전수돼야 한다. 노인들도 그것들을 고스란히 후대에게 남겨 줄 수 있는 방법을 항상 고민하고 행동에 옮길 수 있어야 한다. 노인들의 지혜를 젊은이들이 확실하게 받아들이는 일. 그것은 각 가정과 대한민국의 미래를 밝혀주는 등불이다.

'100세 시대', 일을 가지자

　　나이가 들면 돈 씀씀이가 점점 줄어든다. 일터에서 밀려나 고정 수입이 없어진데다 활동 영역이 줄어들기 때문이다. 젊었을 때 개인연금이나 저축을 들지 못했던 노인이 자식들의 돌봄까지 받지 못하면 은퇴 이후 기다리고 있는 것은 생활고이다.

　　100세 시대를 맞아 건강이 넘쳐 얼마든지 일할 수 있지만 제대로 된 노후대책 없이 정년을 맞은 노인들은 앞으로 살길이 막막하기만 하다. 한창 일할 수 있는데도 집에서 빈둥거려야 하고 고정 수입 없이 자식 눈치나 보며 살아야 하는 것 또한 고역이자 자존심 상할 일이다. 전문가들은 은퇴하기 전 직장에서처럼 수입을 올리진 못하더라도 자신과 부부, 자식들에게 떳떳하려면 눈높이와 기대치를 대폭 낮춰서라도 일터를 가지라고 주문하고 있다.

언젠가 TV에서 100세를 넘긴 할머니가 집에서 키운 농작물을 시장에 팔아 번 돈을 몸이 아픈 70대 아들에게 약값 하라고 쥐어주는 모습을 본 적이 있다. 단정한 옷차림, 곱게 빗은 머리칼, 정정한 말투는 100세를 넘겼다고 보기 어려울 정도였다. 만 원짜리 몇 장이지만 자신이 시장 노점에서 채소 팔아 번 돈을 나이 든 자식에게 척 내놓는 모습은 당당함 그 자체였다. 보자기에 채소를 펼친 노점이 100세 노인의 일터였고 그 일터가 있었기에 자식들에게 베풀 수 있었다. 이처럼 100세가 넘는 노인도 일터가 있고 수입이 있으면 자식이나 이웃에게 당당히 베풀 수 있다.

필자는 2014년 5월 부산시 동구 범일동의 한 허름한 건물 지하에서 76세의 고령이면서 색소폰 학원을 운영하는 분(박종근 씨)을 취재해서 기사로 소개했다. 방송국 악단장까지 지냈고 60여 년간 색소폰과 피아노 등 각종 악기를 다뤄온 그 분을 만나는 순간 정말 '나이는 숫자에 불과하다'는 말이 딱 맞다는 생각이 들었다. 물론 그 분도 건강이 허락하지 않았다면 일찍이 현업을 포기할 수밖에 없었을 것이다. 자신만의 특기를 살려 생업 현장에서 쩌렁쩌렁한 목소리로 원생들을 지도하는 모습을 봤을 때 정말 100세 시대에 딱 맞는 '롤 모델'이라는 생각이 들었다. 그분이 더 멋지게 보인 이유는 또 있었다. 60여 년간의 오랜 경험을 토대로 깊이 있고 수준 높은 레슨으로 원생들을 크게 만족시켰다는 점이다. 틈나는 대로 부인이 성가대원으로 활동하는 교회에 함께 다니면서 색소폰 연주지원을 하는 것, 아들과 자주 낚싯대를 들고 바다를 찾는 등 가장으로서의 책임도 포기하지 않고 있었다.

대부분의 기업들은 60세를 전후로 정년퇴직제를 적용한다. 박 씨처럼 충분히 건강해서 젊은이 못지않게 일할 수 있는데도 퇴직제도 때문에 직장인들은 일터를 떠나야 한다. 그러나 현재와 같은 100세 시대엔 건강한 신체와

지금은 100세 시대, 긴 노년 시기를 궁핍하게 살지 않으려면 고정수입을 확보하기 위한 일자리를 갖는 것이 중요하다. 사진은 70세를 훌쩍 넘긴 고령임에도 자신의 특기를 살려 색소폰 학원을 운영하고 있는 '자랑스러운 현역'인 박종근(부산 거주) 원장.

정신을 무장하고 있어서 충분히 직장생활을 할 수 있는 노인들이 많다. 그 노인들은 한 분야에서 고도의 실력과 기술력을 갖춘 전문가 반열에 올라 있지만, 더 일하고 싶어도 정년에 걸려 직장을 떠나야 한다. 일터가 없는 노인이 겪는 가장 큰 문제는 수입 단절에 따른 빈곤이다. 아파도 약을 사 먹지 못하고 병원에도 가지 못한다. 친구들과 만나고 싶어도 술 한잔, 차 한잔 살 형편이 안 되니 집밖으로 나가기가 겁난다. 활력을 잃은 채 그렇게 몇 년을 보내다 보면 자신감을 완전히 상실해 결국 우울증을 앓거나 병마에 무릎을 꿇고 만다.

요즘 병들고 힘없는 노인들이 마지막 단계로 거쳐야 할 곳은 대부분 요양병원이다. 노후준비를 통해 스스로 자립할 수 있거나 자식들의 돌봄을 받을 수 있으면 다행이다. 그러나 자식과 떨어져 살거나 자식이 제 앞가림하는 것조차 빠듯한 형편이라면 마지막 단계인 국가가 제공하는 공공부조(social assistance), 기초노령연금 등에 의존할 수밖에 없는 등 궁핍하고 빈곤하게 살아가게 된다.

노인들의 활력을 찾게 하는 가장 좋은 방법은 두말할 필요도 없이 그들에게 일자리를 제공하는 것이다. 100세 넘는 할머니가 시장에서 채소를 팔아 돈을 버는 것처럼 모든

노인들은 한 분야에서 고도의 실력과 기술력을 갖춘 전문가 반열에 올라 있지만, 더 일하고 싶어도 정년에 걸려 직장을 떠나야 한다.

노인들의 꿈은 힘이 닿는 한 일을 해서 자식에 기대지 않고 용돈이라도 버는 것이다. 기업 입장에서는 임금 피크제 같은 탄력적인 임금 체계를 도입하더라도 노인 노동자로부터 저항을 받을 이유가 없다. 노인 노동자들은 정치적 이슈에 휘말려서 파업을 예사로 하는 노조 활동에는 관심을 둘 리 없기 때문이다. 따라서 기업은 질 좋은 노동력을 충분히 확보해서 안정적인 생산체계를 갖출 수 있다.

일을 하게 될 노인의 건강상태, 업무 수행능력의 정도, 젊은이와 노인과의 과업 수준 차이 등은 기업별로 세밀한 분석을 통해 기본 데이터를 마련할 수 있다. 건강 상태를 유지한 노인에게 일자리를 제공하는 사회적인 분위기가 형성되면 젊은 노동자들은 노후에 대비해서 평소 철저한 건강관리를 시작할 것이다. 그렇게 되면 가족과 기업은 물론 국가도 불필요한 의료비를 줄일 수 있어서 좋다.

몸이 아파서 일할 수 없는 노인들까지 기업들이 책임지라는 것이 아니다. 일할 수 있는 건강을 지닌 노인들에게는 정년제라는 틀 속에 가두지 말고 노동력을 발휘할 수 있는 기회를 제공하자는 것이다. 무조건 퇴출하려 들지 말고 그들의 건강이 허락하는 한 온전하게 일터에 남을 수 있도록 정부와 재계가 합리적인 해결책을 내놓기를 기대

건강 상태를 유지한 노인에게 일자리를 제공하는 사회적인 분위기가 형성되면 젊은 노동자들은 노후에 대비해서 평소 철저한 건강관리를 시작할 것이다. 그렇게 되면 가족과 기업은 물론 국가도 불필요한 의료비를 줄일 수 있어서 좋다.

한다.

　아울러 당사자인 노인들도 나이에 구애받지 않고 일자리를 지킬 수 있도록 스스로 준비해야 할 것들이 있다. 우선 일하는데 기본 중에 기본인 건강을 지키고 다지는데 최선을 다해야 한다. 무절제한 생활, 식생활을 피하는 것은 물론 평소 등산이나 하이킹, 산책 등 규칙적으로 땀을 흘리는 운동을 많이 해서 건강을 다져 놓아야 한다. 인체는 운동한 만큼 반응을 한다. 필자가 한때 소속돼 있던 마라톤동호회 회원 중에는 60대 중반의 노인이 있었다. 입회 후 꾸준한 연습 끝에 하프코스(27.0975km)에 이어 젊은 이들도 하기 힘든 풀코스(42.195km)까지 완주해내 회원들로부터 큰 박수를 받았다. 지금도 마라톤대회장에 나가면 70대, 심지어 80대 완주자들을 어렵지 않게 발견할 수 있다. 그들이 특별한 인체 구조나 능력을 가져서 완주할 수 있는 것이 아니다. 차근차근, 꾸준히, 체계적으로 달리기 훈련을 통해 풀코스를 완주할 수 있는 몸을 만들었을 뿐이다. 이처럼 열심히 운동을 하면 젊은이에게 뒤지지 않는 훌륭한 몸 상태를 만들 수 있다. 그런 건강한 노인들이 나이 때문에 직장에 쫓겨나지 않는 세상이 돼야 한다.

　그 다음으로는 업무연찬에 소홀히 해서 직장에서 배제

되지 않도록 노력해야 한다는 점을 꼽고 싶다. 정년이 다가 온다고, 나이가 많다는 이유를 들어 스스로 업무를 태만히 하면 기업이나 고용주는 물론 젊은 직장 후배들로부터 '그러니 나이 들면 빨리 직장을 나가야 된다니까'라는 무시를 당하게 되고 정년퇴직을 당연지사로 받아들이게 만든다. 나이가 들면 두뇌회전이 느려지는 등 업무 처리 능력이 떨어지는 것은 당연하지만, 새롭게 시도하거나 처리해야 할 업무를 아예 배우려고 하지 않는 것은 직장에서 설 자리를 스스로 내팽개치는 것과 같다.

새로운 업무가 주어지면 주저하지 말고 달려들어 배우려는 자세로 임해야 한다. 젊은이들과 같은 수준은 아니더라도 전체적인 업무시스템 유지를 위한 노인 스스로의 노력이 필요하다. 나 하나 업무처리 능력을 갖추지 않는 바람에 다른 노인들도 도매금으로 넘어 갈 수 있다는 책임의식을 가질 필요가 있다.

'젊은 것들이 뭘 알아', '어른을, 선배를 몰라주네', '그 업무 내가 예전에 했던 거고 다 아는 거야 등의 안하무인식 이거나…

다음으로 나이 먹은 것을 티내지 말자. '나는 나이가 들어서 그런 거 할 수 없어', '젊은 것들이 뭘 알아', '어른을, 선배를 몰라주네', '그 업무 내가 예전에 했던 거고 다 아는 거야' 등의 안하무인식이거나 권위주의적인 태도를 확 떨쳐내야 한다. 그런 말이 잦을수록 기업 · 고용주나 젊은이들은 노인들에 대해 실망하고 답답해한다. 오히려 젊은 친구들에게 먼저 다가가서 '세대 차이나 나이 차로 인한 벽'이 생기지 않도록 노력해야 한다. 그리고 성심성의껏 지니고 있는 업무 노하우를 전수하는 믿음직한 모습을 보여 주자. 오랜 직장생활을 하기 위한 투자라는 생각으로.

대낮 지하철 객석에 무표정하게 우두커니 앉아 있을 것이 아니라, 출근길 흰 와이셔츠에 넥타이를 매고 젊은이들과 함께 붐비는 지하철 속에 있는 노인들의 활기찬 모습을 많이 볼 수 있기를 기대한다. 지자체와 국가는 질 좋은 노인 일자리 정책 만들기에 매진해야 하고 기업들도 이에 호응, 양질의 노인 인력을 활용하는 데 주저하지 말자.

'노후 프로젝트'가 필요하다

신체적으로, 정신적으로 건강한 노인은 제대로 마음만 먹고 끈기 있게 달려든다면 젊은이들조차 성취하기 어려운 뭔가를 해 낼 수 있다. 젊었을 때의 자기 전공 분야를 더 깊이 파고들 수도 있고 취미나 동호회 활동으로 접한 새로운 분야에서 전문가 수준으로 우뚝 설 수 있다. 이를 위해서는 계획을 세우고 그의 달성을 위해 시간을 효율적으로 꾸준하게 투자하는 것이 중요하다. 활발한 사회생활로 일상이 너무 바빴지만 은퇴한 노인이 되면 남는 것이 시간이다. 자식들도 다 자라 곁을 떠났으니 부양책임의 무게도 줄어들었다. 노부모도 대부분 세상을 떠났다. 이젠 생을 마감할 때까지 자신의 남는 시간을 잘 활용해서 가벼워진 마음에 '뭔가'를 채우면 된다. 그 뭔가는 노후의 하루하루를 활력 있고 재미있도록 해준다. 당연히 "어, 아직 내가 쓸 만하네?"라는 생각이 들고 자존감도 높아진다. 늙었지만 계속 내면적으로 성장하고 있으니 결코 못나고 쓸모없는 존재가 아닌 것이다.

생각을 바꾸면 가치 있는 여생이 다가온다. 그런 여생은 노인을 가치 있게 만들기도 하지만 넓게 보면 자식들, 후손들을 위한 거룩한 행보이자 세상을 웅대하게 바꾸는 단초가 될 수 있다.

그렇다. 노인의 삶의 질은, 생을 마감하는 그날까지 남은 시간을 얼마나 잘 보내느냐 마음먹기에 달렸다. 여생을 바라보는 시각과 여생을 위한 순간의 선택이 한 인간의 마지막 삶을 멋지게 매듭짓느냐, 처참하게 무너지느냐를 결정하는 것이다. 생각을 바꾸면 가치 있는 여생이 다가온다. 그런 여생은 노인을 가치 있게 만들기도 하지만 넓게 보면 자식들, 후손들을 위한 거룩한 행보이자 세상을 웅대하게 바꾸는 단초가 될 수 있다. 인류의 선지자로서 마지막 임무를 멋지게 해내고 떠나는데 그에게 박수를 치지 않을 자 어디 있겠는가. 늙었다고 축 처져 있으면 가족이나 사회, 국가에 부담만 주는 무가치한 존재로 자신의 위치를 스스로 떨어트리는 꼴이 된다.

우리는 100세 시대에 살게 됐다고 난리를 떨고 있다. 100세까지 사는 것을 축복으로 보는 시각도 있지만 유사 이래 인류가 처음 겪는 엄청난 재앙에 직면했다는 시각도 있다. '힘없고 쓸모없는 존재가 노인'이라는 고정관념 속에 갇혀 있으면 100세까지 사는 것은 재앙 중에 재앙이 된다. 그러나 은퇴 후 30~50년이나 되는 긴 여생을 어떻게 보람차게 보낼까하는 쪽으로 집중해서 고정관념을 깬다면 100세까지 산다는 것은 큰 축복이 된다.

70살, 80살, 100살 노인은 청중장년층들이 도달하지 못한 높은 식견과 경험, 안목으로 세상의 빛과 소금역할을 하는 살아있는 '보석'이자 '보물', '보배'이다. 그런 보석이나 보물 덕분에 청중장년층은 대복을 누리는 것이요, 그 청중장년층 역시 노인의 뒤를 이어 살아있는 보석이 된다. 결국 인류는 노인을 통해 축복을 누리는 셈이다.

꿈이 있어서 노후가 즐겁고 보람찬 분을 소개하고자 한다. 필자가 2014년 8월에 만나서 '이순신 정신'에 관한 인터뷰를 하고 기사로 소개한 '이순신 정신의 대가' 김종대 전 헌법재판소 재판관이 그 분이다. 필자는 법조계 출입을 할 당시 기자와 부산지방법원 수석부장판사로서 그와 첫 인연을 맺었다. 부산시민의 염원을 담아 부산 유치에 성공한 삼성자동차는 현대차나 대우차 등 다른 국내 완성차 업체에게 규모의 경제에서 밀리고 있었다. 그러다가 국제금융통화기금(IMF) 관리 체제를 버티지 못하고 삼성자동차가

김 재판관은 출입 기자들을 직접 자신의 집무실로 불러 재판의 흐름과 국면을 짚어줬다. 이유는 사안이 워낙 중하기 때문에 언론이 정확하게 보도를 해줘야 국민의 궁금증을 풀어줄 수 있다는 것이었다.

헌법재판소 재판관을 끝으로 공직에서 물러난 김종대 삼일회계법인 고문은 평생의 사표로 삼은 '이순신 정신' 선양 사업에 모든 것을 걸고 활기찬 노년생활을 하고 있다.

프랑스 르노자동차에 매각된 것이다. 은행을 비롯한 채권자들은 삼성그룹 측에 지분 청산을 요구했고 부산법조 사상 가장 큰 규모인 민사소송의 주심을 김 전 재판관이 맡았다. 김 전 재판관의 재판 진행 과정은 독특했다. 중요한 송사의 흐름이나 결과 가운데 첨예하게 다뤄지는 부분이 세상에 알려지려면 언론이 재판장이나 판사의 심리과정에 대한 현장 취재가 필요하다. 그러나 김 재판관은 출입기자들을 직접 자신의 집무실로 불러 재판의 흐름과 국면을 짚어줬다. 이유는 사안이 워낙 중하기 때문에 언론이 정확하게 보도를 해줘야 국민의 궁금증을 풀어줄 수 있다는 것이었다.

대부분의 법관이 법정을 벗어나면 판결에 대해 입을 다무는 풍조와는 달리 김 전 재판관의 적극적인 언론 대처

자세는 신선함 그 자체였다. 처음에는 언론 노출을 통한 출세 전략이 아닐까 하는 의구심도 가진 적이 있다. 그러나 그 궁금증은 헌법재판관을 마치고 고향을 돌아온 지난 8월에야 완전히 풀렸다. 그가 공직자로서 사표를 삼고 있는 정신적 지주가 있었기 때문이다. 임진왜란과 정유재란 때 9년간 왜적 수군과 싸우면서 가장 열악한 조건 속에서 23전 23승이라는 대위업을 달성한 충무공 이순신 정신이 그의 가슴속에 중심을 딱 잡고 있었던 것이다.

법원 판사, 헌법재판소 재판관 생활을 마무리 하고 고향에 돌아온 김 전 재판관은 '이순신 신(神)'이 내린 사람이라고 불릴 정도로 이순신 정신에 흠뻑 빠져 있었다. 현직 판사, 재판관 시절에도 시간을 쪼개서 이순신 공부를 꾸준히 해 오면서 이순신 관련 책을 4권이나 냈다. 이순신을 알려야 할 곳이 있으면 어디든 달려가서 강연하고 2014년부터는 이순신 정신을 함께 전달할 강사요원을 키우는 '이순신 아카데미'를 부산과 서울에서 열었다.

앞으로는 서울, 부산, 아산, 통영 등 4곳에 새마을연수원 같은 '이순신 학교'를 설립해 이순신 정신을 전 국민에게 알리겠다는 야심찬 포부를 갖고 있었다. 특히 전국 곳곳을 다니며 이순신 정신을 일깨우기 위해 강연을 다니던

법원 판사, 헌법재판소 재판관 생활을 마무리 하고 고향에 돌아온 김 전 재판관은 '이순신 신(神)'이 내린 사람이라고 불릴 정도로 이순신 정신에 흠뻑 빠져 있었다.

중 우연히 김한민 감독이 13척으로 왜적선 133척을 격파한 이순신의 불가사의한 승전, 명량대첩을 기리는 영화를 만들 계획을 세우고 있다는 사실을 알고 많은 도움을 주기도 했다. 그 영화는 2014년 '명량'이라는 이름으로 1,800만에 근접한 관객을 동원하며 크게 히트, 한국 영화계에 큰 획을 그었다.

김 전 재판관과 3시간에 걸친 인터뷰를 하면서 필자도 그가 설파한 이순신 정신에 깊이 빠져들었고 기회가 된다면 '이순신 강사' 대열에 끼고 싶을 정도였다. 김 전 재판관의 노후 인생은 이순신을 통해 더욱 빛을 발할 것이다. 그는 자신이 노인대열에 포함돼 있다는 사실을 전혀 의식할 수 없을 정도로 이순신 정신 선양이라는 거창한 프로젝트이자 꿈의 실현을 위해 눈 코 뜰 새 없이 바쁜 나날을 보낼 것이다. 실제로 그에게서는 노인의 '노'자조차 전혀 느낄 수 없을 정도로 열정이 넘쳐나고 있었다.

김 전 재판관에게서 우리는 노인 역할의 해답을 찾을 수 있다. 젊었을 때부터 40년간 공부해 이순신 전문가가 됐고 공직생활 마감과 함께 노인의 대열에 합류한 뒤에는 이순신 정신을 5천만 전 국민의 가슴과 머리에 심어주기 위한 거대하고도 새로운 프로젝트를 설정했다.

노인 모두가 김 전 재판관과 같은 웅장하고 거창한 프로젝트를 꿈꿀 수는 없다. 그러나 그 꿈의 크기가 작든 크든 노인이면 누구나 다 한 가지씩 진짜 좋아 하는 것, 하고 싶었던 뭔가를 찾아 그것을 생애 마지막 꿈이자 프로젝트로 삼고 꾸준히 공부하고 단련해서 성과물을 만들어 내면 된다.

어떤 노부부는 트럭을 개조해서 함께 타고 다니며 1년간 전국 일주를 하겠다는 목표를 세우고 실제로 실천에 옮겼다. 자식 키우고 결혼 시키랴, 부모 모시랴 늘 빠듯한 일상의 연속으로 부부 둘만의 오붓한 시간을 갖기 어려웠을 것이다. 힘들었던 삶의 모든 짐을 내려놓고 정해진 거처 없이 함께 먹고 자며 한국의 절경과 팔도 인심을 샅샅이 훑어보고 느끼는 그 재미가 얼마나 쏠쏠했겠는가. 함께한 1년이란 시간은 살아오면서 챙기지 못했던 살가운 대화의 장이었으며 부부의 정, 부부의 소중함을 확인하는 기회였다. 엉성해 보이는 트럭 침대는 이 세상 어떤 호텔보다 아름답고 따뜻한 그들만의 공간이었을 것이다. 부부는 장장 1년 동안 함께 누빌 전국일주의 꿈을 꿨고 철저한 준비 끝에 그 프로젝트를 마침내 실행에 옮길 수 있었다.

모든 노인들은 생의 말미를 신나고 의미 있게 하는 이런 프로젝트를 꿈꿀 수 있어야 한다. 그 꿈은 어떤 것이라도 상관없지만 가급적 남이 하지 않은 프로젝트를 찾으면 더 재미있고 흥분되는 자랑거리가 된다. 돛단배를 타고 연안 전역의 명승지 훑어보기, 제주의 올레길과 부산의 갈맷길 등 전국의 유명 걷기 코스를 모조리 순례하기, 4대강 유역에 조성된 자전거 길 모두 탐사하기, 마라톤 풀코스 100회 도전하기, 세계인류문화 현장 답사하기 등 각자 형편과 여건에 맞는 프로젝트를 수립, 과감히 도전해 보라는 것이다.

이런 프로젝트를 수행할 때 잊지 말아야 할 것이 있다. 그 과정이나 느낌 등을 글과 사진, 영상 등으로 꼼꼼히 기록하되 가급적 독창적인 소재를 설정하라고 주문하고 싶다. 좋은 프로젝트는 후배들에게 큰 길잡이가 될 수 있고 그것이 모이면 젊은이나 사회, 국가에도 좋은 영향을 주는 우리만의 '도전문화 콘텐츠'가 될 수 있다. 젊은이는 젊은이대로, 노인은 노인대로 자신만의 노후 프로젝트를 꿈꾸고 이에 도전해 보자.

깨어 있어야 산다

        노인은 긴 세월을 꿋꿋이 헤쳐 나오면서 풍부한 경험과 지혜를 쌓은 분들이다. 그래서 그들을 '인생의 현자', '지혜의 보고'라는 말로 존경을 표하기도 한다. 그러나 노인들은 세상의 흐름에 둔감하고 지금껏 살아온 자신의 경험만이 최고이고 최선이라는 아집, 독선에 빠져 있을 가능성도 높다. 자칫 그런 성향이 강할수록 정신없이 빠르게 변화하고 있는 세태에 적응하지 못하는 약점에 노출될 수 있다. 그래서 노인들은 고집불통, 옹고집이라는 소리를 많이 듣게 된다. 좀처럼 바깥세상의 변화나 흐름에 귀 기울이지 않으려 하고 자기가 경험한 것, 자기가 아는 것, 자기의 판단만이 옳다고 믿는 경향이 강하기 때문이다. 그들은 외부와의 소통을 거부하고 자신만의 내면세계에 스스로 꽁꽁 갇혀 버리곤 한다.

사무실의 컴퓨터를 통해서 볼 수 있는 인터넷상의 수많은 정보나 뉴스 등을 스마트폰을 통해 손쉽게 접할 수 있다는 사실을 잘 모르는 노인들이 아직 많다.

예컨대 휴대폰의 기능을 자식, 친지, 지인들에게 안부를 묻거나 용무를 처리하는 전화 기능만으로 제한하는 것이다. 휴대폰은 전화기일 뿐이며 그 이상의 기능을 하는지에 대해 관심을 가지지 않는다. 사무실의 컴퓨터를 통해서 볼 수 있는 인터넷상의 수많은 정보나 뉴스 등을 스마트폰을 통해 손쉽게 접할 수 있다는 사실을 잘 모르는 노인들이 아직 많다. 스마트폰은 차를 타고 움직이면서도 회사 업무보고를 받고 주식거래, 은행 업무 등의 처리도 가능해 움직이는 첨단 사무기기 역할을 한다. 스마트폰은 인간의 삶의 질을 바꾸고 세상의 모든 개념을 천지개벽시켰다. 그런데도 스마트폰의 기능을 전화기로 한정시켜 버린 것이다. 아직도 많은 노인들 손에는 통화와 문자메시지 정도만을 주고받을 수 있는 2G 휴대폰이 들려 있다. 물론 유연한 자세로 젊은이 못지않게 세상의 흐름에 민감하게 반응하고 '새 것'을 끊임없이 추구하는 '젊은 노인'들도 많다. 그들은 스마트폰을 능숙하게 다루고 또 적극 활용할 줄 안다.

1951년 제2회 국제노년학회에서는 노인을 '환경의 변화에 적절히 적응할 수 있는 조직기능이 감퇴되고 있는 사람, 인체의 자체 통합능력이 감퇴되고 있는 사람, 인체의 기관, 조직, 기능에 쇠퇴현상이 일어나는 시기에 있는 사람 또는 인체의 적응능력이 점차 결손 되고 있는 사람, 조직의 예비능력이 감퇴하여 적응이 제대로 되지 않는 사람'으로 규정했다. 이은희 수원여대 교수는 그의 저서『新 노인복지론』에서 노인을 '생리적 및 신체적 기능의 퇴화와 더불어 심리적인 변화가 일어나서 개인의 자기유지 기능과 사회적 역할 기능이 약화되고 있는 사람'이라고 정의하고 있다.

　노인은 노화에 따라 지각과정의 속도가 저하되고 환경의 변화에 즉각적으로 대처하지 못하며 시간을 무감각하게 보내는 경우가 많아진다. 이는 생물적 노화로 외부의 자극과 정보를 처리하는 신경체계의 활동속도가 느려졌기

노인은 노화에 따라 지각과정의 속도가 저하되고 환경의 변화에 즉각적으로 대처하지 못하는 경향이 짙다고 한다. 따라서 늘 눈과 귀, 머리를 열어두려는 자세가 필요하다.

때문이다. 또 새로운 것을 학습할 수 있는 능력이나 환경에 적응할 수 있는 능력인 '지능'이 떨어지거나 연습이나 경험을 통해 정보나 기술을 습득하는 '학습능력'도 떨어진다. 아울러 감각기관을 통해 받아들인 정보를 부호화해서 저장해 뒀다가 다시 인출해 내는 '기억력', 학습과 지각을 통해 받아들인 정보를 구별하고 분류해서 개념화하는 과정인 '사고능력', 사고과정을 통해 형성된 개념으로부터 논리적인 추리를 해서 결정을 내리는 '문제해결 능력', 개인의 독특하고 발견적인 문제해결 능력인 '창의성' 등도 연령 증가에 따라 떨어진다고 이 교수는 지적하고 있다. 다시 말해 노인이 되면 신체적, 정신적 노화에 따라 외부의 자극이나 정보를 자신의 것으로 만드는 능력이 떨어진다는 뜻이다.

필자의 지인 중에 탄탄한 중소기업 대표이사가 있다. 이 분과 오랜만에 만나 점심 식사를 하면서 이런 저런 담소를 나눴는데 그가 나이와 관련된 재밌는 얘기를 들려주었다. 회사가 설립된지 오래되면서 나이 60을 바라보는 중역들이 많아졌는데, 그들에게서 나타나는 가장 큰 변화는 고집이 세진다는 점이었다. 중역들과 회의를 하다보면 허점이 있음에도 불구하고 회사와 직원들이 자기의 판단과 결정을 따라주기를 은근히 강요하더라는 것이다. 그들

보다 더 넓게, 깊이, 멀리 내다보고 있는 사장 입장에서는 잘못된 판단임이 훤히 보이는데도 고집을 피울 땐 정말 답답했다고 했다. 이처럼 사람은 나이 들수록 자기 확신이 강해지고 자기가 경험했거나 알고 있는 영역 안에서 판단 기준을 찾고 행동하려는 경향이 뚜렷해진다. 그리고 부하 직원들이나 젊은이들, 자식들에게까지 자신의 기준을 따를 것을 강요하기도 한다. 조직의 책임자가 변화를 두려워하고 소통을 소홀히 한다면 그 조직의 미래는 불 보듯 뻔하다.

경험이 부족한 젊은이, 자식들은 노인의 결정과 판단을 따르거나 참고하면 많은 도움을 받을 수 있다. 인간에게 있어 기본이 되는 인성, 교육, 예절, 인간관계, 재테크, 재해 예방 등의 경험과 경륜은 매우 중요하기 때문이다. 늙은 말의 지혜, 곧 경험이 풍부하고 숙달된 지혜라는 뜻인 노마지지(老馬之智)나 먼저 있었던 관리가 더 훌륭하다는 뜻인 구관명관(舊官名官)이란 말이 나온 것은 경험과 경륜이 소중하기 때문이다. 나이와 관계없이 타고난 직관력만으로도 사태 해결을 잘 할 수도 있겠지만 숱한 좌절과 실패, 성공의 경험을 통해 종합적인 판단력을 가진 노인의 노련함은 결정적일 때 빛을 발한다.

이처럼 사람은 나이 들수록 자기 확신이 강해지고 자기가 경험했거나 알고 있는 영역 안에서 판단 기준을 찾고 행동하려는 경향이 뚜렷해진다.

노인들의 발언 중에는 막무가내식의 고집이 아닌, 자식에 대한 깊은 배려가 녹아 있는 경우가 많다. 김용택 시인의 어머니가 자식의 보청기 권유를 뿌리친 얘기가 그 예다. 김 시인은 늙어서 귀가 잘 안 들리는 어머니에게 보청기를 해드리려고 했으나 거절당했다고 그의 책『김용택의 어머니』(문학동네 간)에서 소개하고 있다. 김 시인의 아내가 연로한 어머니와 전화로 농담을 할 수 없다며 통화를 끝내고 주저앉아 울자 그것을 본 자신도 울었단다. 어머니의 가는귀가 먹었다는 사실을 확인한 후에도 시인은 또 며칠을 울었다. 그러다 보청기를 하자고 어머니에게 권유했더니 어머니 왈, "아니다. 늙으면 세상 소리 다 들을 필요 없다"며 거절하더라는 것이다. 몸과 마음이 따라가지 못하는 데 세상 소리 다 들어서 어디다 쓰겠느냐는 의미였다.

김 시인 어머니의 이 거절은 노인들의 성향인 '고집불통성 거절'과는 다르다. 시인의 말마따나 공부를 하지 않았지만 사람들과 잘 어울려 살아가고 세상의 이치를 훤히 꿰차고 있는 '박물관'인 어머니가 보청기를 거부한 것은 고집이 아니다. 늙음을 받아들이면서 형편 되는 대로, 몸이 허락하는 대로 편하게 살다가 가겠노라는 의지를 자식에게 내비친 것이리라. 윙윙, 빽빽 하는 소리가 잘 들리지는 않지만 왜 윙윙하고 빽빽거리는지 '이치의 소리'를 충분히 들을

수 있다. 우리는 '이치의 소리'를 들을 줄 아는 노인을 고집
불통 노인이라고 매도하는 것을 경계해야 한다. 그 고집에
는 지혜와 배려가 잔뜩 스며들어 있다.

우리 속담에 '구르는 돌은 이끼가 끼지 않는다'라는 말이
있다. 돌도 한 자리에 가만히 있으면 이끼가 앉듯이 사람
도 활동을 않거나 두뇌를 쓰지 않으면 멍청해질 수 있다는
뜻이다. 이를 노인에게 적용하면 '구르지 않는 돌'이 되지
말고 끊임없이 세상의 흐름을 읽어야 한다는 주문일 것이
다. 변화를 거부한 채 젊은이나 부하 직원들에게 알아듣지
도 못할 잔소리나 군소리를 늘어놓는 '귀신 씻나락 까먹듯'
하는 노인이 돼서는 안 된다.

늘 깨어 있는 노인이 되기 위해서는 반드시 지켜야 할
몇 가지가 있다. 우선 국내외 세상이 돌아가는 상황을 훤
히 꿰뚫어 보기 위해 매일 신문 1~2개 정도는 읽자. 신문
에 실리는 각종 뉴스는 고도로 훈련된 기자들이 엄청나게
쏟아지는 정보 중에서 그날 꼭 독자들이 읽어야겠다고 판
단한 뉴스만을 추린 것이다. 신문은 그야말로 세상 흐름
의 압축판이다. 다음으로는 나이 들수록 서점에 가는 것
을 생활화할 것을 주문하고 싶다. 서가에 진열된 책 속엔
세상의 다양한 이슈들이 전문가들의 손을 거쳐 정리되어

신문에 실리는
각종 뉴스는 고도
로 훈련된 기자들
이 엄청나게 쏟아
지는 정보 중에서
그날 꼭 독자들이
읽어야겠다고
판단한 뉴스만을
추린 것이다. 신문
은 그야말로 세상
흐름의 압축판이다.

있다. 마음만 먹으면 책을 통해 이슈에 대한 깊이 있는 식견을 키울 수 있다. 또한 가족과 허심탄회한 대화의 시간을 가능한 많이 갖도록 노력하는 자세가 필요하다. 자녀들에게 부족한 점이 있으면 지체 없이 지적해주고 잘하는 게 있으면 즉시 칭찬해 주면서 눈빛만 봐도 집안 최고 어른이 무엇을 원하는 지 알 수 있게 해줘야 한다. 그 과정에서 터져 나오는 자녀의 솔직한 불평이나 지적은 겸허히 수용해야 한다. 자식의 불평이나 지적에 귀 기울이는 자세가 되면 노인의 자존감은 더 커지게 된다.

젊은 자녀들은 정치나 경제, 여성문제 등 여러 사회 현상을 받아들이는 반응 속도가 훨씬 빠르고 비판적이다. 듣기 싫다고, 자신의 생각과 다르다고 강압적으로 그들의 입을 막거나 면박을 주면 노인은 왕따 신세를 면할 수 없다. 정치, 경제, 남북관계를 포함한 이념문제 등을 놓고 활발한 대화를 나눈 가족은 세대 간 이념차이나 갈등을 충분히 해소시킬 수 있다. 이런 문제들을 놓고 젊은이와 대화를 한다는 것은 노인들이 그만큼 깨어 있다는 증거가 아니겠는가. 따라서 노인들은 자꾸 노인끼리 뭉치려 하지 말고 가급적 젊은이들 속으로 파고들어 그들이 어떤 생각을 하고 있는지, 왜 그런 생각을 하게 됐는 지를 들여다보기 위해 늘 귀를 활짝 열어 놓고 있어야 한다.

누군가의 부름엔 언제나 OK로

우리는 인류 역사에 있어서 단 한 번도 경험하지 못한 장수시대, 즉 100세 시대를 앞두고 있다. 김태유 서울대 교수가 『은퇴가 없는 나라』라는 책에서 소개한 '세계인구의 역사'라는 자료에 따르면 지금으로부터 110여 년 전인 1900년의 인간 기대수명은 50세에 불과했다. 당시 영국, 프랑스, 미국의 평균 기대수명은 각각 48.2세, 47.4세, 50.8세 정도였다. 그러나 2000년의 평균 기대수명은 영국 78.3세, 프랑스 79.4세, 미국 77.3세로 80세에 가까워졌다. 100년 만에 무려 30년이나 늘어난 것이다. OECD 건강 데이터에 따르면 이런 현상은 한국에서도 마찬가지다. 1960년 한국의 기대수명은 51세로 당시 OECD 평균 67세보다 16세나 낮았지만 2008년에는 79.9세로 OECD 평균(79.4세)을 앞질러 버렸다.

과거 한국인들은 환갑잔치를 받지 못하는 것을 큰 수치로 여겼다. 그래서 자식들은 부모의 환갑잔치를 당연히 준비해야 했다. 그러나 환갑잔치를 한다며 초청장을 보내면 "무슨 환갑잔치?"라며 이상하게 생각하는 시대에 우리는 살고 있다. 100세를 넘기면 모두 부러워했고 뉴스거리가 된 적도 있었다. 100세까지 산다는 말은 일본이나 유럽의 불가리아 등 장수나라에서나 해당되는 꿈같은 얘기로 들렸지만 우리의 현실로 다가온 것이다. 2010년 말 영국정부가 전 인구의 17%인 1,000만 명쯤이 100세까지 살게 될 것이란 추계치를 발표했다. 이는 영국을 비롯한 세계 도처에서 100세를 훌쩍 넘기는 사람들로 북적일 거란 얘기다.

김태유 교수는 100세 장수가 기분 좋은 일이 아닌 무서운 일일 수도 있다고 했다. 60세에 은퇴하고 나면 그 후 40년을 뭘 하며 지내지? 과연 40년을 버틸 재산은 있는가? 건강이 나빠진 상태로 골골하며 100세까지 사는 것이 행복일까? 100세까지 누가 나를 봉양해주지? 60세, 70세가 된 자녀들에게 민폐만 끼치다 가는 것은 아닐까? 등

60세에 은퇴하고 나면 그 후 40년을 뭘 하며 지내지? 과연 40년을 버틸 재산은 있는가? 건강이 나빠진 상태로 골골하며 100세까지 사는 것이 행복일까?

많은 걱정이 생기기 때문이다. 이런 기대수명의 지속적 증가와 100세 시대의 도래는 향후 개인의 인생계획은 물론 국가의 고령사회 정책 자체를 뒤틀어버릴 수 가능성을 내포하고 있다고 김 교수는 지적했다. 그는 또 한국 국민 개개인이 20대에 얻은 지식과 기술로 30~40년 일하다 60대에 퇴직해 80대까지 20년 정도 즐기다 가는, 다시 말해 80살까지 살다가 죽는 '20-60-80 형태'의 생애 플랜을 마련해 놓고 있다고 분석했다. 또한 교육, 취업, 정년, 연금, 복지, 보건 등 모든 국가사회제도도 대부분 '60세 은퇴와 80세 사망'이라는 전제로 설계돼 있다고 김 교수는 지적하고 있다.

100세 시대에 60세에 은퇴하면 무려 40년이란 긴 세월 동안 '뭔가'를 하며 보내야 한다. 뭘 하며 남은 40년의 긴 노후를 보람차고 생산적이며 의미 있게 보낼 수 있을까.

노인이 되기까지에는 자신의 처절한 노력이 있었지만 가족, 사회, 국가로부터 많은 지원과 관심, 보살핌도 받았다. 따라서 노인은 부름이 있으면 주저 없이 달려나가 쌓은 노하우를 전수해줘야 한다.

노인 개개인은 물론 이 사회도, 국가도 이 문제에 대해 심각하게 고민해야 한다. 특히 고령화시대에 한국의 노인들이 불행한 상태로 방치된다면 세계 선진국들로부터 '대다수 국민들이 행복하지 않는 나라, 한국'으로 손가락질 받을 가능성도 있다.

사회나 국가가 부를 때까지 기다리지 말고 노인 스스로 지역사회, 지자체, 국가를 위해서 무엇을 할 것인지를 능동적으로 생각해야 한다.

　노인들은 물론 아직 노인의 대열에 들어서지 않는 청중 장년층도 능동적으로 '성공적인 노인 역할'에 대해 깊은 관심을 갖고 심도 있는 고민을 해야 한다. 지역사회가, 지자체가, 국가가 노인을 위해 뭐든지 다 해 줄 거라는 생각은 과감히 떨쳐 버려야 한다. 언제 지역사회가, 지자체가, 국가가 노인 개개인의 성향을 일일이 파악해서 그들이 모두 만족할 만한 '거리'를 찾아 줄 수 있겠는가. 그것을 기대하면서 지역사회, 지자체, 국가에게 불평이나 불만만 늘어놓는 것은 사과나무 밑에 앉아서 사과가 입속으로 떨어지기만을 마냥 기다리고 있는 꼴과 같다. 보람찬 노후 생활을 책임지고 설계할 사람은 오직 자신밖에 없다. 스스로 언제, 무엇을, 어떻게 해서 보람찬 노후생활을 일궈 낼지는 노인 자신만이 알 수 있고 해결할 수 있는 문제다. 사회나 국가가 부를 때까지 기다리지 말고 노인 스스로 지역사회, 지자체, 국가를 위해서 무엇을 할 것인지를 능동적으로 생각해야 한다. 그렇게 할 때만이 진정 존경받는 노인이 될 수 있다.

그렇다면 노인은 지역사회와 국가를 위해서 어떤 일을 해야 할까. 우선 지역사회에서의 노인 역할을 그룹 차원과 개인 차원으로 구분할 수 있다. 노인은 시간이 많은데 비해 활동력 저하로 결속력이 약하다는 단점을 지니고 있다. 결속력을 키워주고 참여할 수 있는 동기나 계기만 부여한다면 '힘없는 노인'이 아니라 '슈퍼 파워 노인'으로 확 바뀌게 된다. 사회가 복잡다단해지면서 노인이 참여할 수 있는 분야는 많아졌다. 가장 쉽게 지역사회의 일원으로 참여할 수 있는 분야는 자원봉사활동이다. 지역에서 크고 작은 행사가 있을 때 앞장서서 자원봉사자로 활동한다면 스스로 보람과 긍지를 찾을 수 있고 지역사회나 지자체, 젊은이들은 노인에 대한 고마움을 느낄 것이다. 특히 국제행사를 성공적으로 개최하기 위해서는 많은 전문분야 자원봉사요원이 필요하다. 외국어를 능숙하게 구사할 수 있거나 기술 경험이 풍부한 노인들이 자원봉사자로 참여해 주면 행사 주최자 입장에서는 큰 힘이 된다.

외국어에 능통하거나 관광가이드 생활을 오래 한 뒤 은퇴한 백발의 노인들이 올림픽이나 월드컵축구대회 등 큰 국제행사장에서 선수단을 친절히 안내하며 행복한 표정을

결속력을 키워주고 참여할 수 있는 동기나 계기만 부여한다면 '힘없는 노인'이 아니라 '슈퍼 파워 노인'으로 확 바뀌게 된다.

짓는 모습을 볼 수 있었다. 그들은 자신의 재능이 지역사회나 국가의 큰 행사를 성공적으로 치르는 데 밑거름이 된다는 사실에 너무 행복해 했다. 또 태풍, 폭우, 폭설, 가뭄 등 자연재해로 큰 피해가 났을 때도 현장으로 달려가서 힘껏 봉사활동을 할 수도 있다. 마을, 아파트, 구별 단위로 노인조직을 갖춰서 체계적으로 봉사활동을 한다면 그 효과는 극대화 될 수 있다. 아니면 노인회, 적십자회 등의 조직에 가입한 뒤 일원으로 활동해도 좋다.

노인은 또 개인적으로도 얼마든지 보람찬 역할을 할 수 있다. 물론 그 역할은 체력적으로나 경제적으로 무리하지 않는 범위 안에서 이뤄져야 한다. 또한 풍부한 인생 경험이나 전문지식을 후손들에게 전달하기 위해 노력을 기울일 수도 있다. 예컨대 서예의 대가로 이름을 날렸다면 동네 아이들을 자기 집이나 마을회관 등에 모아놓고 서예지도를 할 수 있다. 에베레스트 산 등 세계 유명 고산을 등정한 경험이 있는 산악인은 학교 산악회나 일반 산악회 등과 인연을 맺고 등산 노하우를 전수할 수 있다.

자전거로 세계 일주여행을 했거나 요트를 타고 세계 해양을 누비고 온 사람들, 세계 각국 오지 여행을 한 사람들은 강연을 통해 자신이 찍은 사진과 책을 소개하며 청소년들에게 도전정신을 키워줄 수 있다. 노인에게는 별 것 아닌 것 같은 경험일지라도 자라나는 꿈 많은 청소년에게는 꼭 필요한 도전의 단초가 될 수 있다. 노인의 경험을 듣고 시작한 그 도전이 나중에 어떤 청소년을 세계 유명인사로 만들지도 모른다. 노인들이 저마다 갖고 있는 지혜, 경험, 성공, 실패는 단 하나도 허투루 사라져서는 안 된다. 노인의 머리와 가슴에 빼곡히 쌓여 있는 자산 속엔 자신의 경험과 노력 이외에도 그 시대적인 환경, 사회적 역동성, 국가의 시책들이 고스란히 배어 있다. 노인은 흐르는 세월 속에 그냥 나이만 먹은 존재가 결코 아니다. 지금의 노인이 되기까지 가족의 관심과 지원, 사회의 배려와 보호, 국가적인 투자가 녹아 있으므로 삶을 마감하고 이 세상과 이별하기 전까지는 하나도 남김없이 후손들에게 전해줘야 할 책무를 지니고 있다.

어차피 빈손으로 마감할 인생이다. 후회 없이 살고 가야 할 인생인데, 무엇이 아까우며 무엇이 두려우랴. 채근담에 이런 구절이 있다. 「나무는 뿌리로 돌아간 뒤에서야 꽃과 가지와 잎의 헛된 영화를 알게 되고, 사람은 관 뚜껑을 덮은 다음에서야 자손과 재물이 쓸데없다는 것을 알게 된다. (樹木至歸根而後 知華萼枝葉之徒榮 人事至蓋棺而後 知子女玉帛之無益 −

노인에게는 별 것 아닌 것 같은 경험일지라도 자라나는 꿈 많은 청소년에게는 꼭 필요한 도전의 단초가 될 수 있다. 노인의 경험을 듣고 시작한 그 도전이 나중에 어떤 청소년을 세계 유명인사로 만들지도 모른다.

수목지귀근이후 지화악지엽지도영 인사지개관이후
지자녀옥백지무익)」. 단 한푼도 저 세상까지 가지고
갈 수 없는 재산이요, 이미 내 품 안을 떠나 독립한 자손이
건만 그것을 붙잡고 놓지 않으려 안타까워하고 근심 걱정
을 한다. 빈손으로 가야 할 인생, 이 세상을 살아가는 동
안에 인간으로서의 책무를 다하고, 떠날 때는 다음 세대를
신뢰하며 모든 것을 맡기고 홀가분하게 떠나는 것이 대자
연의 순리다.

100세 시대에 '노인 40년'을 인생 최대의 황금기로 만
들 수 있느냐, 최악의 시기로 곤두박질치게 만드느냐는 노
인 자신의 선택과 노력에 달려 있다. 젊었을 때 배우고 경
험 했던 것들을 더 연마해서 사회나 국가가 필요로 할 땐
언제든지 모든 것을 꺼내 놓을 수 있도록 준비를 해놓자.
그리고 사회나 국가가 부르면 지체 없이 달려가 노인의 위
력을 보여주자. 사랑스런 후배들, 후손들이 지혜나 경륜
을 한 수 가르쳐 달라는 요청을 해오면 즉시 손을 내밀어
주자. 그것은 노인의 위상을 굳건히 하는 것이자 살아 있
는 동안에 인간으로서의 마지막 책무를 다하는 숭고한 순
리이기도 하다.

찬란히 저무는 노을처럼

　　　　모든 생물은 언젠가 생을 마감한다. 만물의 영장인 사람 역시 때가 되면 치열했던 삶을 마감하고 한 줌의 흙으로 돌아간다. 이것은 자연의 법칙이고 창조주의 뜻이기도 하다. 공수래공수거(空手來空手去). 빈손으로 왔다가 빈손으로 가는 것이 인생이다. 그러나 필자는 어떻게 살았고 어떤 모습으로 생을 마감했느냐에 따라 빈손으로 왔지만 반드시 모두가 빈손으로 가는 것만은 아니라고 생각한다. 인생을 아름답게 잘 마무리하면 손에 뭔가를 잔뜩 쥐고 떠나는 것이다. '공수래만수거'(空手來滿手去)의 주인공으로, 한번 죽음으로 끝나지 않고 자손을 통해 영원히 사는 것이다. 세상과의 아름답고 감동적인 이별은 만수

거다. '만수거'로 떠난 노인이 손에 꽉 쥐었던 지혜와 정신은 자식들, 후손들 가슴 속에서 영원히 꿈틀대고 있을 것이다. 먼저 간 어른의 지혜가 자식들의 삶에 보태지니 그 위력은 배가 될 수밖에 없다.

인생을 아름답게 잘 마무리하면 손에 뭔가를 잔뜩 쥐고 떠나는 것이다. '공수래만수거'(空手來滿手去)의 주인공으로, 한번 죽음으로 끝나지 않고 자손을 통해 영원히 사는 것이다. 세상과의 아름답고 감동적인 이별은 만수거다.

공수거가 될지, 만수거가 될지는 '인생 마무리'를 어떻게 하느냐에 달려 있다. 그냥 멍한 무개념 상태로 있다가 홀연히 떠나선 안된다. 자신이 지닌 모든 지혜를 남김없이 물려주려면 미리 준비해야 한다. 생의 마감은 예고돼 있지 않는, 신만이 알고 있는 영역이기 때문이다. 치열하게 살았는데 흔적도 없이 사라져버린다면 너무 억울하지 않은가. 그 치열한 흔적은 떠나는 자만의 것이 아니다. 함께 살면서 공유했던 도전, 성공, 실패, 환희, 열정 등의 흔적은 남아 있는 가족에게는 삶의 지표이자 인생 항로의 등대가 될 수 있다. 그 지표들이 잘 작동되면 사회와 국가도 올바른 방향으로 갈 수밖에 없다. 엉뚱한 길로 가는 사회와 국가는 온전한 지표를 설정한 남은 가족들의 저항에 부딪힐 수밖에 없다.

어떻게 해야 아름답게 떠나는 것일까. 우선 자식들에게 빚을 남겨 쪼들리게 해서는 안 된다는 점을 꼽고 싶다. 필자가 가장 존경하는 분, 조부는 자식의 노름빚까지 깨끗하게 청산하고 한 줌 흙으로 돌아가셨다. 빚 독촉에 시달릴 자식과 손주들을 걱정했기 때문이다. 강원도 홍천의 용간난 할머니의 남편 빚 청산 얘기는 유명하다. 간난 할머니의 남편은 1979년 약초를 캐러 가서 담배를 피우다 산불을 내 국유림을 태우고 말았다. 국유림관리소는 할아버지에게 벌금 130만 원을 부과했고 어려운 형편을 고려해 분할 납부토록 했다. 중풍을 앓던 할아버지는 얼마 뒤 "나 대신 벌금을 꼭 갚아 달라"는 유언을 남기고 세상을 떠났다.

할머니는 몇 만 원, 몇 천 원씩 꼬박꼬박 갚아나갔고 20여 년만인 2001년에 드디어 벌금을 완납했다. 할머니는 "빚을 다 갚아 정말 후련하다. 저승에 간 남편도 이젠 편히 쉴 수 있겠다."면서 기뻐했다. 남편이 진 빚을 기어코 다 갚음으로써 남편을 욕되지 않게 하겠다는 할머니의 책임감은 아름다움 그 자체다.

인생은 공수래공수거(空手來空手去)라고 하지만 자식에게 삶의 노하우를 잘 전수하고 생을 마감한다면 공수래만수거(空手來滿手去)가 될 수 있다. 사진은 제주 화석 박물관인 한울랜드에 전시된 거대한 규화목. 나이 1억 년쯤으로 추정되는 이 화석은 나무가 돌로 변했다. 가족은 억만 년이 지난 규화목보다 더 질기고 생명력이 강하다.

2011년 일본 영화 '엔딩노트'가 개봉된 뒤 중장년층 사이에서는 엔딩노트 쓰기 바람이 일었다. 일본의 유명 영화감독 고레에다 히로카즈 밑에서 일해 온 조감독 마미 스나다는 아버지가 암에 걸렸다는 사실을 알게 되고 그녀는 아버지의 마지막 모습을 기록하고 싶어 아버지를 쫓아다니며 영상을 찍기 시작했다. 그렇게 만들어진 엔딩노트는 죽음 앞에 선 아버지가 유머를 잃지 않고 가족들과 소중한 추억을 쌓으며 삶을 마무리하는 과정을 담은 다큐멘터리 영화다. 죽음을 기다리는 과정이 아니라 삶의 마무리를 어떻게 하는지를 보여줘 관객들의 심금을 울렸다. 43년간 샐러리맨으로 산 스나다 도모아키는 69세에 위암 4기 판정을 받은 뒤 6개월간의, 버킷 리스트를 작성하고 그것을 실천해 나갔다. 장례식 치를 장소를 성당으로 정하고 신부님을 만나 평생 믿지 않았던 신을 믿기로 한다. 성당을 선택한 것은 장례식을 간소하게 치러 주변 사람들에게 부담을 주지 않기 위해서다. 다음은 손녀들 머슴 노릇 실컷 해주기. 미국에 사는 두 손녀가 방학을 맞아 일본에 오자 모든 애정을 다 쏟아 붓기로 한 것이다.

엔딩노트에는 '평생 찍어주지 않았던 야당에 투표하기'도 들어있다. 선거일에 누굴 찍을 거냐고 묻는 딸에게 말할 수 없다고 했지만 "이젠 정권이 바뀔 때도 되었다."며

그렇게 만들어진 엔딩노트는 죽음 앞에 선 아버지가 유머를 잃지 않고 가족들과 소중한 추억을 쌓으며 삶을 마무리하는 과정을 담은 다큐멘터리 영화다.

투표를 하러 간다. 또 '장례식 초청자 명단 작성', '소홀했던 가족과 행복한 여행', '장례식장 사전 답사', '손녀들과 한 번 더 힘껏 놀기', '아들에게 인수인계' 등 엔딩노트에 적힌 항목을 성실하게 실천했다. 마지막 순간이 다가오자 94세 된 어머니께 먼저 가서 죄송하다는 전화를 하고, 임종을 보기 위해 미국에서 온 아들과 손녀에게 마지막을 행복하게 해줘서 고맙다고 인사했다. 그리고 아내에게는 평생 하지 못한 말, '사랑해'를 털어놔 관객들의 마음을 짠하게 했다. 차분하고 깔끔하게 '해피 엔드'로 삶을 마무리하는 스나다처럼 삶의 마무리를 어떻게 하는 것이 좋은지 준비를 해 놓을 필요가 있다.

다음은 각자 평생 쌓아온 전문가적 영역을 자식이나 지역사회, 기업 등에 꼼꼼하게 인계해야 한다는 점을 꼽고 싶다. 학자, 교직자, 법률가, 기업가, 기술자, 정치인, 체육인, 전문 농업인 등 각 분야의 전문가가 되기까지에는 본인의 노력과 함께 가족의 희생, 분야별로 엄청난 투자와 지원이 따랐다. 그러므로 전문가의 식견은 당연히 우리 모두가 활용해야 할 공유재산이다. 그런 전문가들이 아무것도 남기지 않고 떠나는 것은 가족 전체와 해당 분야는 물론 국가적으로도 큰 손실이다. 따라서 전문가들은 자신이 누린 영역이 허물어지거나 비법이 없어지지 않도록 체계적인

각 분야의 전문가가 되기까지 본인의 노력과 함께 가족의 희생, 분야별로 엄청난 투자와 지원이 따랐다. 그러므로 전문가의 식견은 당연히 우리 모두가 활용해야 할 공유재산이다.

자료 정리, 노하우 전수에 매진해야 한다. 기록 정리가 몸에 배어 있지 않은 우리나라 사람들에게는 '졸(卒, 사망)은 곧 망실'이라는 등식이 성립될 정도로 허술한 측면이 많다. 천안 공원묘지 입구에 자리한 큰 바윗돌에 '나 그대 믿고 떠나리'라는 문구가 새겨져 있다고 한다. 암과 싸우다 57세의 나이로 일찍 세상을 떠난 서강대 장영희 교수는 에세이집 『살아온 기적 살아갈 기적』(샘터 간)에서 이 문구와 관련, 처음에는 투박하고 촌스럽게 느껴졌는데 문득 그 말의 의미가 가슴에 와 닿았다고 말하고 있다. 천안 공원묘지는 장 교수의 부친 유해가 안치돼 있는 곳이다.

「중요한 것은 믿음이다. 우리가 사랑하는 사람들이 삶을 마무리 하고 떠날 때 그들은 우리에게 믿음을 주는 것이다. 자기들이 못 다한 사랑을 해주리라는 믿음, (중략) 우리도 그들의 뒤를 따를 때까지 이곳에서의 귀중한 시간을 헛되이 보내지 않도록 하는 믿음—그리고 그 믿음에 걸맞게 살아가는 것은 아직 이곳에 남아 있는 우리들의 몫이다.」 먼저 간 자는 살아 있는 자들을 믿고 떠날 수 있었고 살아 있는 자는 먼저 간 자의 믿음에 부응하기 위해 열심히 살아야 한다. 먼저 간 자와 살아남은 자 간에 '믿음'이 형성되려면 먼저 간 자가 삶의 궤적을 충실히 전달할 수 있도록 노력해야 한다는 뜻이 아닐까.

적게 가진 자 보다 많이 가진 자 중에서 유산 문제로 자식들간에 볼썽사납게 다투는 일이 많다. 말이 다툼이지 실제로는 원수끼리 싸우는 듯한 지독한 상황이 펼쳐질 때가 비일비재하다. 먼저 간 자가 남긴 큰 재산이나 돈의 분배가 불분명하면 형제간 우애를 망치고 동서지간을 원수로 만들 수 있다. 따라서 먼저 떠날 사람은 말년에 이를 잘 분배해서 법적으로나 정서적으로 자식 형제들이 다투지 않게, 오히려 형제들이 더욱 우애를 나눌 수 있는 기회로 만들어 줘야 한다. 자신이 가진 돈이나 재산보다 더 많이 벌수 있는 방법이나 또는 기초를 닦아주기, 일정 부분을 사회나 국가에 멋있게 기부하는 등 여러 가지 좋은 방법이 있다. 우리 주변에는 자식들이 악다구니를 쓰며 재산다툼을 하게 한 부자도 많지만 자식은 물론 남들까지 감동시키고 떠난 부자들도 많다.

　마지막으로 떠날 때가 다가오고 있다는 생각이 드는 시점부터는 가족들에게 '전설'이나 '아름다운 추억'으로 남을 수 있도록 마음을 비우고 자식 곁으로 자꾸 다가가야 한다. 떠나면 모두에게서 금방 잊혀 진다. 그냥 잊혀져버리면 무의미하고 허무한 존재로 남게 될 뿐이다. 치열하게 살아온 열정과 흔적, 삶의 철학 등을 기록으로 정리해서 자식들의 손에 쥐어주자. 기록은 꼼꼼히, 정성들여 직접

그냥 잊혀져버리면 무의미하고 허무한 존재로 남게 될 뿐이다. 치열하게 살아온 열정과 흔적, 삶의 철학 등을 기록으로 정리해서 자식들의 손에 쥐어주자.

적은 노트도 좋고 전문가의 손을 거친 책도 좋다. 자신이 떠나고 언젠가 후손들 중에서 당신이 남긴 기록을 살펴본 뒤 큰 가르침을 받았다며 무릎을 치고 있을 지도 모른다. 훌륭한 기록물은 수 세대를 거친 뒤 베스트셀러나 국가적 문화유산으로 격상될 수도 있다. 마지막이 다가올수록 자식과 사회에 대한 사랑을 아낌없이 표현해 줘야 한다. 아무리 좋은 철학, 비법, 사랑이 있더라도 입 다물고 있다가 떠나 버리면 그것으로 끝이다.

아름답게 떠나는 것. 마음먹고 준비하기에 따라서는 결코 어려운 일이 아니다. 살아 있는 지금 이 순간, 바로 오늘부터 시작하면 아름다운 떠남의 절반은 성공한 것이다. 치열하게 살되 떠날 땐 아름답고 감동적인 전통을 남겨 성숙된 사회를 만들자.

채근담의 한 구절을 더 인용한다. 「心者後裔之根(심자후예지근) 未有根不植而枝葉榮茂者(미유근불식이지엽영무자)」. 마음은 자손의 뿌리이고 뿌리를 심지 않았는 데도 그 가지와 잎이 무성한 일은 이제까지 없었다는 뜻이다. 자손을 위한 마음이 뿌리가 되는 방법 중에 '아름다운 떠남'을 미리 준비하는 것도 포함된다고 하면 무리한 해석일까.

끝맺으며

　　1946년 11월 말 미국 시에라 네바다 돈너 계곡. 이곳에는 독일과 오스트리아 등 유럽에서 온 일가족, 독신 남성, 이 지역 지리에 밝은 안내인 몇 명 등 81명이 갑자기 불어닥친 눈폭풍과 혹한 속에서 생존을 위한 사투를 벌이고 있었다. 6개월여가 지난 1847년 4월 25일. 마지막 일행이 구조된 뒤 살아남은 사람들은 예상을 뒤엎고 노인, 병자, 어린 아이들이었다. 독신 남성들은 대부분 사망했지만 가족 구성원들, 특히 대가족 구성원들이 더 많이 살아남았다. 이는 인류학자 도널드 그레이슨이 돈너계곡의 비극에 대해 생물학적 과정을 분석한 결과 밝혀진 사실이다. 그가 내린 결론은 그런 극한상황에서 생사를 좌우한 결정적인 이유는 가족과 함께 있었느냐, 혼자 있었느냐는 것이다. 극한 상황에서는 가족의 규모가 클수록 개인의 생존확률이 높았고 가족 구성원의 생존기간도 길었다는 거다.

1973년 8월 영국의 유명 휴양지 섬머랜드의 한 고급호텔에서 대형화재가 발생, 51명이 죽고 400여 명이 다쳐 2차대전 이후 영국 최대의 화재재난사고로 기록됐다. 불은 호텔 매점 앞에서 두 사내아이가 성냥불로 담배를 피우면서 일어났다. 몇 년 후 심리학자 조나단 사임이 화재 당시 호텔 내부에서 어떤 일이 벌어졌는지 연구하기 위해 BBC카메라에 찍힌 영상을 분석한 결과 놀라운 사실이 밝혀졌다. 호텔에서 불길이 치솟는 상황에서도 가족들은 전혀 당황하지 않고 오히려 순식간에 엄청난 효율성을 보이며 뭉치기 시작했고 서로를 잃어버리지 않고 함께 도망치기 위해 사력을 다하더라는 것이다. 화재 순간 대형 야외 정원에 흩어져 있던 30가족 중 절반이 가족을 찾아 헤맸고 실제로 가족을 찾았으며 그리고 전원이 무사히 빠져 나올 수 있었다. 반면 친구끼리 온 19개팀은 불이나자 누구도 서로를 찾아 헤매지 않았다. 화재 발생 전에는 가족보다 더 진한 애정을 과시한 친구들은 화재 발생 후에는 사방으로 흩어져 버리는 '고독한 전사'가 된 반면 가족들은 번개같은 속도로 '장렬한 구조대'가 됐다는 것이다. 가족은 다른 구성원이 지금 어디 있는지 항상 알고 있는 사회 시스템이며 그것을 모른다면 가족은 해체된다. 가족은 다른 구성원이 위험에 처할 경우 구조할 수 있도록 어디에 있는지 평생 알고 싶어하는 유일한 조직이기도 하다.

위 2가지 사례는 독일 저널리스트 프랑크 쉬르마허가 펴낸 『가족 부활이냐 몰락이냐』(나무생각 간)라는 책에서 소개한 내용이다.

어떤가. 이처럼 가족관계는 위기 때 더 뭉쳐서 구성원들을 지켜내는 힘으로 작동한다. 연약한 노인이나 아이들이 6개월여의 눈폭풍과 혹한이라는 극한상황에 맞서 살아날 수 있었던 이유는 가족간에 태생적으로 숨어 있는 본능적 사랑, 보호감정이 위력을 발휘했기 때문이다.

오랫동안 가슴 속에 쟁여져 있던 가족 얘기를 맘껏, 실컷 펼쳐놓고 독자들의 공감을 이끌어 내고 싶었다. 그러나 거창한 주제에 비해 명쾌하고도 똑 부러지는 결과물을 내놓지 못한 것 같아 아쉬움이 크다. 결코 가볍지 않은 주제였기에 능력과 지식의 한계를 절감해야 했다. 길게, 복잡하게 내용을 이어왔지만 필자가 얘기하고자 하는 결론은 간단명료하다. '지혜의 보고'이자 '인생의 현자'인 노인의 정체성을 확실히 인정해 주고 그들을 제대로 대접하는 분위기를 조성하면 가족들이 다시 바로서고 난제 중의 난제인 저출산과 고령화 문제를 한꺼번에 해결함으로써 활력 있는 대한민국을 만들 수 있다는 점이다. 그런 분위기가 이 사회에 정착되면 자신들을 필요로 한다는 사실을 체감한 노인들이 슬슬 움직일 수밖에 없다.

노인들이 가족, 사회, 국가를 위해 당당하고도 능동적으로 움직이기 시작하면 세상은 바뀐다. 가정이 안정되고 사회가 활력을 찾는 등 모든 사회적, 경제적 현상은 '악순환 구조'에서 '선순환 구조'로 바뀌고 대한민국은 다시 용트림하게 될 것이다. 아이 돌봐줄 어른이 나타났으니 가정에서 신생아 울음소리가 다시 터져 나오기 시작한다. 출산이 활기를 띨 때 사회가 어떻게 선순환 구조로 바뀔까. 늘어난 수요로 매출이 급증하는 유아용품 회사나 우유·분유 회사들은 즐거운 비명을 지른다. 농어촌에는 학생과 원생이 없어 문 닫는 학교와 어린이집이 속출했지만 그런 걱정을 하지 않아도 된다. 정원을 채우지 못해 존립여부를 놓고 고민에 빠져 있던 대학들이 웃음을 되찾는 것은 물론이다. 교사를 더 많이 뽑아야 하고 교재산업 등 교육 연관산업 활성화로 고용이 창출된다. 세금이 많이 걷혀 지자체나 국가도 넉넉하게 예산을 편성해 도로, 철도, 공항, 항만 등 사회간접자본시설 투자는 물론 연구개발이나 복지 등에 더 배정할 수 있다.

다음으로는 노인을 위한 복지예산을 엄청나게 줄일 수 있다는 점이다. 국가나 지자체가 노인을 위해 감당해야 할 복지예산이 해를 거듭할수록 기하급수적으로 늘어나고 있는데 그 부담은 젊은 세대, 미래 세대가 고스란히 안아야 한다. 이는 지금 세대 사람들이 미래 후손들이 써야 할 재원을 미리 끌어와 쓰는 분탕질을 하는 것과 무엇이 다른가. 저출산과 초고령화 현상이 심화되는 상황에서 노인을 부양해야 할 젊은이의 어깨를 더 무겁게 하고 결국에는 두 손 두발 다 들게 만들 것이다. 2015년 생산가능인구(15~64세) 100명이 18.12명을 부양해야 했지만 2040년이면 무려 57.2명을 부양할 것이라는 통계예측도 있다. 또한 일본이 수 십 년간 깊은 경기 침체에 허덕이고 우리나라도 그런 조짐을 보이는 큰 이유 중에 하나가 직장에서 은퇴한 노인이 많고 질환에 시달려 복지예산에 부담을 주는 고령자가 많기 때문이라는 진단이 나왔다. 100세 시대를 치닫고 있는 상황에서 노인문제를 해결하지 않는 한 경기회복을 기대하기 어렵다면 이 얼마나 암담한 현실인가.

노인은 더이상 무관심과 냉대의 대상이 되어서는 안된다. 노인이 가족과 가정의 무대로 당당히 복귀하면 저출산 등 대한민국이 처한 복합적 위기를 능히 해결할 수 있다.

어떤 처방도 현실적인 변화를 이끌지 못했다. 그러나 노인들의 활약으로 저출산 현상이 완화된다면 그들의 존재가치나 활용가치는 무엇으로도 따질 수가 없다. 또 노인을 당당하게 만드는 사회적 분위기만으로도 노인의 가족 일원 복귀를 촉진시켜 사회나 국가가 책임져야 했던 복지비용(예산)을 획기적으로 줄일 수 있게 된다. 이는 현재의 젊은 층과 후대들이 감당해야 할 '억울한 짐'을 더는 결과로 이어질 것이다.

대한민국이 처한 복합적 위기를 '노인 잘 모시기' 하나로 거뜬하게 해결할 수 있다면, '가족문제-저출산-노인문제'를 연계해서 바라보고 대책을 찾는 시각을 가질 필요가 있다. 노인은 우리보다 앞서 사회와 경제를 책임졌던 위대한 존재다. 그들은 죽을 힘을 다해 오늘을 일궈냈으나 요즘 젊은이들은 노인들을 무관심과 냉대 속에 방치하고 있다. 젊은이가 노인만을 위해 관심을 갖고 손을 내밀자는 것이 아니라 젊은이 자신들을 위해서 그들에게 도움을 청하고 그들이 당당하게 다시 설 수 있도록 하자는 뜻이다.

젊은이도 그리 멀지 않은 시기에 '노인'이라는 멍에라면 멍에이고 인생의 현자라면 현자의 길로 들어선다. 그때 "우리 세대가 앞서 산 노인을 공경하고 당당하게 역할을 할 수 있도록 배려한 것이 결과적으로 이런 멋진 세상을 물려 줄 수 있었네."라고 다음 세대에게 '비법'을 전수할 수 있었으면 좋겠다.

노인복지법에는 노인의 권리 보장과 함께 노인으로서 책임 이행을 권장하는 내용이 잘 정리돼 있다. 우리는 이런 법이 있는지 조차 잘 모른다. 그래서 그 내용을 결언 부분에 소개하려고 아껴 두었다. '노인복지법 제2조 ① 노인은 후손의 양육과 국가 및 사회의 발전에 기여하여 온 자로서 존경받으며, 건전하고 안정된 생활을 보장받는다. ② 노인은 능력에 따라 적당한 일에 종사하고 사회적 활동에 참여할 기회를 보장받는다. ③ 노인은 노령에 따르는 심신의 변화를 자각하여 항상 심신의 건강을 유지하고 그 지식과 경험을 활용하여 사회의 발전에 기여하도록 노력하여야 한다.'

젊은이를 포함한 후손의 미래까지 걱정하며 지켜보고 있는 '인생의 현자'인 노인들의 힘을 빌리면, 대한민국이 현재의 위기를 극복하고 세계 속에 우뚝설 수 있다. 필자는 노인이 우리 사회의 난마처럼 엉켜 있는 문제를 풀 수 있는 '진정한 해결사'라고 확신하면서 다음의 메시지를 던지면서 졸고를 갈무리하고자 한다.

"대한민국의 현자이자 지혜의 보고이신 노인 여러분, 다시 용기와 열정을 발휘하셔서 생을 마감하는 그날까지 자식, 후손들을 위해 마지막 혼신의 힘을 다해주시기를 감히 청합니다. 그 가치는 갈수록 증폭되어서 자자손손 대를 이어서 빛을 발할 테니까요. 지구에 생명체가 살아있고, 지구가 행성으로 남아있는 한 억겁(億劫), 영겁(永劫)의 세월 속에 인류의 가족을 지켜나가는 수호자의 역할을 해 나갈 존재가 바로 여러분 노인들이십니다. 젊은 시절 온갖 역경과 시련을 이겨내고 오늘의 당당한 자리에 서 계신 여러분들께 그간의 노고에 고개 숙여 감사 드립니다. 고맙고 또 고맙습니다. 노인 여러분, 아자 아자 아자!"

· 참 고 문 헌 ·

- 가와가타 유시노리 저, 김윤경 역, 10년 후 길을 잃지 않기 위한 중년지도, 코리아닷컴, 2014

- 김옥림 저, 명언으로 읽는 100명의 인생 철학, 팬덤북스, 2014

- 김용택 저, 김용택의 어머니, 문학동네, 2012

- 김종대 저, 이순신, 신은 이미 준비를 마치었나이다, 시루, 2012

- 김지영 저, 세계 명언집, 브라운힐, 2013

- 김초혜 저, 행복이, 시공미디어, 2014

- 김태유 저, 은퇴가 없는 나라, 삼성경제연구소, 2013

- 대한간호학회, 간호학대사전, 한국사전연구사, 1996

- 딕 호이트, 던 예거 저, 정회성 역, 나는 아버지입니다, 황금물고기, 2010

- 마빈 토케이어 저, 박현주 역, 왜 유대인인가, 스카이, 2014

- 마스다 히로야 저, 김정환 역, 지방소멸, 와이즈베리, 2015

- 마티아스 호르크스 저, 송휘재 역, 변화의 미래, 한국경제신문, 2014

- 박영숙·제롬 글렌 외 2명 저, 유엔미래보고서 2040, 교보문고, 2013

- 버지니아 사티어 저, 강유리 역, 가족힐링, 푸른육아, 2012

- 사이니야 저, 김정자 역, 5,000년 유대인의 지혜와 처세 탈무드, 베이직북스, 2009

- 이승욱·신희경 외 1명 저, 대한민국 부모, 문학동네, 2012

- 이은희 저, 新노인복지론, 학지사, 2013

- 이철수 저, 사회복지학사전, 비상, 2008

- 이택호·이주일 저, 죽기 전에, 더 늦기 전에 반드시 해야 할 42가지, 미래북, 2014

- 장명희 저, 살아온 기적 살아갈 기적, 샘터, 2009

- 전남일·양세화 외 1명 저, 한국 주거의 미시사, 돌베개, 2009

- 제정임 저, 황혼길 서러워라, 오월의 봄, 2013

- 조정래 저, 황홀한 글 감옥, 시사IN북, 2009

- 조용헌 저, 5백년 내력의 명문가 이야기, 푸른역사, 2002

- 최광현 저, 가족의 두 얼굴, 부키, 2012

- 최윤식 저, 2030 대담한 미래, 지식노마드, 2013

- 추적 저, 백선혜 역, 명심보감, 홍익출판사, 2005

- 칼 필레머 저, 박여진 역, 내가 알고 있는 걸 당신도 알게 된다면,
  토네이도, 2012

- 해동한자어문회, 고사성어 대사전, 아이템북스, 2008

- 홍자성 저, 안길환 역, 채근담, 고전산책, 2014

· 참 고 기 사 ·

- [新 대가족의 경제학] 이근후·이동원 박사 부부
  "한 지붕 네 가족 '공동체'의 지속 가능 비결", 한국경제 매거진 2013.5.24.

- 저녁밥상 4代 10명 왁자지껄…
  "갈등 겪을 틈 없네요", 동아일보, 2014.4.1

- 자녀 없이 성인 2~3명만으로 구성된 가구 급증,
  연합뉴스, 2013.11.21

- 며느리가 시아버지 앞에서 반바지 입고…,
  중앙일보 2012.5.26

- [2020년 대한민국] 저출산·고령화 … 인구 감소로 국력 '흔들',
  한국경제 매거진, 2014.1.17

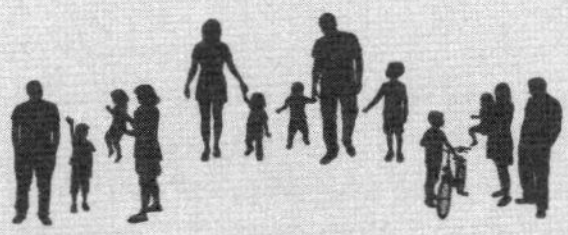